國家圖書館藏清人詩文集稿本叢書

第四輯

一

陳紅彦 主編

北京大學出版社
PEKING UNIVERSITY PRESS

國家圖書館藏清人詩文集稿本叢書

主　編　陳紅彦
副主編　謝冬榮　董馥榮

國家古籍整理出版專項經費資助項目

簽等，局部放大附於原頁之後。我們相信，詩文集等基礎資料的整理出版具有深遠的學術價值和文獻意義，可以給學術研究帶來便利，豐富我們對清代社會歷史、思想文化等各領域的認識，也有助於珍稀文獻的保護和利用。

目録

滌硯集詩稿

恒林撰，二册。

恒林，又名恒麟，字月如，滿洲鑲黄旗人，道光三十年（一八五〇）進士。國家圖書館另藏有《退步軒詩草》《退步軒日鈔》《醉經閣詩料》《醉經閣文稿》《醉經閣詩稿》等。此詩稿，不見著録，《清人别集總目》言：「今未見傳。」

詩稿無序跋，一册卷端自上而下題「重與日課詩草」「月如恒林稿」，有「醉經閣印」「如月之恒」兩枚朱印。有朱筆圈點和墨筆眉批、校改。如《重與細論文杜甫詩》一詩有眉批；又《午睡》一詩「浮生同幻夢，幾人覺深省」，「幾人」墨筆圈點，右側注爲「誰復」；又《憶錢塘江潮》亦有多處墨筆圈改：「山郭易」改爲「天鞏固」，「幾儔」改爲「客舟」等。卷末題「乙丑（一八六五）嘉平婿溥昂解讀、乙酉（一八八五）孟夏男恩豐敬讀」「試帖詩一百七首、雜體詩五十六首」，此後有另一種墨筆筆跡題寫「删二首」。另一册卷端自上而下題「滌硯集詩稿」「甲寅（一八五四）冬日」「月如恒林」，有「守口防心」「醉經閣章」兩枚朱印。詩稿卷首卷末字跡不一，有墨筆眉批，並有校改痕跡，如卷末頁眉有兩種筆跡抄録卷末兩首詩，其中《秋江》一詩「水」字有墨筆圈點。

（徐慧）

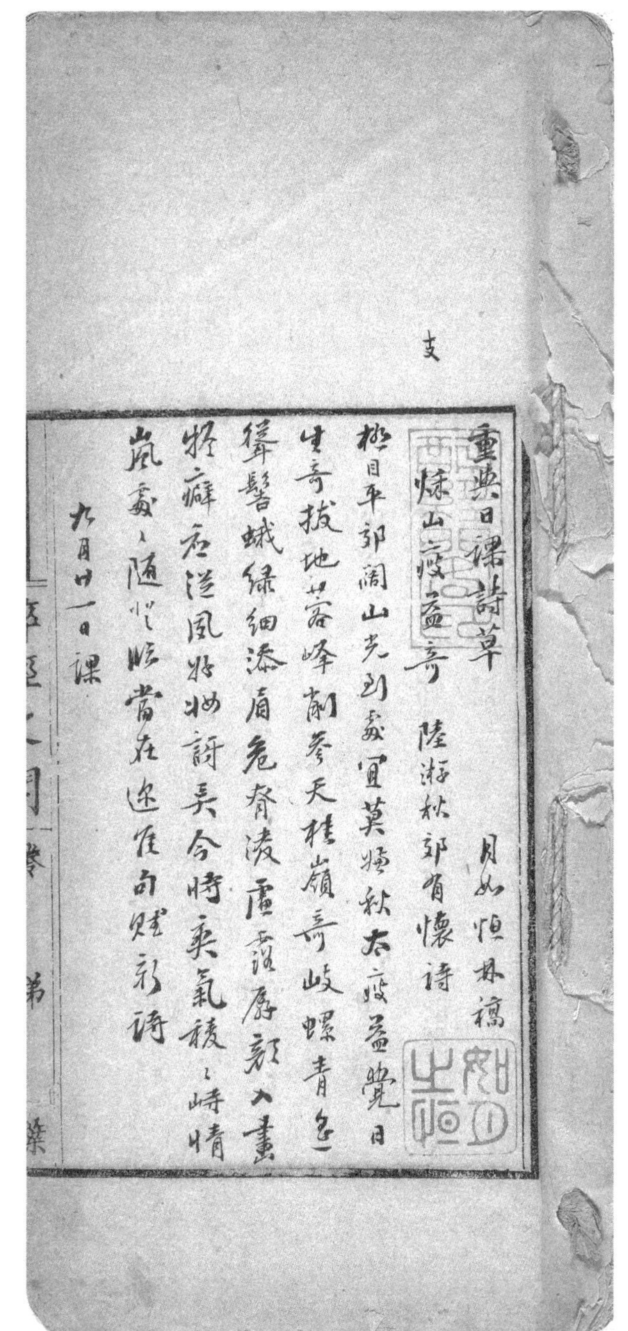

支

重興日課詩草　月如恒林稿

煉山夜登高　陸游秋郊有懷詩

極目平郊闊山光到處宜莫嫌秋太瘦益覺日
生奇拔地芙蓉峰削參天桂嶺奇岐螺青色
簪髻蛾綠細添眉危聳凌虛霞孱顏入畫
將癖應從風物詠詩矣今時爽氣稜稜峙情
山嵐處處隨憑眺當在迷離句賦新詩

九月廿一日課

燈

青燈有味似兒時

別有書聲伴青熒五夜燈味當憶似廿時靜以
見緗翻動芸開簡光攪硯餘冰晦明依舊是
甘苦記吾曾經此心相照渾忘塵漸遠境真
緣分燕白映攜聯藤剪燭情形昨陳編異
狀乘然暮應自顧儒術重修能　廿二日課
夜寒夜簽作詩肩　蘇軾寄水陸寺寄
北山清順僧詩

寒

怯病蕭齋祇吟肩不耐寒保成詩句句渾忘
夜漫漫仙水清思合如山篠竿字看韻合和蓮漏
續座推葛衣單品詮拈髭鬚空形宜拈勝處
膺驚想超粟賣春廣夢蘭風雨連林語推
敲擊節歡坡仙在無在雄帥仰騷壇　廿三日課

卑

秋月團臍十月尖

雅嗜爭傳蟹長吟信口占月當論九臍試蟹
團尖略翔雙聲最雄雄兩漢畫全膏霜球

韓非子說林篇齊伐魯索讒鼎魯以其雁往齊人曰雁也魯人曰真也

文

永瑹嘆雪病添炼老紅藕脫冬新白共拈菊
杯聯詹佳稻穀釀初甜郭壺樽前儕輪圍
水滸瞻披仙付大爵無多價梅鹽 廿四日課
童無細論文 杜甫詩
録訂樽前約童當會以文論交清似水相與
賸如雲休思蠶抽繭分讐[illegible]迸芸魯魚刊子
細真雁辨辛勤尚憶聯床語從教剝燭闌
披吟偕硯共校理深絲黎前庭風無雨合宵

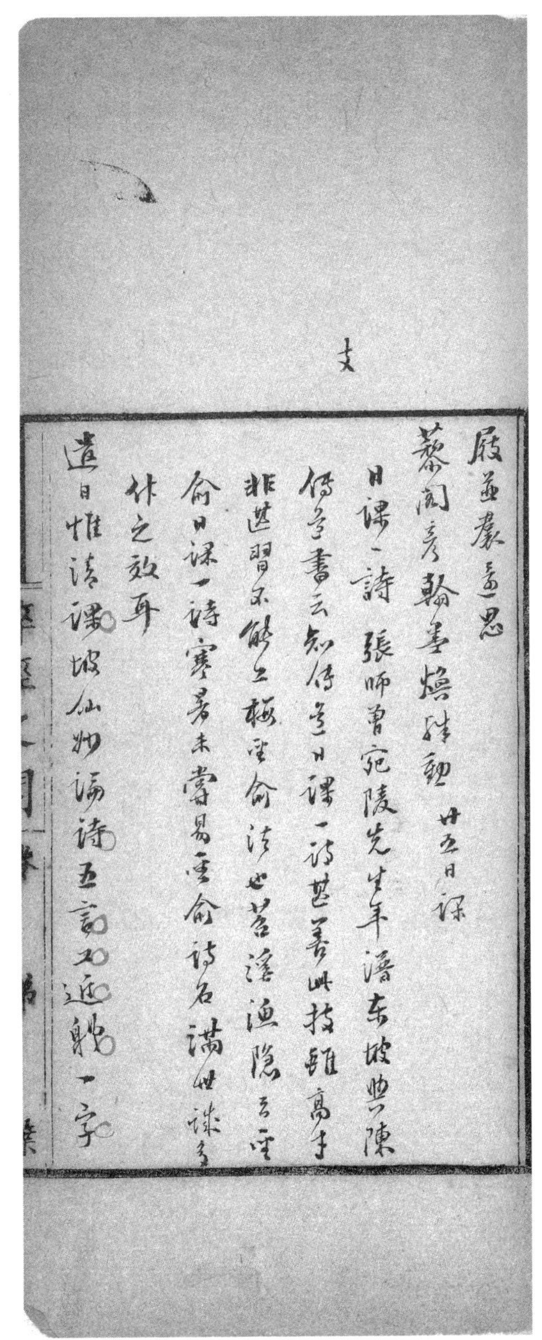

丈

殿益蒙垂思
蓉閣彥翰墨熔鑄　廿五日課
日課一詩　張師曾苑陵先生年譜東坡與陳
傳道書云知傳道日課一詩甚善此技雖高手
非甚習不能工梅聖俞詩也苕溪漁隱云聖
俞日課一詩寒暑未嘗易聖俞詩名滿世蓋多
朴之效耳
遺日惟請課坡仙妙論詩五言不逐韓一字

尤

費盡思搜定等儔品功非已百為成篇同集
腕詩句記拈髭直許追陽春休教擊鉢鷄果
誰將乙鶴即此已捺驪簇月停雲思風朝雨晒
時聲囊底風格絕妙續新詞　廿日課

業廣惟勤一書經

功崇〻崇易欽哉懋厥修志惟〻勤方為業
以學而傳拙無媽居懍工同蛾術收蓋彊快
駿烈不息蟻鴻猷禹甸騰〻頌盛〻篇書本

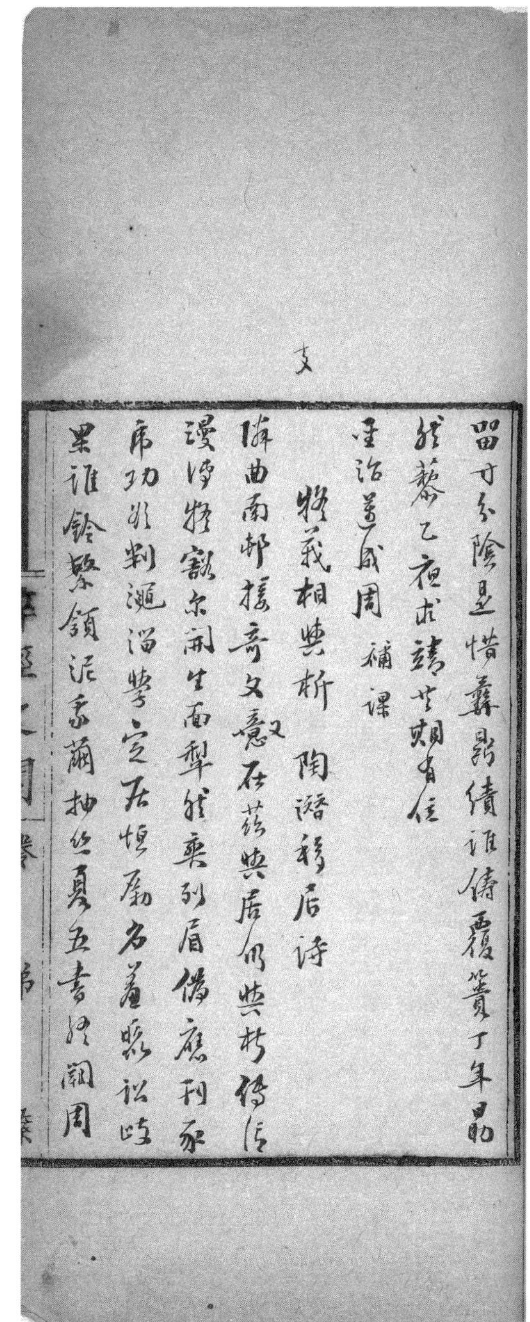
文

留寸分陰是惜蘇髯績誰傳覆簣丁年晶
能黎乙夜求靖芸炯有任
圣治道成周　補課

疑義相與析　陶潛移居詩

憶曲南都接奇文意又在茲與居何與於詩傳
漫浮疑義爾閑生面犁然爽列眉僞應利家
帝功非判涇渭學宜存慎厲名蕃聚訟歧
果誰鈴縣領泥豕蒲抽絲真五書理闡周

陽

西理何推淵明注吳壯村添許與隨　十月初六日

西施采香徑　吳地記香山在蘇州城西吳王種香處下有西施采香徑

一代傾城絕子憐滿徑綠匆匆金粉地在昔舞歌場種處佳名館舞時屧步廊豔迷芳杯曲夢斷苧蘿鄉疊雪羅襦香薰風翠袖揚苔痕侵繡襪花意競紅妝踏青三叉遠評來百品詳句吳遠讀在鼓棹五湖

文

長

初七日課

點軍縱鴿　齋東埜語張浚嘗按視曲端軍閲第一人哭之謂欲點視端以所部五軍籍進公命點其一部於庭開一籠縱之鴿往而所點之軍隨至既而欲盡觀於是悉縱五鴿則五軍頃刻而集

收罷各隨曲各東語絕闌縱橫驚鴿遠近集三軍合許飛奴寄功教羽族分鈴聲傳

卅

秘計喟響雜蔦氛烏合兵獅鴉盤陣
遏雲不須旂鼓原澤詞鶴鶩羣士氣厲揭
奮
皇恩燕凱欣
聖朝神武著鐘鼎策勳　初八日課
襟上杭州舊酒痕　白居易詩
記取餘杭好東南第一州酒誇新釀熟襟染舊
痕留詩灑素衫漬前題數來收湖山曾屢指

緻

秋杪樓從頭幾度費騰騫重教約略求常
捲西子峰筆拈小鬟舟律讀聽詩秋吟魂儘
樓香山作句在捲簾快意添 初十日課

曝衣樓　西京雜記太液池西有漢武帝曝
衣樓七月七日宮女出后衣曝之

韻事西京記相傳競曝衣節序逢七夕樓
臨啓處開西又桐年護風鋪錦圍人間
裳薄易天上女未遑織想穿時巧花鶯

入座菲鵲樗高於檣蝶襯祥掛座如夕照

羅羅晃於雲杪棟飛遶圍方飛揚

舊澤兼所依　十一日課

夢蝶　莊子莊周夢為蝴蝶栩栩然蝶

也自喻適志與不知周也俄而覺則蘧蘧

然周也不知周之夢為蝴蝶與蝴蝶之夢

為周與周與蝴蝶則必有分矣此之謂物化

幼絕南華夢非非妄想於是真驚蝶蝶譯

欲笑莊周栩栩分明記蘧蘧復自由贊从紅豁化境悟黑甜游香國夢[illegible]勝去漆園寤寐民烟花夢了了色相兩忘忘象外真無見環中物證留果誰同解脫濠上羨魚傳 十二日

觀魚 莊子莊子與惠子游於濠梁之上莊子曰儵魚出游從容是魚樂也惠子曰子非魚安知魚之樂莊子曰子非我安知我不知魚之樂

也

妙諦參上悟了同游呂寄重北灣徵幻淡濠
上縱觀初不競心地印相忘爾目如天機存
活潑秋水在錄徐話想江湖之移情物我
飾陰潤識義是吹紫合加余了悟存潛理
復家試吸嗟此席羽種在漫說武陵源十三日

孤山放鶴　宋史林逋隱居孤山畜兩鶴
縱之則飛入雲霄盤旋久之復入籠中逋
嘗泛小艇游西湖諸寺逢則童子應門延客

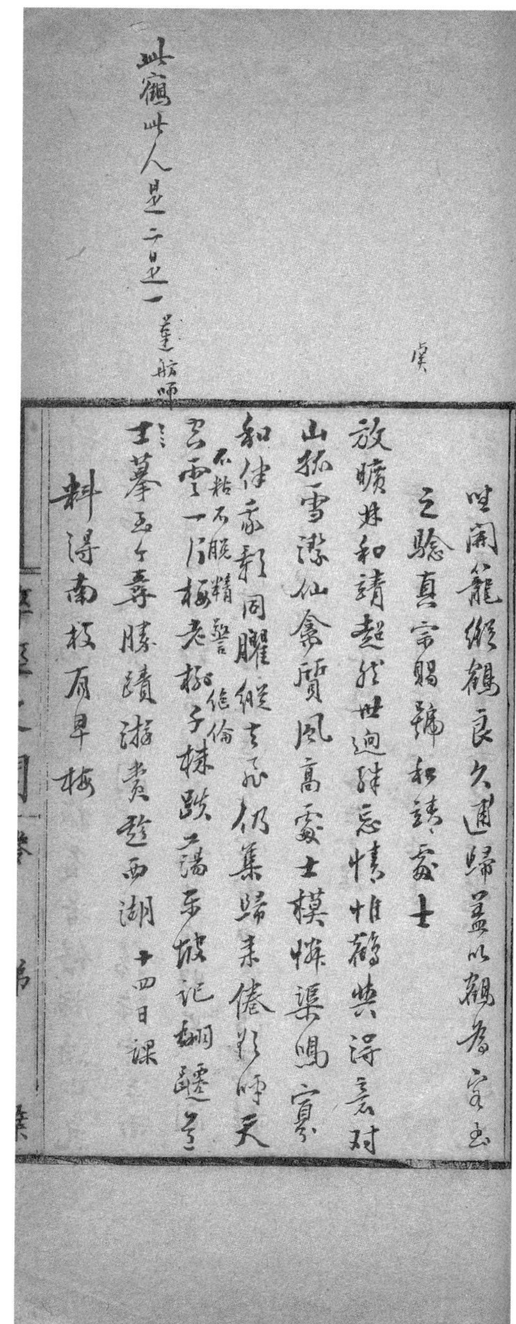

此鶴此人是一二是一 蓬舫師

吐閑籠縱鶴良久遁歸蓋以觀者寥也之驗真宗賜號和靖處士

放曠林和靖超然世[illegible]忘情惟鶴與得意對山孤雪潔仙禽質風高處士模憐渠鳴寡和伴承歡同躍縱去飛仍集歸來倦影呼天君雪一片梅花老梅子株欹[illegible]孺子坡記翻騷十峯五十尋勝蹟游處遊西湖　十四日課

不粘不脫精警　佳倫

料得南枝有早梅

點題錯綜有法刻画處
極精細　蓮舫師評

料峭寒如此南枝定放梅有香侵肺腑乃氣
早胚胎向暖葵傾似閑情竹報猜添雨三面
護明月不分纔索想前茁其先擢嶺也開
吟魂逛北院芳信遠春臺玉笛參消息排
竹庵悵使回調羹在
要世高占百花魁　十五日課
潘涛由賢能　潘正拜詩
鄧滔何由致拔賢更攀擢懋引孝菜滋亢

家

寔大猷升梁棟邦基植圭璋國器稱典型
誇驊逸聲價重龍登輔弼推心腹肩仔佐
股肱臣川舟作楫寶鑑本從繩名定巖廊
選材爲杞梓微官方澄
要世人俊廣賓興　補課

漾舟陶家月　謝惠連詩

妙句詩傳謝家游興倍豪扁舟輕影放皓
月夜仍陶上下漾九皖縱橫一葦搖鏡浮空

萃經之閣　卷　第　葉

微

蕩漾壓碎玉周遭掬想剛風手討應難鎰[?]

毫銜[?]闌華四面劃破新三篇打疊[?]巾流泣[?]

推[?]膝人望高處寒應在逢休羨武陵桃補課[?]

山雪阻僧歸

滿眼雪霏霏山僧倦未歸亦驚行路阻渾謂

從今非色相禪關悟琉璃[?]世界依鐘聲何處

是鴻踪此間稀石隱苔蘚滑峰迴撲[?]絮飛雪

限勞錫杖人影去蓑衣冬千遲魚梵迷離

謁竹扉排敵為旨待溫目月文辭　十六日課

雪夜入蔡州　唐書李愬傳憲宗討吳元濟愬求自試遂檢校左散騎常侍爲隋唐節度使時襲蔡州告師期于裴度會大雨雪風偃旗裂膚馬皆縮夜半至懸瓠城雪甚城旁皆鵝鶩池愬令擊之以亂軍聲坎墉先登殺門者發關留持柝傳夜自如愬入駐元濟外宅蔡吏驚曰城

致

隋吳元濟平左右城請罪棣而下檻送京師

一陣錡平戈奇功李愬多潛師雪夜殺捷

紀元和殺氣鷲蓑笠喧聲雜鵝鶩軍中

誇白戰天半睨鉏波滿蔡城推雞雪寒鼓

噤鼉神機將脫兔飛膏炎飛蝝賊許奇

鯨戮人爭捷續還

皇威行遠近指日凱還歌　十七日課

秋書元在張家奪崑崙關　朱子名臣言

删

行錄儂智高守崑崙關青宣撫廣西以上
元節大張燈燭宴將佐軍校二鼓時青忽
稱疾如内數使勸勞座客至曉客未敢去
忽報云是夕三鼓青已奪得崑崙矣原註
出筆譚

萬炬列西陵壽兵飲宴闌席賓留舞夜氣
將奪重關傳令權軍令帥遂縱宴還九衢
燈競市一陣鼓平蠻捷報稱觴屢壽同借

卒歷之詞　卷　第　葉

進

箸班旌旗迎滿月猿鳥懾崇山郵檄庚初進
神機甲羅擡
九重霧武頌旌凱覲
天顏 十八日課

高歌夜半雪壓廬 朱子讀書樂詩
漫道夜何如顏樂齋高歌樂啟廬幾椽茅壓雪半是樂境想見孔
榻竹陳書鄉音茶鐘聲遠清雨斷玉屑糊初一
燈青吹讀是何意境是何胸襟讀之高曠乃爾四壁白生畫意冷三閑類熱冰封

庚

發自嗟吟情鬱縈風味灞橋驢背獨誰
同話圍爐自煮唐明朝詩思好隴外尋
梅辭 十九日課
句句工穩字字清新而胸次高超亦可想
見乃雅練未至味之語也以此為題非此
佳構不足以當之 蓮舫師評
晴窗檢點白雲篇 木杖甫詩
底事當窗坐更番檢點錦雲篇聊舊藁

卒經之間 卷 第 葉

後

日課快新晴此眼蟬標劍從頭露簡評彩
移三面谿思傍九霄濤雪譁樓前映風搖
葉底生碧紗窗閃蝶黄卷案縱横棧理
陰移碁推敲韻碎殘莫將人寂寞相伴
更雞鳴　廿五日課

雲深不知處　賈島詩

不辨山巔路迷了去復深此間無窮到何處撥
雲尋路逐迷行徑蒼茫悵遠林顧余寫

冬

移目倘尔賦兩心霜々素寞隔年々碧影沈
幾回鐘動寺半晌鶴鳴陰指點紫扉近紙
細夕照侵叩門誰見詩長咏瀟塵襟 廿六日

情致纏綿詞意清新會唱高大有
白雪陽春之概佩服々々 蓮舫師評

三冬文史足用 漢書東方朔傳朔年
十二學書三冬文史足用
足用才誰擅東方曠世逢抱懷只一代計學

辛巳之月 卷 第 葉

侯

積三冬萬軸牙籤富手煉寶鎧鎔挑鐙
名士品映雪古人蹤蘭室勤朝夕芸編
蘊肺腑畧寒更一再今古博橫縱只此
併同義從敎無倍讓
垂翎文發著多士重儒宗　廿七日課
西園翰墨林　張說詩
翰墨身閒寄西園
雨露深陶甄宏

侵

雅化聲價重詞母虎榜時揮手龍賓得話
心本天嚴鎖鑰玉署振瑯琳茹重
笙綸地文開雅頌音花塼春日暖槐閒多
陽浣斫我班聯前覺誰巧度鍼
九霄紫炬撤趨步華重簪　廿八日課　小建

讀易見天心　張説詩

一畫開天後相傳易至今披編觀形象得解
悟從心運會貞元啟陰陽動靜斟居恒占

一卷　第　葉

魚

自玩求復理堪尋碩果參消息寒梅賞、淺
深循環行軌健箍桶論考音遺許彌綸
閑情宜講習禁
經筵隆
季世聆步華重簪　十一月初一日課

鳶飛魚躍
化宇瞻翔洽歌鳶更躍魚銜霄飛跌靄破
浪躍纖鮮芝味斗沈於天機活潑初春風來

馬援傳仰視飛鳶跕跕墮水中

跕跕烁水苦滔滔雲澤程何極江湖覺身如塵

前程即是壕上冢相於物歸參差跡游神

丁太壷箇中誰領畧快意賦閒居丙二日課

蘇武牧羝　後漢書蘇武傳匈奴徙武

北海上無人處使牧羝羝乳乃得歸武

仗漢節牧羊臥起操持節旄盡落武

留匈奴凡十九歲

漫道羊偏牡甘心牧乳羝漢臣終仗節胡寇

脊

萃經之閣　卷　第　葉

蕭

漫相攜紫塞三千隔青年十九擔歸痕衰
草路鞭影夕陽西明廿駝羣歌驅驚雁陣
低羈愁邊河闊鄉夢玉關迷馬角烏頭
擔冰天雪窖嘶刀環評不計腸驚母兼
裏　初三日課

送客溪橋雪滿衣

客路正迢迢溪邊送未遠拂衣猶積雪分袂
話長橋柳紫陽關唱詩魂灞岸銷渡虹青

蘆 从盧水經注水黑曰盧

可渡一笠白雜描逝水情何極征衫淚未消
痕胖鴻爪印跡々馬歸驕脈々雄欄倚霏々
玉膚氣頭更明月上廿四調吹簫 補課

蘆溝曉月 註補見嶺詩內

草勞人去亭亭曉月留依稀橋野岸蕭瑟
水蘆溝雞唱喧茅店蟾暉挂驛樓客心
爭勞共塵夢一鞭收名利驅終古津梁枯
上游星霜誰息急南北此從頭喚過山城

青

籟宵聲市井裯
九霄齊日近萬國仰
神洲補綴

洞庭秋月　瀟湘八景之一

快覽東南勝遊泛洞庭月華浮玉宇爍
色徧蒼溟樹眇君山碧湖迎斗夜青漾舟
來對客鼓琴談湘靈木葉飛湘脫湖心印
波渟鏡涵空閃爍璧映玉瓏玲雁影迷影

冬

諸蹊光送越船岳陽竹使畬笛韻已淙淙 初四日

通首秀麗耐人尋味的是大家 蓮舫師評

冬嶺秀孤松 陶淵明詩頗慣之

監題之臨

嘗眼子崖禿孤高秀碧松危岩獨峻嶺老

幹鬱降勢慘澹形如睡黃龍氣獨鍾歲寒

誰堪共心苦自為容霜雪難欺凌驚風迴訝

戰龍有山春不盡幽探雪蹤香已覺參天

具何當偃蓋逢試將移

萃經之閣 卷 第 葉

上苑叢登莫續蹤　初四日補課

蘆（盧）溝曉月補註　趙吉士寄園寄所寄

錄北史舊志載金明昌遺事有燕京八景元人或作爲古風或演爲小曲所謂八景者居庸疊翠玉泉垂虹太液秋風瓊島春陰薊門飛雨西山積雪蘆溝曉月金臺夕照是也至永樂間館閣諸公相集唱和更薊門飛雨爲薊門烟樹

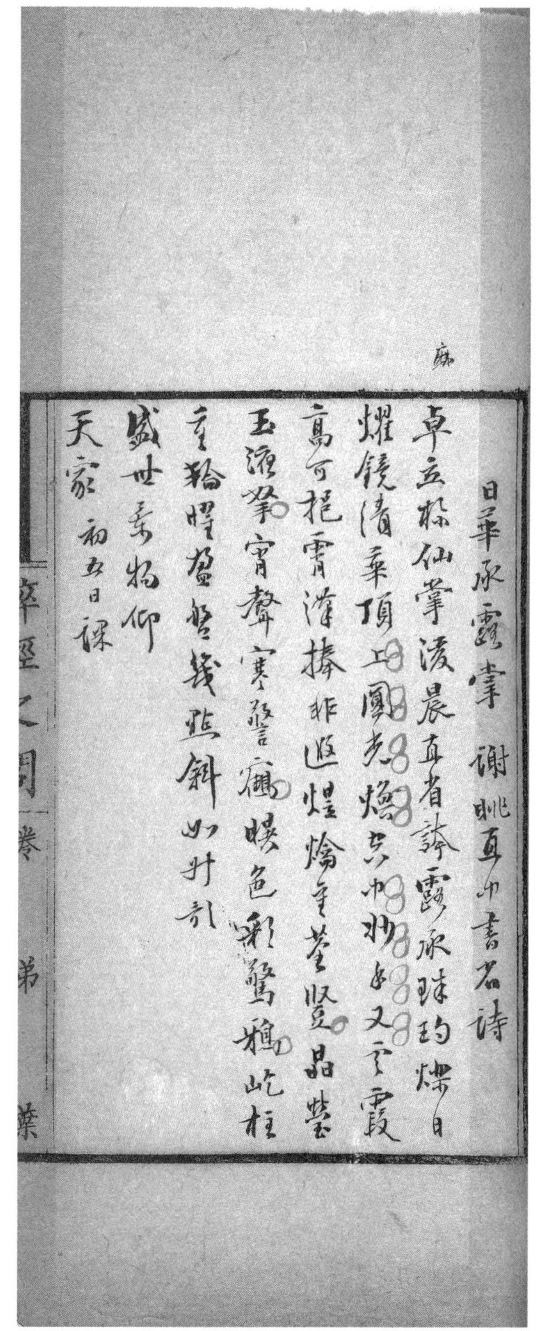

麻

日華承露掌　謝朓直中書省詩

卓立森仙掌淩晨直者誇露承珠玓爍日
燿鏡清華頂上圓光燦空中妙多又雲霞
高可捉霄漢捧非遐煜熻金莖豎晶瑩
玉液擎宵聲寒警鶴蝶色彩驚鴉屹柱
重輪曜盤與錢照斜如升亂
盛世喜猶仰
天家　初五日課

麻

花壓闌干春晝長　漫成詞附陰曲

十二闌干壓晝來一色嘉舒長清永晝馥郁簇名花醉想東風倚酣宜午夢賒綠天涯掩映紅雨總交加玉蝶飛仍戀黃鳥言漫斜四圍香有韻之剩值於奢曲檻諸迴錦晴隱幔礙紗何須商隶燭冷羅衾又

初六日課

白戰不許持寸鐵　蘇軾聚星堂雪詩

文

序歐陽文忠公作令時雪中約客賦詩禁體物語于艱難中特出奇麗爾後四十餘年莫有繼者輒舉前令各賦一篇以為汝南故事云其末句云當時號令君聽取白戰不許持寸鐵

體物方申禁何須寸鐵為聯吟重命令白戰譬和持陣陣文心發紛紛物象支腹兵全引縱意直試爭馳騁已拈鬚髯才堪拔戟

卷　第　葉

先

思但翁驢健羊何事傾偈師漢々章圍
合終々六出奇坡仙集好雪詠飛星々
詩 西如日課
魚戲蓮葉間　江南采蓮詞
唱罷江南曲仔々采蓮戲採魚躍々擊
出葉田々撥刺露紅鬢周遭漾碧漣花
影初日飄波跳午陰圓噴空珠星續潛
依翠蓋金錢田搖赤尾四面魚貫真々錢

東

薄濺荷衣濕輕吹柳帶柽此間觀不厭
静眼又来還 初八日課

笑倚梅花月正東

一笑梅前倚花同月亦同繽紛花影亂
月生東踈影西傾落香魂入夢通舉頭
寒魄素半面靚妝紅斜照人妝玉初昏鏡
啓銅短籬三尺外小閣二分風索共聯詩伴
依稀訪放翁須臾清景之幾樹映簾櫳 初九

十

楓落吳江冷　崔信明詩

滄倒吳中客楓林妙句降舟行催兩岸冷意
到三江葉逐鴉翻數寒驚雁落雙曉霜
湘浦水涼雨楚天秋亮共崖崖樹疏横渡
口隱然圍紅一碧浸深深空闊明遠法萬
條指釣舡
九重丹陛近珥筆賦蘭江　補詠

山色有無中　王維漢江臨眺詩

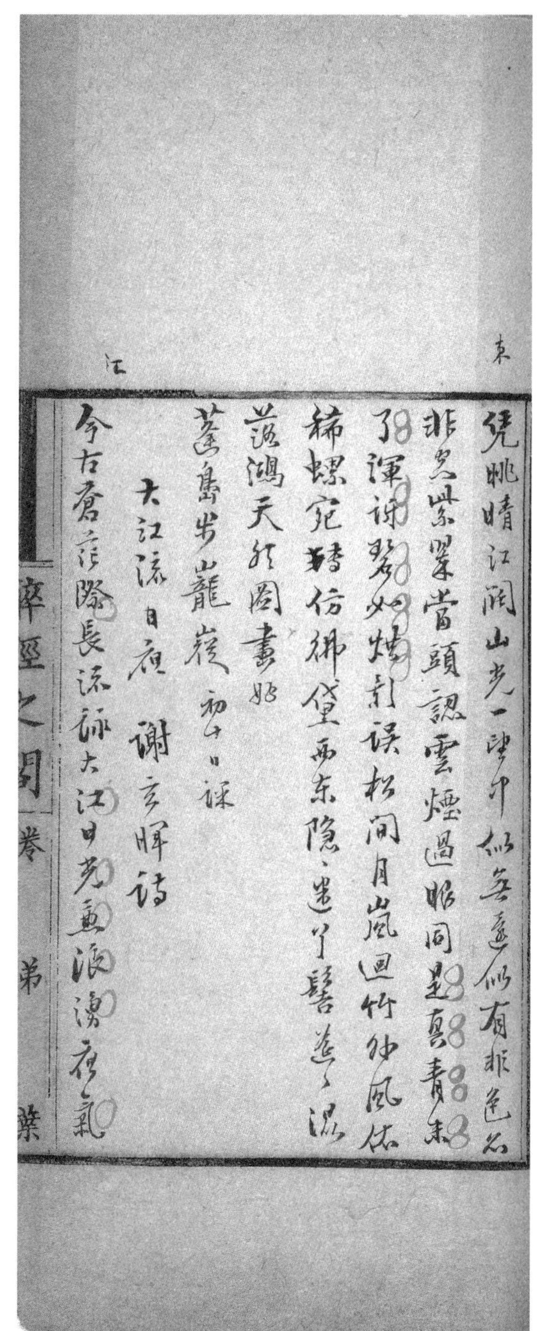

共波降舟邪氣遶島鐘聲蒼悠瀧雲濤奔
楚面楓岸泊吳艘金粉南朝地帆檣北固在
長風雙里萬緒自浴輪淩躋騰高觀比鷺
烽窗夢樓銅琶鐵板東去唱郎臉補課

月湧大江流　杜甫旅夜書懷詩

不辨江涵月洋如月湧江一輪騰素魄萬里
瀉驚瀧斜漁波若定光推浪未降破昔
丸脫西倒斜鏡分使遠誤浮滄漢寒宜

艙

漾客艘乾坤流漫、今古浴淙、楓岸明紅
葉蘭舟去綠雙杜陵憑壯覽健筆欲重扛
十一日深渾灝流耜穩愜自從蓮舫師評
刺繡五紋添弱線 杜甫詩案歲時記
晉魏間宮中以紅線量日影冬至後日添
長一線 雜錄唐宮中以女功揆日之長短冬
至後日增一線之功
繡閣消寒日穀勤課正嚴五紋方線刺一綫試

辟經之閣 卷一 第 葉

佳

初添巧度金鍼綫工繡玉指纖惜分仍惜寸
論素更論緇彩煥鴛鴦譜陰進翡翠層
花摶情貴永雲錦多重拈人正章極績天
孫暑刻漏舒長引
重沾。
蕭疎性觀睇 補課

竹繞茅椽水繞階

漫道居無竹蕭疎到處栽當簷茅蒻屋

繞户水傍陡壁凌雲嶺沿除響玉琤篘
青含徑草溪鷺印痕紫秀挺隱三面寒洲
砌一派鳴蛙喧夜幌照刹蹦吟程搖映楊
橫翠潑泗級篆蝸屏間懶領暇得句上詩
牌　十三日課

楓落吳江冷補注　南史崔信明嘗矜其
文過李百藥鄭世翼遇之於江曰聞公有
楓落吳江冷之句願見其餘信明出眾

江

篇興觀世界覽未終回詩見不遠所聞技

之水中引舟而去

中必五百史　瑚園西春賦

羽獵西京紀高文賦奮韜雕龍亦第一樣鼓

巾論雙材技聯鶴擅神機角廊降衣猿殿

乙乙雷鼓敎筆了兩壯軀仍益重鐶響羅

揚漫賦三品蘊休讓五洲扛比翼翻銀鐵

舒腥深翠憶

真

重朝弧矢利鋒射擒滸江 十五日課

陈平分肉 史記陈丞相世家里中社平為宰分肉食甚均父老曰善陈孺子之為宰平曰嗟乎使平得宰天下亦如是肉矣

落拓英雄事屢非孺子陈壯心天下宰分肉里中均幽際鋒刀割他时剩罷伸意鮮應小試越俎話終貧傳說和羹決阿衡負鼎偏屠沽當日事賤志後來身記上倦書宦淮陰

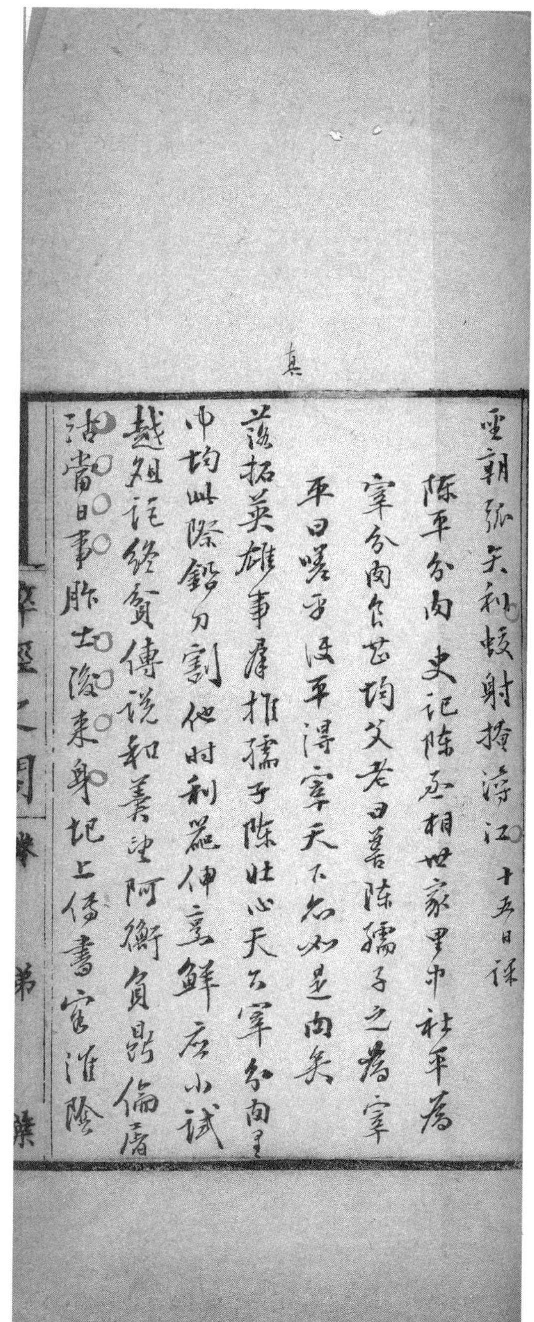

把鈞人子悚奇蹟在青史紀諜曰 十七日課
僧敲月下門 詩話賈島初為僧遊於京
師於騎上得鳥宿池邊樹僧敲月下門之
句始欲著推字又欲下敲字煉之未定引手
作推敲勢時韓愈權京兆尹車騎方出島
不覺衝至第三節左右擁至尹前島具言
所以愈曰敲字佳遂與並轡歸為布衣交故
之為文今之葉淺庵攀集士

元

戒

幾處禪關寂沈沈靜閑門竹床依白足敲向月
黃昏一衲明蠟推雙環了鳥呑鐘聲萬寺隔鶴
夢慧雲屯阜錫紫蟹款談箋鏡不浮半扁伴
素魂小立動吟魂清影通送梵寒光照遠郵
可忘京洛黃花書試筆論十八日課

茶烟和雨過松杉

頓覺茶烟波更濃細雨攪絲絲和七弓絲綱
過茶杉驟壓瓶中滴伴香樹杪衡清風雙

萃經之閣　卷　第　葉

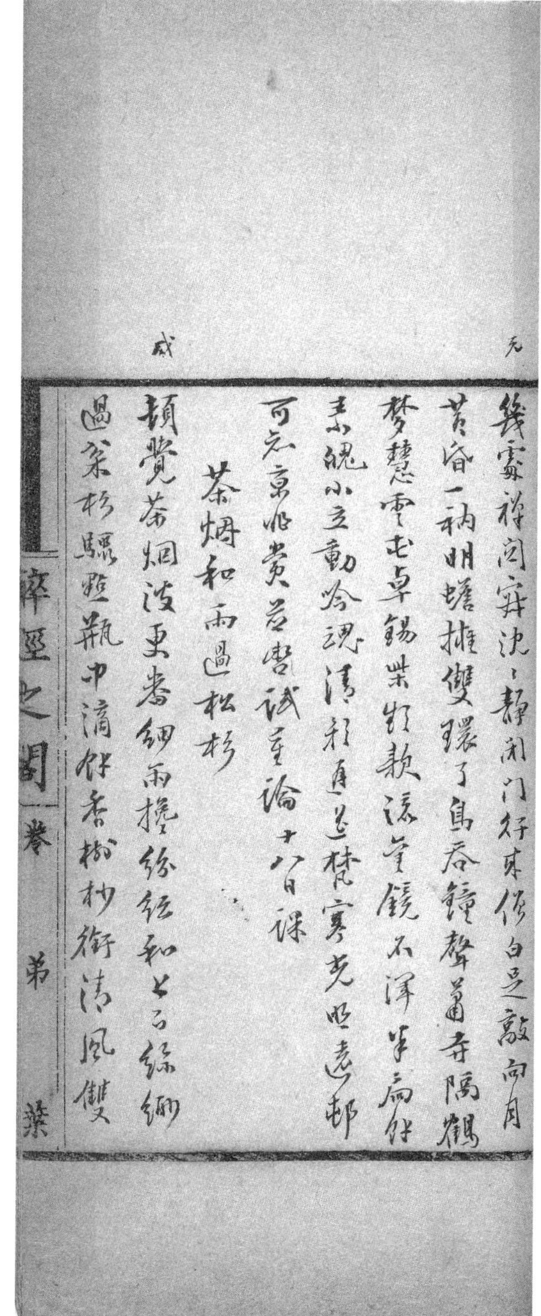

文

亂迸活火幾枝斐斐鶴趣耀仍清濤迴篆
複嶺蟬膏青未暈蟹眼綠成纖蟲定來
借舍吹香到石叢何當留客烹清味龍甕中
形　十九日課

凌雲健筆意縱橫　蘇軾詩

得意書成疾縱橫腕底香果誰誇健筆硯
乘快凌雲風雨來仍識江山助不辭酣情搖
五嶽銳氣掃千軍翠管烟霞勢駕機錦

分疏雕横詞意
雅切

綢緞亂花情少不滾雪態紛紜組織涵今古
馳驅攬典墳
奎章宏著作
雪詒仰多文 廿日課

動靜交相養 白居易動靜交相養賦序
居易常見今之立身從事者有失於動有
失於靜斯由動靜俱不得其時與理也因
述其所以然用自儆焉命曰動靜交相養賦

文　卢

名理參居易證觀動靜交互根々互可繹相養
漫輕滑山水情音樂乾坤象合色魚重潛[illegible]
悟蘇並屈伸發隱見占龍徒飛遁隱鳥巢
是真環以轉無所囿而照物諦宣三昧神機
味六爻紆藏存領會儒學屬衡茅廿一日課

不可居無竹　種栽於潛僧綠筠軒詩

惟有琳琅節々意力媒但發居無竹不使俗
物無累映重簷淨瑣瑤四壁俱林讀似氣

共地漫此君雖直許虛心矣休教勁節傘二
分流水閣幾枝碧雲映松並高賢愛羅同
霜士呼坡仙佳句在願繪歲寒圖　廿二日課

卓犖觀羣書　左思詠史詩

非盡羣書覽極東夏。雖英華誇頭列卓
犖。卿奇觀爽朗眉峰列卿橫眼界寬寸
心融雪亮萬卷擁雲攢蘊。胸襟豁便腹
笥安波瀾宏學海意氣壯文壇直許多

萃經之閣　卷　第　葉

无

文富於義健筆利於蔡應有辭

四庫仰瑯玕　廿三日課

欲辯已忘言　陶潛詩

别自含真意無財不易宣更誰重於辯辭

家兩忘言理自虛中悟情宜象外原脱於

非典是隱尔吐遠吞極此心相印渾物香

可捫身前明月詩水面落花論無蹤迹處

守筌歸任漆園靜觀畱耕評

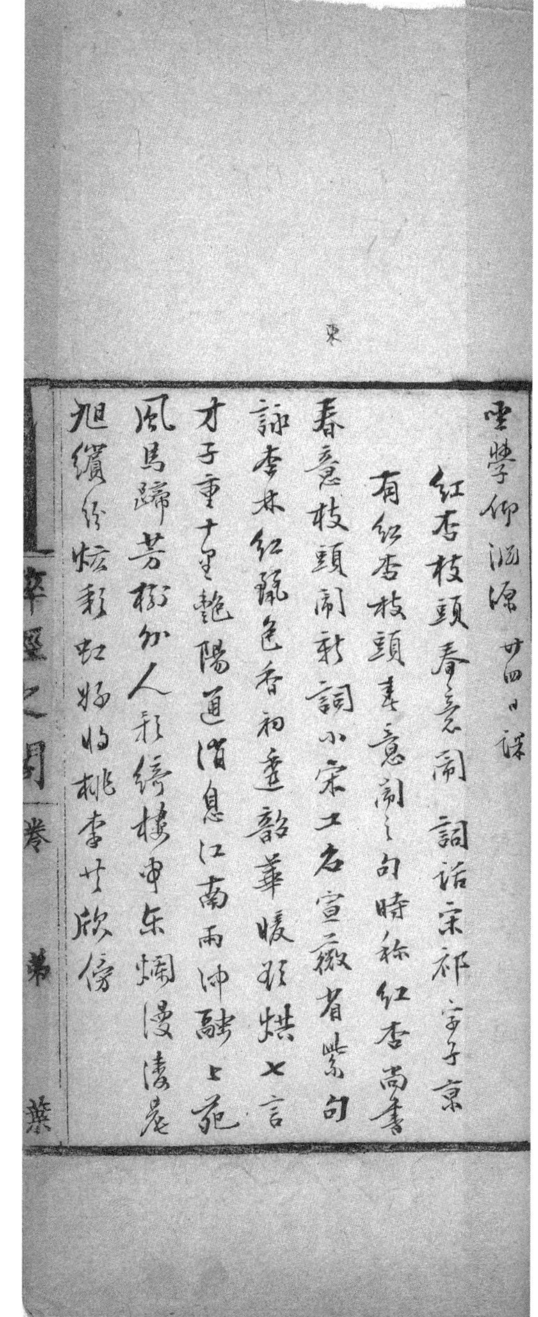

雲學仰溯源　廿四日課

紅杏枝頭春意鬧　詞話宋祁字子京

有紅杏枝頭春意鬧之句時稱紅杏尚書

春意枝頭鬧新詞小宋工名宣徽省紫句

詠李林紅疏色香初透韶華暖欲烘七言

才子重十年艷陽道消息江南雨沖融上苑

風馬歸芳樹外人歸繡樓中朱燭漫淒遲

旭繽紛炫彩虹將收桃李廿欣傍

滌硯之詞　卷　第　葉

帝城中　廿五日詠

掛席拾海月　謝靈運詩注海月蛤類也似半月故名大如鏡白色正圓其柱如搔頭大

海月形何似渾如半月盈掛席來時拾定佐香羹桂羹江珧擅胎先春蚌感胎風綠紙尺掬水緑三更駛想蒲帆疾沈牧兔魄嘗石華宜並采瑤孕試和擘容網施仍

冬

來兩舟放彩鞓
聖朝清晏頌方物貢
神京廿六日條

山明望松雪々顏延之詩

弥望山如睡影添憔灩空分明千嶺雪當
壁萬株松嵐彩進鉛海濤聲戰玉龍粉
描顏淺波斂舞股横縱亂白廣生谷並青
動秀色出行屋擊門塞認幾枝封鄰棠

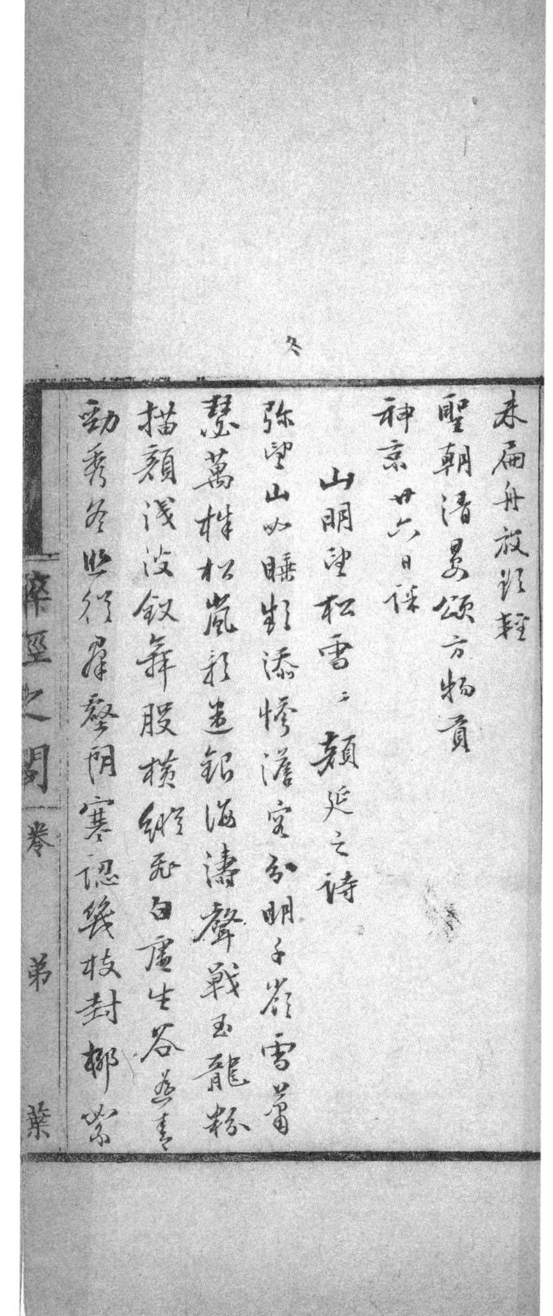

東

擬唐蓋梅花簇壽峯豐年歌

盛世膏澤獻三農　廿七日課

風雪夜歸人　劉長卿詩

夜色正朦朧相兼雪又風行來人寂寂歸去蹤息息驀聽林鐘外紛紜竹籬中犢還鄉遠近寒攪陣西東隔巷聲驚犬前途跡印鴻莽迴花錯落踏徧玉玲瓏盧白生之雨昏黃路西疇隨州詩興始

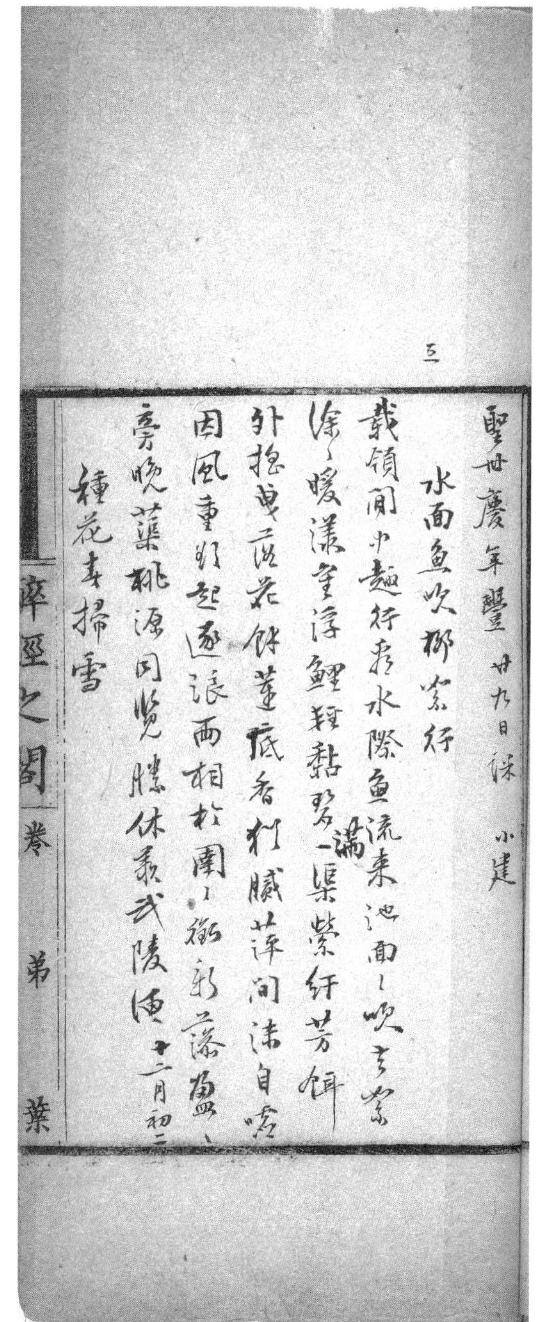
三

聖世慶年豐 廿九日課 小建

水面魚吹擲紫纖

裁領閒閒趣待看水際魚流來池面面吹去紫
絲絲暖漾金浮鯉輕黏翠滿一渠紫纖芳餌
外想更葉葉花餘蓮底香猶膩荇萍間沫自噓
因風重對起逐浪兩相於團團微影漾漾盈盈
旁晚藻桃源因覽勝休羨武陵漁 十二月初二

種花書掃雪

醉經之閣 卷 第 葉

欲覓名花勝叢叢手種蝦掃蘇三徑雪與温
四時春醞釀韶華早殷勤玉盾珍天公同
護惜園丈名精神色往逸桐硯寒宜推帚
迷離芳香日隔弱紫漫風因簇簇香蘭塢綠
綠歎經塵何當移
上苑點綴艷陽君　初四日課

洞庭張樂地　謝朓詩　案莊子外篇天運
北門成問於黃帝曰帝張咸池之樂於洞

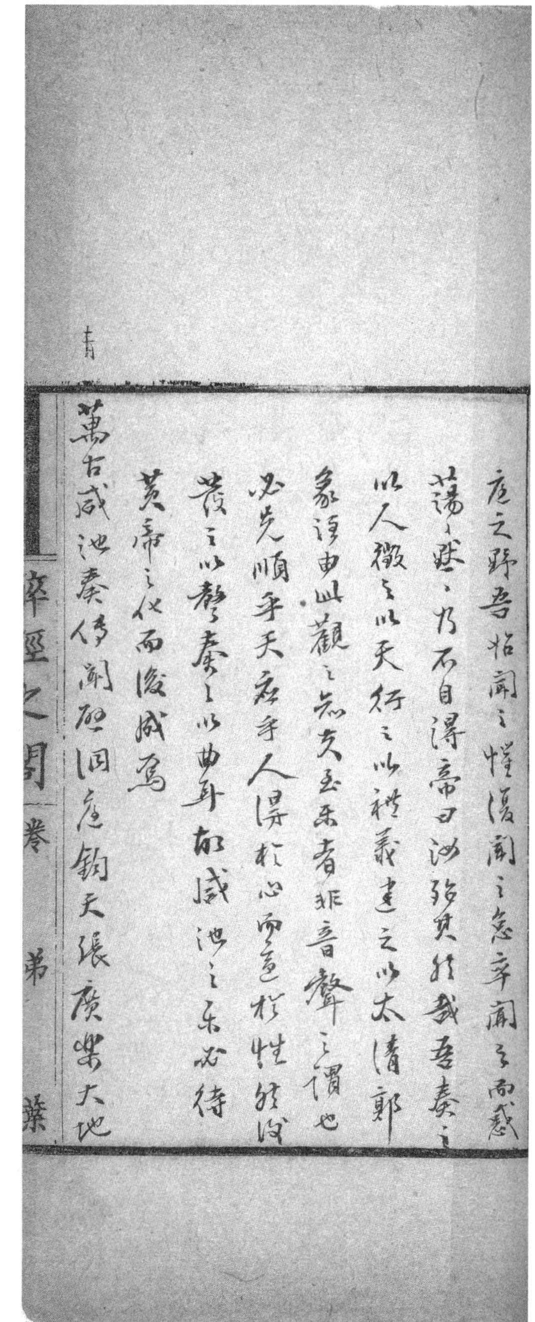
庭之野吾始聞之懼復聞之怠卒聞之而惑
蕩蕩默默乃不自得帝曰汝殆其然哉吾奏之
以人徵之以天行之以禮義建之以太清郭
象注曰由此觀之知夫至樂者非音聲之謂也
必先順乎天應乎人得於心而適於性然後
發之以聲奏之以曲耳故咸池之樂必待
黄帝之化而後成焉
萬古咸池奏傳聞洞庭鈞天張廣樂大地

直滄溟響過湘雲遏聲驚諸礁停風濤
千古碧烟月乃掩書鼓瑟人何在吹笙室
幾經斷音宣帝所此曲倩誰継往蹟餘吳甸
高懷寄錢塘董彩石
盛世雅奏饒
實途　補詠
還思〻司馬用梅　以種題送姚光禄過索詩
影風調羹日鹽梅勁績時難逸光禄紀　初學

置郎中令掌宮殿掖門户主諸郎之在殿中侍衛[illegible]
名光禄勳而掌同典三署郎又郊祀之事掌三獻居殿中禁
有獄在殿門外謂之光禄外部吳謂之光禄卿北齊曰光
禄寺兼掌饍膳隋則全掌饍膳不復掌宫殿門户

職用大官司 通典大官署於周為宫膳夫庖人秦為大官晉始属光禄勳掌供御之膳羞及内外饗饌

分署弥著掌 續文獻通考明光禄寺卿掌祭享宴勞酒醴膳羞之事少卿為之貳其屬有典四署五有大官珍羞良醞掌醢四署各置署正署丞

無疆玉食頤 玉食 書萬邦 負曾華

野記 史記伊尹負鼎俎 和羹傳嚴期 書說命若作和羹爾惟鹽梅 味託

酸鹹外功蒸乙巳施烹鮮方小試 老子治大國若烹小鮮

宰肉矣均思 史記陳丞相世家平曰嗟乎使平得宰天下亦如是肉矣 取象宜

萃經之園 卷 第 葉

祭易成篇合詠詩請毋宣有位長獻

萬年卮 初五日課

發軔伊始抱負不凡可喜可賀拭目望

之 蓮舫師評

簦笠聚東菑　謝朓詩李善注詩曰彼

都人士臺笠緇撮毛萇曰臺所以禦雨

音臺尒雅曰田一歲曰菑王楙野客叢書

毛詩簦笠緇撮傳謂簦臺所以禦暑笠

所以禦雨緇撮緇布冠也鄭箋謂笠夫
須也以臺皮為笠緇布為冠故謝元暉
詩曰臺笠聚東菑須臺禦暑笠禦雨
是以為二事蓋本毛之說趙信陵詩曰簑
笠冒山雨渚田耕蒔花以臺笠對渚田
是以為一事蓋祖鄭之說二詩皆有據
依考孔穎達正義箋可為笠冠一也傳合
之者笠本禦暑而嚴輯曰其笠伊糾因

率經之閒　卷　弟　葉

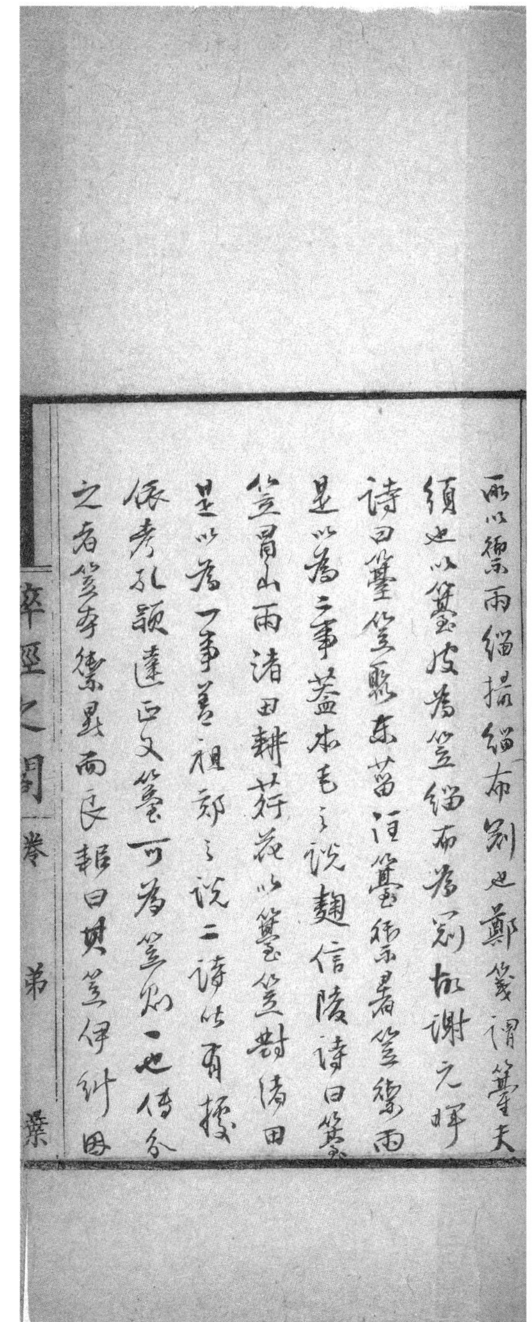

未

可戀雨欲晴分之以充二事則老毛之兒
如此　老兒庚辰集
彌望簑笠絡繹到處同犁舊遠近踏
徧訪西東半彈春陰裏幾刻夕晴中田
歌喧雜遝人影擁矇朧雉雊鷺朝日驅
牛趁晚風幾犁芳野綠一面杏邨紅幅儘
來蒼歸陰晴話牧童遥荷笠
乙覽大有樂年豐　初十日抹

大詩小庵　移蓮大臣泥山臣庵

盛世官方修齊工大小嚴辛勤宣化清寅畏
浮傷庵權漫如山運情宜似水恬鏡觀時
來巾瓜李名防嫌掠鷺森垂陛翰魚宿薊
橫簡懷霜無畏鬼藝月和織寶鑑子孫
勵冰壺之片硯涉蹤裏
要佑百尔生鍼砭　吉日謹　大建

訓

辛經之閣　卷　第　葉

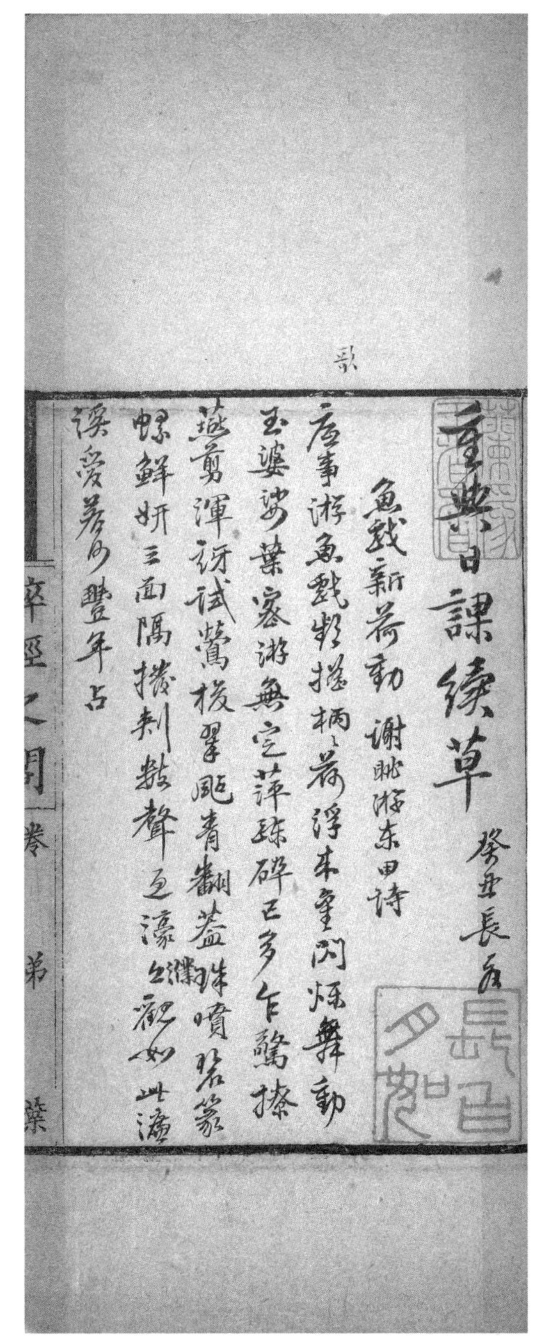

歌

章典日課續草　癸丑長夏

魚戲新荷動　謝朓游東田詩

底事游魚戲蝦搖柄柄荷浮來重閃爍舞動
玉婆娑葉密游無定萍珠碎已多乍驚掠
燕剪渾訝試鶯梭翠颭青翻蓋珠噴紫簇
螺鮮妍三面隔撥剌數聲過濠上濮觀如此濠
溪愛着乃豐年占

萃經之閣　卷　第　葉

佺

雲世簪筆

滌池歌 肖十日課

自喜軒賦無俗韻

韻絶軒窗勝者無俗慮優自能池曲折恰喜
竹葉森波類重簷洞菩瘦纏深簷青分
草色紗絲展蕉陰妙契難譚離聞情雅
齋尊自鐃塵外趣弥幄静中心象石夢胸
摇針砭附耳賦紫湯

七

雀白若茂英悟

嚐穗

春晚綠野秀　謝靈運入彭蠡湖口詩

傍晚舟移峭岸長吟詠句新翠舒千野秀

綠漾五湖青麥隴香和度池塘夢已收

景宜三月暮色話二分勻湧撥金鈎款詳（宜）

粧緗陌陳棠櫻飛日趋節競譜青人社

廿斜陽舞燕鍾窗雨均天往圖畫好游

醉經之閣　卷　第　葉

韓愈詩浩態狂香昔未逢
後山叢話芍藥紅瓣黃腰號金帶圍本無常種見則城內出宰相
元稹詩風亞珊瑚朵

又

賡題芳辰 十二日課

紅藥當階翻 詠姚直中書省詩

妙絕元暉句中書應直論紫薇華省近紅藥玉階翻病雨培仙質東風颭醉痕倩欄鏡浩態傍砌惹吟魂閃爍輝金帶婆娑拂畫旛午晴開韻事信斂更番繁亞珊瑚蹴花園錦繃暄鳳池近

黃霽賡 四十年五月

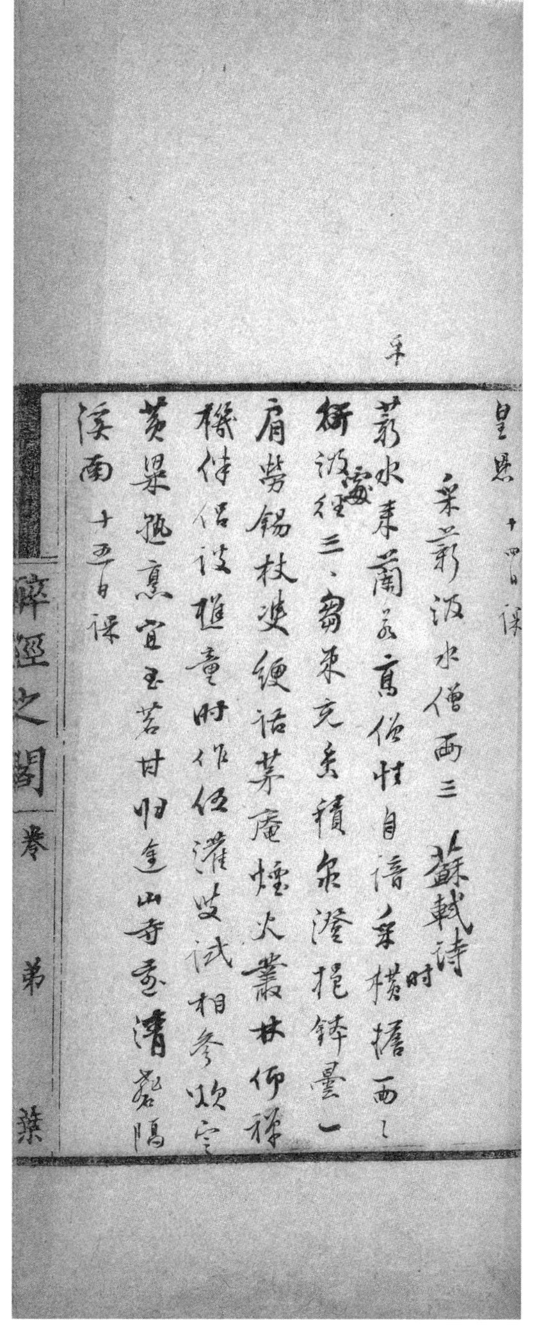
乎
星期　十四日　課
采薪汲水僧兩三　蘇軾詩　时
薪水來蘭若高僧性自諳采樵擔兩〻
汲澗徑三〻窗東充香積泉澄提鉢量一
肩勞錫杖送綆話茅庵煙火叢林仰禪
機伴侶談推敲時作偈灌叟試相參收空
黃粱熟烹宜玉茗甘歸途山寺遠清磬隔
溪南　十五日課

失

芸編不檢蛛絲羃　袁楠詩

不是蕭齋裏時蹤檢舊編芸籤長閒度
蛛羃已絲懸取亦蘭牖啓從他網密挂
縱橫縈錦膜羅織惹雲籤玉軸拋應久
稀函罥自纏漫歷書淫卷飽蠹字全鎸
校定當聰認樓排在户便多文誇富有

落句上名箋

松月庭隱處　呂浩祥詩

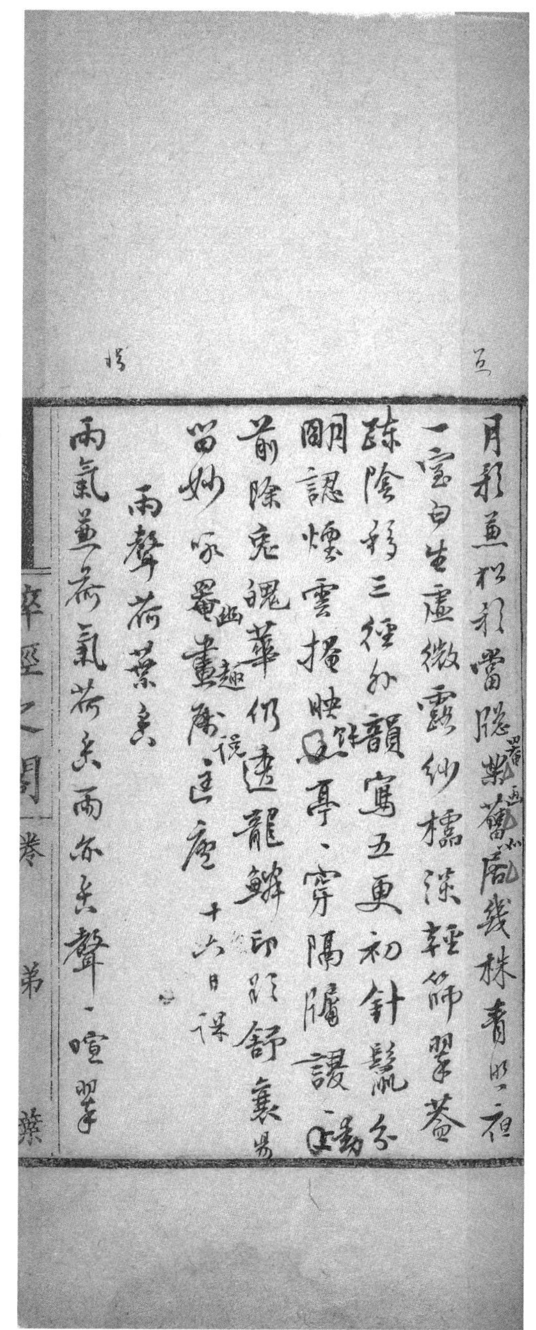

葉陣陣逼銀塘伙響浮清韻微薰送晚
涼幾番拋白點半面涇紅妝水淨青分
柄風捲綠滴房蓮隱流醞藉蘇砌潤
芸芳魚戲時驚躍蓮歌伴廿揚
液池肴
上賞珥筆戲雷車

寺藏脩竹不知門　蘇軾詩

不辨禪關路藹藹竹徑脩此中知寺近何處

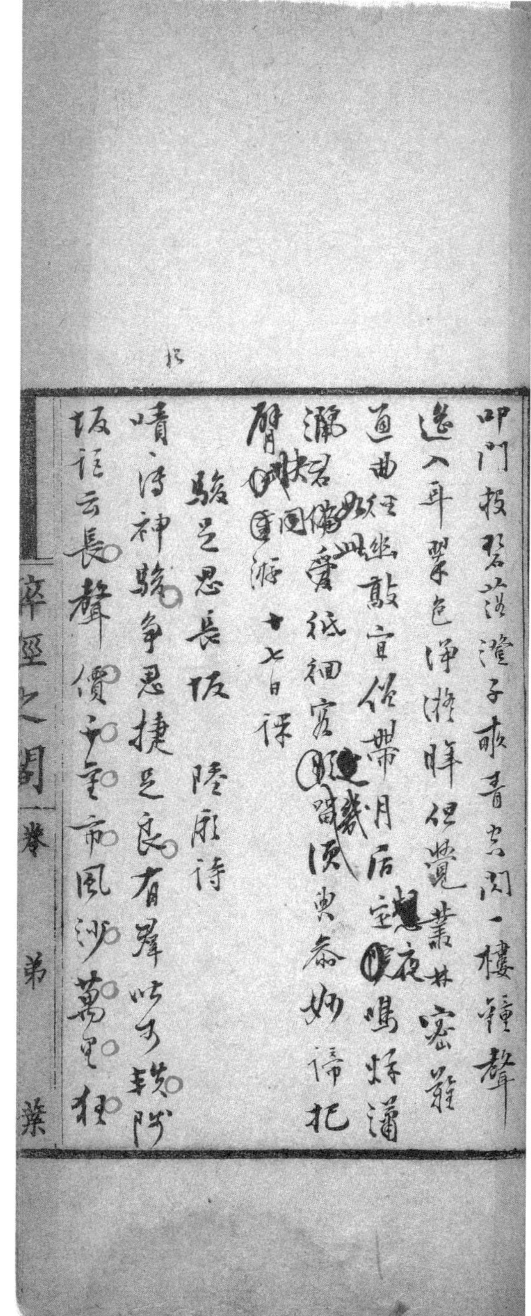

壯心猶蹀躞奇骨任騰驤意氣軒莊

伏驅馳願彫價名真契勒漢疏不數康

莊閑閑霜蹄白蓿蓿塞草黄細陽陽方待送

上駟詠鴛璫　十六日課

雪中甘蔗　畫品王維畫不問四時畫

袁安臥雪圖有雪中甘蔗

矣想開摩詰名從畫雪探不須誇咏絮

渾欲評生蔗精肩高共界衍塞朱三月抄

錢翊詩一緘書扎藏何
事會被春風暗折殘
吟燭吾煙絲蠟乾芳
心猶暮怯春寒 上張
歌

山中高士臥何處美人嬌塵夢裏吾踈素
風折未逸一株青自展四面白蘚描影本
更作寫芳心未許凋至今伊妙蹟閒詠上
詩瓢 廿一日 張

芰荷聲裡孤舟雨

一叢芳塘裡喧聲動芰荷孤舟睡未了驪
雨送名多旁韻絲紅沾寒星點綠蓑
蕭疎吹水生淅瀝打蓬過唱唱東方落

寧經之閣 卷 第 葉

灣灣淀亭蘆葦叢喧急陣一葉青漁歌
清響驚鷺鷥迴波倍涌點螺
渲池
宸袁帳鼓棹漾風和
萬綠叢中紅一點　直方詩話王荊公
作內相翰院有石榴一株鬱茂只發
一花荊公有詩云萬綠叢中紅一點動
人春色不須多

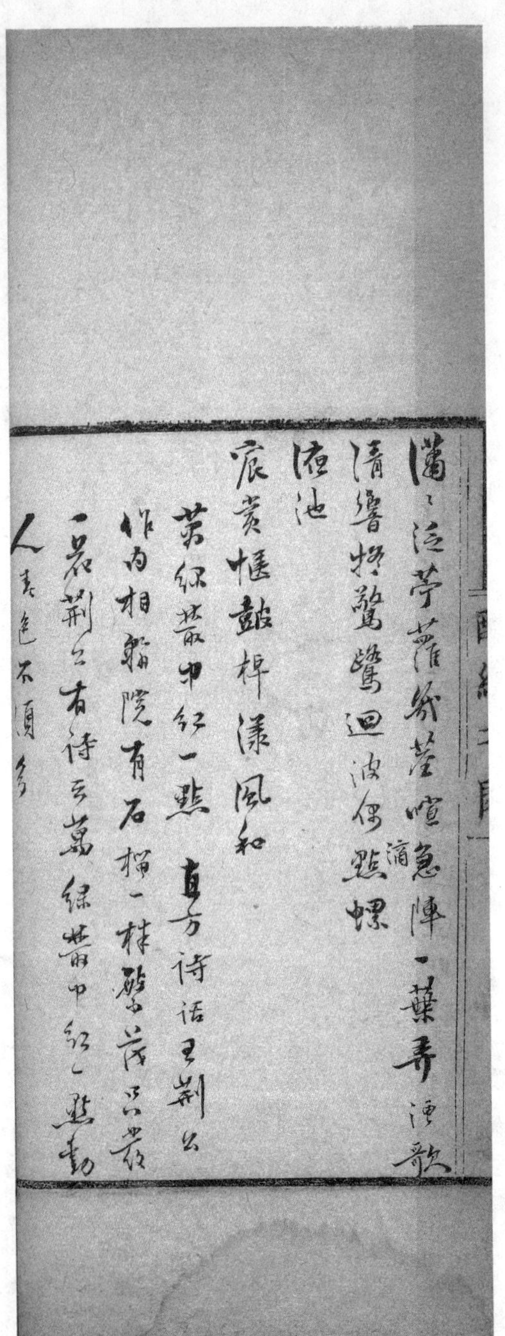

元稹詩風翻一樹火

皮日休詩火齊滿枝燒夜月

妙絶荆公句傳來翰院中萬枝濃簇綠
一點綻梢紅閃閃明翻火沈沈醉舞風作
驚朱萼減佯訝翠紗籠照眼無雙艷
當心只此叢翠園深幕麗燭影耀
玲瓏火齊燒殘繡胭脂染太工二芳媚
春色凌韓瞬蘢蔥　廿六日課

蕉雨

種偏雨瀟瀟殷勤收種蕉數園莖擁毋綫

辛亞之閣　卷　第　葉

楊萬里詩繞身無數青羅扇

醉綠之閣

陣韻蕭窗翠色連林篩珠光綰葉跳隨
紗垂碧潤羅〻扇葉青裙繪逼雞聲隨
寐寒驚鹿夢銷綠天陰雅破白雪春雜
描荷芰喧同急梧桐清共逸書齋叢觀
不厭此情絕塵囂　廿七日課

荷風

那得風如許喧傳菁柄荷此中延賞愜
發露納涼颸習習萍間盛暑冷冷水面和雅

宜君子曾清江故人過披拂青翻蓋
瀠洄綠樞標轉槳吹紫千迴定蓮花多
香氣花紛沿枯聲葉戰柯翠間攜
正好一棹快凌波 廿八日課

且看黄花晚節香 李彥平雜錄韓
琦在北门九日宴諸僚佐有詩云莫
嫌老圃秋容淡且看黄花晚節香
識者知其晚節之高

菊賦肇三表而懷芬清水殊

以命韻

獨全推晚節滿圃菊初黄秋老容難

老花共品爲清(馥)(芬)際高松倆闡態(鍊)作寒

霜冒雨籬仍植凌風徑未荒殘(杜)(仍)搖

傲骨勁野殿群芳意自知人淡言真

對我忘芝蘭宜競秀松柏試同壹

御苑栽

宸賞長稱

茱壽觴

大

綠天揮灑　僧懷素假學書無紙種
芭蕉萬餘株以供揮灑號其所居曰
綠天庵曰種紙後並州刺史作綠天銘
觸眼樹無邊甘蕉萬葉子石榴紅映日帷
見綠漫天境待青羅幛書牲碧梧鮮
縱紗語搖映草陣結鈎連幾疊螺紋
篆更番鹿夢圓潛森侵庭君神妙
封毫顛筆色垂垂幕烏絲界其殘

萃經之間　卷第　集

此中揮灑便聲價重先賢 廿九日課大
山光悦鳥性 常建破山寺後禪院詩
獨悦禪居寂，招尋性自閒。忘機林外息，
得意寺中山。螺髻盤仍繞，蛾眉畫復彎。
晴嵐喧靄靄，樂趣話閑閑。有托欣巖壑，
無心任往還。風光饒百舌，雲彩曉子鬟。
上下唱聲續，高低夕照般。此間收萬
籟，倚杖徒緣還 七月初二日課

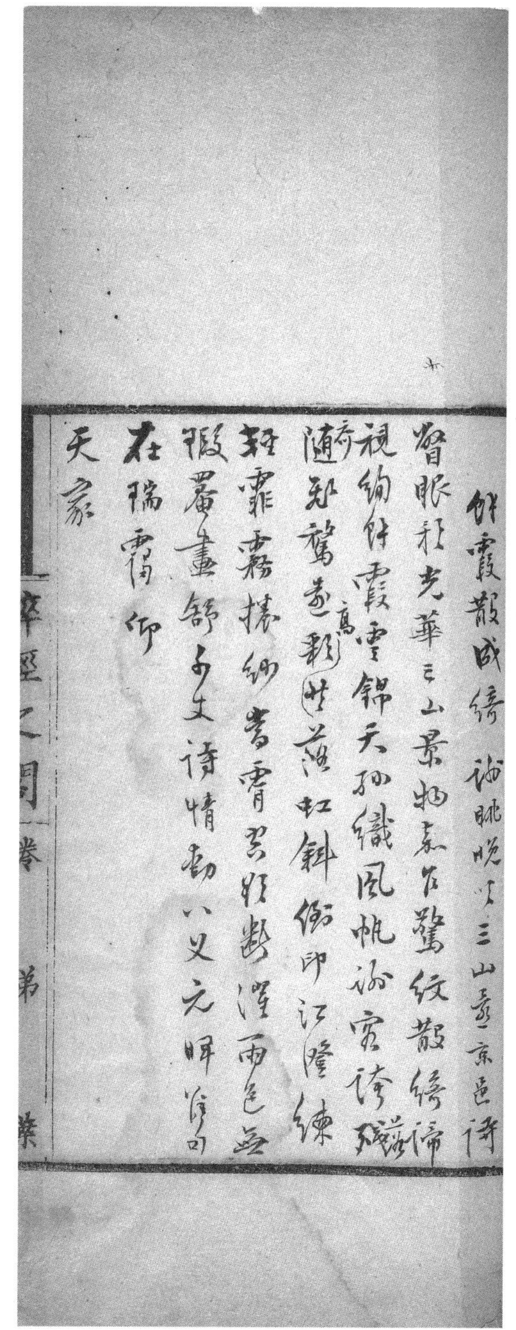
餘霞散成綺

博望乘槎　博物志舊說天河與海通漢武帝使張騫於大夏尋河源乘槎經月而至一處有城郭屋舍遥望室內見一女織又見一丈夫牽牛渚次飲之騫問何由至此騫具說來意并問此是何處答曰君至蜀訪嚴君平則知之織女取織支機石與騫騫至蜀問君平君平曰某年月日有客星犯牛女計

元年月正寒到天河時也支机石為東方朔所識 按張騫漢書武帝封博望侯

不是三霄境能通一葉槎成夜歸路訪天漢寂星羞界自凌雲上程宜傍月賒渡鞋烏鵲間地合斗牛家是處人牽犢牧牛如浣紗錦機慕石贈孙浦片帆斜仙跡來瓊島帝母漾翠霞煙波迴首望幾度話天涯 初四日課

華經之閣 第 葉

腹中曝書　世說郝隆見鄰人皆曝
衣乃仰卧曝于庭曰我曬腹中書
欲傚姝昜曝胸羅自有書舊風羅足似
風羽且從予腹笥新藏富并纖默兼飲
氣真華錦繡巧不乞闌閱將可祥觸換
痛忘蠹飽魚更誰嗤隔膜假亦笑拘
懷夜漫同高閣際應蘊五車琳琅輝
秘府萬卷寶函儲　七夕日課

片時夸寐破戕縷嫩涼迴　来

碧筩杯　酉陽雜俎魏鄭公慤三伏之際率賓僚避暑取荷葉盛酒以簪刺葉令與柄通屈莖輪囷如象鼻傳吸之名碧筩杯

避暑尋嘉會擎杯話碧筩輪囷傳蒂偃呼吸刺莖通藉手醺浮綠霑心訝注紅華羞滌（輸）馥郁象鼻瀉玲瓏價含青錢市承宜曉露同如何君子概偏愜醉人風

廿一

歸賜々初泌能詩來緩鄭公酬雅多
韻酬小樓東　和九月譯

賜筯表直　開元遺事宋璟爲宰相
朝野歸美時春御宴帝以所用金
筯令內臣賜璟々受賜莫知其由帝曰
非賜汝金蓋賜卿以筯表卿之直也
遺事開元紀承平相業孫錫恩隆賜筯表
直余模稜兩用和羹寄併賜向食鏡試

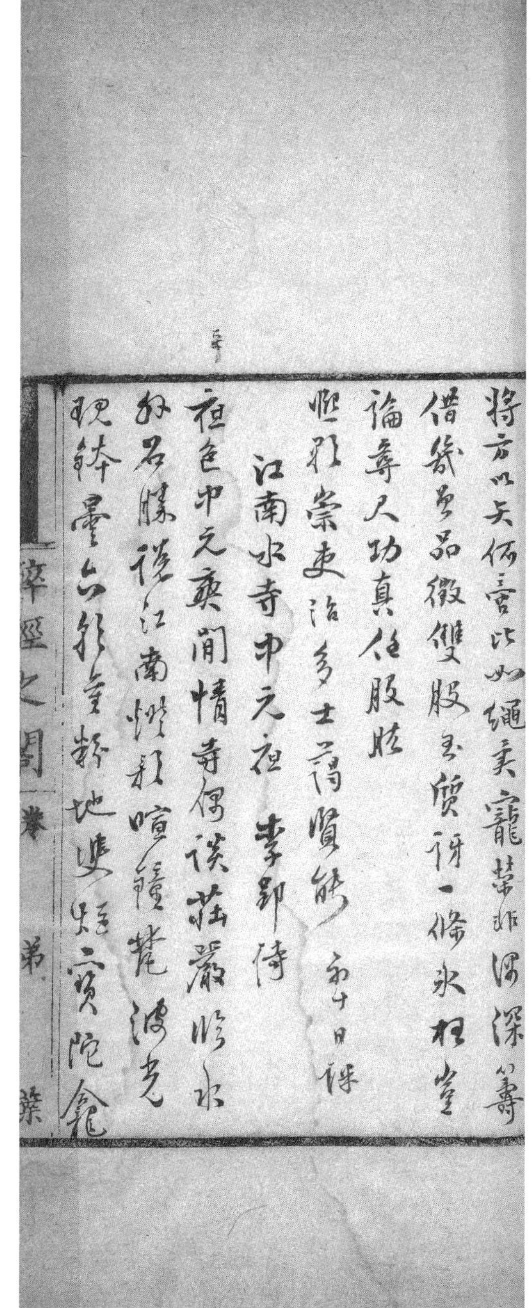
將方以矢何曾比如繩矣寵帶非淵深壽
借餘多品徵雙股玉質許一條冰柱堂
論壽人功真任股肱
照耀崇吏治多士得賢能　初十日錄
江南水寺中元夜　李鄧侍
夜色中元爽閒情寄偶談莊嚴臨水
放名勝德江南燈影喧鐘梵濃光
硬鉢量出影金妙地逢時三寶隨龕

萃經之閣　卷　第　葉

杜甫詩南朝四百八十寺多少樓台煙雨中

煙雨空多少僧寮傍西三千四百閣外
競貝葉靜對茶古剎秋生滿禪心
月印潭幽間游黃愜攜手訪芳庵
十五月課　小建

今夜止可談風月　梁書徐勉遷吏
部尚書嘗與門人夜集客有虞暠
求詹事五官勉正色曰今夜止可談
風月不宜及公事人咸服其無私

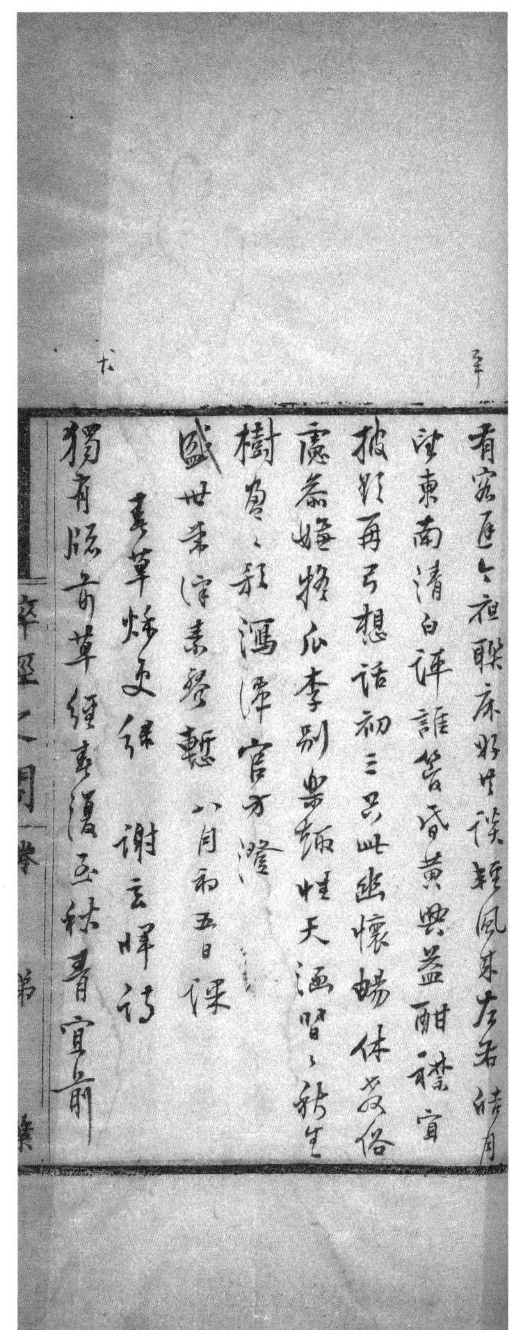

度情綠更看番稠處已凄涼換芳仍
翠篁浮維橫三徑霽風雨兩般收
湯艾繁華減爭同晚節留殘世紅
得々依樣碧油々閃々螢光誤蔓々蝶夢
繞池塘詩思早[換]　崔句樣
瀛洲　初十日課

謝安圍棊　晉書符堅百萬次淝淮
謝安命駕出別墅與謝玄圍棋賭

又

別墅安碁常劣於玄是日玄懼不勝
謂甥羊曇曰以墅乞汝游涉至夜
乃還指授將帥各當其任即破堅
百萬淝淮次神機謀偉推風流千古話
勝負一枰碁方罫重圍合周陸兩敵持
座中紛翻黑白局外決雌雄未許持籌
定將同借箸奇驛系眉睫頃捷旅
千譚侍墊妙縱橫求情實徵動靜而知

擘經之閣 一卷 第 葉

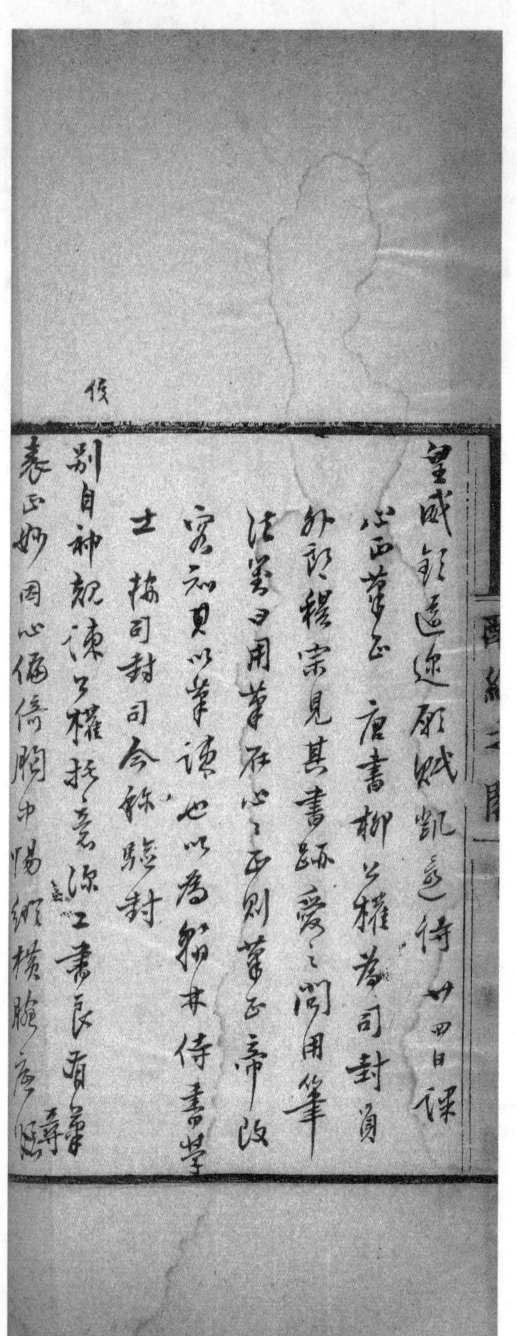

皇威鋭遠逺所賊凱遠侍 廿四日課
心正筆正 唐書柳公權為司封員
外郎穆宗見其書跡愛之問用筆
法對曰用筆在心心正則筆正帝改
容知其以筆諫也以為翰林侍書學
士 按司封司今稱驗封
别自神觀諫公權於意深工書良有筆
表正妙因心偏倚胸中暢纖横[illegible]

續晉陽秋車允好學不倦
貧無燈火夏日用練囊
盛數十螢火以照夜讀

斜行防搦管草立定知鍼象如神 明韞
毫端結搨森不散輕以掉指秉直而臨藏
肥瘦評時定雲煙落復沈
宸章欣日隗
丹陛躍義鑄 廿六日譯
囊螢映讀 晉書車武子勤學不
倦家貧無油夏月以練囊盛數十
螢火照書

醉經之閣 卷 第 葉

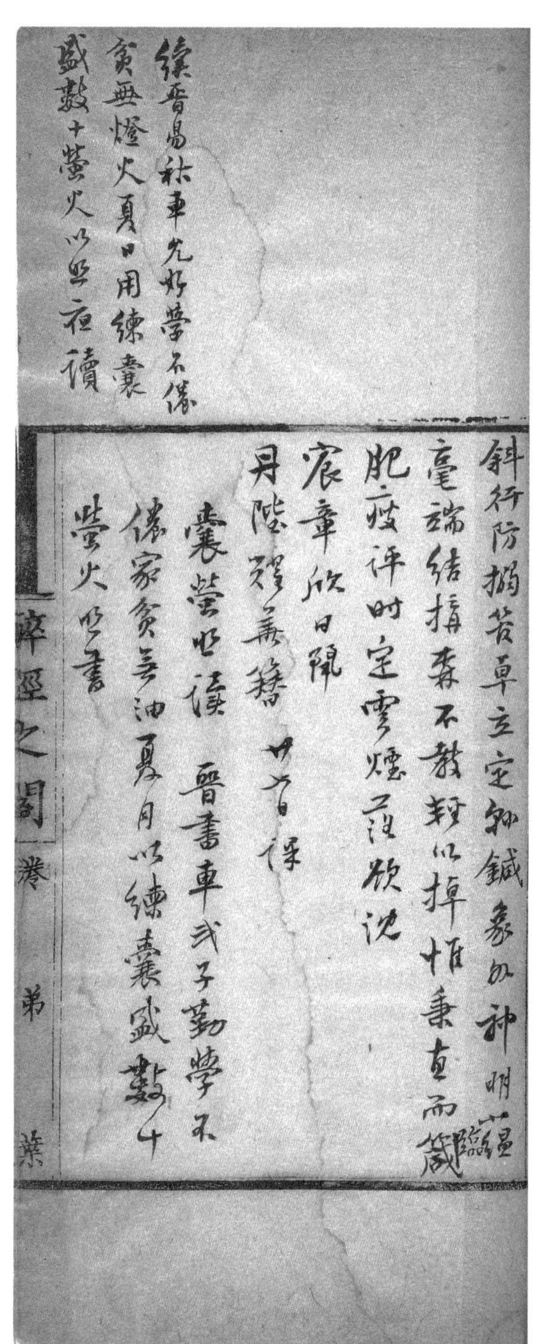

青

湯道人如此書遍讀未停不須芸底蠹
更為練囊螢拂几童開硯開編幾
點熒紗在籠露碧蕊廿四番青影
總當膽小先生鑿壁靈台鴛雛勝頴
渾訝月穿櫺閃閃來三徑醇醇味六經他年
蓮炬徹聲價重
彤庭廿九日課　大建
清臚鈴聲放鴿天　王彥泓詩

寥廓天光好時來放鴿聲幾回翔復集
一樣脆而清響若鵝摇疾翻疑雁陣驚
鈴音傳隱約嘒響徑縱横掠翼凌空出
路閑籠怯曉晴韻逐風翻遠彩飛
雪衣輕妙計閑張浚彩詩從虔泚可
知借雅頌揮筆賦初成　九月六日課

烽景牆頭數點山　劉禹錫詩

秋景來何處蒼茫入遠山幾回常□隱

萃經之閣　卷　第　葉

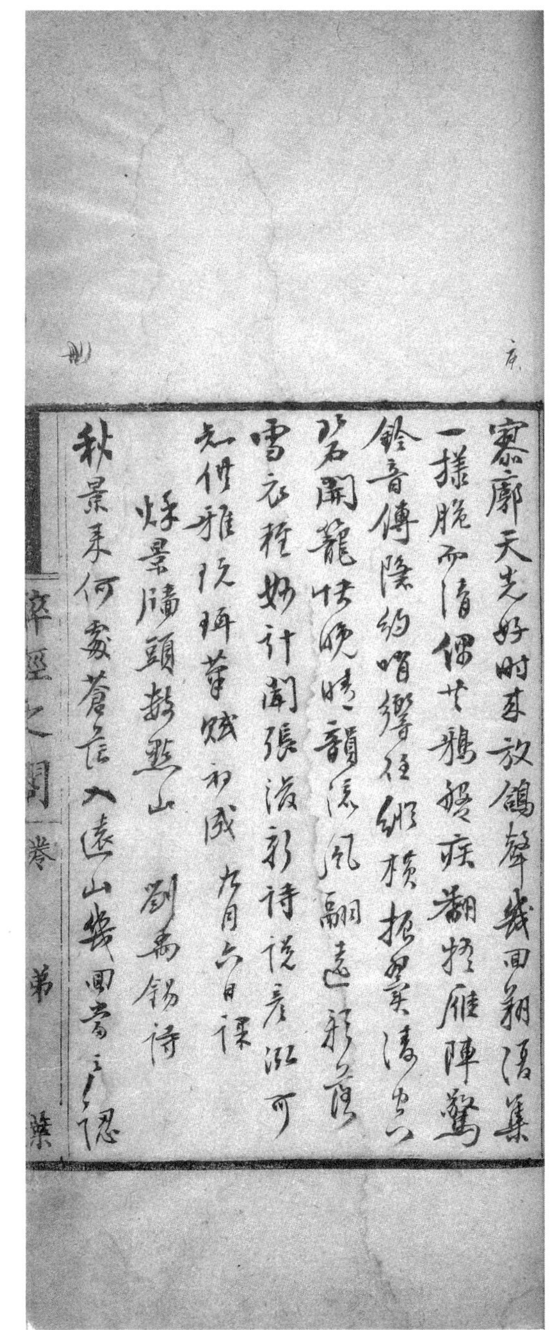

數點隔牆堠繚繞圍青松高低露溼髻
鬟行人舉舉羨涼月雲雲遠接苔痕翠
湘庭竹影斑爽來襟袖裏色認有無間
直許幾中列峰堪壁上攀墨惟留畫本
妙筆寫荊關 初七日課

題糕 野客叢書劉夢得嘗作九日
詩欲用糕字思六經中無此字遂止故
宋景文九日詩曰劉郎不肯題糕字

畫負人生一世豪

風雨送蕭騷詩家興倍豪一年三欣[逢]握管重
九話題糕味漫粻餭賦名先糕粑高吟[菊]分
雪釀棗餌伴霜螯席絕三秋爽牧稽一
字勞逸情誰〻孫和隹句任分曹艦館閣
又手書齋待染毫劉郎家話在長情
步蘭皋　重陽日課

蜻蜓立釣絲　杜甫詩

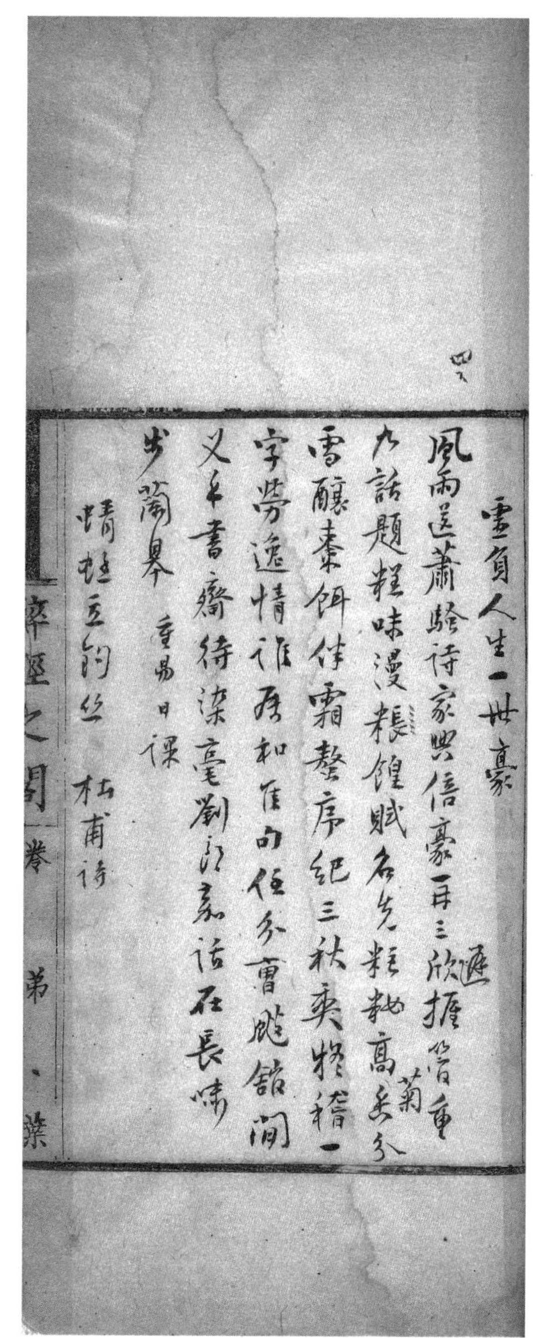

壽　壽

偶步
惟愛清溪畔垂竿竿不停相逢欣釣叟小
立蟬蜻蜓弱羽飛仍滯倏綸戟作經
招來竿裊裊側從新亭亭翠愛身翻
碧珠宜眼徑青扁舟搖欸乃纖尾扎躍
玲未許詞怡待題斂點水惺濛渠雅趣
在在棹入滬瀆　十二月課

玉釵罥蛛郎馬嘶　黄庭堅詩
郎上郎歸未垂蛛兆應稽玉釵方作罥

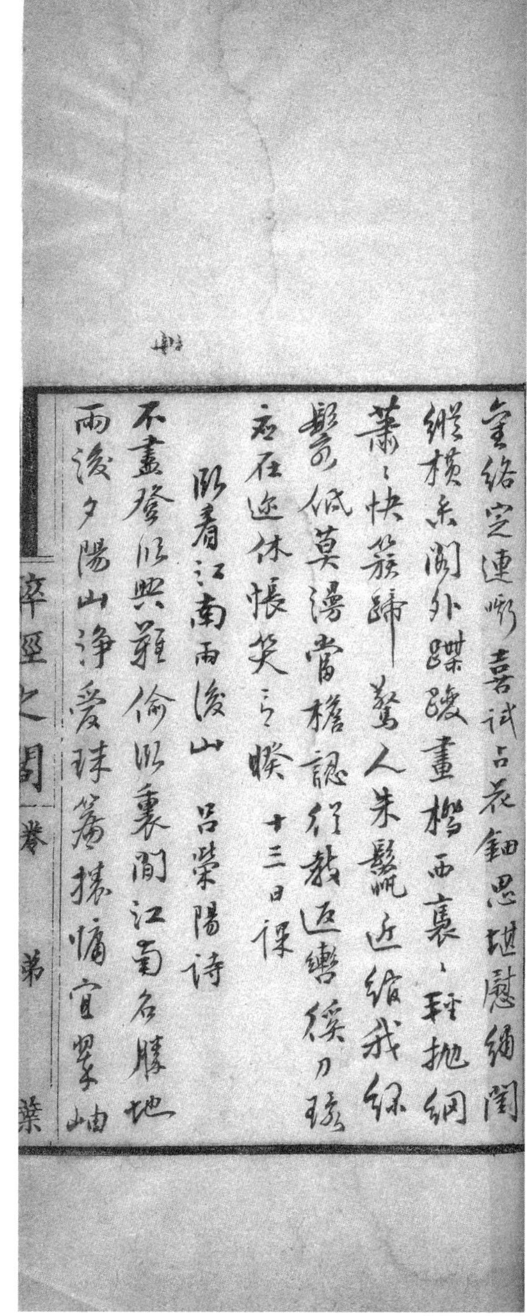

金絡空連嘶 喜試占花鈿思越慰繡閨
縱橫兵閣外蹀躞畫樓西裏裏輕拋網
葉葉快蔟歸 驚人朱鬣近纔戲綠
鬢尚低莫濕當檐認行教近轡候刀環
夜在途休悵笑笑蹊 十三日課
雨看江南雨後山 呂榮陽詩
不盡登臨興難偷眼裏閒江南名勝地
雨後夕陽山淨愛珠簾掛情宜翠岫

萃經之閣 卷 第 葉

佛頭青似洗了鬟髻
重
如瑤

12

瑤數峯青似洗一枕碧如閑坐數行餘
跡烟雲偶露鬟好借詩料兩直詩夢
游意逸想塘頭認情忘户外攀黄顧
悔留畫本
宸賞快
天顏 十四日課

烁雲似羅 梁元帝蕩婦秋思賦

駢體南朝紀蕭梁妙句歌烁光涼似水

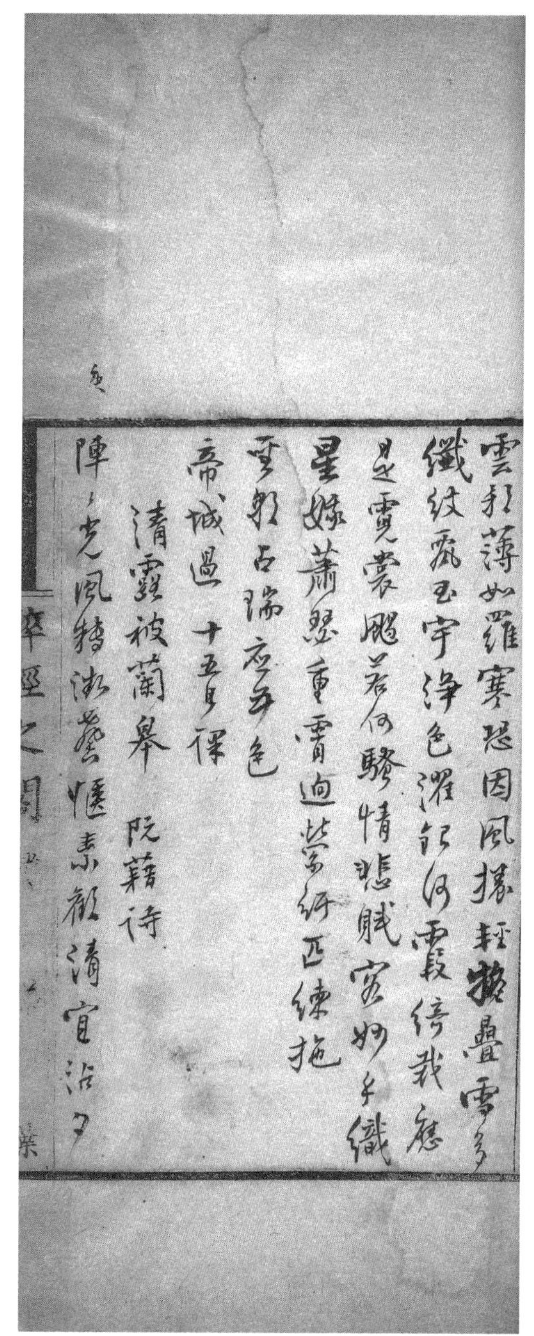
色

雲衫薄如羅寒悲因風擺輕拋疊雪多
纖紋霧玉宇淨色濯紉何霞待我態
是霓裳飄若何驕情悲賦家妙手織
星娥蕭瑟重霄迴紫綃匹練拖
雪影石端應有色
帝城過　十五日課
清露被蘭皋　阮籍詩
陣陣光風轉淑蕙愜素觀清宜治子

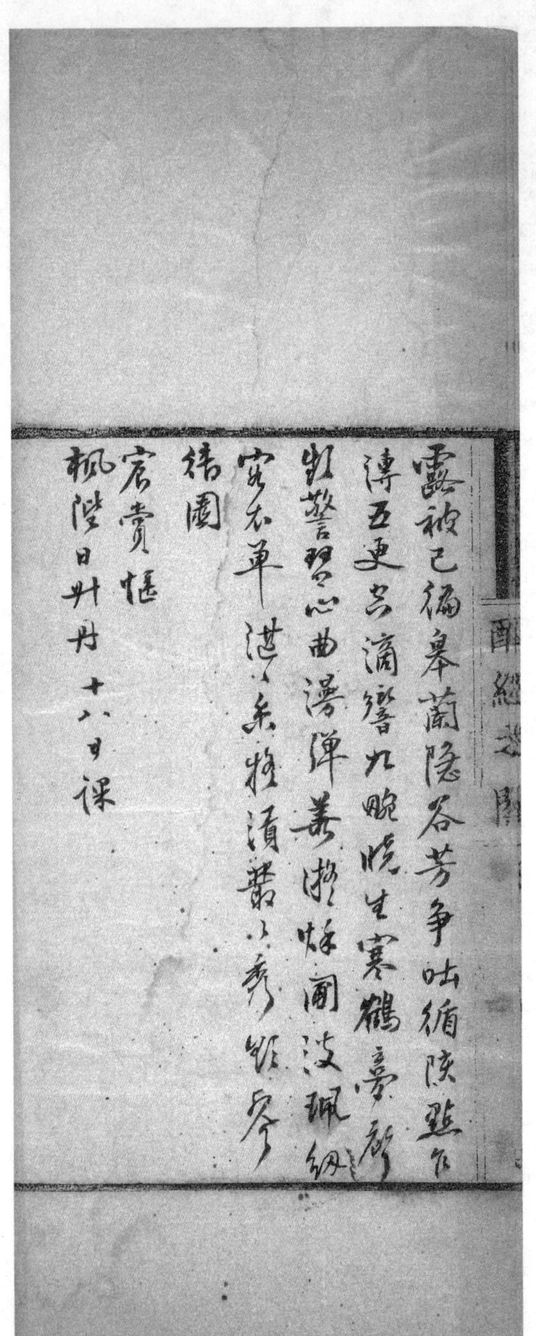

露被已徧皋蘭隱谷芳爭吐循陔點作
溥五更岩滴響九晚曉生寒鶴夢驚
數警理心曲潯彈蕭懶悴聞波珮級
寬衣草湛湛兼粒須藉小秀餐零
結園
宕賞愜
楓階日廿丹　十八日課

日課詩草業師　漢九夫子屬和之作也
不半載遂以宦途一方而輟筆爲稿止計詩
不及百首今年長夏無事竹簟茅檐時
多清暇因取舊藁續而課之日月駸尋
又得詩若干首爰因舊名顏曰續草歐陽
公曰物嘗聚於所好斯言信哉是知一有偏嗜
必有浸淫而不能自已者　癸丑冬日

[illegible]經之閣　卷　第　葉

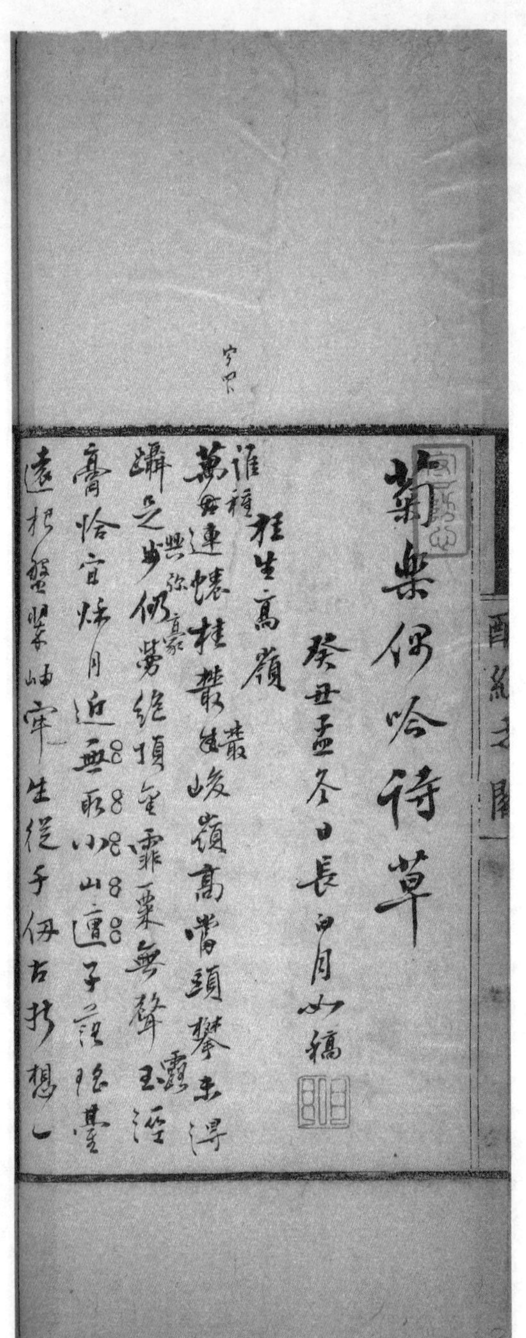

菊巢偶吟詩草

癸丑孟冬日長白月山稿

桂生高嶺

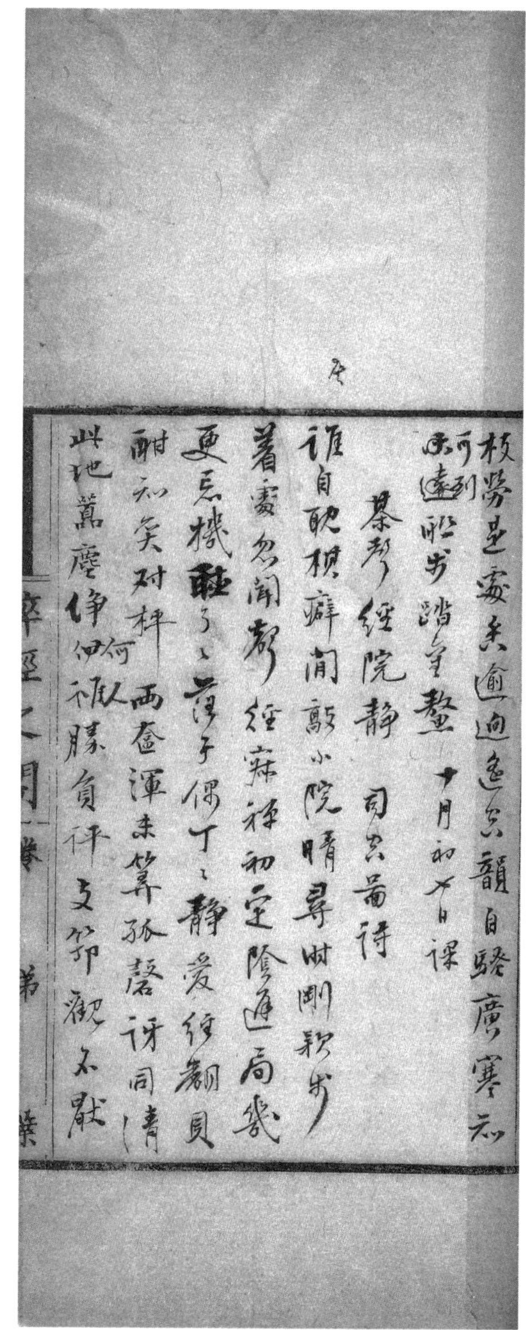
枝勞足處未逾過迴逸處韻自騷廣寒衣
何到衣達船步踏金鰲　十月初六日課
暮投經院靜　司空圖詩
誰自耽棋癖閒敲小院晴尋樹斷疏步
著處忽聞鄰經寐禪初定陰過高聲
更忌樓鐘了了漏子偶丁丁靜愛經翻貝
耐知寒對枰兩奩渾未算孫謀訝同清清
此地莫塵爭伯何人不勝負枰支節欲不厭

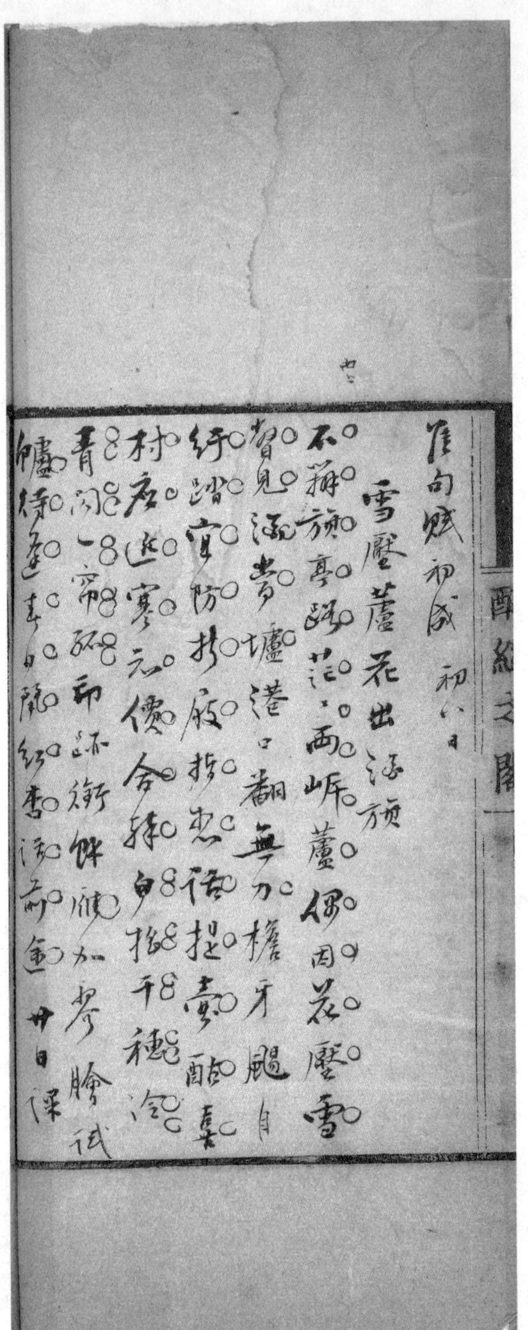

删

開門雪滿山 王維詩

憶昨寒威逼重衾戀自開作開門兩〻瞥
見雪山〻屋白宵生寶氣黃夜閑闌玉樓
人作凍銀海磴鞋攀徑復業初啟杉封
寵儀遙半扉餘粉本幾層減螺髻
畫意來前卻追吟情抄得句憎三蒼欣有慰
膏澤編區寰 十一月初八日

河陽花作縣 李白詩 晉書潘岳

華經之門 卷 第 葉

爲河陽令植桃李花人號曰河陽一

縣花

競說花爲縣從知縣是花四圍垂爛漫十
里樹交加繞巷桃紛雨沿蹊李綴霞煙郊
紅杏指城郭綠楊斜小院琴歌靜處
堂鏡影遮渾擬多國誤猶令錦陽誇
曲錄朱紫梧迷離翠籠紗何當移
上苑作景繪

冬至一謁長至

天家 廿日

花塼一線添紅景 李肩吾詞

耦景逐長至紅閨晝日右花塼三徑試弱線一

竿痕添綫度鴛鴦瓦逐移蜚掌螢土圭量

共永晝縷測仍織學士廳綠康宮人鍼

競指暉宜博藥砌新湯宿茅檐直許

長繩繫取教寸晷淹龍陽欣有待

離照萬方晴 廿二日

樵路細侵雲　李商隱題鄭大有

隱居詩

不斷樵歌唱幽居愜（遠俗侵）素襟半肩紅葉細

穩一路白雲深徑仄挂螺磴嵐迴推犖

岑來薪凌絕頂觸石任無心得得芷

鞋滑丁丁古木森依稀款弱磴指顯愜

塵襟小憩歸途杳長歌夕照沈世間

吟眺便無興怯終臨

甲寅詩草　甲寅三月　月如草

新正試筆咏懷

漫說青雲路已通，駒光兩度歲匆匆。三（余以庚戌聯捷進士）愧無翰墨西園寄，篆竹風塵促吏同。（余歸部選，例以知縣銓用，遂未投供）敢望請纓繫越，祗宜投筆且從戎。（者城役三述防霧辦團練保甲事宜，即擬投劾）詩書漫畏芸牕隱，孫兵注從頭讀太

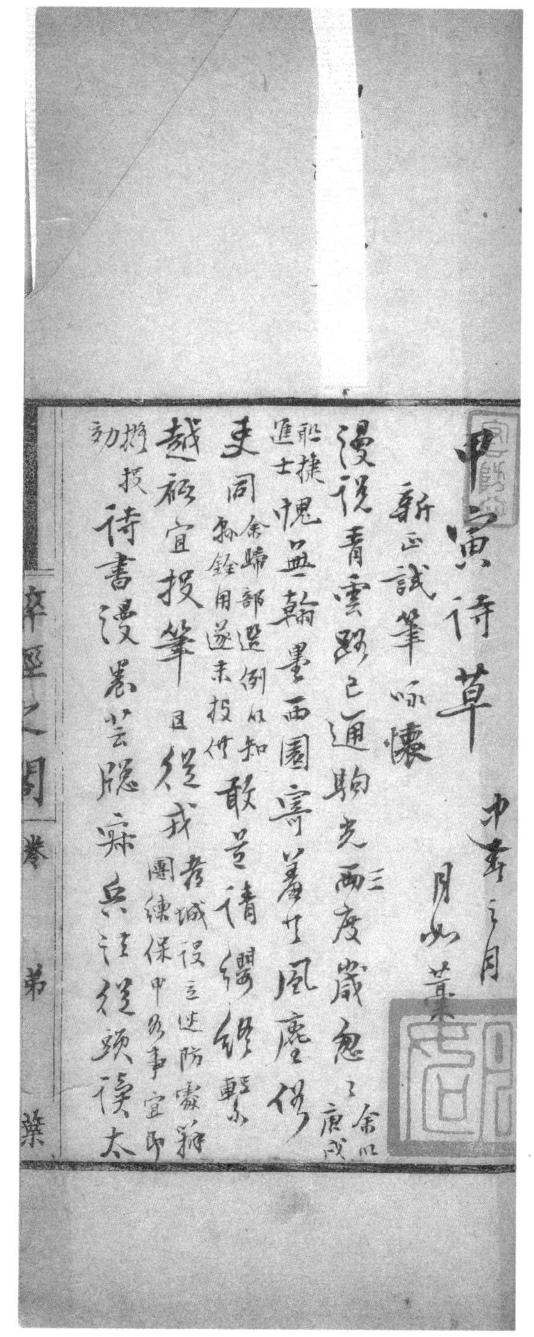

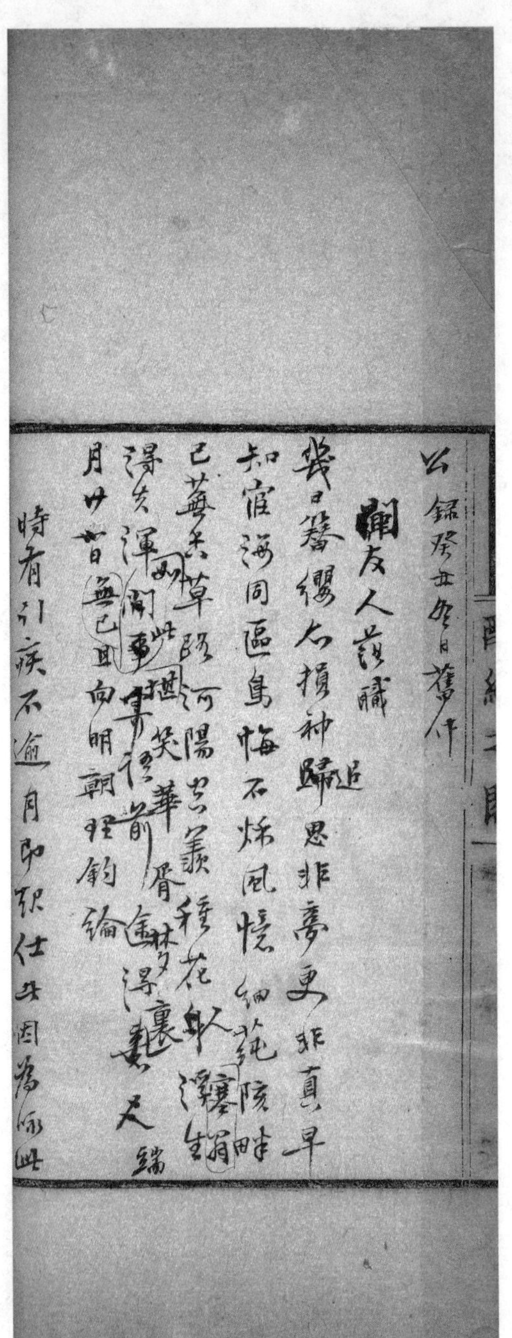

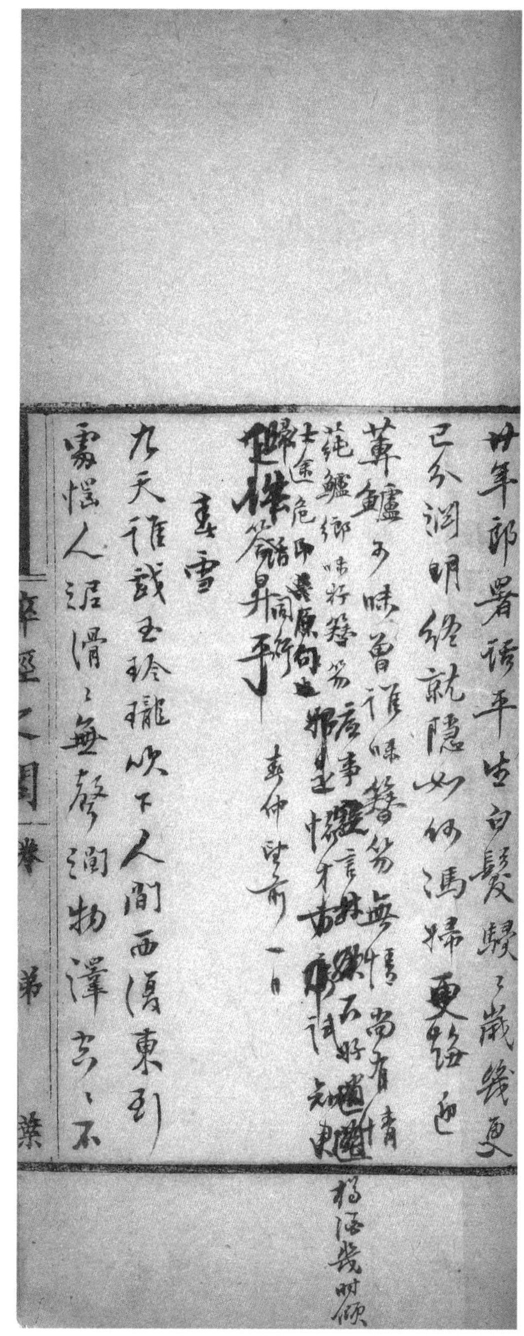

堪掃徑飛花一點却為栽花積債深融不
有故交收剎喙安排小閣待詩篇 十四日
庭前雜詠
牡丹
果是人間第一花爭傳今見紫雲飛黃春風
春雨勤培植仙傾國傾城艷龍妙富貴花
宜推獨占煙花魁不數群芳朱欄十二
稱重題深韻華書畫取仙人姿衍絕陽 廿日

紅藥當階翻

春光啼碎鳥聲中，傍砌翻翻芍藥叢。
姹紫嫣紅酣曉露，生香活態舞東風。
雕欄曲曲韶華麗，畫繡閣深深淑氣沖。
喜半芊芊芳草綠，相將畫本入詩筒。十六日

翠藤垂架

疏籬渾忘日西斜，百尺藤陰覆古花。可是結
天深罨幕麗，卻非紅雨總交加。茶芳小閣

風侵幌歷簾前隱月印紗忽訝樓禽聲撲簌不知觸折幾枝梢 十七日

玉簪

冰姿雪魄絶纖埃移傍墻陰手重栽白玉簪從虞羨去金錢買自水仙來欲分似是仍非是恰在將開半未開向晚異香争折取好乘初放繞妝臺 十八日

荷缸

愛殺閒閒十畝居，一泓澄水淨芙蕖。幽殘緑意忌雨戲殘紅，情趣躍魚偶攄清。風吹嫩竹作喧，急雨碎萍疏。亭亭雅合濂溪師，靜對移時得所在。

葡萄

西域攜(擷)來種自殊，繁枝壓架密陰敷。晶瑩湛湛津津含玉，圓淨纍纍子貫珠。只(瑟)畏鳥銜芳醞破，更憐蜂惹果香渝。腴雕磬

萃經之閣 卷 第 葉

磊苴新初薦風味幾知壓賸醅奴 十九

白丁香

椎庭枝頭雪未消繽紛六出上無條偶隔墻

霞雲英燦掃徑初粧玉屑招明月簡移

斜影淡浸風滌錫暗香飄雪重鎮 月

讓為伴野鳥閒閑閣寂寥 廿日

芭蕉

坟種芭蕉手手刪茜齋留待雨潛潛一織

碧玉芳心抽萬扇青羅午夢閒擡映不
耕畫西照入簾瀾相襯蘚痕斑織田不許
經他閒拜灑掃十分閒廿日
踏臺雅詠七首山在京西醒城北安河村四十餘里
疊嶂層巒羊腸詰屈非芒鞵節
杖未易登也俯瞰其下平疇萬頃煙火
千家雞犬桑麻城郭人物如在几
上游覽絕之境去春偕吉圃以借寺僧房數間棲息旬日山因是懷山水亦不作也

登暘臺山

巍巍暘臺山，蒼茫闢太古。連峰天外削飛鳥
亦滯閉來試躋攀漸知梯磴苦踏穿〔游屐 云〕
猶幸嚴節竹暫相輔危巖翠如滴遙望闕
眉嫵枯藤緣絕壁山花銜吐雖無千丈
瀑且酌雲根乳怪石森兩行纍纍奮欲舞
或訝虹飲澗或蹲如踞虎面茲心魄驚愴
於遑再覩倚此眼界寬平疇劃芳園綠野

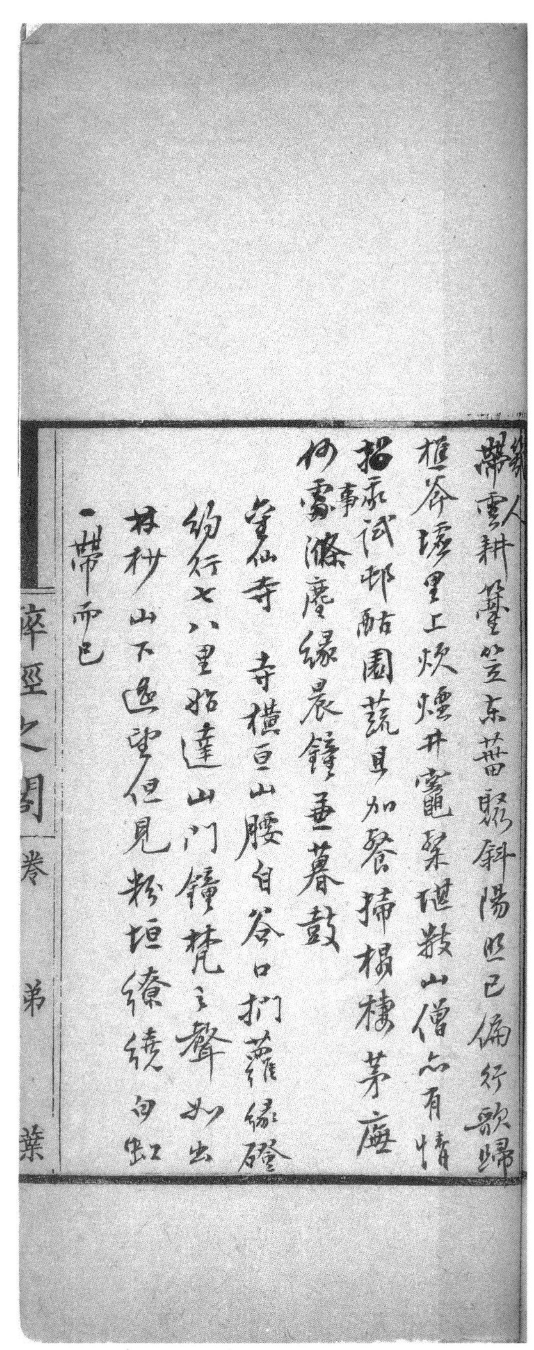
綴人帶雲耕簑笠东菑照斜陽照已偏行歌歸
椎谷壕里上炊煙井竈架槌鼓山僧亦有情
招來試邨酤園蔬且加餐掃榻棲茅庵
事何處滁慶緣晨鐘垂暮鼓

望仙寺　寺横亘山腰自谷口捫蘿緣磴
紆行七八里始達山门鐘梵之聲如出
林杪山下遥望但見粉垣繚繞白虹
一帶而已

醉經之閣　卷　第　葉

乍得僧房保數楹時來小住愜幽情閒
雲野雀禪機穿明月疏鐘客夢清澗
水何年長石髮山花滿地未知名欲參箇
裏空中趣錢前度溪聲答梵聲

石泉　泉出寺傍石罅中主僧就其下甃石曲
鑿渠口正方而深不盈尺疏以渠迴
引流以碧淡於清冽可啜其氣遠山下漫
溢挂瀰漫尚溉田數百頃浄無邨人背語
給爲惜鄉鄰村累久挾斗石斷碣殘

碑名溪無考因余弟自為石翁云

一渠澄碧倒滉漾躍日晶誰言出山水不及在山清

習習谷風生不閣波浪翻願以證禪心禪心澹如此　廿二日

白果樹　寺有白果雙株參天蔭自庭

秀龍蔥蓋前代舊物也

會仙古樹直直幹勝數圍合抱仍雜續參

萃經之閣　卷　第　葉

天然色箋千尋老幹鮮皴枝屈曲護〻護
持看神功護〻培〻潰灌沃托根得地適
早會此生不受斧斤侵半天時覺風雨生
颯〻渾忘暑氣酷赤來樹下瞰從倚慵森森
蒼翠襲衣綠幾杯苦茗饒風味清閒席蒼苔衣
算殘尚嵩煩端雅知口吾好拾春禪居遠
塵俗山蔬那釀行自灌漫使籌措常拘束

無窮 自陽台逃西閣峻嶺千數芳物

峰山每年除夕日鄉人士女持香攜幼爇香頂禮以祈福祐乘車策馬絡繹雲集於途且有自遠方負擔而至者名曰香客

靈山仙梵樹崔嵬稽首旃檀萬衆來鐘磬半空天聲斷續香燈五夜彩徘徊鬟隨輦無人覓躡屩攜簦結伴回盼是太平豐樂象繁華點綴上陽臺

芍藥

殿前芍藥兩叢叢叢約數百莖

西山作宜移此前

高四尺餘夜时燭湯洵堪玩賞

擕紅牋此幾脫胎故向禪閣試舞絛色

相已空真解脫任他來去雨花臺 廿三日

紙鳶

别樣新裁製絕工淩虛不假羽毛豐送

已擬合任雲霄上搖纈備宜掌握中到霧

碧箏聲嘹遠近幾家借蔽語鬧是童謝惟知應

莫未識鴻鵠志三年順風 廿四日

西山道中

邯鄲驛傍市出旗亭策〻春風路不停一水乍
喧林柳綠萬山直趁馬蹄青催耕鳥語連
村喚語雨鳩聲向晚聽指點西山最深處
半年隊逐夕陽冥　卅日

春日即事

滿園閑不住色春已堪憐細雨滋纖草
輕寒勒嫩花禽喧眠未得晝永日還斜

萃經之閣　卷　第　葉

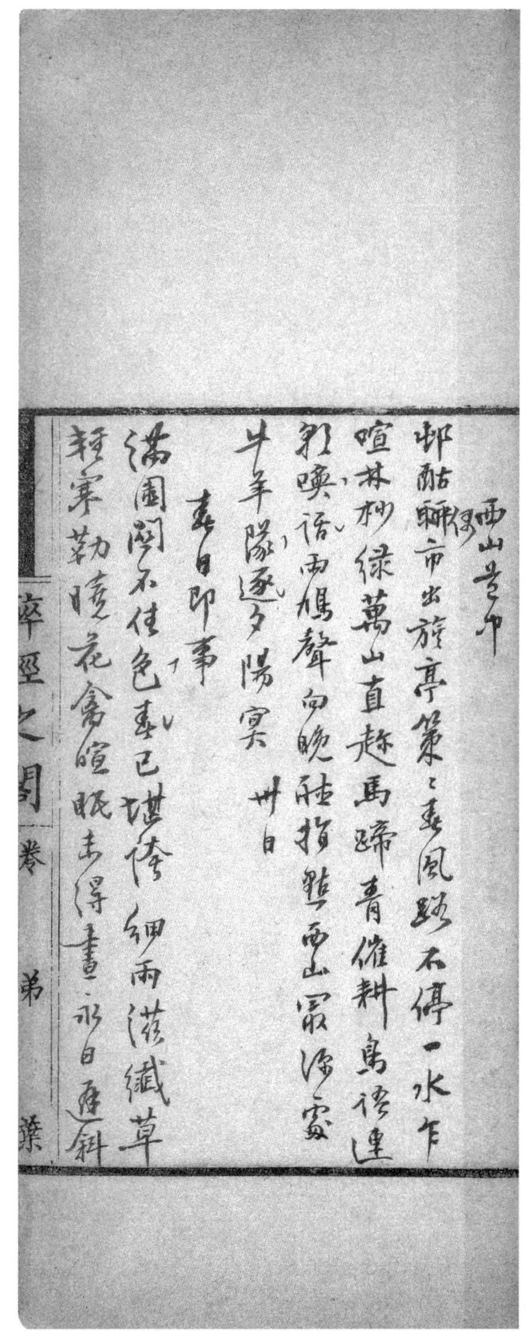

把盞渾無默閒詩多重文　三月朔日

哭亡友

世事雜論拋之杯無端得失果誰爭卅

年意氣同揚酒自昔音容賜苑生寵

後已悱籌組讀書田可有子孫耕　指認

何處空惆悵淒絕長松夜月清

乙擬杜工部麗人行　原韻

水光天色燦新豔談長安多麗人雪膚

花貌寫難真將容修態紗鞋勻風流不殺
永和春柔東擬試佩刹旗頭上何所有翠
鈿壓鬢僯點唇背後何所見互紋綠
㡠綺羅身可憐相見不相親覿面齡同
越艾秦秉蘭鮮芍古已遠溱洧之水其鮮
後來韆事爭相尚隋唐以降日絲綸系
車繡幰過行塵明璫寶珥雜方珍迴眸
一盼若有神綠楊邊指話前津纖纖弓樣

不勝處迢遞幾回相顧促錦茵清風唱〻切錄舞
飲乐飄動素帷中何如沂上古絃倫詠歸詩
意緒語無聞　重三日

課兒讀
寸陰錢見去仍曾把回首壓頭珍[illegible]閑妙喻推
十年心力唯推類耕耨文場幾費時回首[illegible]功名塲
家築挑燈書卷為吳閑通經雅藉窮經
豈致用先儲有用才努力且須勞少壯安排
春杏與採杷　四月二日

譚苑洛人最喜瓜果上有蛛網
成巧字又天寶遺事以蜘蛛閉
於小金盒中至曉開視以蛛絲稀
密為得巧之多少
張騫已見博物志
感遇集鄭子儀至銀州七月七

七夕詞

迢迢一水隔銀河曾説鵲橋此夜過翻惱世
間離別恨相逢不及女牛多
瓜果年年綺席陳深宵驗取網絲新為憐
神巧争多少未把金針度與人
此情碧海更青天雀會長尋萬古緣固是
世人多好事支機争漫贈張騫
當年感遇話銀州富貴無端自我求儀恒系

萃經之閣 卷 第 葉

夕忽見忠卯騎車綢帳自天而一美女下子儀拜祝願賜長壽富貴

車帶久待祝應慳鵲是牽牛 七夕日

閨怨

銀箭遥喧夜漏清蕭蕭風雨動秋聲宵寒不耐羅衾薄驚破深閨夢未成 十七日

從軍行

君不聞自昔言兵為凶器黷之不已水旱至吁嗟

年年古往來幾處手持眼皆成戎馬地上將榷

恨矣勤王整軍蒐乘競侈裝弓勢宵舞

弦𩨷月劍華晨拂刃含霜行白壹湯鄉里
平沙日暮黄雲頹遙人寄問母無書傳語
吾行尚未已鼙鼓喧闐戰士驚爭呼令出大
軍行沙場烽火無天晴誰惜軍前生死事
鼓衰力盡帖志識行無定家青春賤空伴
宿草弦流螢夜深行來照白骨 廿日

閒居詠懷

疏慵萬事等閒拋枯座常思濃物變名達

萃經之閒 卷 第 葉

國雅厲鶚聞蟬詩一聲知了
來何處 俚推蟬為其後蛻
而禪於白蟬含章織錦高潔之
禪之意也

幾尊消儡𪾢新詩、字費推敲鬢華不
耐爭流水薄宦應甘任鬢髮早晚且試吟
歸去好數椽將自架衡茅 廿三日

秋蟬

藐爾微蟲託高居猶耐寒疎音雖自遠危
葉抱仍安塵夢重知了禪機一蛻看予
情同好潔憐爾更風露 廿五日

噍蟬吟

碧石空窗流瀉如水斜漾而流露未已疎籬
一角月昏黄唧唧鼓如鼙聲聽聞說罌音
覓平章甲第宏開半間堂烏頭黃肚名
難聲珠樓十二啼寒蛩後來誰更爭
相囊珍如采籠重而發一莖一草試相當
手之美呼向付一場掛前頭卻遭勝弱則
奮搦如有神倏如未離群自述再接再
厲勢絶偏攖之顧視鳴何怯觀者為之瘧

徂春還鶯欲勇，賈予嬌渺，漏御聲啼多
讒鬩紛紛嚷，訣惟雄飽食，爭知惜日，縫嗟爾好
樂慎吾荒，行將為爾歌唐風。閏月朔日

長相思

長相思，瘁朱顏，久成人愁究未還，柔腸曲折九
迴。銀漢闌干，干相傾斜，漏斜兮暮復暮，閒
山修阻，夢魂勞，攬衣推枕徐款步，紙細默默
倚重樓，慢捲珠簾上玉鈎，可憐夜色涼如水

可憐銀漢隔牽牛、織女遥相看一年一度一

眷面傳心不如女與牛一別來相思不相見妾

身非弱絮飛花聚妾命薄亂蓬轉相逢

奈何漢殺孤鳥不得奮飛比翼而相隨邊城

哀怖粘天高狐兔出沒豺狼嗥烽燧邊驚

兮軍侵陣肝腦隔兮地塗膏哀哉音問

西女法絶枯髏啼盡粗血妾與君兮結漫再

詞緣君與妾兮悲泣訴鳴生不同室兮死

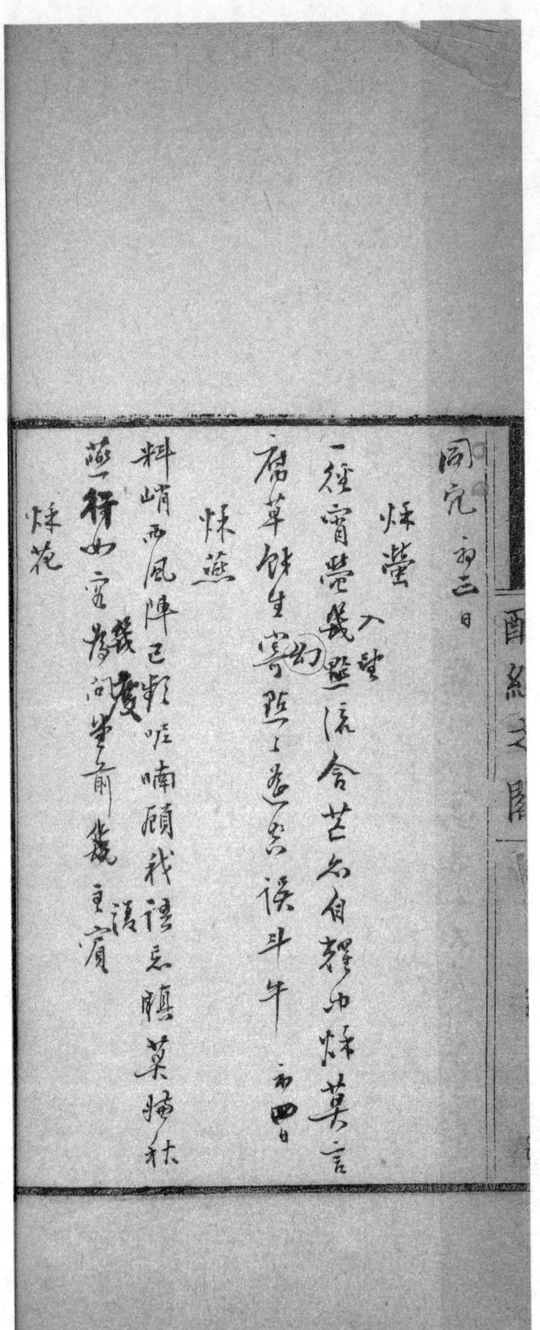

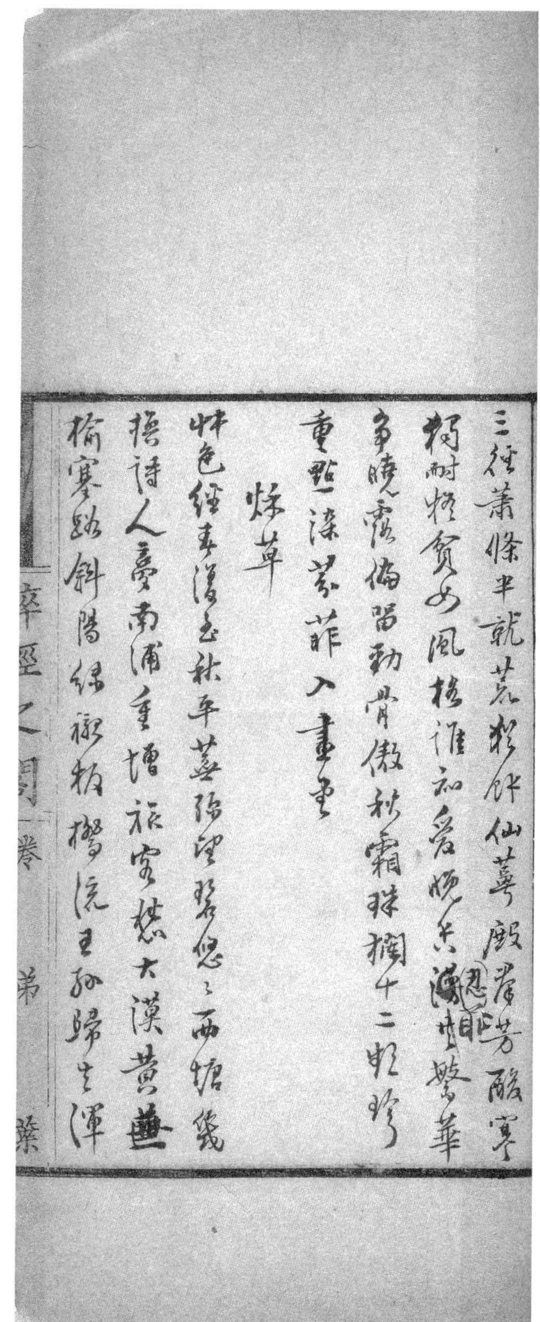

付話袁曜孫白詩曰芳草不須
綿目細々文歸人都不解施蔭
只々目玉細蛛蟀也

無事唧唧西風小徑幽

遠別離

遠別離遠塞和番舊事憶明妃一去遮臺萬里遙呼
嗟此別何時歸漢月胡天永相繼邊荒平沙日暮
愁雲結馬上哀絃聲幽咽紅淚來無計是和親
錢見玉貌靜鼻巖徒勞揮袂沾羅巾羯風栗
烈貂裘薄塞雪續翻連天漠悲笳至起喧動鶯
鴻部一夜聞畫畫事終疑紅顏自古數長吁

凄凄遠塚征鞍騎駕沙塞塞上綿衣

君不見年〻青塚艸離〻　初六日

閏七夕詞

一年一度一經過千古茫〻恨若何天意有情偏置閏故使教雲錦羅投梭

明河耿〻水迢〻重向雲間駕鵲橋多少紅樓人未睡又言乞巧在今朝

疊七夕前韻

一年幾再渡銀河迢遞佳期歲兩過依樣

卒巠乙罔　卷　第　葉

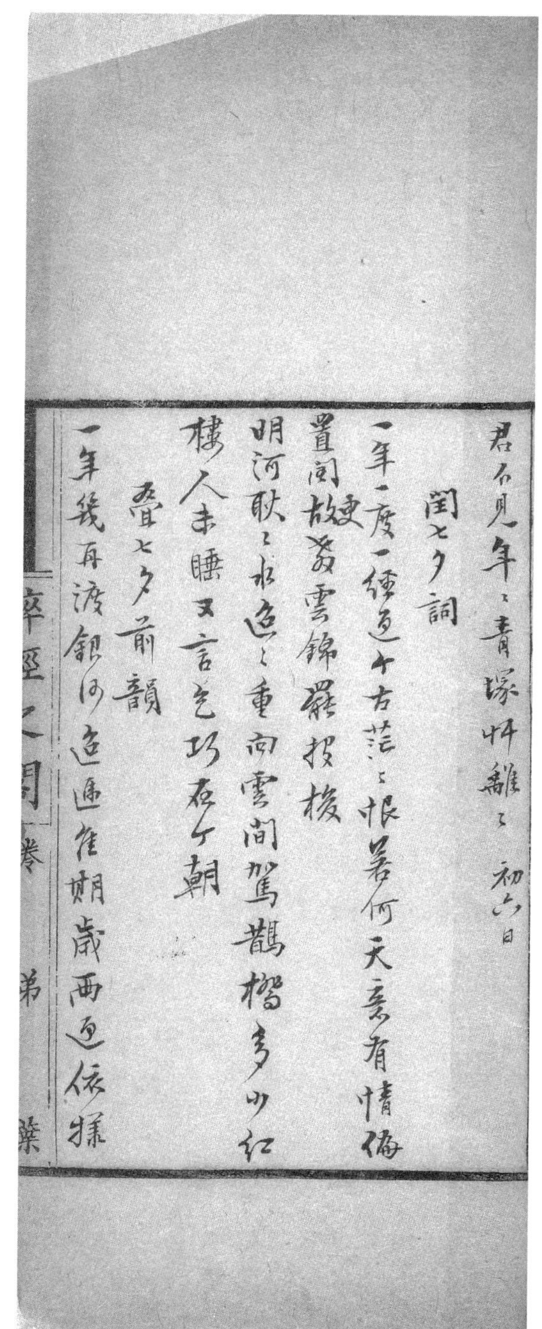

相逢便相别，今情孰與昨宵多。

振衣雲衢路已陳，翩翩烏鵲羽更新。秋々（更）再汝樓多駕，莫負銀河再渡人。

此情已分芸長天，仙侶何希一種緣。暮汝乘槎人再至，七襄何處識張騫。

年年瓜果競神州，仙巧今年書（西度）再求小别錢。曾繞西月好將新恨語牽牛。

秋郎有識　是日游天仙寺行宫

秋色何蒼然，迢迢天氣寥。洗白露〻清霄，涼颸
驅炎熱。幽芳徧野田，寒菜綠新苗。間〻十畝
居，性僻甘守拙。干戈日靡定，安計群生悅。禾（欣然飲啜）
黍任東西，壠畝無人別。壯者事戎行，犁鋤
易戟鐵。少婦敢云遑，耕作紆蠶績。昨聞飭（織布要作大雞，累累織肩但陳什）
吏來，迫呼方急切。家聞全盛世，暴眼重兮〻
哲念艾田園樂，愛彼風雨節。天耕而歸織，（給之皇恤脂膏竭）
衣食圖假缺。日月曾幾何，驅塵歸眼瞥。八日

行路難

蜀道危易攀瞿塘險可渡誰識周行如衣有
難行路水非水兮山非山行之人兮摩朱顏乘
危涉險爭捷足歧途絲纏屈曲崎嶇棧其間
猿猱欲領飛難度蛟龍行憚波濤貪狼
當道兮沙射人翻雲覆雨動魄驚神猶作
青雲翼暮爲涸轍鮒縱彼竪亥舟車輔楫
之力兮亦孰能優奔走游跋涉乎此津哀閣古重

人隨分安所遇奈何悽悽者東西轉自誤又聞古君子窮途哭已數豈伊識自貽所惡失故步吁嗟乎行路難兮歌正長壯士撫髀兮志士徒傷安得[君不聞]五丁儷[力士徙山]餘力[何不][illegible]將削平此路落康莊 廿一日

秋懷（雨）

颯颯西風萬木吟更番滴雨又[淅瀝遍]滴陰愁生旅鍛驚孤夢想人思閨急暮砧調寞情多

萃經之閣 卷 第 葉

一片天真
情景兼到

醉綠文閣

悲宋玉負賦悵人兮意者難尋何時剪取西牕燭

阻簫霖

共話聯床舊雨心 廿二日

重游行宮廟 即天仙行宮是日遇雨

步出城東門尋幽興無極桑柘新雨之一碧淨

如拭叢葦悱怵根蛙蟬鳴唧唧翩綿以興

如佇何聲屏息象東古廟正廟貌瞻翼翼寶

相意態生繪事工藻飾小憩然云隹杯茗蝸

胸臆襟倚懷忘歸望中現天邊遷霧隱迷

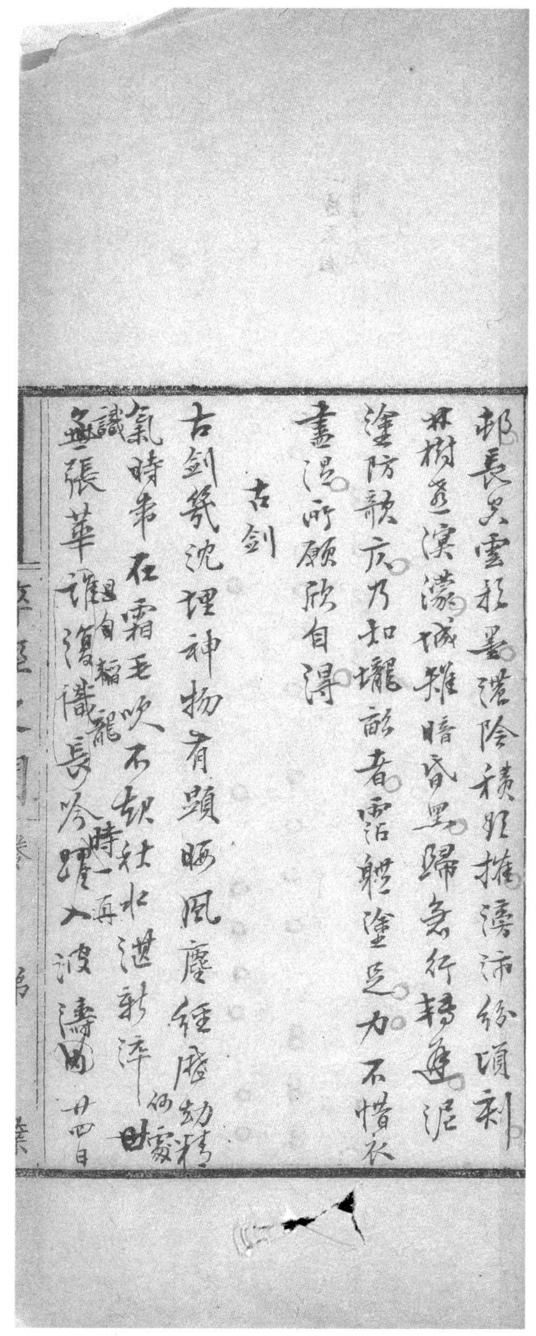

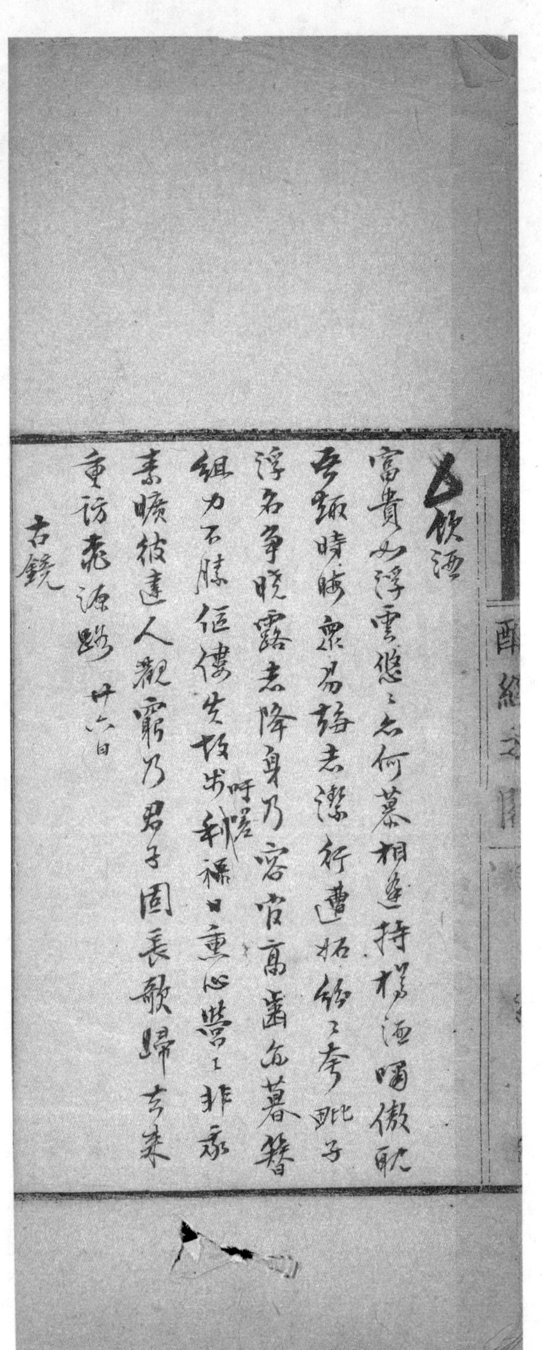

飲酒

富貴如浮雲悠悠名何慕相逢持樽酒嘯傲耽
吾趣時時衆易語志潔行遭拓拓終終李毗子
浮名爭晓露志降身乃容宦高齒危暮簪
組力不勝任僂失故步呼嗟剩祿日重心營營非衰
素曠彼達人觀窮乃君子固長歎歸去來
重訪桃源路　廿六日

古鏡

寶鏡世傳稀神工經百鍊古籀篆詭奇蛟螭蟠隱見但覺驚摇兮不聞肺肝見叢亦光明質嗟爾徒識面

午睡

浮生同幻夢幾人覺深省愧我時家居睡起日移影處澹物不移性僻官命冷開卷樂見同聞字樹好請古人不責善無爲寶濟猶入府接藤陰妄談西文杏罵塵欣已歷結

唐白人境　廿八日

懷錢塘江潮

終古滔滔去未休餘杭勝蹟記前遊氣吞日

月長空庆勢撼乾坤大地浮潮信何年天

繫國鄉濤痕一綫海門秋定知玉兔今霄爽

名酒新蕭鑑家舟傳　中秋日

西風急陣氣蕭颸[illegible]銀蟾十二浮自古

往來存大信於今潮汐話中秋江山幾輩

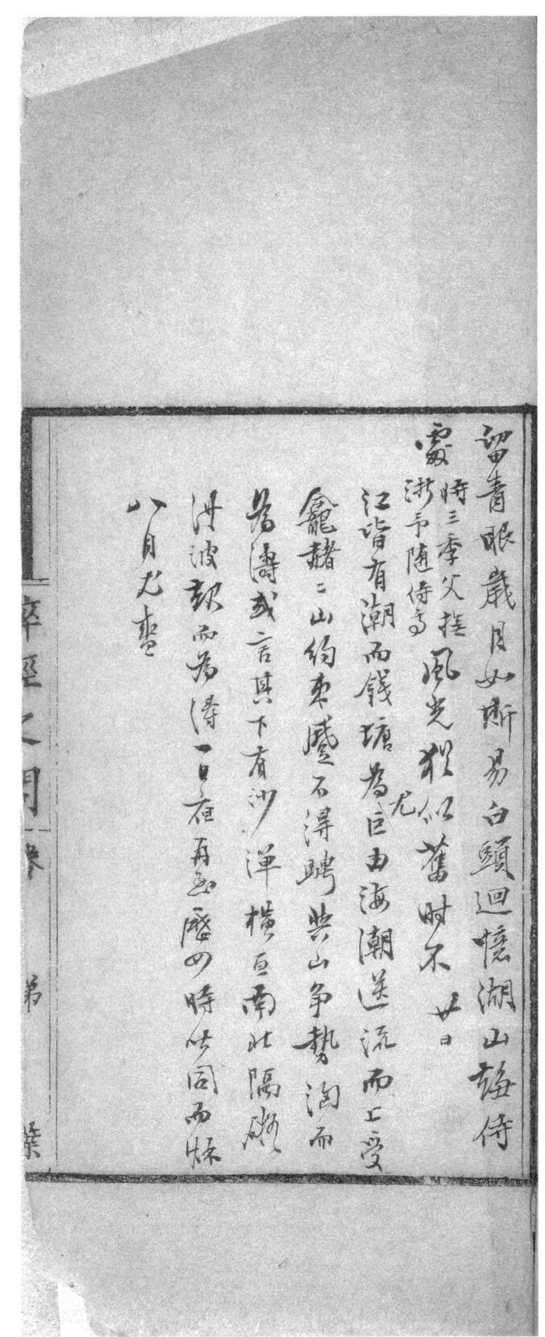

留青眼歲月如斯易白頭迴憶湖山趨侍處（時三季父挂浙篆隨侍焉）風光猶似舊時不廿日

江皆有潮而錢塘爲尤巨由海潮逆流而上受龕赭二山約束蹙不得騁與山爭勢洶而爲濤或言其下有沙潬橫亘南北隔礙洪波激而爲濤一日夜再至應四時候同而秋八月尤盛

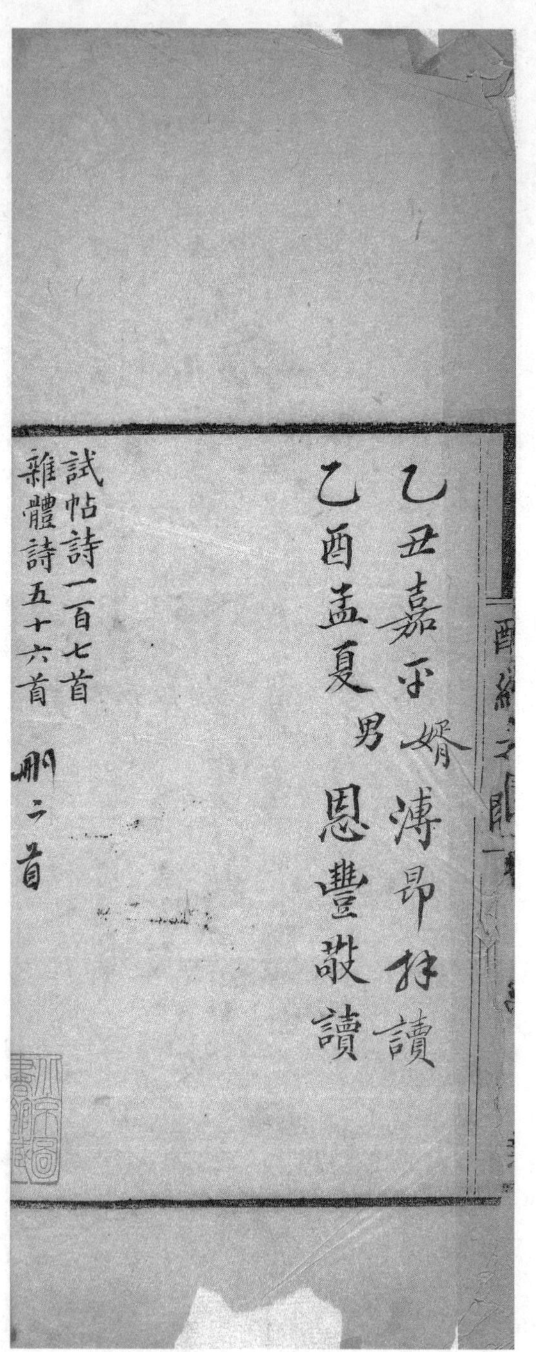

乙丑嘉平 婿 溥昂拜讀

乙酉孟夏 男 恩豐敬讀

試帖詩一百七首

雜體詩五十六首 刪二首

39344
共2冊

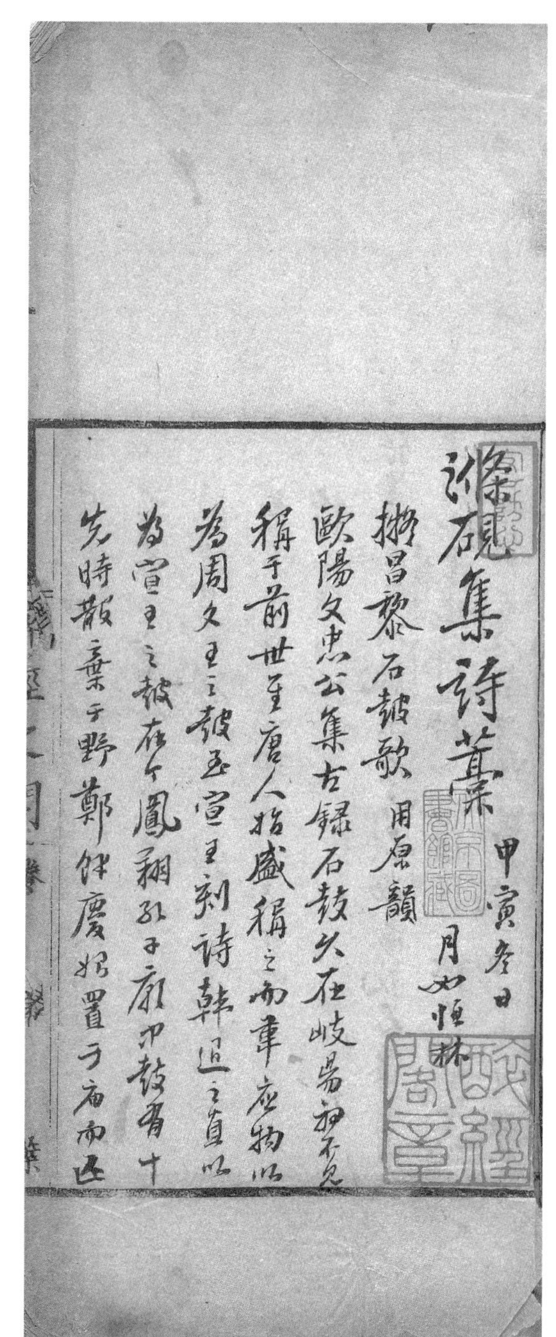

滌硯集詩藁　甲寅冬日　月如恒林

擬昌黎石鼓歌　用原韻

歐陽文忠公集古録石鼓久在岐陽初不見稱于前世至唐人始盛稱之而韋應物以爲周文王之鼓至宣王刻詩韓退之直以爲宣王之鼓在今鳳翔孔子廟中鼓有十先時散棄于野鄭餘慶始置于廟而亡

其一皇祐四年向傳師求于民間得之十鼓

乃足其文可見者四百六十五磨滅不可

識者過半拓之不可辨者四過之好古不

妄者亦於斯取以爲信乎五千字雖名排之

籀不能作也

張生嗜古嘗代摹示我石鼓勸我歌石鼓之文

羊剝蝕殘碑昔侵蘚沒惜山氣岐陽之地息王蹤義

輪不驗魯昜××南仲寶器經歷劫不與風雨同

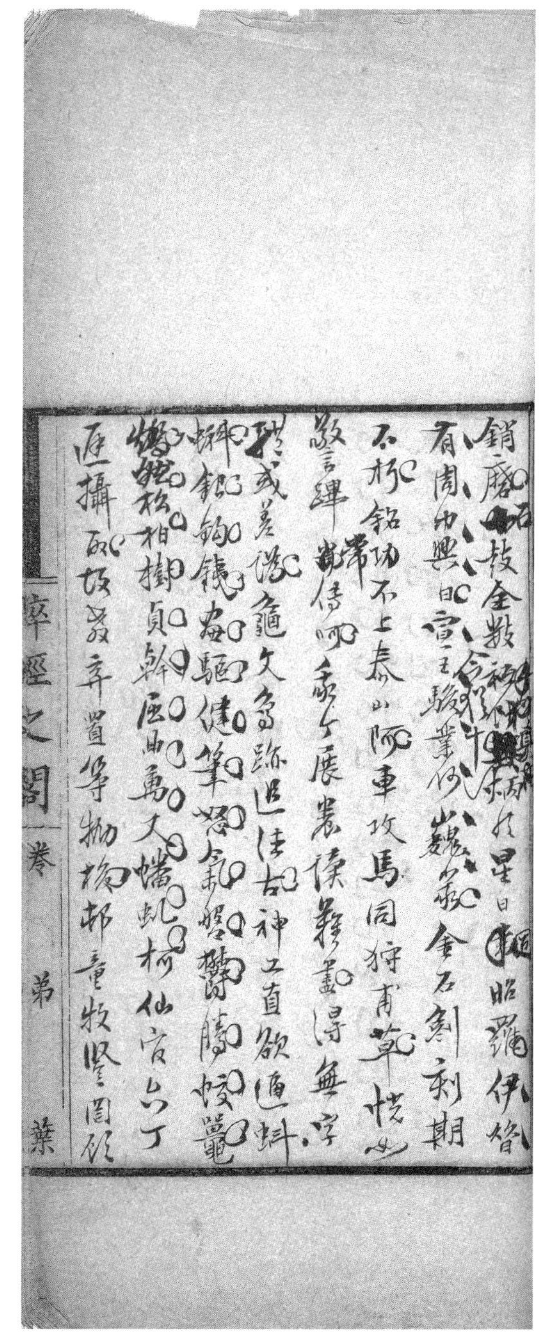

陋酒儒無識往事帆，不知神物有顯晦，等
閒歲月負義熊。方今豈無好奇如劉此渰
讀雙溪沱，帝皇聲教訖四海，紀年於改編
元和，登三咸少隆盛治，俯視秦漢雜同科，
旁搜博採恢天祿，琳瑯彪炳何其多，氣石
紀文字，殊遜加不聞，攜載來眼鳥般盤宛鼎腳，
此守聲價類此室銘遜，千秋上書聞天聽，世
使萬國同切磋，口沫手胝爭快覩，剜苔剔蘚

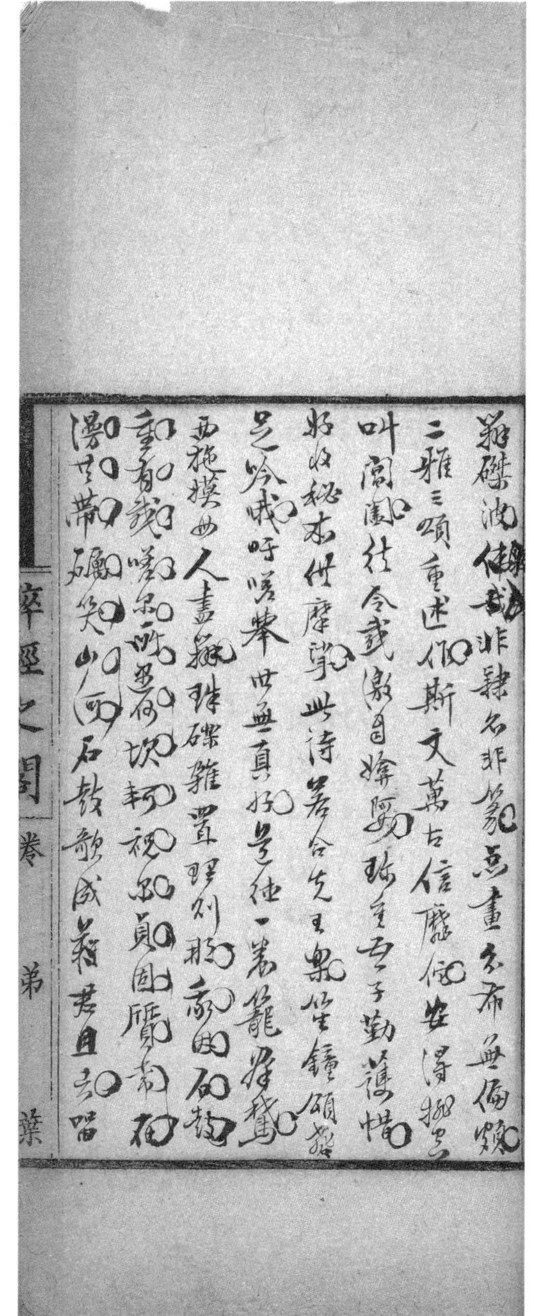

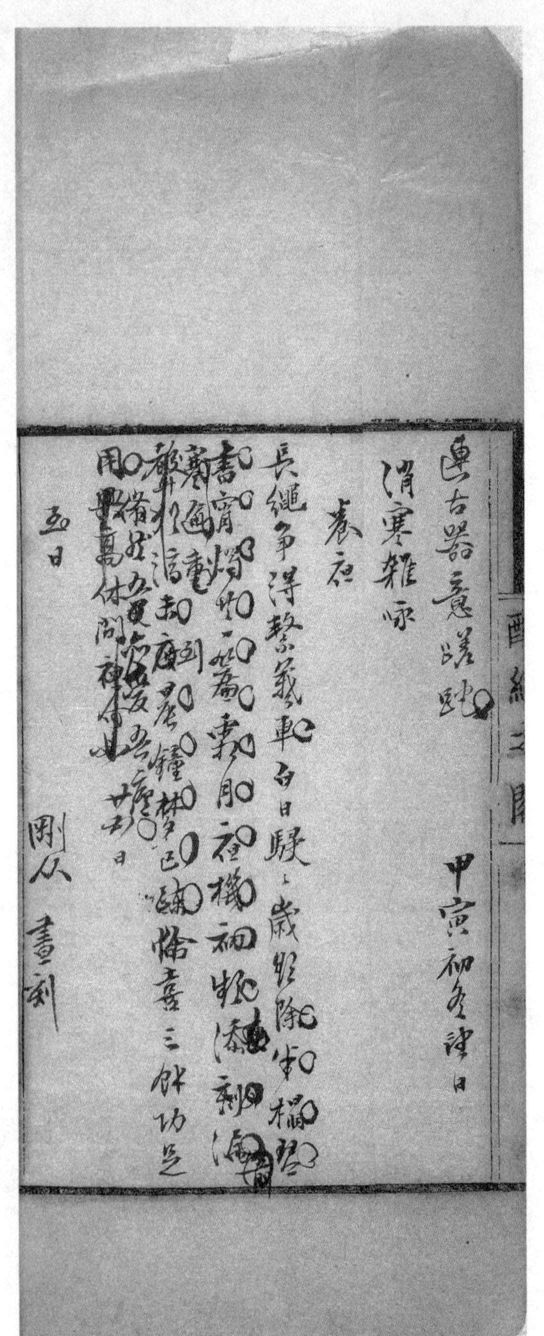

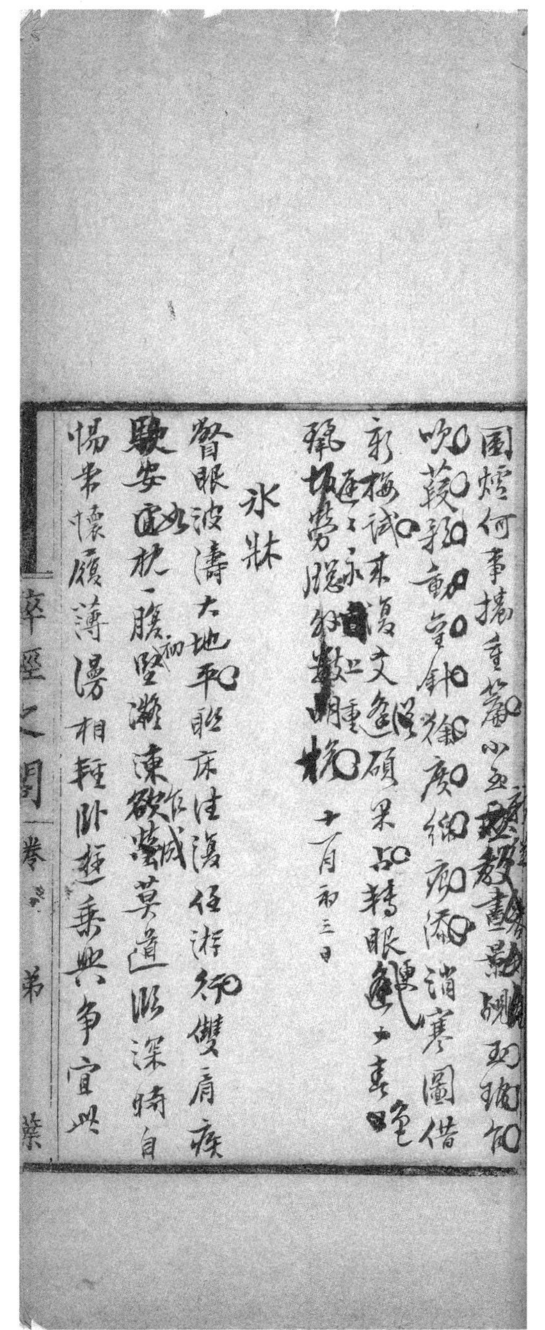

景物新韶仰　帝京　乙卯元宵日

冰燈

果然妙手出空空，幾點琉璃火樹中。膏冷光
光争挺皎皎，腹堅巧様鑿沖沖。敢期流水前
盟白，偏耐春風竟夜紅。莫道金吾方弛禁，皇
恩渠與萬方同。

賞荷　是日同人尭慶樓招飲

沿湖積雨漲新痕，水氣遥生淨不渾。灌礪

淨業湖在德勝門西，即積水潭以北岸淨業湖寺以名。其南岸有華陀廟，俗名高廟，面臨西巷，背枕全湖。寺僧於廟後購隙地營廣榭，繚以短垣，洞啓北牖

荷衣紅掩舟指東，荇帶翠牽韋援，西山爽氣來襟袖。南浦炎蒸入座，楊更有詩篇憑折取，與君吸盡滌囂煩。六月廿日

華祖廟偕諸友賞荷 廟居淨業湖南岸

艷絕紅蕖映水多，虛堂掩映枕湖波。炎蒸北郭薰風遠，爽挹西山宿雨過。拂簟微眠清宵夢擊，杯酹呼人借漁歎。興晚涼酣縱拎好棹扁舟，散無限逸湖情入醉嘯。十四日

雜堞烟林如在几上而薰風
入戶荷氣襲人尤宜長夏
都人士女爭往觀之

消夏雜詠

浮瓜　滿

呼朋却暑信浮瓜列座馨香沁齒牙決勝戰宜
錢氏宅分甘種自[憶]邵侯家鎮心雅歡知多少觸手
何勞問副華惟愛風流懷季重蕭齋幾復
賽箭詩　廿二日

沈李

風流端的數前賢消夏時沈木李鮮　作浸冰華

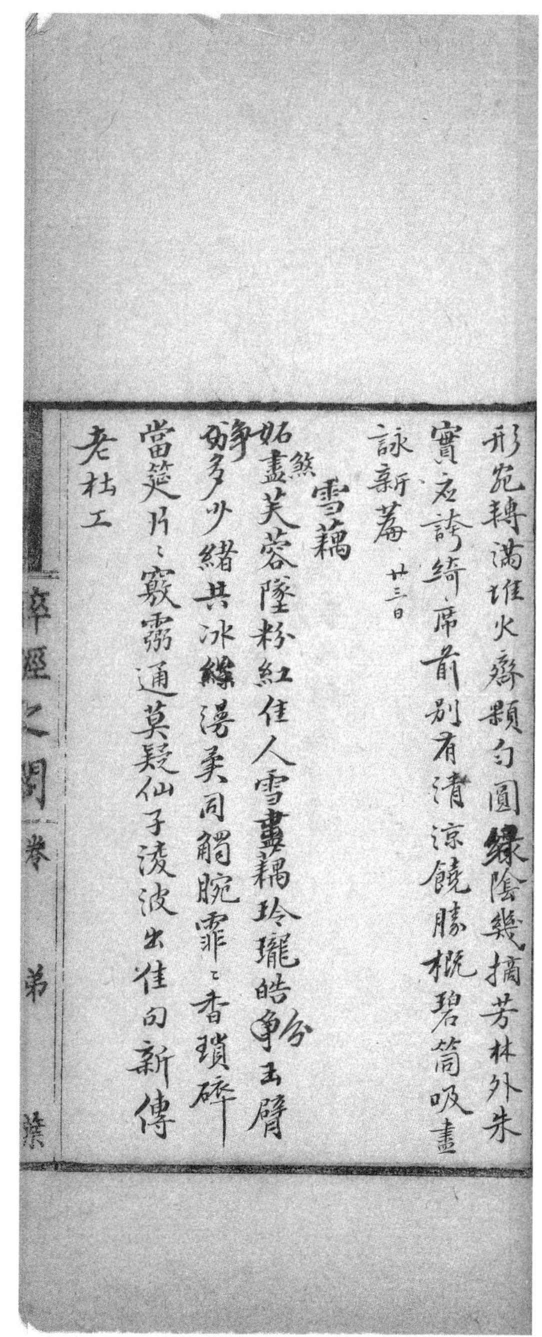

形宛轉滿堆火齊顆勻圓綠陰幾摘芳林外朱實應誇綺席前別有清涼饒勝概碧筩吸盡詠新篇。廿三日

雪藕

妬盡（殺）芙蓉墜粉紅佳人雪畫藕玲瓏皓爭（分）玉臂爭多少緒共冰絲湯柔同觸腕霏霏香瑣碎當筵片片簌霧通莫疑仙子淩波出佳句新傳老杜工

採菱

桂櫂容與艷採菱吳娃低唱踏歌齊白鷺仙
子凌波去卻憐佳人雪藕曾玉腕紅牽縷
滴醱珠波綠漲半池增湖田幾能行婦去
長慕寞鴻意發又增　廿四日

竹簟

長夜遣日懷消一睡年夢他攜來清簟最相程半牀淋沐韌
恰洄漲八尺風瀟任卷舒漫芸紅塵飛不到

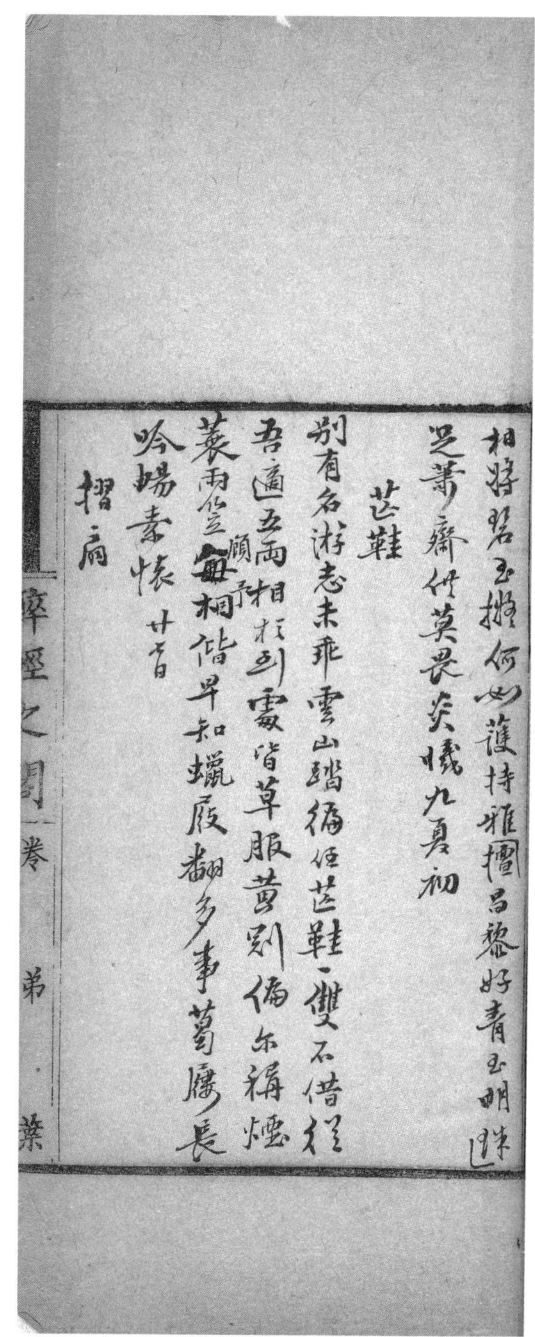

相將碧玉搬何必護持雅擅昌黎好青玉明璉
足著齋竹莫畏炎曦九夏初

芒鞋

別有名游志未乖雲山踏徧任芒鞋一雙不借程
吾適五兩相扶到處皆草服黃别偏尔稱煙
蓑雨笠每（顧予）相偕早知蠟屐翻多事葛屨長
吟暢素懷 廿首

摺扇

羣經之閣 卷 第 葉

一捻泠然聽御風新裁紈摺扇玲瓏相將逸
少題應便漫誇班姬製未工騰李招仁左
惠盈懷歸卷大王雄莫椿酷吏方棄暑習
習頻生應府中 廿九日

圍棊

清簟疏簾晝景遲閒中時有客圍棊旨鷲
陣勢先著能先據對持一局兩奩收黑
白幾回方罫決雄雌早將世事觀如是勝負

枯枰只自知　七月初二日

蚊市

匝奈（夠有）黄昏市競通屠蚊法湛鼓遥忌黍民擾擾
鳴長喙鷃𢗰𢗰奮巍躬聲訴忽雷喧蓋近
動求膏血走西東憐他未識蠅頭利屢博
嬰擁飽腹紅　初三日

蜂房

層層卓午鬧蜂房攘法思其經擣帖比户

畫蓬垂穎穴當窺門時倚細腰娘周迴恰
好拖衙護辛苦、庇蜂抑飾尚別有風流
君能敢隔牆偷采百花無、初四日

蛙部

雜言
別有笙歌西部誇尋來恰在水之涯清風一曲
喧幽岍明月三更吠老蛙聒耳方私誰管領
無心鼓吹自交加何當更敢鳴鼉伴鐵陣
龍銅報晚衙 初五日

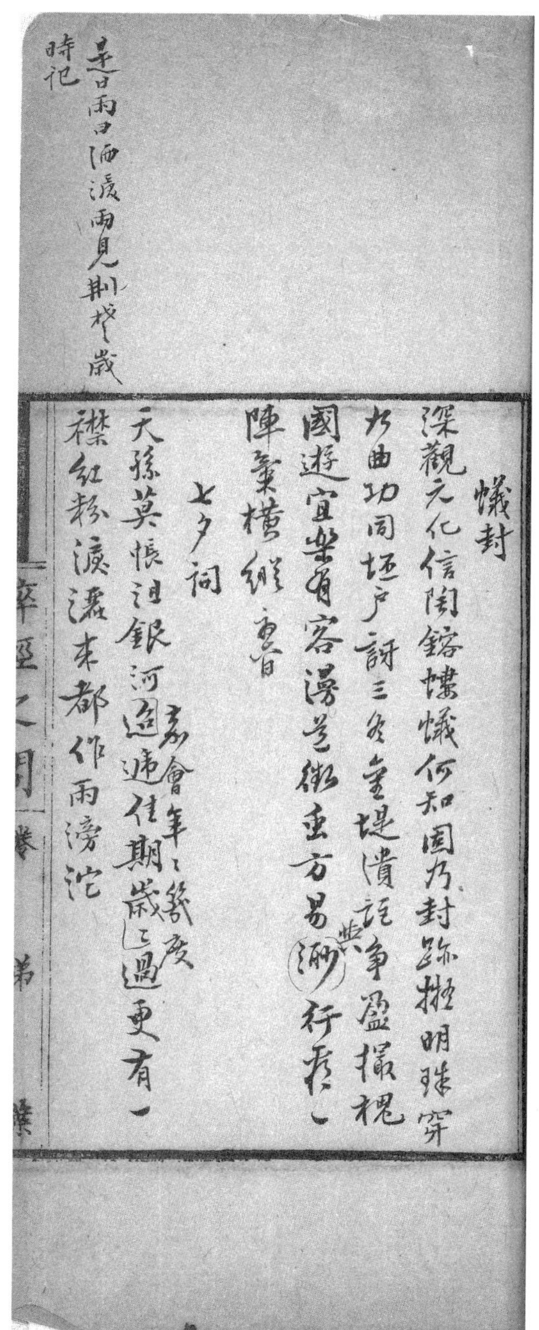

耿耿星河欲曙天，良宵易盡恨難填。莫嗟仙會無多少，一渡常留不盡緣。從來無計是輕離，幾度相逢鬢已絲。自是青天長不老，故教迢遞作佳期。盈盈一水黯魂銷，七夕重逢駕鵲橋。想惱世人多好事，又無端攙巧語通宵。初七日

惜陰

浮雲無盡端，藐此光天日。濃陰潑墨生[illegible][illegible]

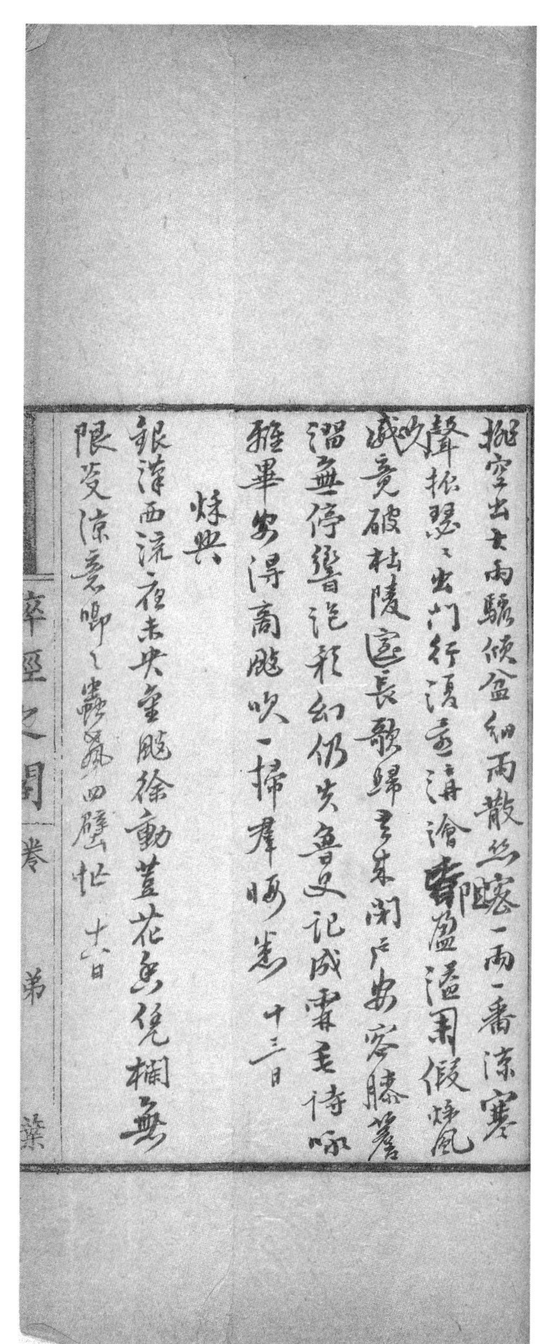
撥空出去雨驟傾盆細雨散絲露一兩一番涼寒
聲瑟瑟出門行須查漏論香盆溢甫假煉風
收竟破枯陵邃長歌歸去來閉户安容膝蓄
溜無停響絶鞦幻仍失魯叟記成霏毛詩咏
雅畢安得高颭吹一掃群晦耶　十三日

漫興

銀漢西流夜未央金飈徐動荳花香凭欄無
限夜涼意唧唧蟲聲吟四壁悽　十六日

萃經之閣　卷　第　葉

長河欲曙仔雲停，銀燭風銷冷畫屏。多少倚樓人未睡，夜深猶自數流螢。

料峭西風陣已遒，忽忽歸燕語喁喁。憐渠自有雙飛翼，爭識年年旅客愁。十九日

新荻疏柳霧井涼，一年容易又花黃。大羅仙會能多少，春向怜風揮筆忙。廿日

寥廓憐涵萬象虛，浮雲無定卷還舒。此情漫共時人較，淺薄應知緣未如。廿一日

月無今古月恒光今古人人逐月忙幾度盈虧
今復古月明依舊照滄桑

閨砧

無邊落木動蕭森聒耳擣寒聲急暮砧家裏風
霜閨裏月兩般秋思一般深 廿三日
長風萬里卷行雲一片砧聲月裏聞閨裏未知
懷遠近征衣錘備寄給君

雜詩

萃經之閣 卷 第 葉

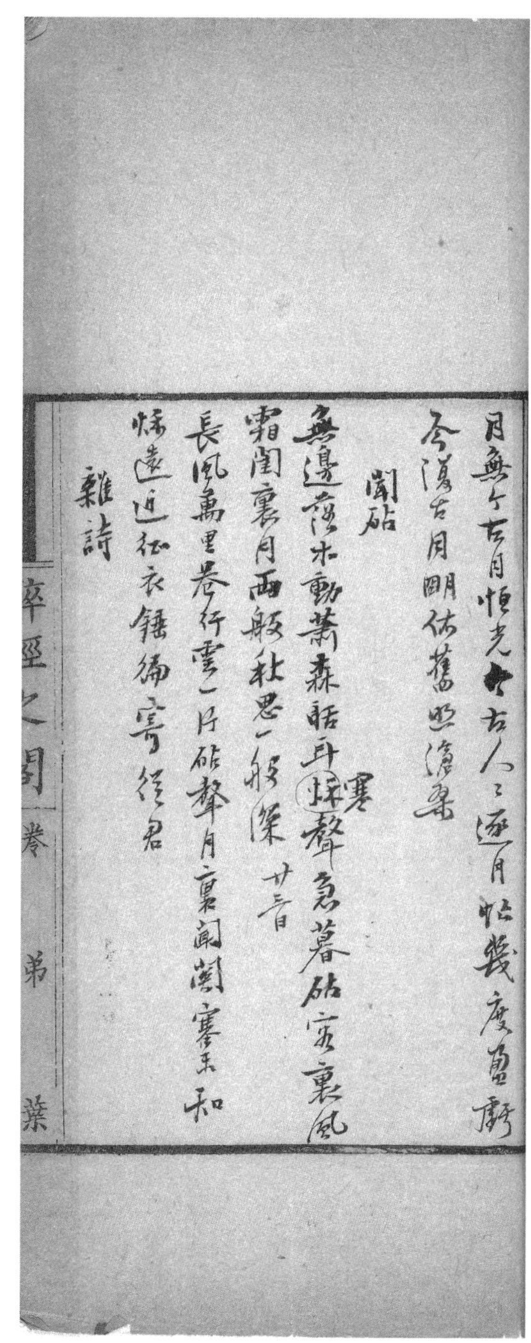

風塵莫悵知音稀，迴首田廬顧息機。不為直尋甘枉尺，敢云今是憶昨非。早醒宦海浮鷗夢，常共書叢飽蠹識。陶令不堪彭澤繫，歸來五柳獨先幾。八月初四日

秌闈即事　時[illegible][illegible]國事外係屬

翹首禹門一躍來，神龍妙技自天開。那堪咫尺風雲地，多少凡鱗點頟回。龍門

瑣院深深夜漏遲，纖雲四捲月華滋。天衢有

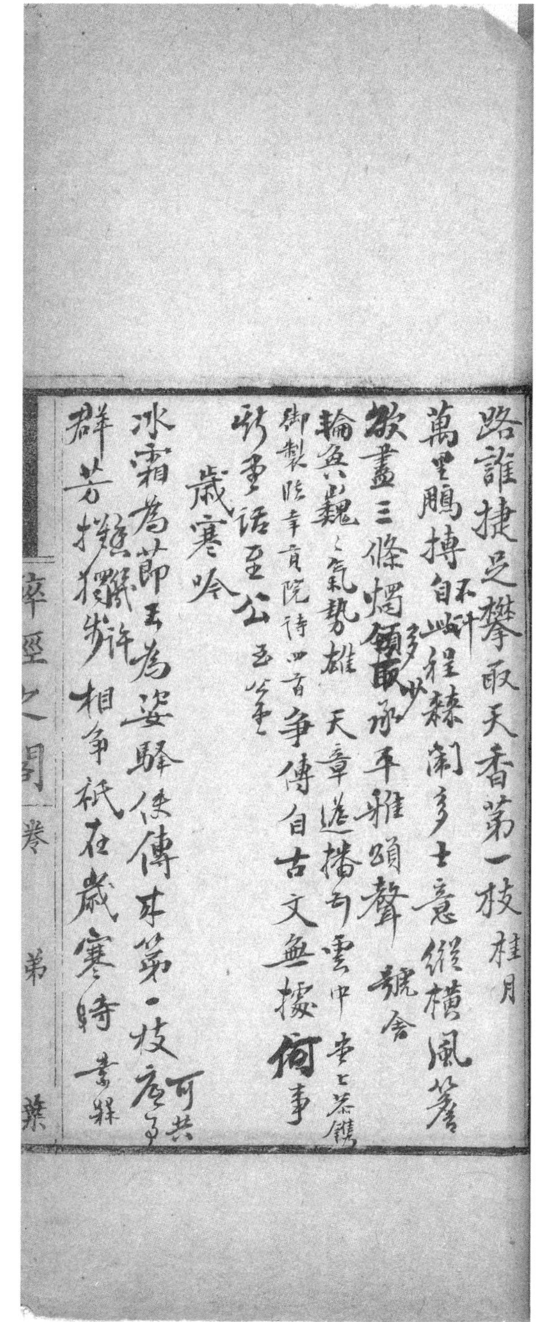

娉娉裊裊移桃祠消盡冰寬笑未開惆悵淩波微步處似曾解佩漢皋來　水仙　臘月初四日

重簾鎮日不虛費釀出寒梅幾樹系堪笑春風渾未覺宜鈴新綴萬株黃　蠟梅　初五日

天公何事戲程容吹送春來第一峯拾級在驚銀錯落當頭渾謂玉芙蓉向陽滴豈論蒼翠託植生雖話柏松自是　雪山　初六日

興朝時著應緣緣漢足慰慰農

颯颯雨風雪壓廬，青燈挑盡味何如。兒童似解此
中趣，共我時開半篋書。　書燈

簷冰幾溜鏡垂垂，列筋拋多撥最宜。露筍倒
抽銀工巧，瓊枝逸接玉參差。鏗時落誤釵橫
股，卓[illegible][illegible]狀穎脫錐。遺事尚從天寶記，玉瑤
佳想自清奇。　初八日　冰筋

年光催送舊居諸，臘粥爭傳逼歲除。七寶作
調金鼎試，五香新饜玉盂初。賓筵薦出得

君生僧寺傳來說佛餅更有一番豐樂景
吹遍擊鼓競闤闠 臘八粥
長夜編集玉漏催宵寒猶不耐火鉢煨新
詩草就長吟久撥畫紅爐幾燼灰 火燼 廿三日
年華催迎送一宵中爆竹聲喧燭炬紅九十暮光
添丈老三千燈火鬧兒童銅爐灰燼寒猶撥
綺閣更深宴未終何事撓鐘聲欲動故催新
歲慶元豐
迓萬方同 除夕

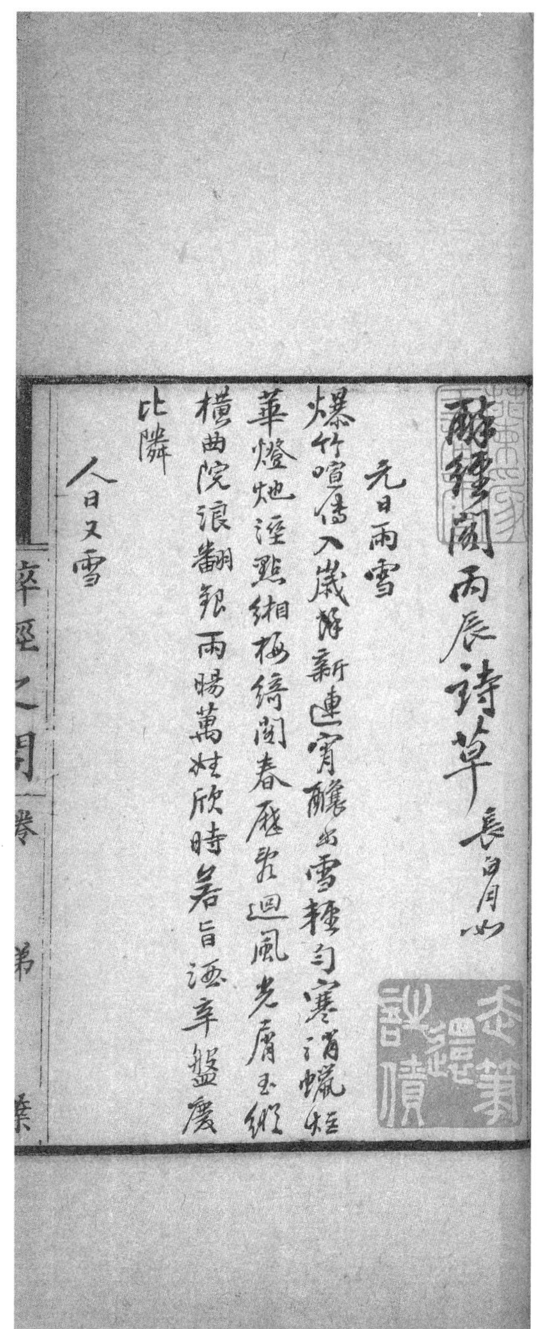
醉鍾閣丙辰詩草 長白月山
元日雨雪
爆竹喧傳入歲聲，新連宵釀出雪難勻。寒消蠟炷華燈灺，溼點緗梅綺閣春。壓瓦迴風光盾玉，緣檐曲院浪翻銀。雨暘萬姓欣時若，旨酒辛盤慶比隣。
人日又雪
萃經之閣 卷 第 葉

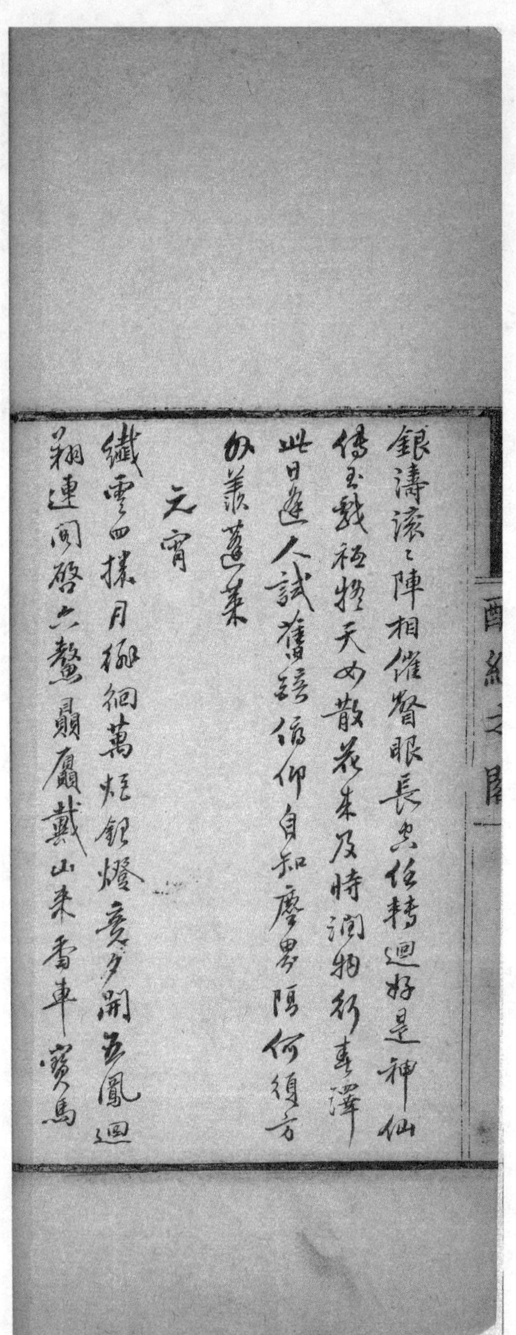

銀濤滾滾陣相催，眩眼長虹任轉迴。好是神仙
傳玉戲，極擬天女散花來。及時潤物行春澤，
此日逢人試舊話。俯仰自知塵界隔，何須方
外羨蓬萊。

元宵

纖雲四捲月徘徊，萬炬銀燈競夕開。五鳳迴
翔連閣啓，六鰲贔屭戴山來。香車寶馬

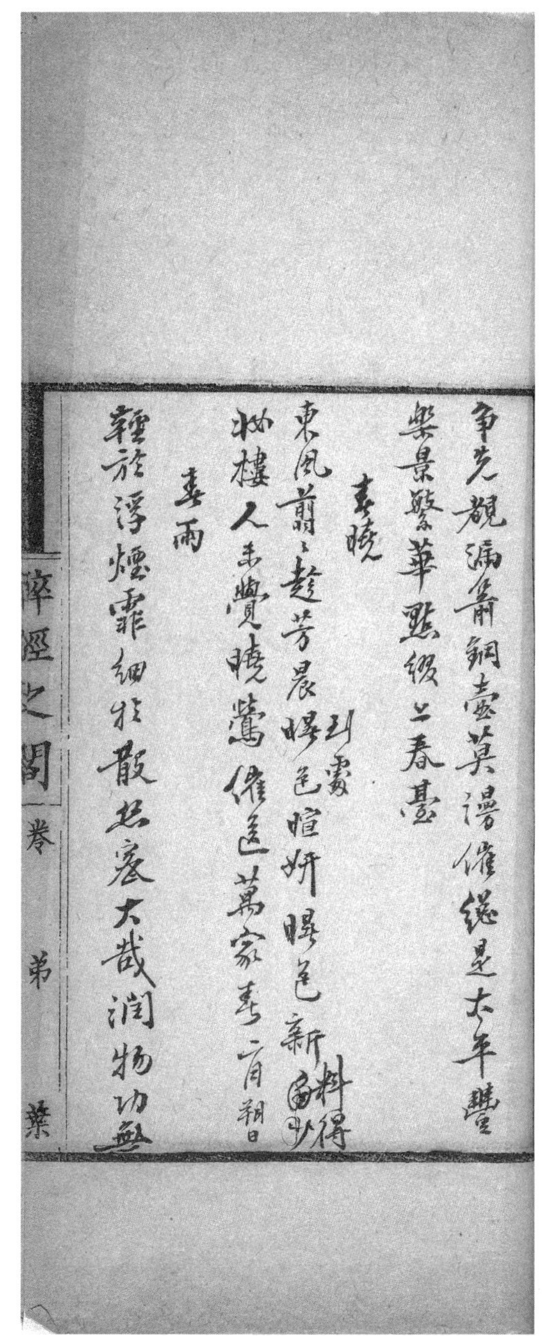

争先覩滿角銅壺莫漫催總是太平豐
樂景繁華點綴上春臺

春曉

東風翦翦趁芳晨（到處）曙色暄妍曙色新料得
妝樓人未覺曉鶯催送萬家春　二月朔日

春雨

輕於浮煙霏細於散起寒大哉潤物功無

醉經之閣　卷　第　葉

私溥均一園林日滋榮芳圃綠爭茁芳原
淨不塵篁籠東菑出田疇西隰東參差綠
新芸濛濛郁樹中藏剪拋逾逾掠水泉流已
動遠峰峰清波溢畫分畢何處覓天與籍

答劉容生 紹灝 醉後偶成四律以次原韻

浮生幻夢總茫茫且話橋前盡景長佳句
流連風雨多同心臭味蕙蘭香知君有志
凌鴻鵠愧我無才翩鳳凰早晚試邀惇

色好更添詩思〻吟牀
迴首田廬倦宦遊無端富貴果雲浮風塵
世事堪誰共氣味多儀喜自投清簟疎
簾消永晝古槐高柳動彩條即令快挽清
劍橫酒〻雲間百尺樓
樂聖曾傳酒〻杯歌成郢雪信壽才藻
鱸漫費張翰思俾笑應容逸少陪絕
妙詞先詩品試非常祐衷德門墻定知無

後龍門上破浪爭看第一材

詞人何事太淒清幾陌濤箋寄怨聲君詩以薛濤箋寫寄但使江湖鯨息浪漫愁吳楚隔邊營元戎館望紓籌策南船從教灕濁醒我亦狂呼浮太白與君同醉月三更初隸四月

七夕

一年剛一渡仙會杳難尋為問銀河水多少離恨深

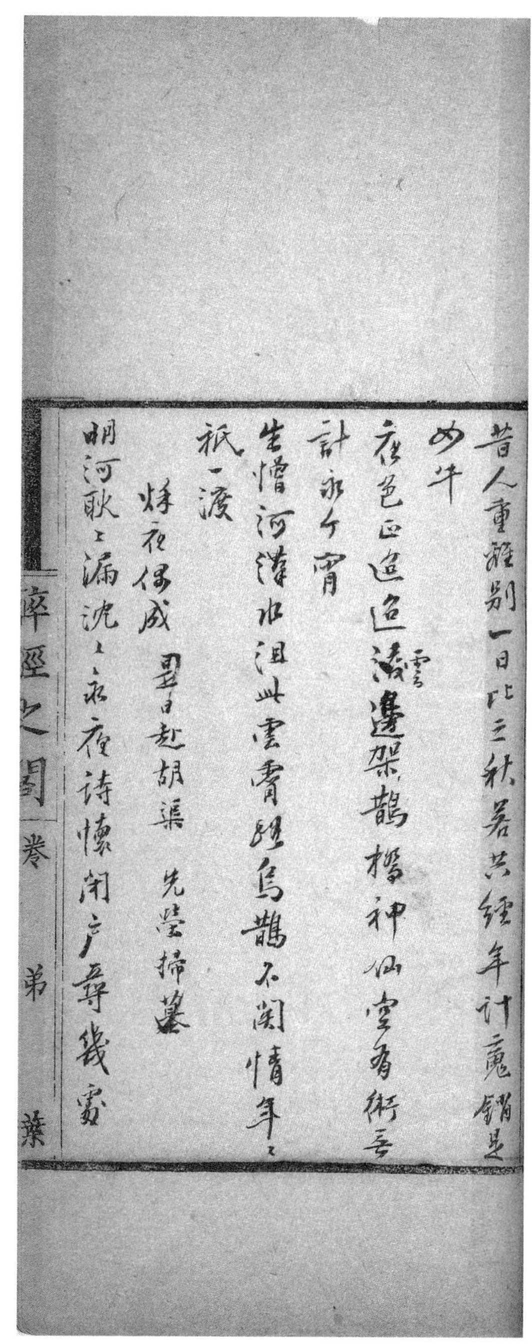

昔人重離别一日比三秋若共經年計應銷是
多年
夜色正迢迢淩雲邊架鵲橋神仙空有術吾
計亦今宵
牛憎河漢水阻此雲霄路烏鵲不關情年年
祇一渡
燈夜偶成　翌日赴胡渠　先塋掃墓
明河耿耿漏沈沈永夜詩懷閑户尋幾處

醉經之閣　卷　第　葉

寒蛩啼不寐隔隴唧々助秌吟 初青

容生以七夕疊句索和即次韻

迢遞星期趁玉京銀河耿々分明生憐牽
世無期別爭似天家歲々情
間河咫尺跂予牽嘉會年々悵鶴蹤謾道一
灣清且淺阻人無那是渠儂
金風玉露夜迢々爭向雲間架鵲橋何事
踊躍雙羽翼不發從此渡般々

良宵一刻值仍多迴首雲衢漾奇波惆悵相逢便相別形墀重問復如何

曉鐘能動夢難留錦字重看續舊愁好是青天長不老幾曾白髮上釵頭

梧桐一葉預知秋是日立秋恰喜軒臨暑未收墀笑世人多好事家家爭上曝衣樓十七日

秋郊晚行　是日赴胡渠　先塋掃墓

埜水平沙暮色橫澗驅款段倦歸程園林

幾處炊生樹雜犬護家書擁荆傍晚斜陽
隨馬去多情楊柳伴人行定知高館新
涼到坐聽梧桐一葉聲是日立秋

光祿釀酒紀事詩

本寺歲支江米百六十石釀造酒醴以備祭
祀筵宴之用其職則良醞之司也余掌
是署印歲時監造累月浹旬其酒則自
稱曰祭曰宴曰燒春其類則為釋為蒸為

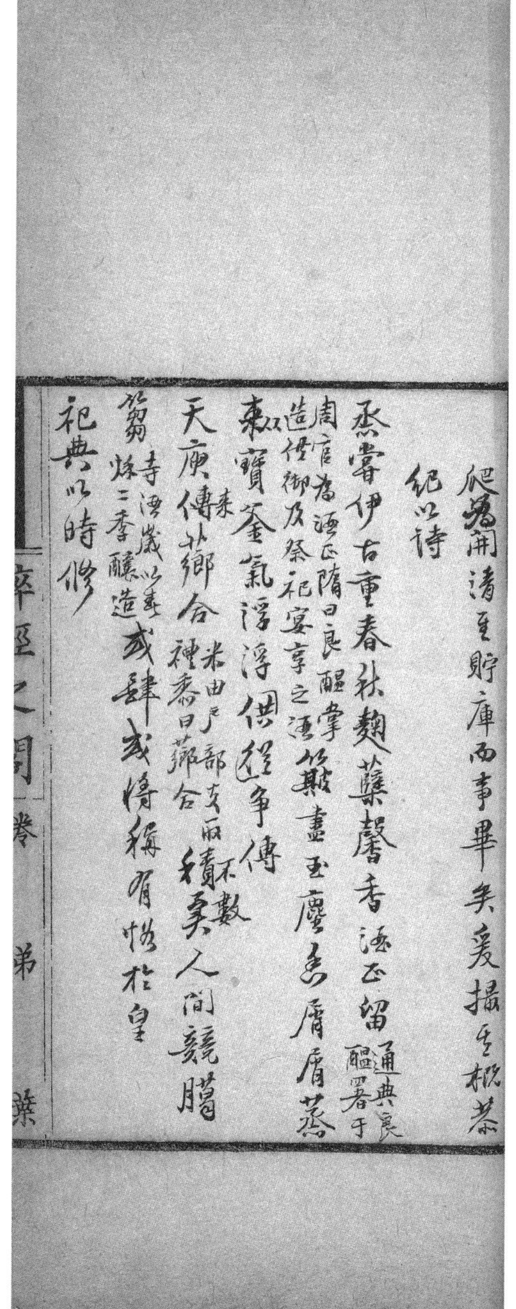

爬觴開清至貯庫西事畢矣爰撮其梗概

紀以詩

柔嘗伊古重春秋，麴蘖馨香酒正留（通典良醖署于周官為酒正，隋曰良醖，掌造供御及祭祀宴享之酒）。簸盡玉麈多屑屑，蒸以東寶釜氣浮浮。供從爭傳不數天庾傳來。朴鄉合（米曲局部支兩種稱曰薌合）積累人間競臈，芻寺酒歲以春條二季釀造。或肆或儔稱有惱於皇，祀典以時修。

卷　第　葉

芳甘新挹

玉泉清釀得醇醪次第名福酒以玉泉山水釀造祭酒取西龍亭者

宴酒例本局井泉再萬杵鑿旬聲振玉蒸米既熟乃和麯入缸以數十人疊搗之使糜爛名曰打耙

五齊營度滄浮瓊周禮酒正掌酒之政令辨五齊之名

長承

帝澤醍醐溢宴酒用之燕享永逮

神庥福釀成例壇廟親行每經獻禮成寺卿恭進福胙皇上飲福受胙鍾鼓

笙簧絳映霞黃流從此重觥觥 十三日

吉蠲用是式前型故事開清火消吉拈香告祭諸神烯月春風趁未停

釀酒例以春烯之季錢醡具壓酒手浮金瀲灧一觴酒籠漉取酒者聲

滴玉玲瓏思季風味嘗應旨思柔詩旨酒有藇波痕

釃未淳詩釃酒有藇珍重雲罍深貯處好持俎豆

薦時馨

祥光璀璨酒旗開星經酒旗三星在柳北玉斝銀壺試醱

醅謂熬堂試酒烯露釀、霄潭滌珮楚軒家釀酒名藤林烯露春波

蕩、洞庭來郁氏聞見錄安定郡王以黃柑釀酒名洞庭春色蕪嬌媚墮味蓴

初試（余時掌太官印）鹽鼓倉箱雪競堆（歲甲寅余掌〻臨署印署省鹽庫）夙夜敢云但厭饑自將匪懈共塩陪

中元

豔說盂蘭競玉京鐘聲梵唄徹霄鳴自家生滅猶無主更向重泉度衆生

秌花

老圃秌容幸未荒數莖憐爾太淒涼芳心忍逐春風豔傲骨能全晚節香曲徑疎

籬薄曉露瓜棚豆架落斜陽庭前寄語
蚱蜢重漫苦殘莢蔬野塘

秋草

蘼蕪彌望藹霏霏平楚秋深庶草腓綠換
池塘鶩醒謝家白蓮榆塞怨明妃三春南浦
悲鷺秋前夢十里江皋落照悵惆悵年年原
上離王孫幾度賦于歸　七月既望

秋聲

寧經之閣　卷　第　葉

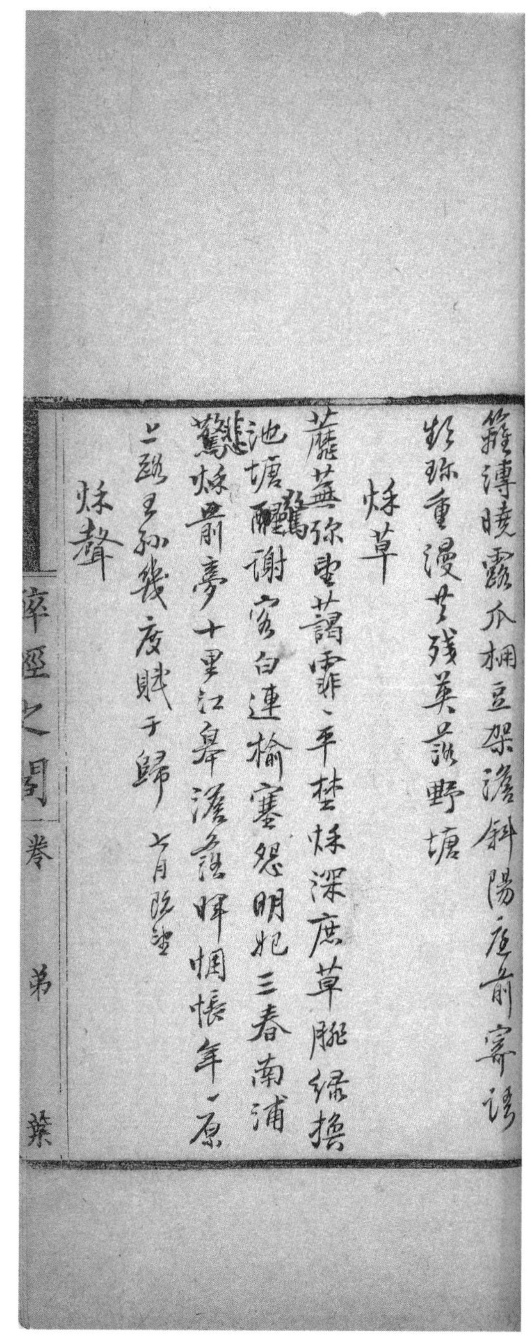

番番秋信陣相催，不盡商聲自往回。萬木蕭騷家外落[林際動]，孤鴻咿啞櫓邊來。悲生宋玉情難遣，賦就廣陵韻亦哀。織夜寒照觸不斷，暗風疎雨更相猜。十七日

秋色

木落天高雁影長，秋懷秋色兩茫茫。妝成螺黛山千疊，畫入蒹葭水一方。白徧汀皋侵曉露，丹添楓岸滿林霜。憑欄無限登臨意，把閒

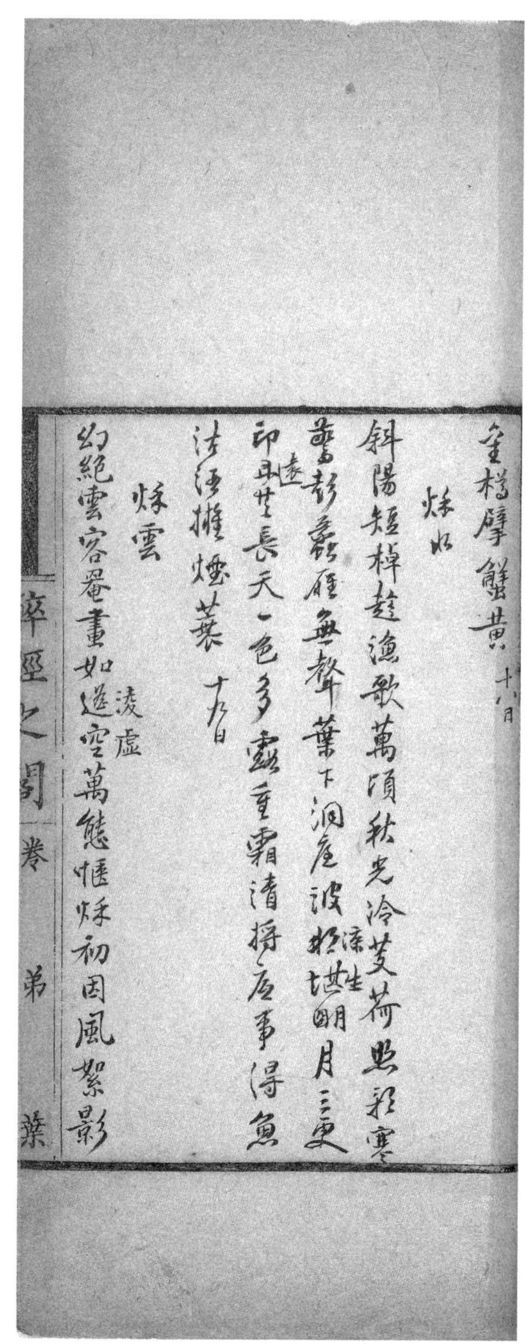

金橘擘蟹黃 十八日

秋水

斜陽短棹趁漁歌，萬頃秋光冷芰荷。點點寒鷗影，蘆雁無聲葉下洞庭波。照地（滌生）明月三更，印出（遠）長天一色多。露重霜清撈後事，得魚沽酒擁煙蓑。 十九日

秋雲 淩虛

幻絕雲容疊畫如，遙空萬態恆秋初，因風絮影

萃經之閣 卷 第 葉

来仍去疊雪羅痕卷復舒露到菅茅剛幾
許澹應河漢最相於何當更吐瑤臺月一霎
冰輪上玉除 廿三日

容生代鐫圖章款以詒之

六書造始飛龍氏遂古茫茫邈難紀蒼頡繼起
創白文依物象形無乃是炯炯四目通神明仰觀
俯察探神微旨技龜文字跡日繁滋大小二篆踵茲
起李相秦稱著作才刪蕪郤冗軼前軌嶧

山秦望碑嵯峨日星河嶽足徵搨呼嗟舉世無
龍瞑訪人誰復識秦璽漢儒傳學苦糾繆好
古爭知食以耳覓覓不分雯霓淵傳置顛倒
失其似我識劉君太饒奇六文八體窮源委
吉金樂石幾雕搜神之直欲逼籀史蝦龍蟠
鬱鬱鸞鶴蹁躚延頸聳翼翱翔奔駛珊瑚玉樹
槎枒紛披根椅雲霞萬態生尺幅蕭然觀玩幾移
時夏朔商連周簠簋知君於此專心溯源遠

辛經之閣　卷　第　葉

自非卓爾規模秦漢矢正宗蹤躡魏晉羞與比芝泥鈐出耀乎紅輝映文房嗟觀止大哉游藝古云雖玩物適情寓至理世人罔識動囂囂競以雕蟲薄小技曰器曰道本無殊形而上之下爭乘系於乃幻藝亦近乎道非徒騷人韻事而已矣 八月朔

征婦怨

無那鶯聲最生憎燕語啾東風豈別恨何事若教自立妾樓

珠簾時時捲鎮鎮日趨衍雲那得隨雲去依依長傍君

一片閨中月三株成客心關山隔不住夜夜照寒碪（寒夜早）

紫塞傳音杳紅燈對影疎征衣依舊製肥瘦

近何如（初二日）

海淀車中

星移斗轉露華稠轆轆車塵策未休夾道蟲聲

啼不住雙輪疾駛穩如舟（俗語砥平如掌故云）

騾綱策策響銅鈴遂隊衝寒去未停燈影漸

萃經之閣 卷 第 葉

稀朙月澹曉鐘初動半天青

日下第一樓同人招飲　樓居淨業湖華祖庵

明湖一片日源溪路入禪林畫閣閑無客誦文殊水

澹尋僧舍聽遍落花閒斜陽返照　宮中樹爽氣

西來郭外山忽訝疎鐘林際動一星漁火落前

灣　十月初七日

可園

可人端的是園居畫棟珠簾罨畫如烯水

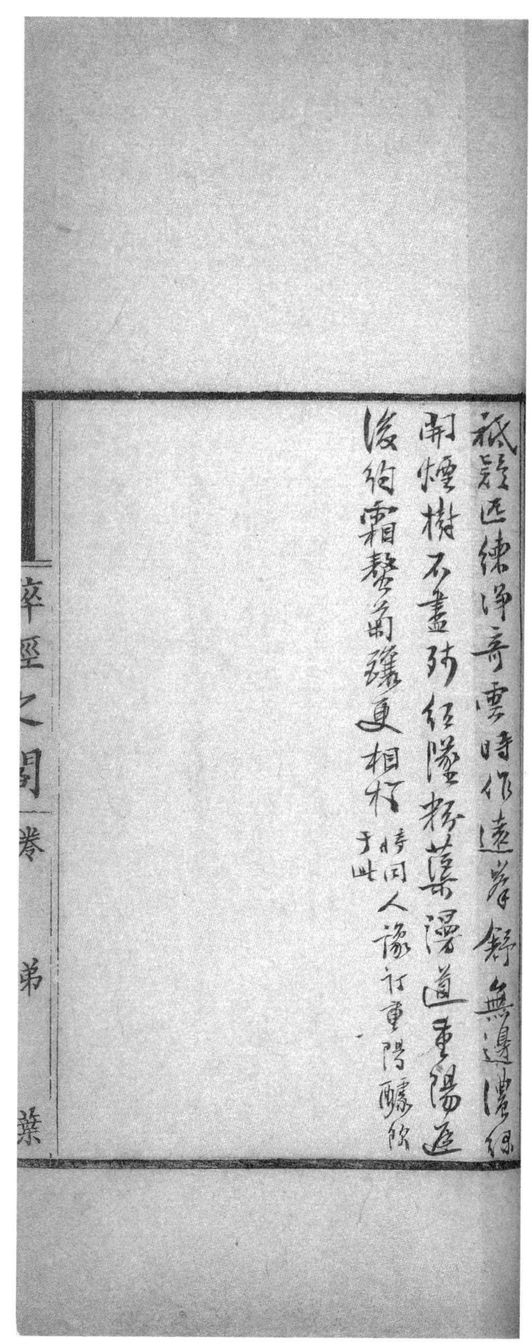
祇疑匹練淨奇雲時作遠峰舒無邊濃綠
鬧煙樹不盡殘紅隱粉葉還道重陽近
後約霜螯菊蘂更相於時同人豫訂重陽醵飲于此

萃經之閣　卷　第　葉

醉經閣丁巳詩藁 月如氏

平安園紀感 園居經鉏樓三楹北面

法園倚照扇子河紅蕖綠沼時覺清

芬襲人座標亭是月引見退而憩飲

于此因作

水光山色共清虛擕喚樓臺畫不如晚日曈

曨鮮花榭微風蕩漾飽池蕖 戢茀軒

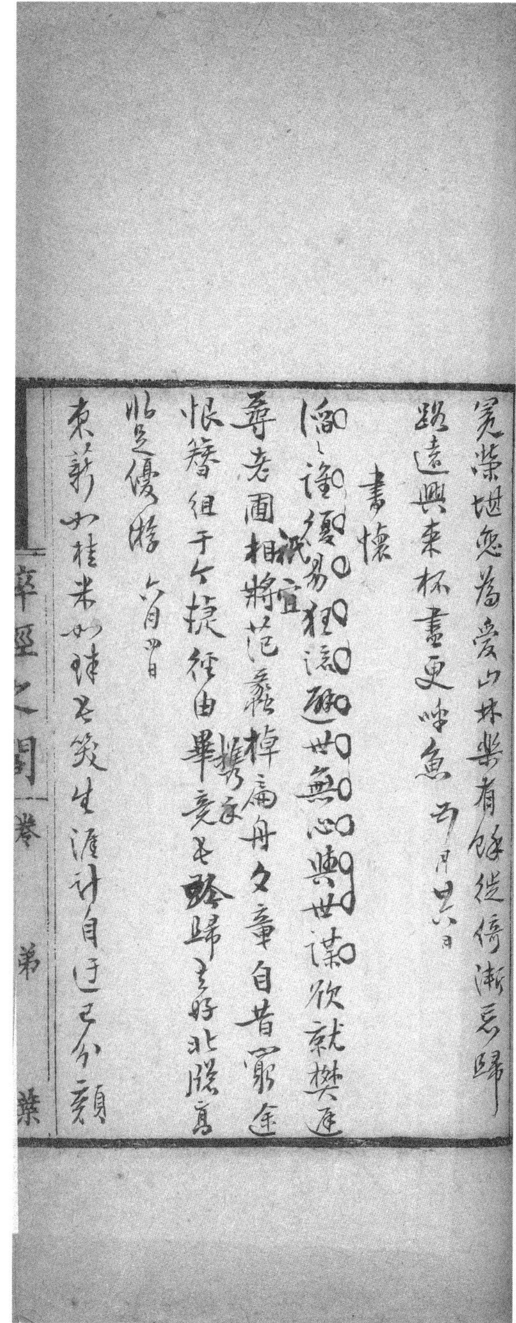

寵榮堪忽爲愛山林樂有餘徙倚漸忘歸

路遠興來杯盡更呼魚　五月廿六日

書懷

渺渺鄉心易狂浪遊世無心與世諧欲就樊遲

尋老圃相將范蠡棹扁舟文章自昔窮途

恨簪組于今捷徑由畢竟攜家歸去好北隴真

堪足優游　六月四日

東薪如桂米如珠老盡生涯計自迂已分顏

華經之閣　卷　第　葉

回甘憑巷那堪阮籍泣窮途風塵日逐堪
誰與富貴雲浮於我無關悵西山高餓士
吹往無名歎黃昏 望日
男婚未畢女〻歸向子心期未許遂多累
自怡催易老論交漸覺知音稀芝葉幽
谷寫偏秀筆蕨深山採正肥卜歸田無
處所白雲回首自吟哦飛 廿日
去垣短〻竹籬圍雖泰生涯樂自由與物世

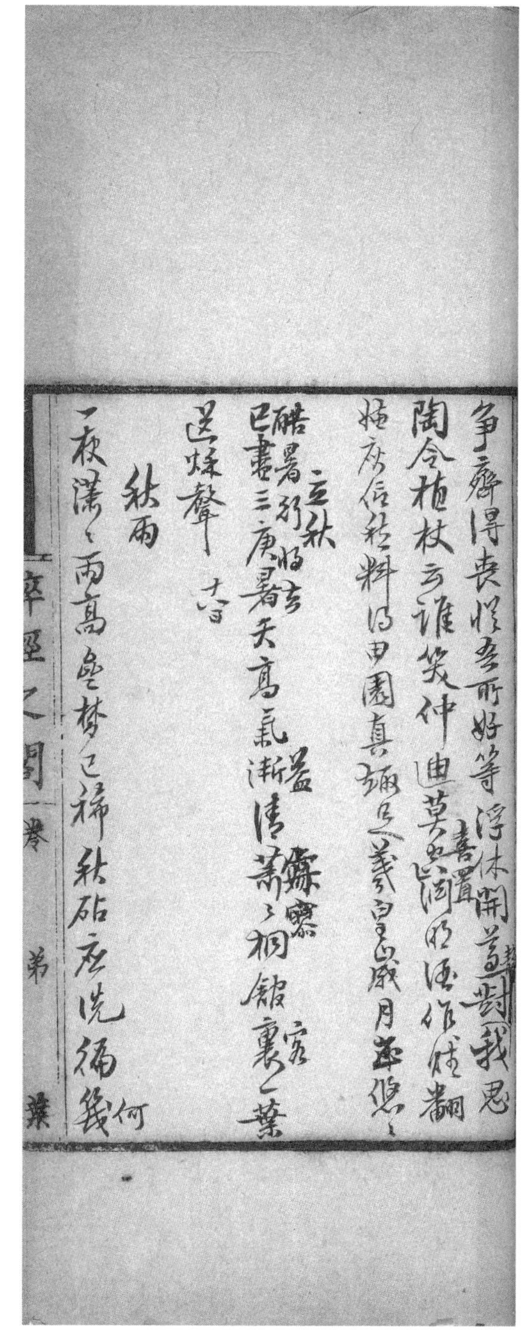

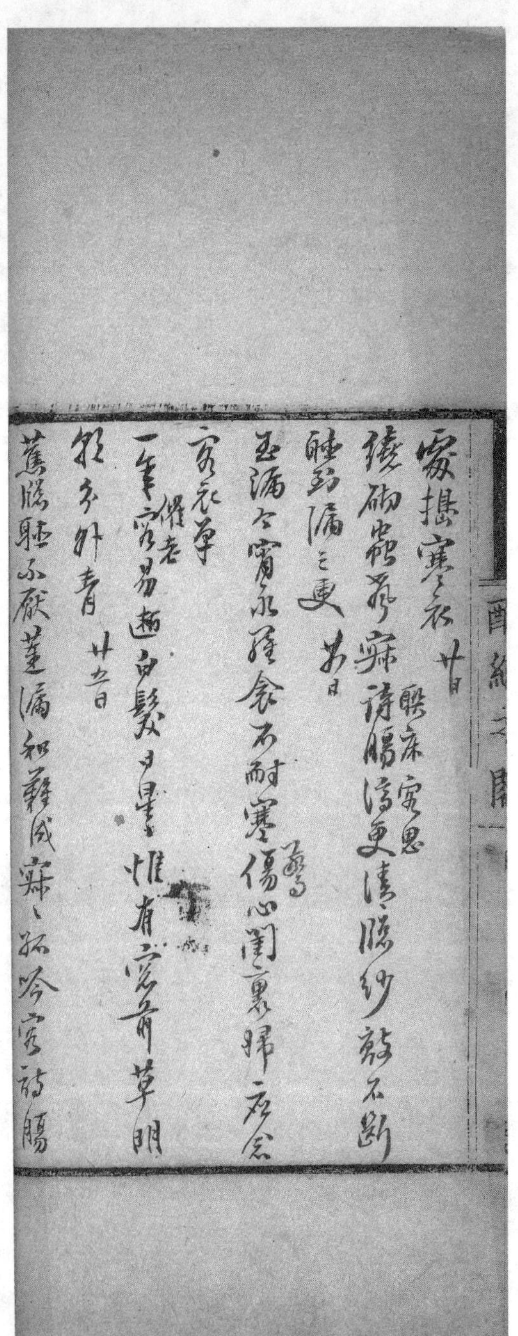

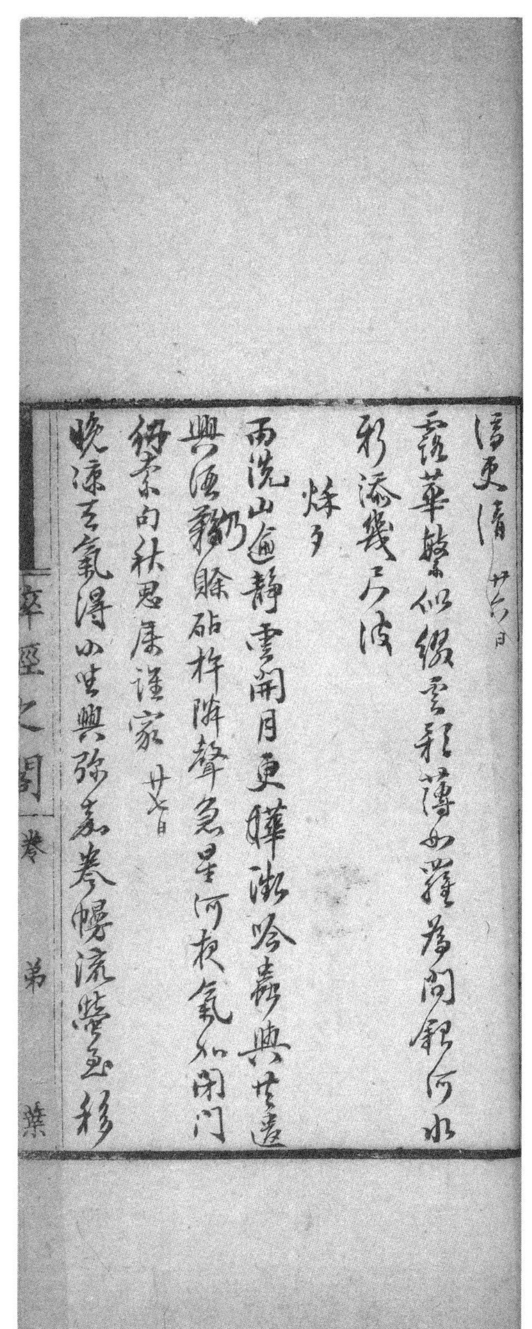

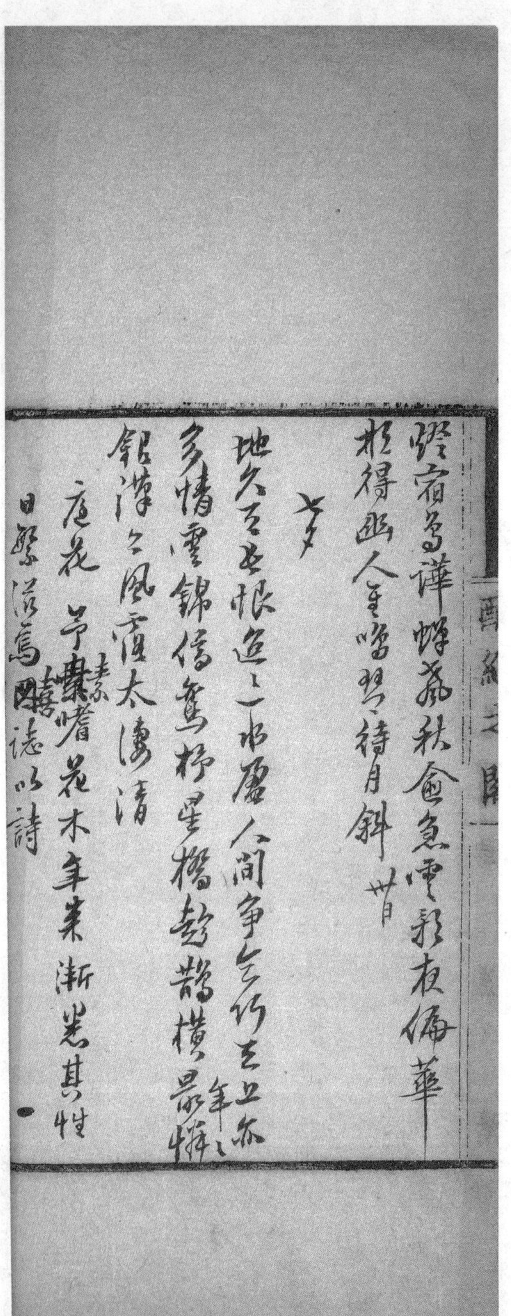

妙種何人植祇園舊香林幽芳通鼻觀應
許悟禪心　薝蔔

玉質冰魂笑未開纖纖細様畧從裁翠翹作籍
無夜曾多少郁清芬壓鬢來　茉莉

動節經年許後凋無端冉冉弄柔條底事教何嘗
嬌人語前門柳笑放東風是楚腰　纓絡松

誰云味勝蘭自覺韻如玉相逢持樽酒一
林聊可居　玉蘭　一兩三日　綠

□經之閒　卷　第　葉

萬朵紅雲競曉妝神仙妙品定非常春陰
若許從君借虛却通明待露華 西府海棠
分得金身具一肢兜羅渾不異當時若教更（妙手佛空）
赴靈山會記否拈花微笑時 佛手
妙手誰爭造化工衝寒驚覩豔妝紅 京師臘閒每取春花置溫室中爇火烘之輒開倍艷而此花尤盛
千鐵一蒂誰論值莫妬瓊琚報已隆 結實不易一蒂約值千錢 木瓜海棠
芳意菁〻入座隅青於草色細於蒲井花水

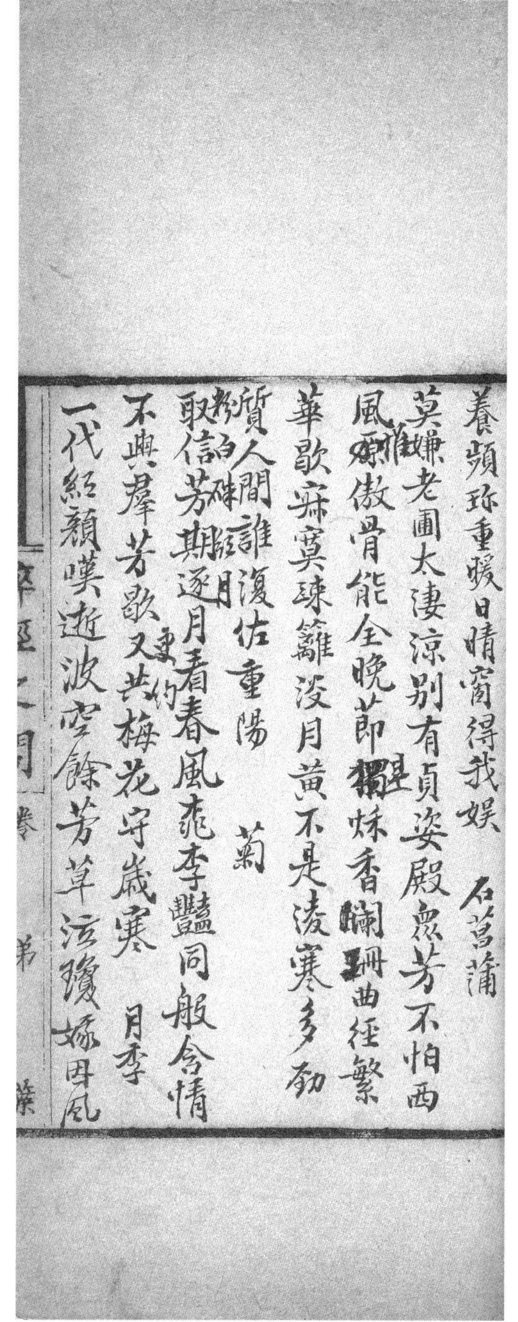
養頻珎重暖日晴窗得我娛　石菖蒲
莫嫌老圃太淒涼別有貞姿殿衆芳不怕西
風[illegible]傲骨能全晚節[illegible]姝香闌珊曲徑繁
華歌舞莫疎籬沒月黃不是淩寒多勁
質人間誰復佐重陽　菊
敢信芳期逐月看春風桃李豔同般含情
不與羣芳歌又共梅花守歲寒　月季
一代紅顏嘆逝波空餘芳草泣瓊娥因風

酉紀之閣

似逐重瞳舞袖帶雨猶將西渡和顧影自憐嬌無那低頭欲訴恨偏多香魂千載人猶惜悽絕當年垓下歌　雲峩人

將赴桂林作

燕雲嶺樹兩茫茫碌碌勞生亦夙緣鴻跡祗今猶隱約予幼隨季父之任粵东萍蹤從此任回旋青春作伴人三五同班圈出者知州五人知縣十人白雲蒼崖冷路八千努力自應當少壯流光莫任虛年年　十月廿四日

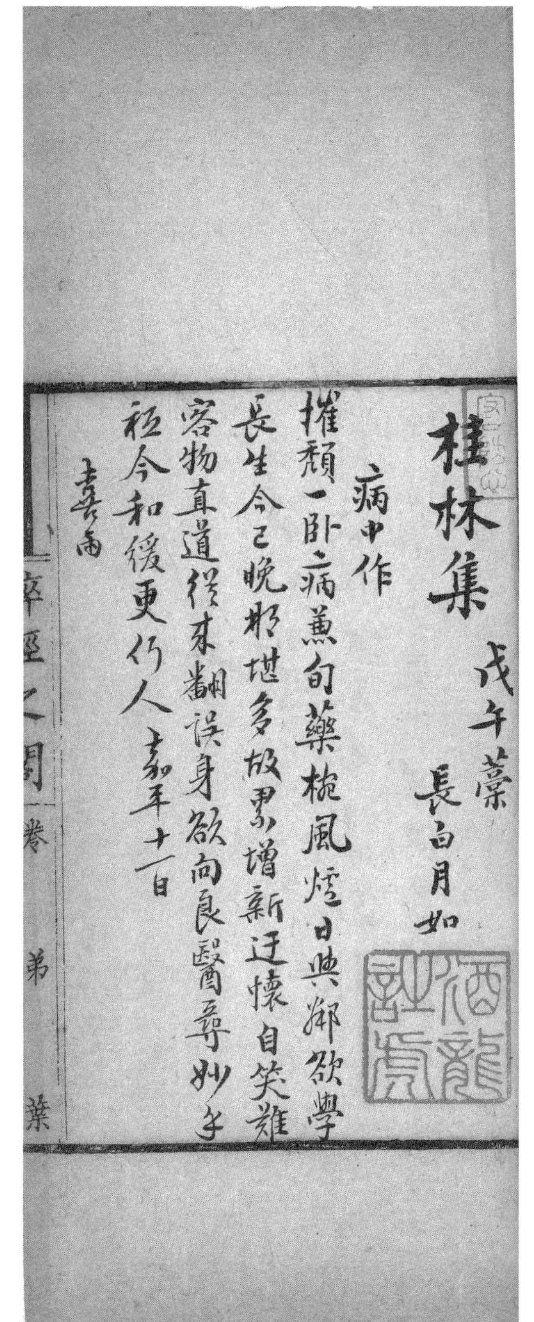

桂林集　戊午藳　長白月如

病中作

摧頽一卧病薫旬藥椀風爐日與鄰欲學長生今已晚形堪多故累增新迂懷自笑難容物直道從來翻誤身欲向良醫尋妙手祇今和緩更何人　嘉平十一日

計百一十六首

雲因龍以動龍乃借雲靈閱物功彌溥乘舟跡莫停雷聲亟牖動雨氣入簷腥試問東皋外新苗幾許青　四月三日在

姜夔詩說載始末曰引體如行書曰行放情曰歌兼之曰歌行悲如蛩螿曰吟通乎俚俗曰謠委曲盡情曰曲

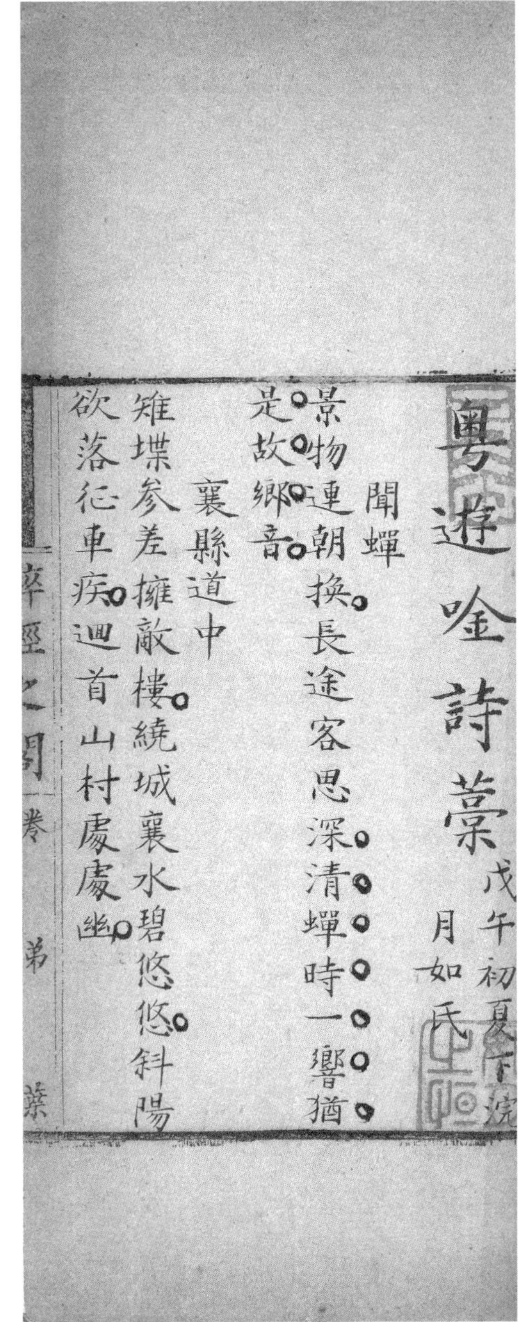

粤遊唫詩藁

戊午初夏下浣
月如氏

聞蟬

景物連朝換長途客思深清蟬時一響猶
是故鄉音

襄縣道中

雉堞參差擁敵樓繞城襄水碧悠悠斜陽
欲落征車疾迴首山村處處幽

滌硯之閣 卷 第 葉

山寺鳴鐘晝已昏。鸞殽隊隊客銷魂。今朝
欲宿投何處。尚隔烟林四五邨。

逢人寄書

驛館忽逢信使旋。孤鐙挑盡未成眠。含毫
畏説長途恨。聊把平安一語傳。

早行

野水平沙露氣清。曉寒不耐客衣輕。楓林
鴉静殽猶寐。茅店雞喧漏漸更。日月自催

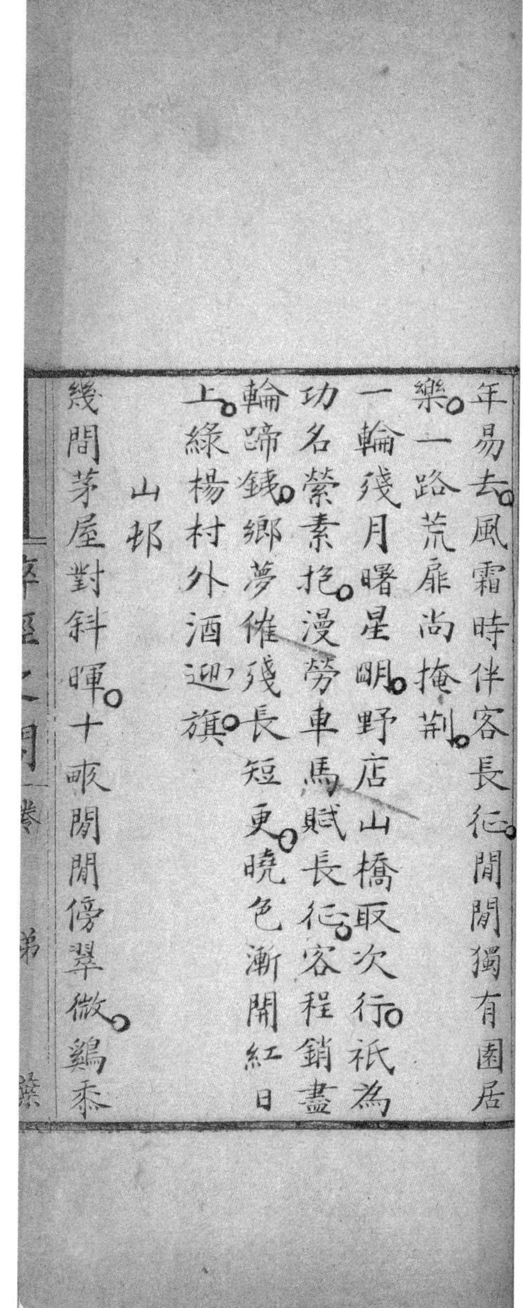

年易去。風霜時伴客長征。閒閒獨有園居樂。一路荒扉尚掩荊。

一輪殘月曙星明。野店山橋取次行。祇為功名縈素抱。漫勞車馬賦長征。客程銷盡輪蹄錢。鄉夢催殘長短更。曉色漸開紅日上。綠楊村外酒迎旗。

山邨

幾間茅屋對斜暉。十畝閒閒傍翠微。鷄黍

自招鄰客至。牛羊時共牧童歸。境非城市情偏暇。人是羲皇頗未違。至境田園多樂事。半村林樹晚烟霏。

東里謁鄭子産祠

夕陽村外草離離。東里長留鄭相祠。自古爭傳君子道。至今猶繫惠人思。多詞溱洧波同麗。往蹟春秌史重推。歆薦馨香何處是。高風千載邈難追。

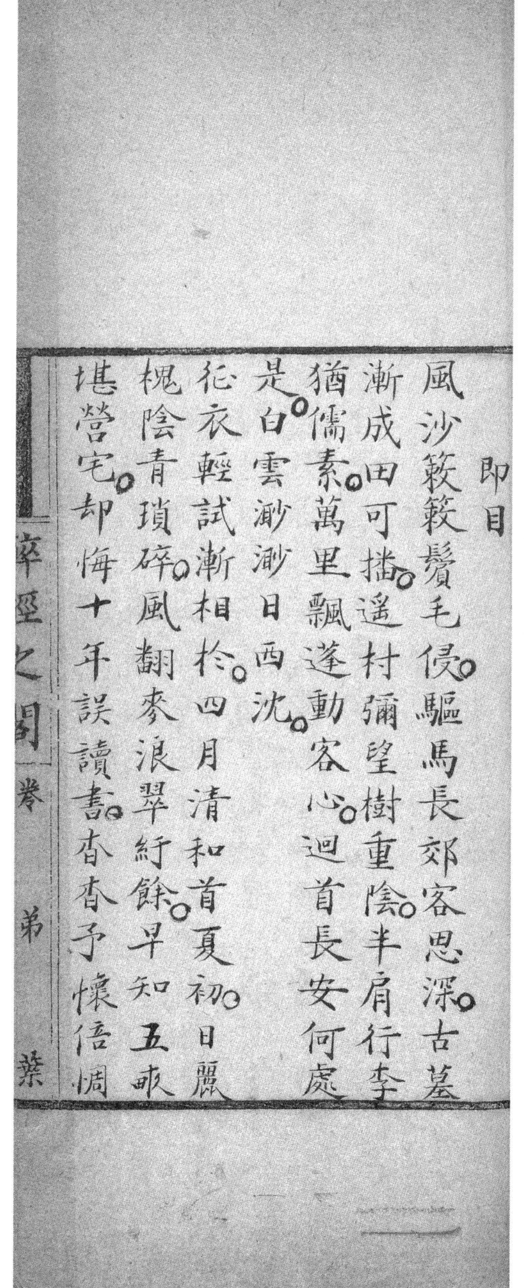

即目

風沙簌簌鬢毛侵。驅馬長郊客思深。古墓漸成田可播。遥村彌望樹重陰。半肩行李猶儒素。萬里飄蓬動客心。迴首長安何處是。白雲渺渺日西沈。

𧘂衣輕試漸相衿。四月清和首夏初。日麗槐陰青瑣碎。風翻麥浪翠紆餘。早知五畝堪營宅。却悔十年誤讀書。杳杳予懷信惆

[illegible]經之閣 卷 第 葉

悵。長途安得此停車。

沮溺耦耕處

問津人去路茫茫。共耦猶存處士鄉。與世無情甘沮溺。憐君何事太栖皇。滔滔今古爭流水。落落村墟帶夕陽。寄語道傍名利客。幾曾此地卜行藏。

近村

去去途中客。行行日欲西。路長慵策蹇。村

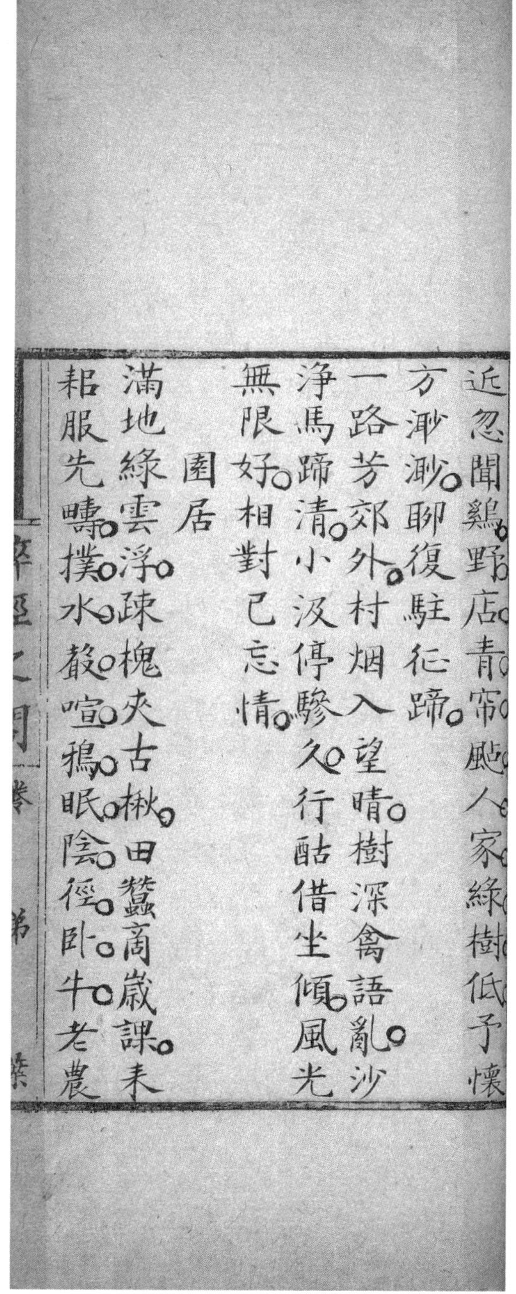

近忽聞鷄野店青帘颭人家綠樹低予懷方渺渺聊復駐征蹄一路芳郊外村烟入望晴樹深禽語亂沙淨馬蹄清小汲停驂久行酤借坐傾風光無限好相對已忘情

園居

滿地綠雲浮疎槐夾古楸田蠶商歲課耒耜服先疇撲水㲉喧鵝眠陰徑卧牛老農

欣自足。斗酒婦重謀。

落日

落日孤村山外山。片雲時共鳥飛還。風塵幾逐征人遠。歲月偏於野老閒。綠暗茅茨春樹合。青分畦町短籬環。柴門倚杖人誰待。薄暮猶來未閉關。

舟行阻風

廿四車程盡。三千水驛催。南風真無耐。日

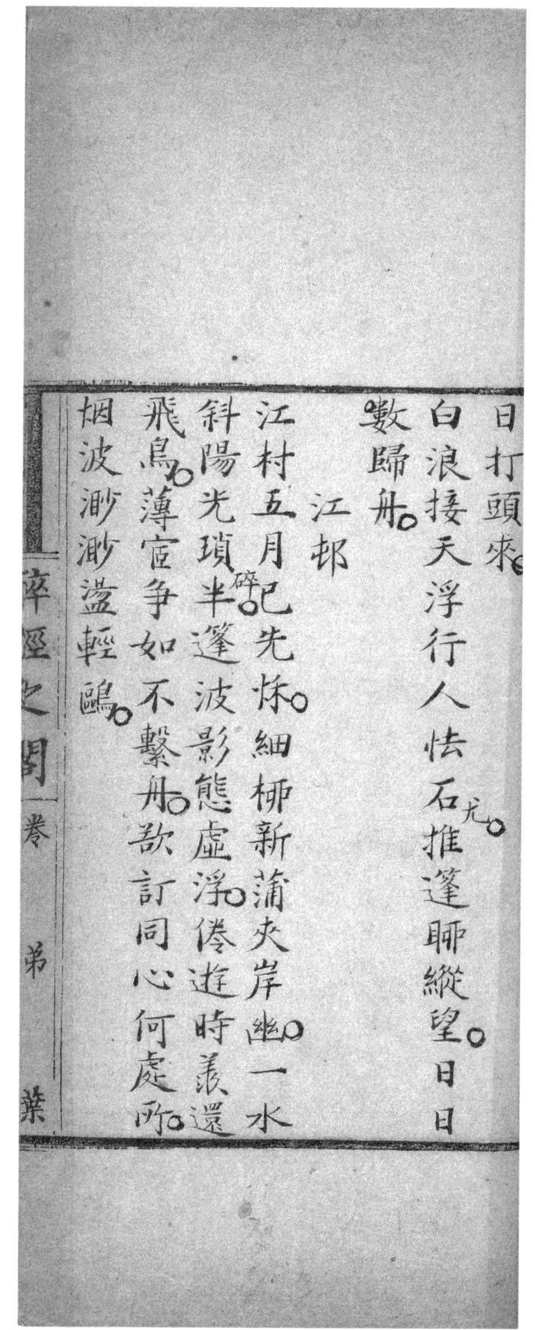

日打頭來。

白浪接天浮，行人怯石尤。推蓬聊縱望，日日數歸舟。

江郊

江村五月已先秌，細柳新蒲夾岸幽。一水斜陽光瑣碎，半蓬波影態虛浮。倦遊時羨還飛鳥，薄宦爭如不繫舟。欲訪同心何處所，烟波渺渺盪輕鷗。

醉經之閣　卷　第　葉

舟中夜雨

寂寞孤舟夜。蕭蕭雨打篷。因風添淅瀝。入耳故惺忪。鄉問傳初北。江流去復東。何時歸客棹。聽徧小樓中。

遊子吟

勞勞江上船。歲〻行人渡。遊子何時還。腸斷歸帆路。

白雲在空中。將往時復還。那堪遊子去。經

歲復經年。

湘江晚眺

夕陽一片楚江明。有客乘舟破浪行。日月那堪流水去。雲山争似畫圖成。艣聲晚去催遒疾。漁唱遥來聽未清。料得前村停櫂處。連檣隱隱晚鉦鳴。

趂得長風不計程。停舟一望暮烟横。江村蟋蟀催寒信。怵水鱸魚動客情。夾岸燈光

星歷亂到蓬波影月分明他年更假歸帆
便寫入丹青子細評

放舟

落日半蓬斜烟波水一涯風帆孤客棹鷄
黍野人家彷彿甕源路依稀海上槎何當
乘興去共尒話桑麻

我本忘機者翛然世寡群片帆春水濶一
棹夕陽曛夾岸烟林合隔江笑語聞此中

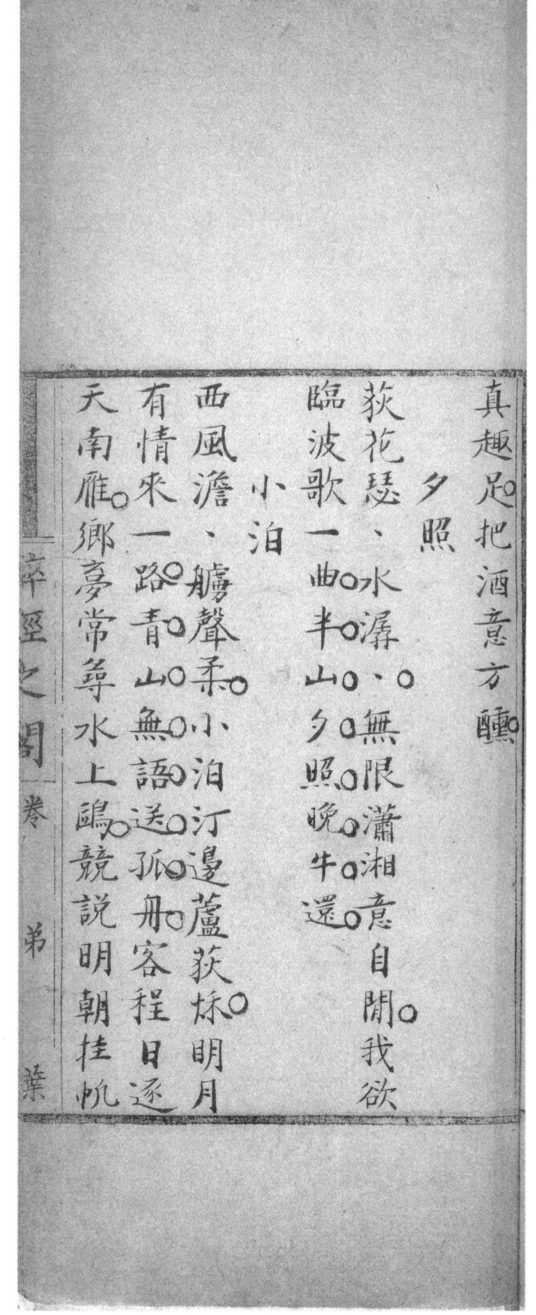

真趣足把酒意方醺。

夕照

荻花瑟瑟水潺潺。無限瀟湘意自閒。我欲臨波歌一曲。半山夕照晚牛還。

小泊

西風澹澹艣聲柔。小泊汀邊蘆荻秋。明月有情來一路。青山無語送孤舟。客程日逐天南雁。鄉夢常尋水上鷗。競說明朝挂帆

萃經之閣　卷　第　葉

去○衡陽烟景望中收○

洞庭阻風

洞庭波水竟何如○終古茫、混太虛○鎮日
連檣行不得○南風五兩冣愁予○
淼、烟波似霧冥○君山一片望中青○得魚、
沽酒聊當醉○枕底濤聲入夢醒○

水壩

萬頃洪濤百道泉○無端飛入碧雲天○莫言

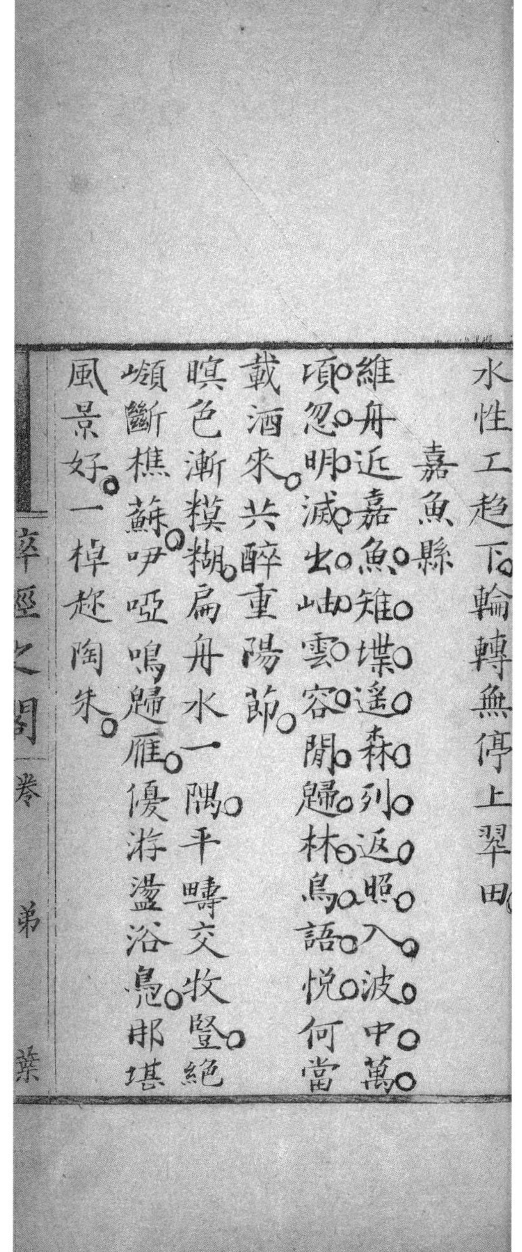

水性工趨下，輪轉無停上翠田。

嘉魚縣

維舟近嘉魚，雉堞遥森列。返照入波中，萬頃忽明滅。出岫雲容閒，歸林鳥語悅。何當載酒來，共醉重陽節。

暝色漸模糊，扁舟水一隅。平疇交牧豎，絕巘斷樵蘇。咿啞鳴歸雁，優游盪浴鳧。那堪風景好，一棹趂陶朱。

漁舟

青山隱、水茫、綠野人耕帶夕陽柔櫓
一聲何處去芰荷叢裏是家鄉

宿漢川

澄江如練月如弦雁陣斜飛水底天舟子
喧呼爭渡急前村初繫半江船

郎口

烟景暮霏微斜陽澹落暉腸隨湘九轉心

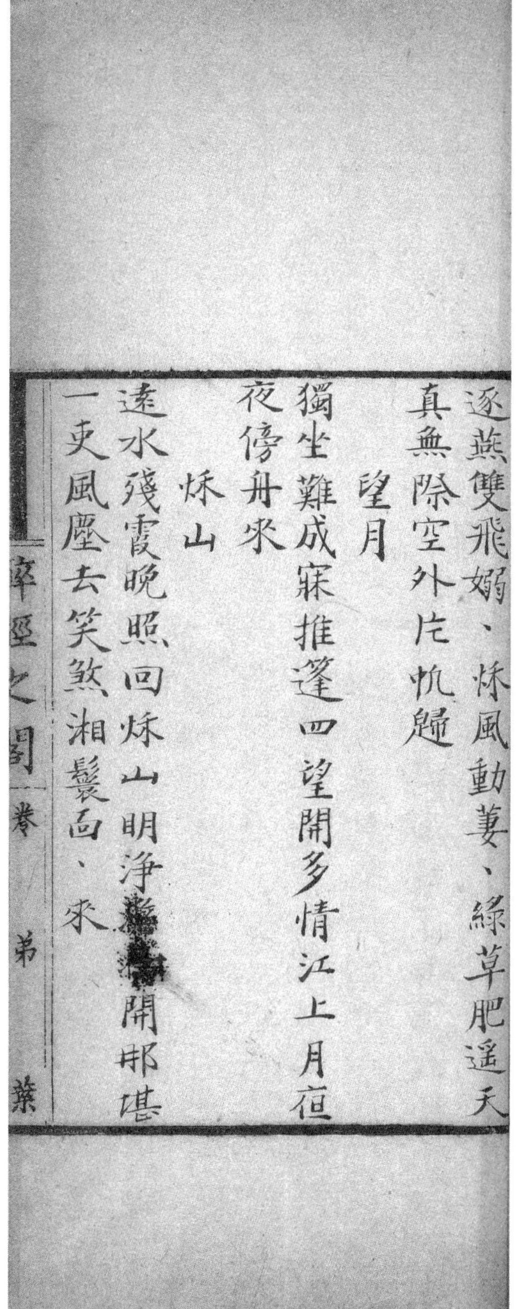

逐燕雙飛嫋、秌風動萋、綠草肥遥天真無際空外片帆颺

望月

獨坐難成寐推篷四望開多情江上月亱夜傍舟來

秌山

遠水殘霞晚照、回秌山明淨[illegible][illegible]開那堪一更風壓去笑歛、湘鬟面、來

[illegible]經之閣 卷 第 葉

獨釣

蜻蜓逐水影雙飛蘆荻花開白雪霏獨釣
不知烼寂寞相逢初道鯽魚肥

過楚南

薄宦南遊意自如時來湘楚恰烼初地餘
瓦礫初兵後俗鮮桑麻患水餘一棹生涯
舟作計幾椽結搆竹爲居民生自古勤無
匱豈必東南財賦區

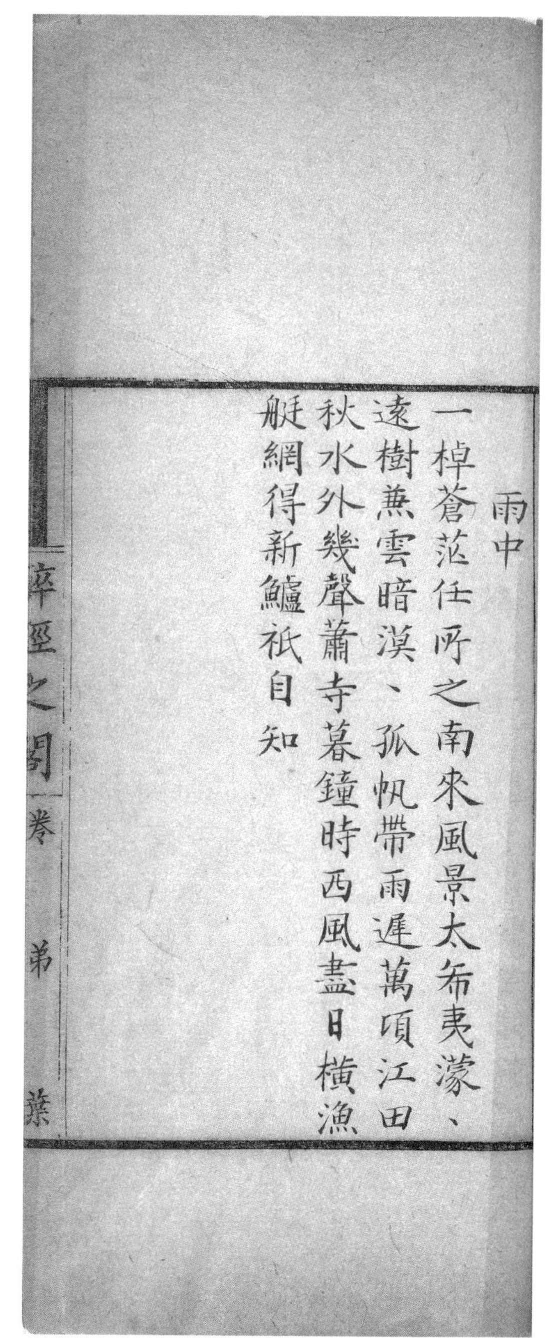

雨中

一棹蒼茫任所之，南來風景太希夷。濛濛遠樹兼雲暗，漠漠孤帆帶雨遲。萬頃江田秋水外，幾聲蕭寺暮鐘時。西風盡日橫漁艇，網得新鱸祇自知。

萃經之閣　卷　第　葉

退步軒詩草

戊午桂月藁

旅懷

迢遞京華路棲遲又一春天涯鄉問隔旅館客愁新往事空疑夢浮生浪逐塵功名身外計僮僕客中親地僻風逾儉官清仕亦貧殘燈聊作伴饑鼠不驚人薄宦同飄梗怵風憶細蒓瞻言歸未得烟水渺無垠

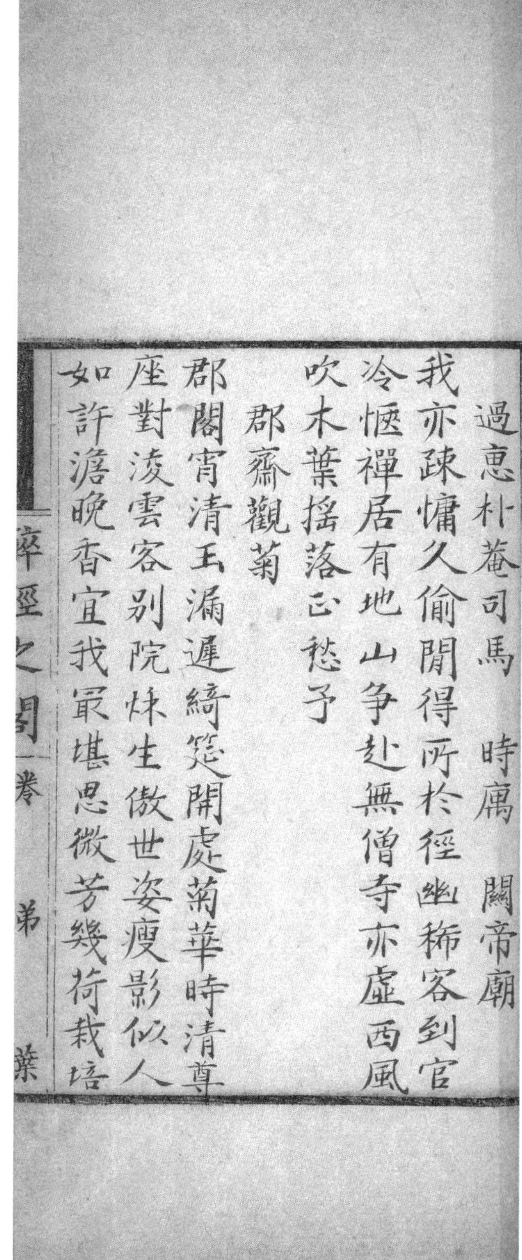

過惠朴菴司馬　時寓　關帝廟

我亦疎慵久偷閒得所於徑幽稀客到官冷愜禪居有地山爭赴無僧寺亦虛西風吹木葉搖落正愁予

郡齋觀菊

郡閣宵清玉漏遲綺筵開處菊華時清尊座對淩雲客別院秌生傲世姿瘦影似人如許澹晚香宜我最堪思微芳幾荷栽培

力貞秀群看雨露滋

聞雁

一聲嘹唳半天秋水濶雲深斷侶儔迴首弋人增遠慕不堪應為稻粱謀

聞蟲

孤燈挑盡夜何其策策西風轉豆籬絮語自憐霜露重為將秋信報君知

聞礁

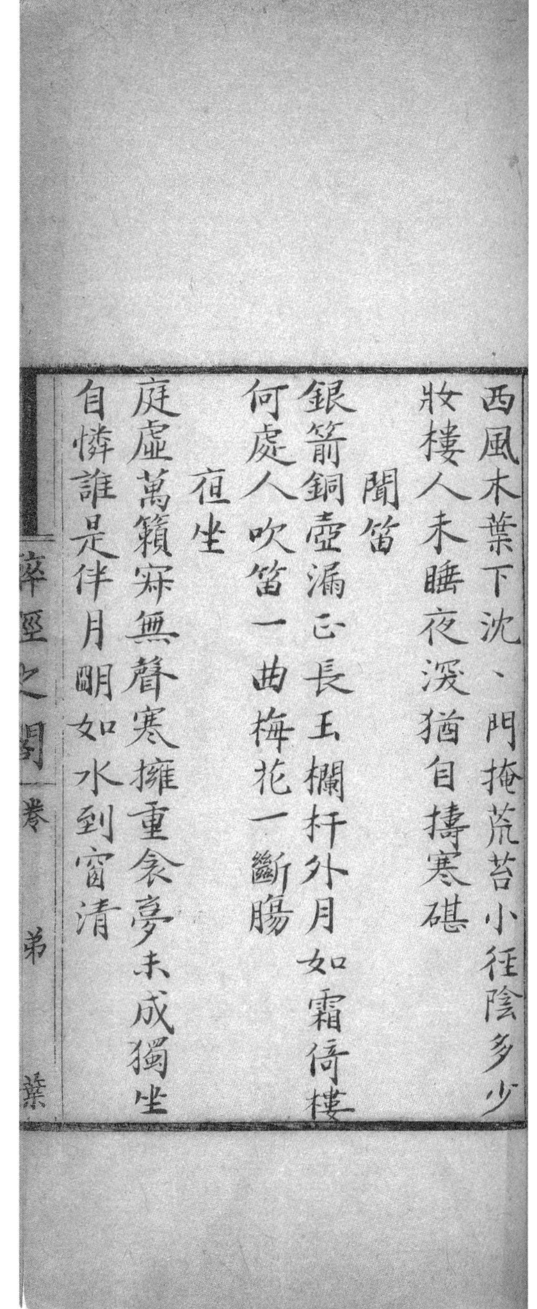

西風木葉下沈、門掩荒苔小徑陰多少
妝樓人未睡夜深猶自擣寒碪

聞笛

銀箭銅壺漏正長玉欄杆外月如霜倚樓
何處人吹笛一曲梅花一斷腸

夜坐

庭虛萬籟寂無聲寒擁重衾夢未成獨坐
自憐誰是伴月明如水到窗清

醉經之閣 卷 第 葉

總查戲作

月落參橫漏向晨，挑燈猶自話分巡。最憐小轎剛容膝，愧乏重裘穩稱身。俗鮮蓋藏知土瘠，地多草竊是民貧。宮袍典盡因燒燭，又道明朝爨待薪。

小至

佳節何堪客裏逢，燕雲嶺樹路重重。遥知弱女初添線，共話征衣若個縫。

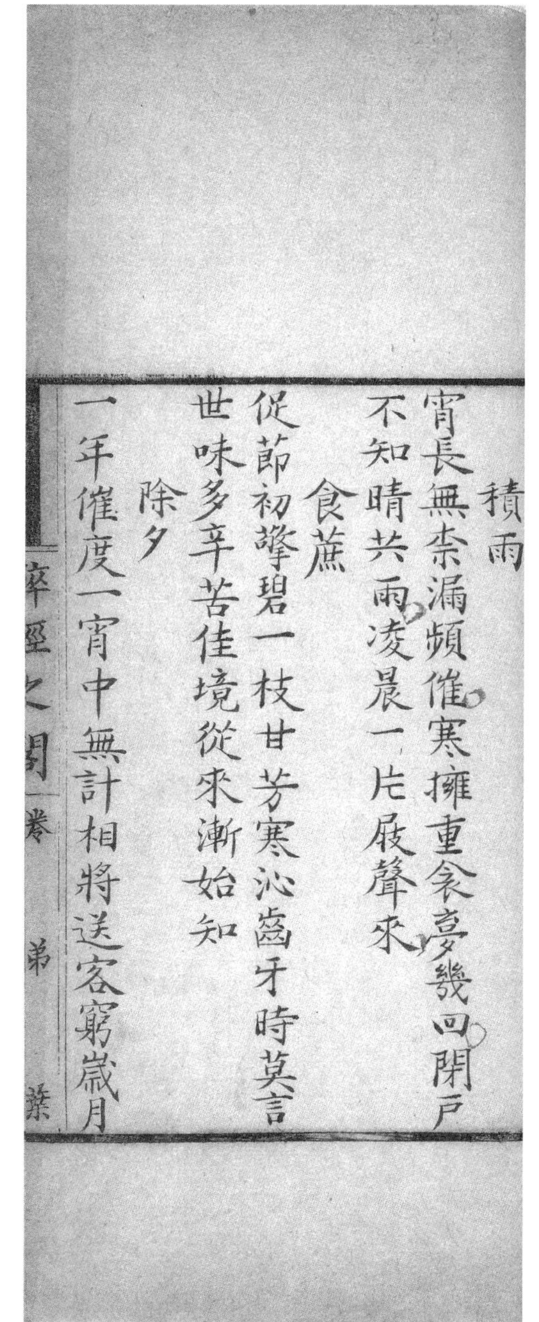
積雨
宵長無奈漏頻催寒擁重衾夢幾回閉戶
不知晴共雨淩晨一片屐聲來
食蔗
促節初擎碧一枝甘芳寒沁齒牙時莫言
世味多辛苦佳境從來漸始知
除夕
一年催度一宵中無計相將送客窮歲月

辛經之閣 卷 第 葉

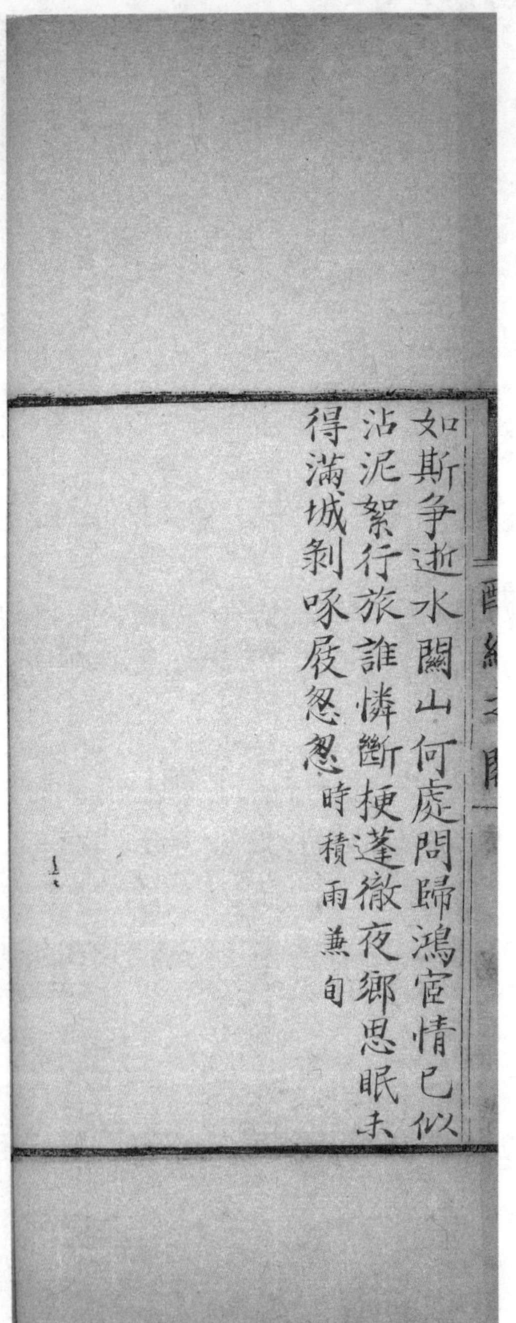

如斯爭逝水關山何處問歸鴻宦情已似沾泥絮行旅誰憐斷梗蓬徹夜鄉思眠未得滿城剝啄屐怱怱時積雨兼旬

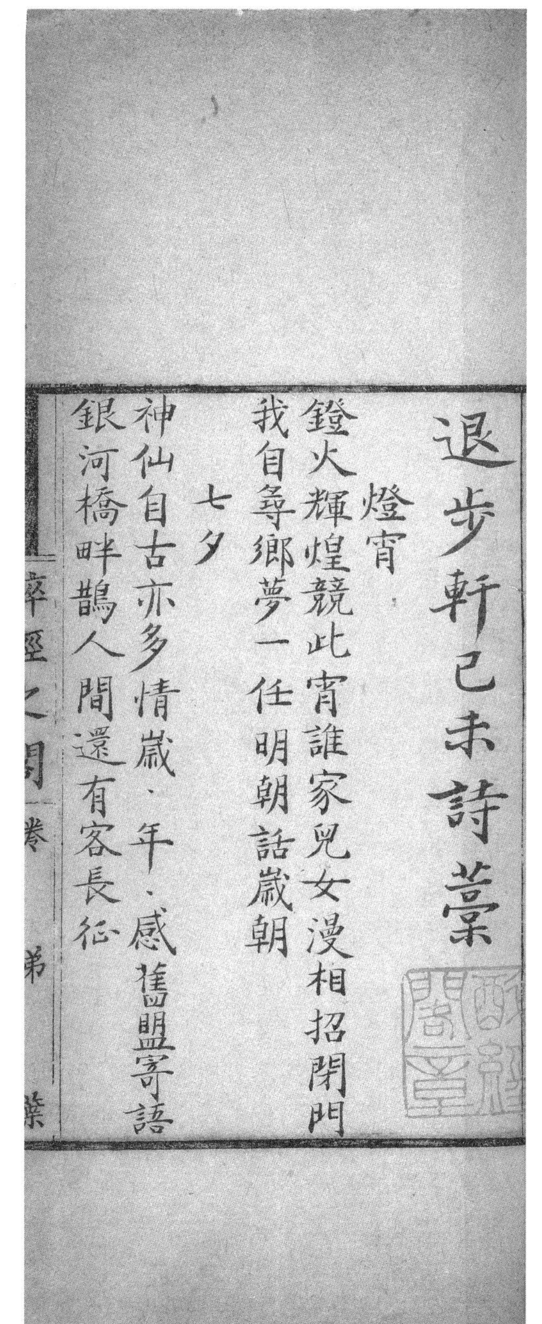

退步軒己未詩藁

燈宵

鐙火輝煌競此宵誰家兒女漫相招閉門我自尋鄉夢一任明朝話歲朝

七夕

神仙自古亦多情歲歲年年感舊盟寄語銀河橋畔鵲人間還有客長征

中秌

一年容易度佳節又經過獨有今宵月明於往夜多佳敘屬三秌浮踪寄百粤遥憐小女兒初學拜新月

閒眺

萬里秌空氣沈寒悲生宋玉太無聊多愁那得浮雲似也共西風一捲消

獨秀峰

乍可移來近市城終當飛去傍蓬瀛孤摽大地危如削峻極南天壯欲擎試絶延緣君子槩獨留貞靜古人情興來欲倩荆關畫祇恐荆關畫未成

秌懷

鄉問年來不數聞那堪秌序又平分臣心自矢清如水世態爭知薄似雲論治已無

龔渤海銘功誰憶戚將軍遥天極目空惆
悵落日西風桂子芬
萬壑千巖烁氣增孤雲往復意何曾宦情
澹到陶彭澤歸興濃於張季鷹萬事静知
隨處見百年閒得幾時能為憐闤闠蕭條
甚獨步青山又幾層

晚凉

竟日炎威逼閒襟快晚凉天空星欲滴雲

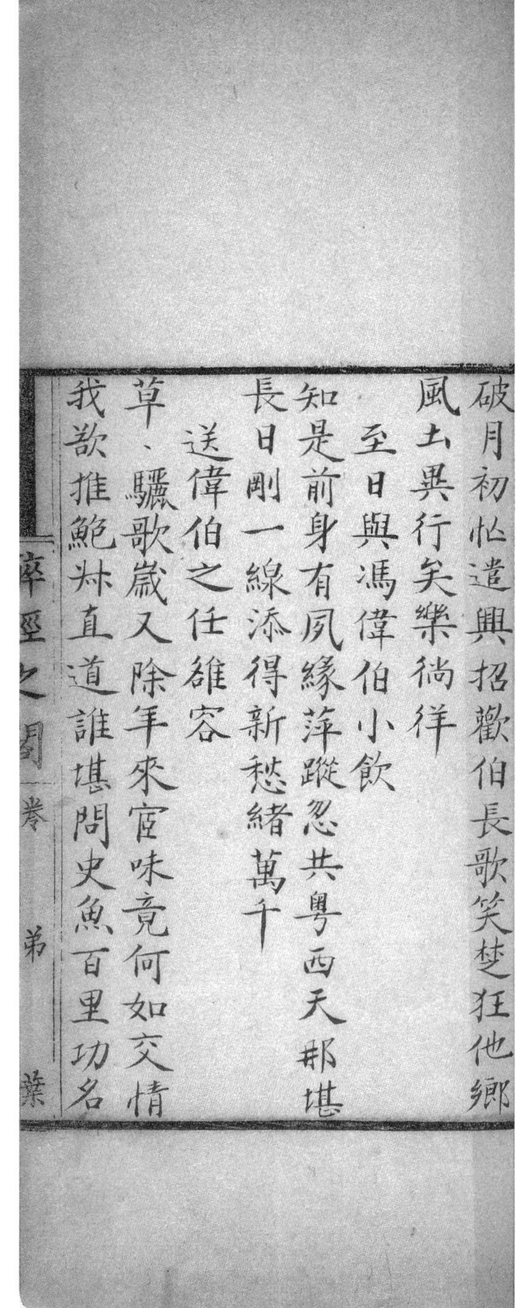

破月初忺遣興招歡伯長歌笑楚狂他鄉風土異行矣樂徜徉

至日與馮偉伯小飲

知是前身有夙緣萍蹤忽共粤西天那堪長日剛一線添得新愁緒萬千

送偉伯之任雒容

草草驪歌歲又除年來宦味竟何如交情我欲推鮑叔直道誰堪問史魚百里功名

瘁經之閣　卷　第　葉

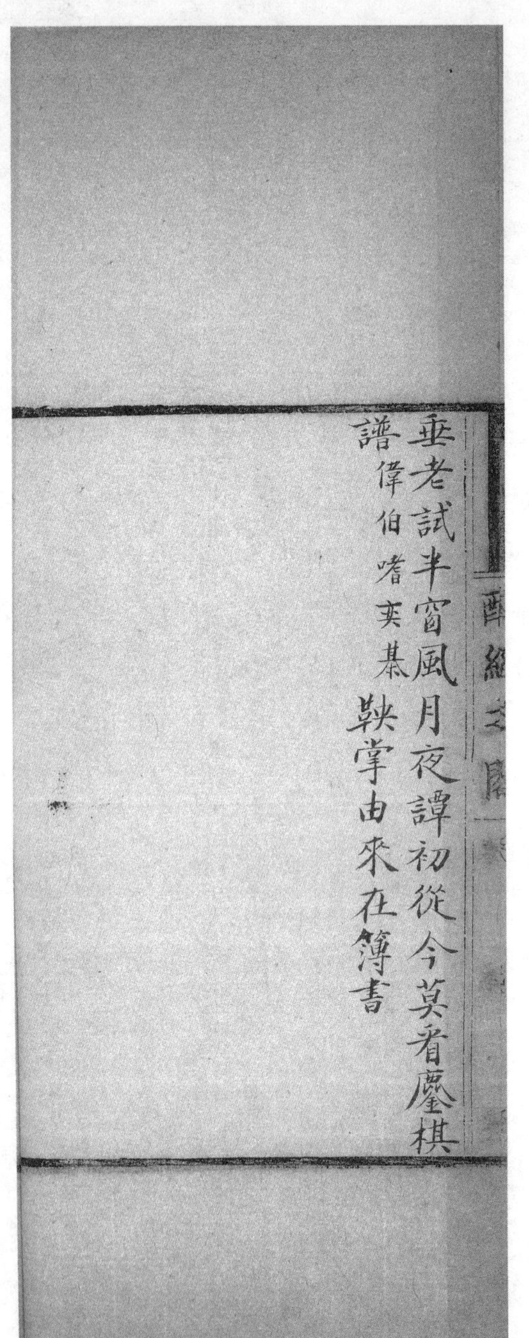
垂老試半窗風月夜譚初從今莫看慶棋譜偉伯嗜奕棊戱掌由來在簿書

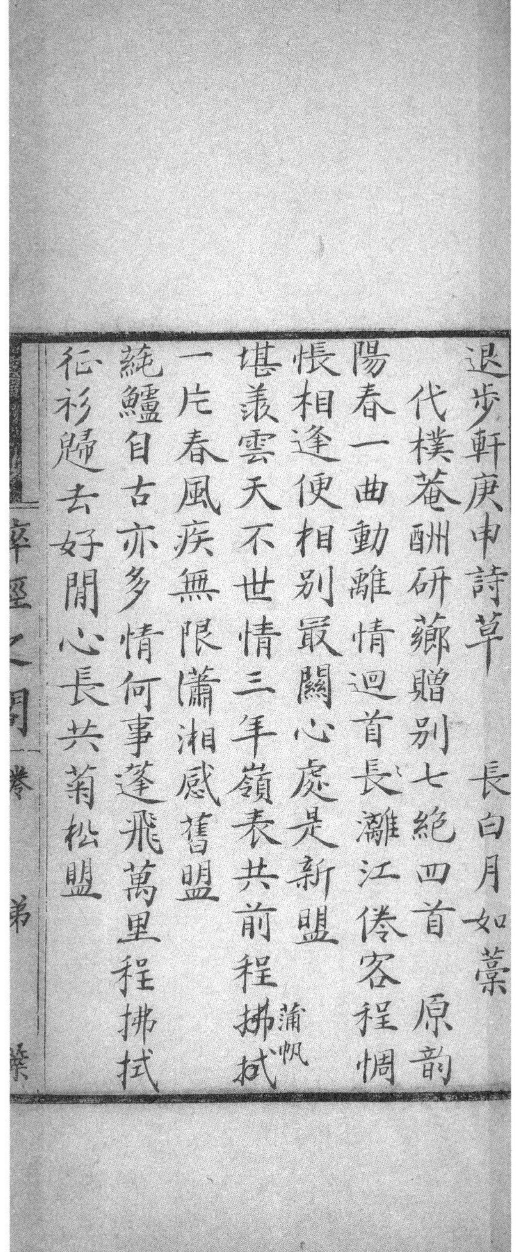

退步軒庚申詩草　長白月如槀

代樸菴酬研薌贈别七絕四首　原韵

陽春一曲動離情迴首長灕江倦客程惆
悵相逢便相别最關心處是新盟

堪羡雲天不世情三年嶺表共前程拂拭（蒲帆）
一片春風疾無限瀟湘感舊盟

蓴鱸自古亦多情何事蓬飛萬里程拂拭
征衫歸去好閒心長共菊松盟

垂老何堪話別情燕雲嶺幾千程莫言後
會無多少更有三生石上盟

汲婦

蓬門未合識裠釵粗綰雲鬟艸作鞋汲淂
新泉欣自足一肩嫋嫋踏長街

擡閣

疑是姮娥降九霄芙蓉如面柳如腰高燒
銀燭鳴簫管爭看霓裳步翠翹

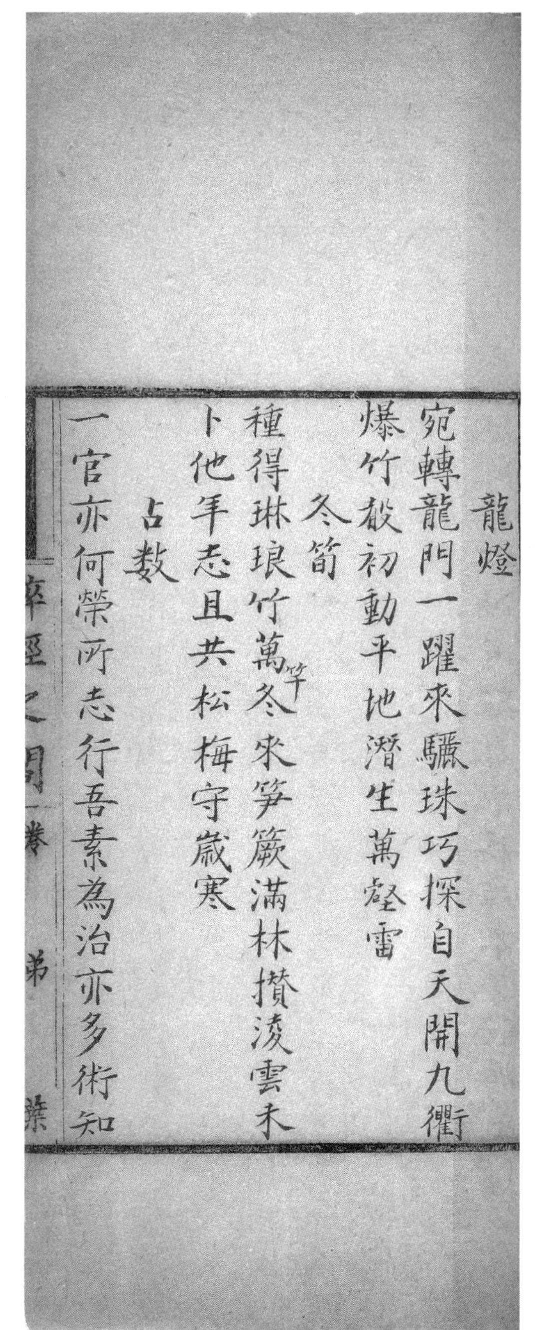

龍燈

宛轉龍門一躍來驪珠巧採自天開九衢爆竹殷初動平地潛生萬壑雷

冬筍

種得琳琅竹萬竿冬來筍蕨滿林攢淩雲未卜他年志且共松梅守歲寒

占數

一官亦何榮所志行吾素為治亦多術知

者急當務正已始正人如表影方樹嗟彼營、者叩門乞昏暮如蛾競投明如蟻膻爭赴安知塞翁馬得失自有数曠彼達人觀窮乃君子固慮澹物不紛志潔行遭妒富貴任浮雲榮華等朝露黃鷄兼白酒陶然復何慕

無題

嫩綠嬌紅映日輝春來無處不芳菲隔籬

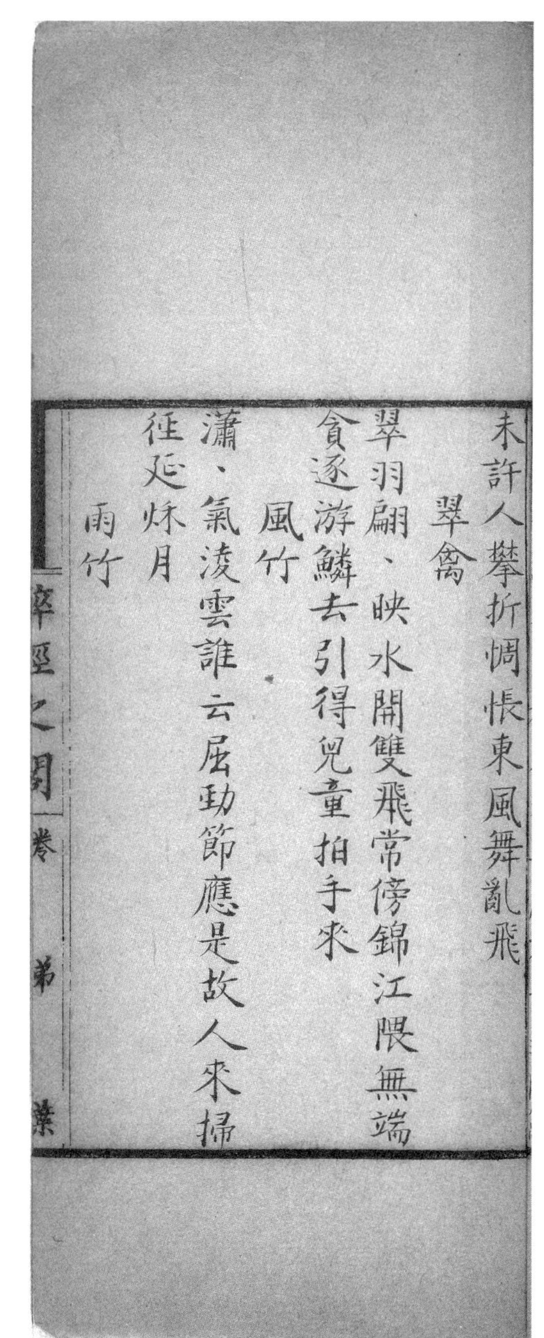

未許人攀折惆悵東風舞亂飛

翠禽

翠羽翩、映水開雙飛常傍錦江隈無端
貪逐游鱗去引得兒童拍手來

風竹

瀟、氣淩雲誰云屈勁節應是故人來掃
徑延烋月

雨竹

辛經之閣　卷　第　葉

娟娟淨絶塵森森自玉立湘妃去不還淚
痕依然溼

久雨

白晝黄昏雨暗然重簷溜急響飛泉媧皇
一去無消息誰為南中補漏天

贈别

渺春波兮洞庭濯滄浪兮君山青路茫、
兮燕樹恍塵梦兮獨醒淩萬頃兮一棹問

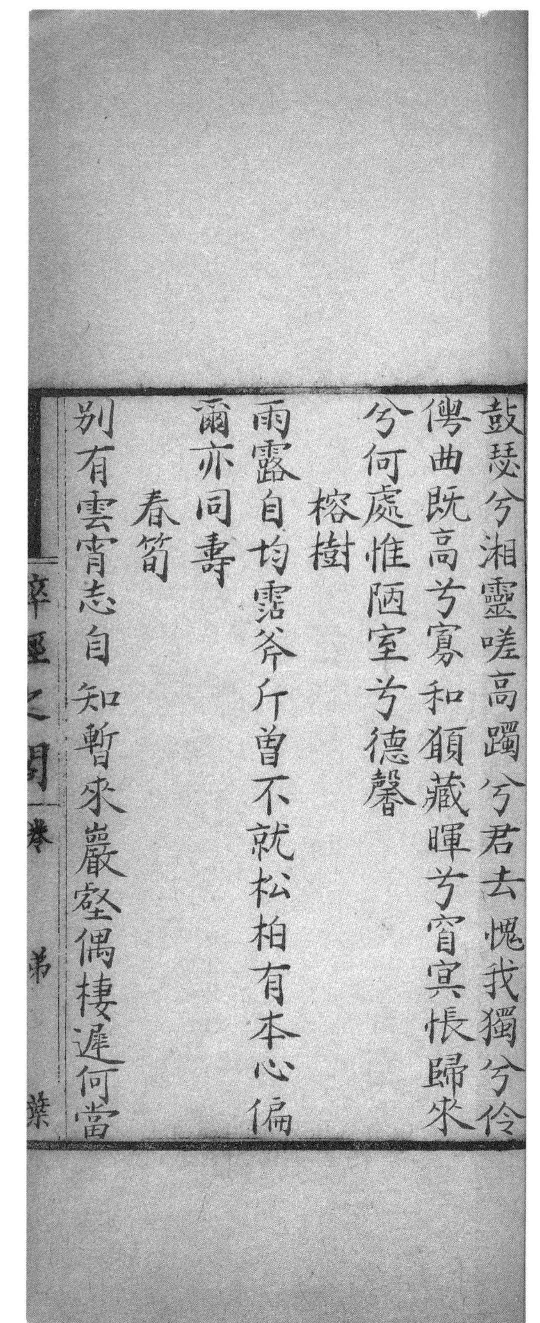

鼓瑟兮湘靈嗟高躅兮君去愧我獨兮伶傳曲既高兮寡和須藏暉兮窅冥悵歸來兮何處惟陋室兮德馨

榕樹

雨露自均霑斧斤曾不就松柏有本心偏爾亦同壽

春筍

別有雲霄志自知暫來巖壑偶棲遲何當

辛丑之間 卷 弟 葉

更假春雷動一夜籜龍坼甲時

蛙鳴

久雨快時晴春塘水暗生官私誰與辨猶
自不平鳴

酬同年吴薌谷刺史原韻

怱怱花信促芳晨佳句傳來又暮春翰墨
為林真自適文章有續未云貧高齋風雨
吟添興妙筆江山助有神聞道長卿誰與

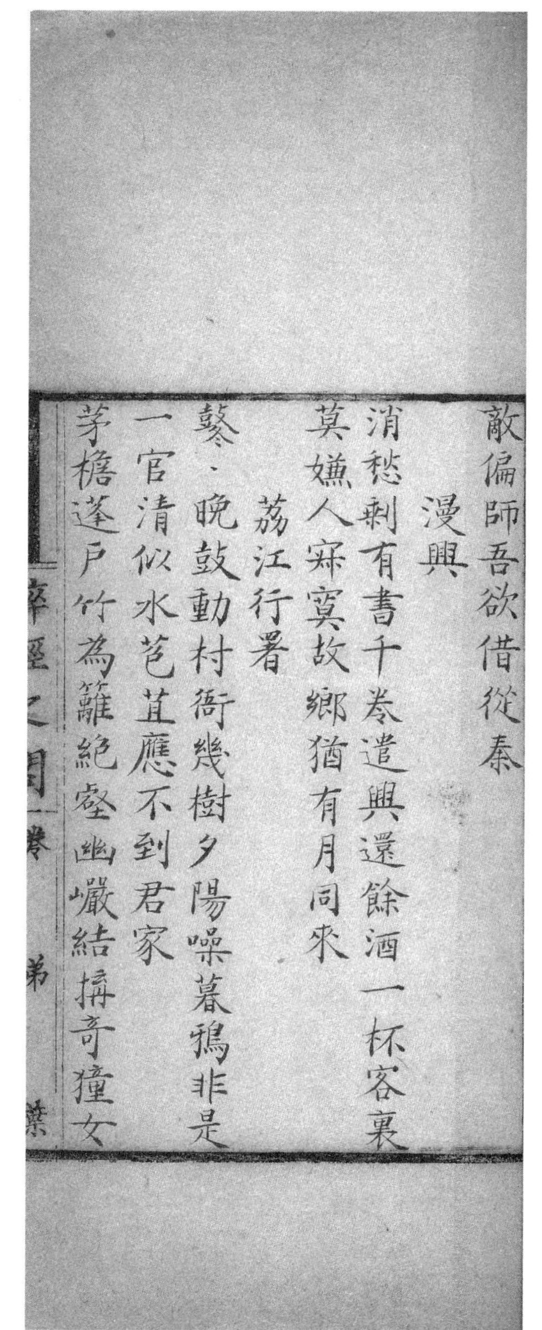

敵偏師吾欲借從秦

漫興

消愁剩有書千卷遣興還餘酒一杯客裏莫嫌人寂寞故鄉猶有月同來

荔江行署

鼕鼕晚鼓動村衙幾樹夕陽噪暮鴉非是一官清似水苞苴應不到君家

茅檐蓬戶竹為籬絕壑幽巖結搆奇撞女

華經之閣　一卷　第　葉

不知山路險跣來雙足履如夷

烽燧年來患未休殘區無復望南楼書生自古非軍旅也向席前一借籌（南楼遠眺蒙川八景之一即城之南薰門也）

迴首鄉關路阻長西風又復近重陽是誰催送秌消息唧唧蟲聲四壁忙

檳榔芋　大者重四五斤剖之腹作檳榔紋味甚美

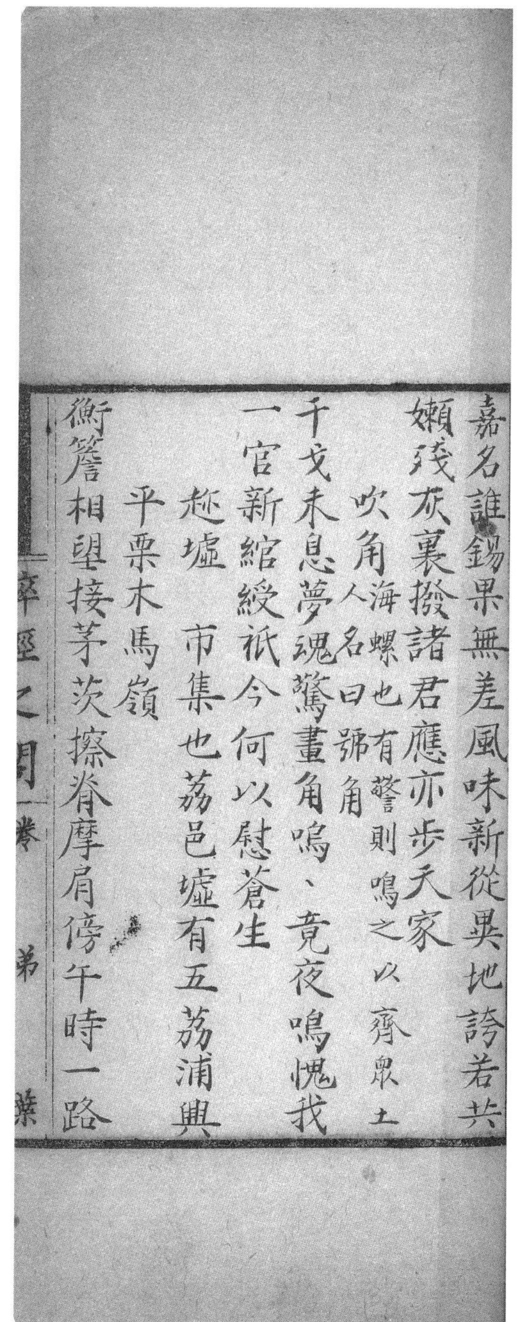

嘉名誰錫果無差風味新從異地誇若共嬾殘灰裏撥諸君應亦步天家

吹角海螺也有警則鳴之以齊衆土人名曰號角

干戈未息夢魂驚晝角嗚嗚竟夜鳴愧我一官新綰綬祇今何以慰蒼生

趂墟市集也荔邑墟有五荔浦與平栗木馬嶺

衡簷相望接茅茨擦脊摩肩傍午時一路

相逢欣共語今朝有約更相期

結寨　聯數村而共結一寨繚以土圍負巖跨壑峻極難攀日則結隊出耕夜則歸堡固守法至善也

詰屈羊腸路幾盤土圍高築入雲端居人未必耽幽寂世道於今行路難

分團　联数村而共結一寨分數寨而各成一團、有團總堡長甲長分司其事團之費則抽自田間也联團集練該團總其可惣諸

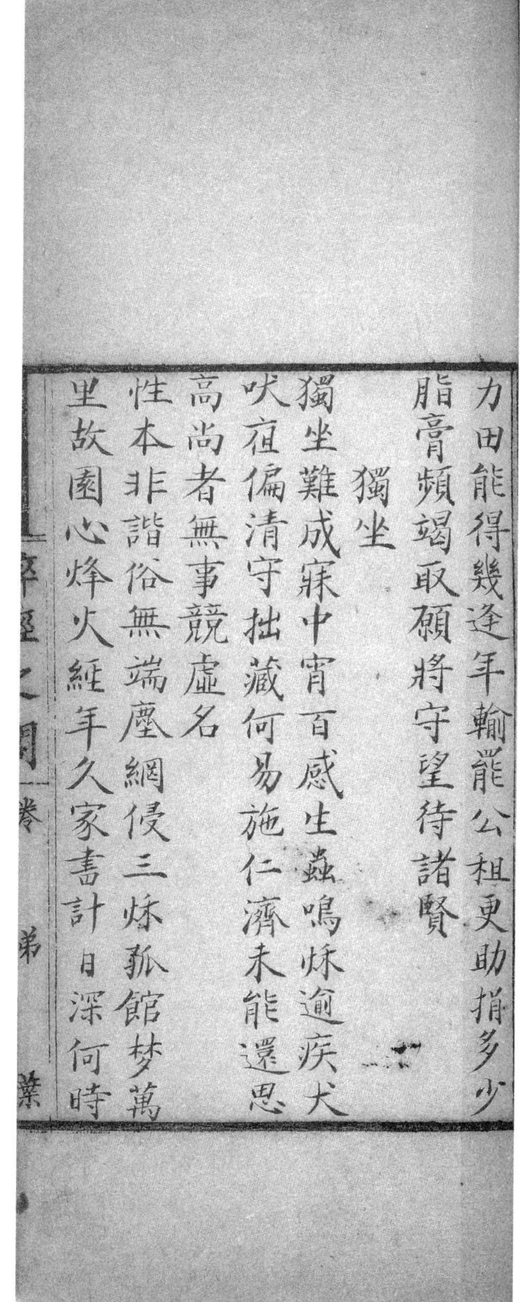

力田能得幾逢年輸罷公租更助捐多少
脂膏頻竭取願將守望待諸賢

獨坐

獨坐難成寐中宵百感生蟲鳴㶲逾疾犬
吠夜偏清守拙藏何易施仁濟未能還思
高尚者無事競虛名

性本非諧俗無端塵網侵三㶲孤館梦萬
里故園心烽火經年久家書計日深何時

遽客棹江岓數楓林

宿酌

銀燭挑逾短金尊冷更呼莫嫌人寂寞猶有月同孤

憶都門

秌風吹木葉萬里客愁新為問聯麻友還思獨夜人十年應悔讀五斗詎療貧何日揚帆去長歌問楚津

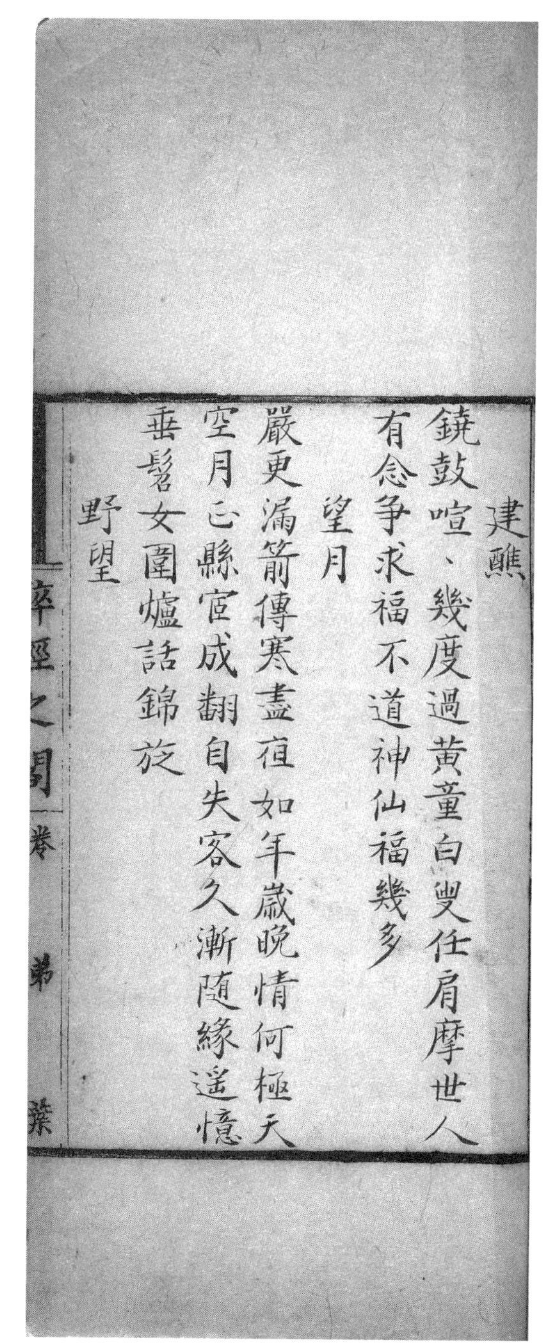

建醮

鐃鼓喧喧幾度過黄童白叟任肩摩世人有念争求福不道神仙福幾多

望月

嚴更漏箭傳寒盡亱如年歲晚情何極天空月已縣宦成翻自失客久漸隨緣遥憶垂髫女圍爐話錦旋

野望

瘁經之閣 卷 第 葉

天高秋氣迴遊子意何閒野水明前浦夕陽見晚山邨墟荒徑寂禾黍故城刪荷笠誰家子歸來獨閉關

登天台山北望縣城有感　荔城自賊陷後居民遷徙荒烟蔓艸闃其無人臨眺不覺悵然感而賦此南樓即城之南薰門也

青山遠共白雲浮寂、荒城枕夕流秋水

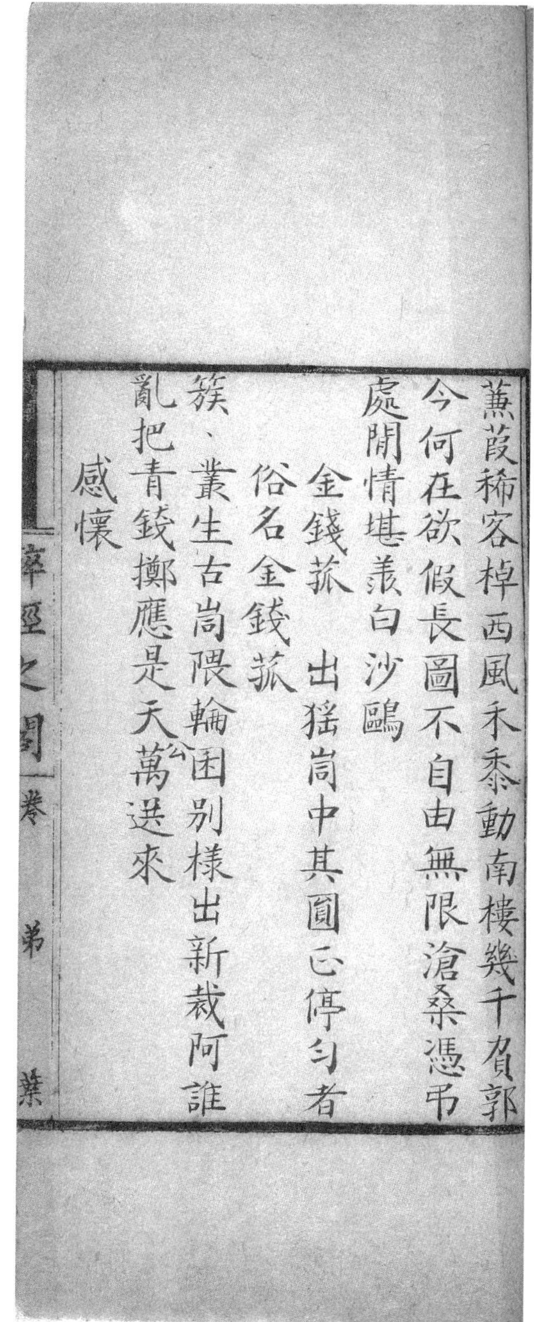
薰葭稀客棹西風禾黍動南樓幾千賫郭今何在欲假長圖不自由無限滄桑憑弔處閒情堪羨白沙鷗

金錢菰　出猺峝中其圓已停勻者俗名金錢菰

簇簇叢生古峝隈輪囷别樣出新裁阿誰亂把青錢擲應是天公萬選來

感懷

白雲吹不盡將捲復還舒客久情逾倦宦貧僕漸疎三烌孤館夢萬里瘴鄉居惟有平安字年年數寄書

漏箭宵頻換寒窗氣漸增詩懷清似水燈味冷於僧閱世翻知誤忘名信未能永懷愁不寐倦倚榻橫籐

立墟之時長治堡以立墟便民來請許

謀生無乃拙墟趣意何為所志民稱便非

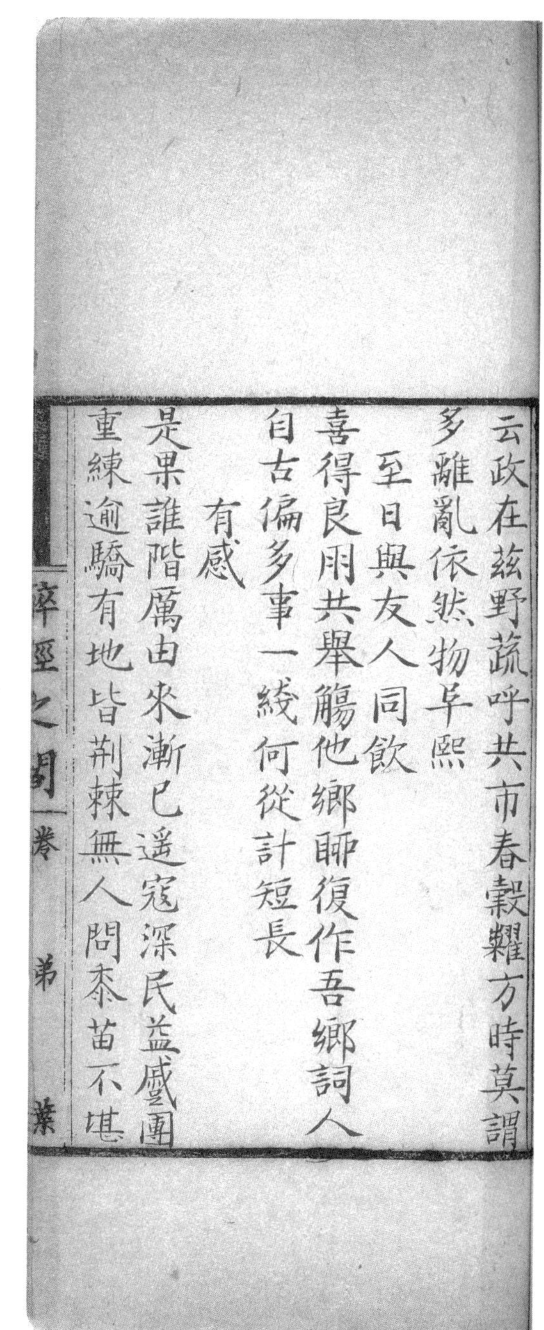

云政在茲野蔬呼共市春穀糶方時莫謂多離亂依然物阜熙

至日與友人同飲

喜得良朋共舉觴他鄉聊復作吾鄉詞人自古偏多事一綫何從計短長

有感

是果誰階厲由來漸已遥寇深民益蹙圍重練逾驕有地皆荆棘無人問黍苗不堪

時極目風景日蕭條

憶省門

已薄微官久從宜聊復云此中無知已何
處可酬恩徑已非周道畦應病夏耘從来
彭澤令千古挹清芬

靜夜

靜夜月朧明長吟夢未成鷄聲空谷應人
語隔窗清瘴癘非吾土賓朋半世情故園

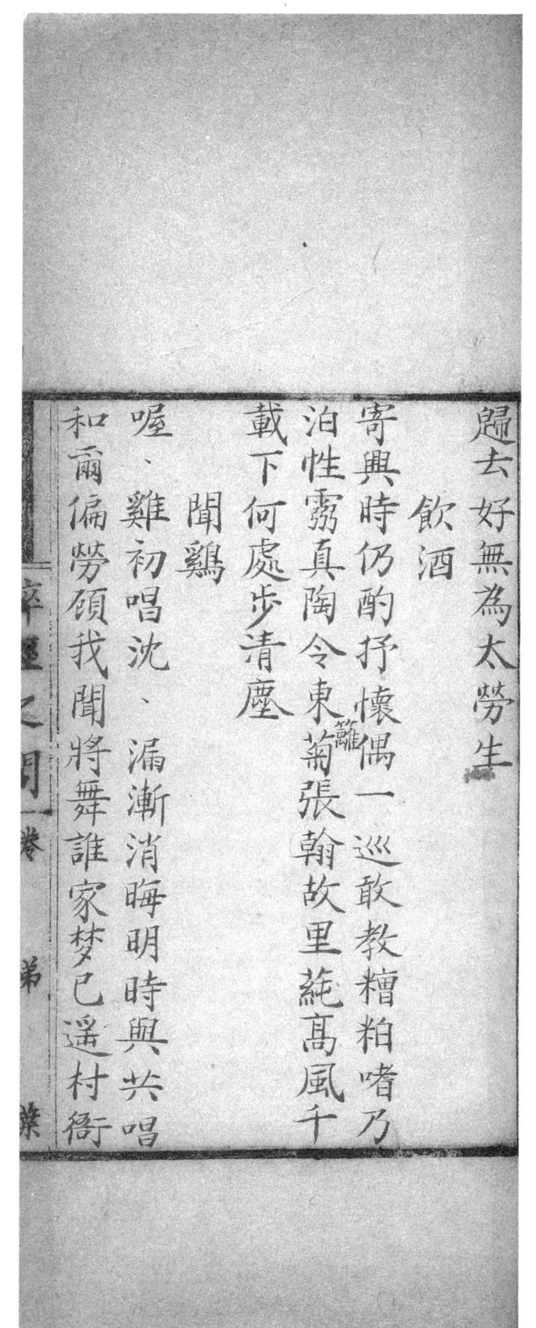

歸去好無為太勞生

飲酒

寄興時仍酌抒懷偶一巡敢教糟粕嗜乃泊性露真陶令東籬菊張翰故里蒓高風千載下何處步清塵

聞鷄

喔、雞初唱沈、漏漸消晦明時與共唱和爾偏勞頓我聞將舞誰家梦已遥村衙

何寐寞畫鼓更三敲

聽雨

蕭蕭聽不斷風雨夜將闌倚枕情逾倦挑燈影自寒他鄉風土異孤客友朋歡明日窗前問新蕉又幾攢

烽火

烽火日相侵民生苦不禁誰云非世運無亦係人心俗習愚偏詐鄉情越復秦亂離

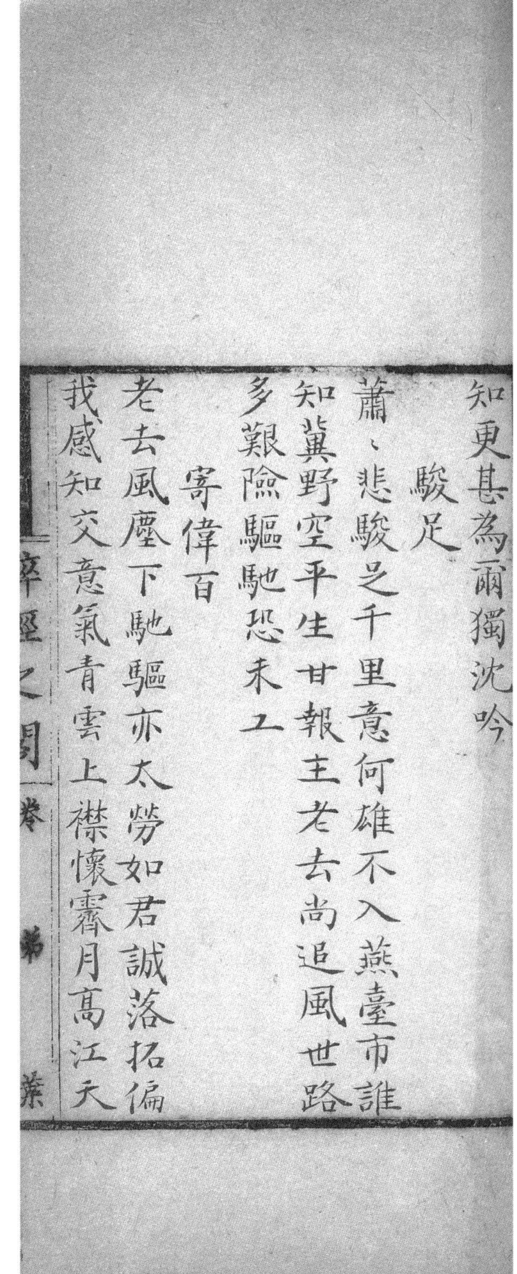

知更甚為爾獨沈吟

駿足

蕭、悲駿乏千里意何雄不入燕臺市誰知冀野空平生甘報主老去尚追風世路多艱險驅馳恐未工

寄偉百

老去風塵下馳驅亦太勞如君誠落拓偏我感知交意氣青雲上襟懷霽月高江天

杳無極同此繫征軺

封篆

耿耿曙星明傳呼夜氣清銅章權冷宦山縣報殘更半載鳩藏拙孤村蟻聚争自慚縻薄俸何以慰昇平時張逆盤踞蓮塘邨

歲暮

衆芳漸摇落歲暮亦何為徑竹含風軟窗蕉帶雨肥一官同匏繫萬事等蓬飛堪羨

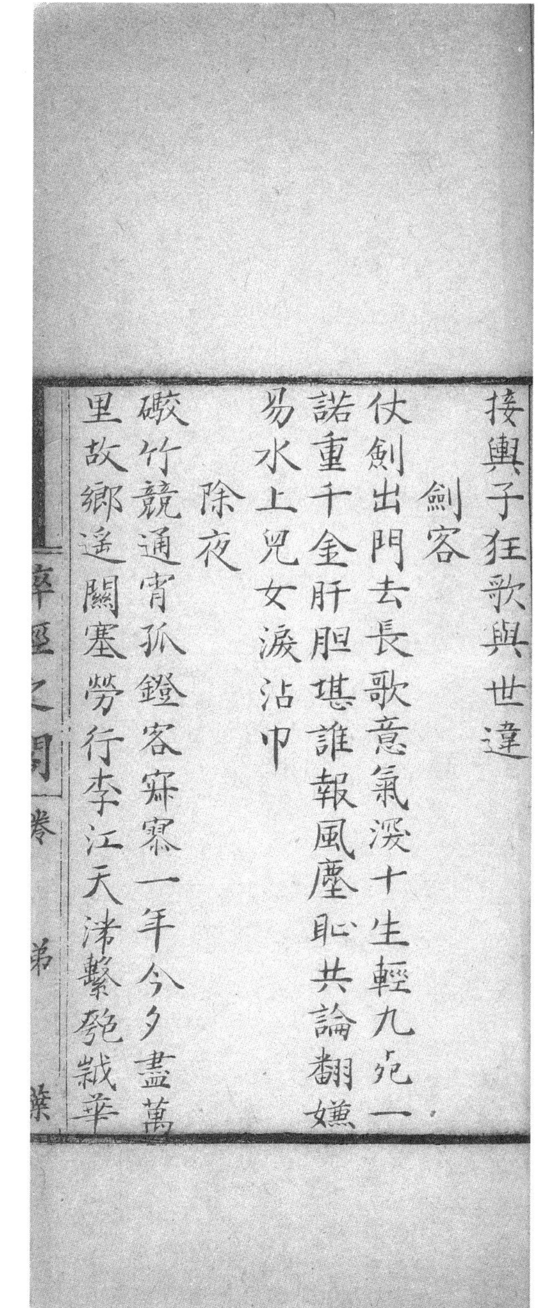

接輿子狂歌與世違

劍客

仗劍出門去長歌意氣湲十生輕九死一諾重千金肝胆堪誰報風塵恥共論翻嫌易水上兒女淚沾巾

除夜

爆竹競通宵孤鐙客寐寒一年今夕盡萬里故鄉遥關塞勞行李江天滯鬃髫戠華

辛壐之間 卷 第 葉

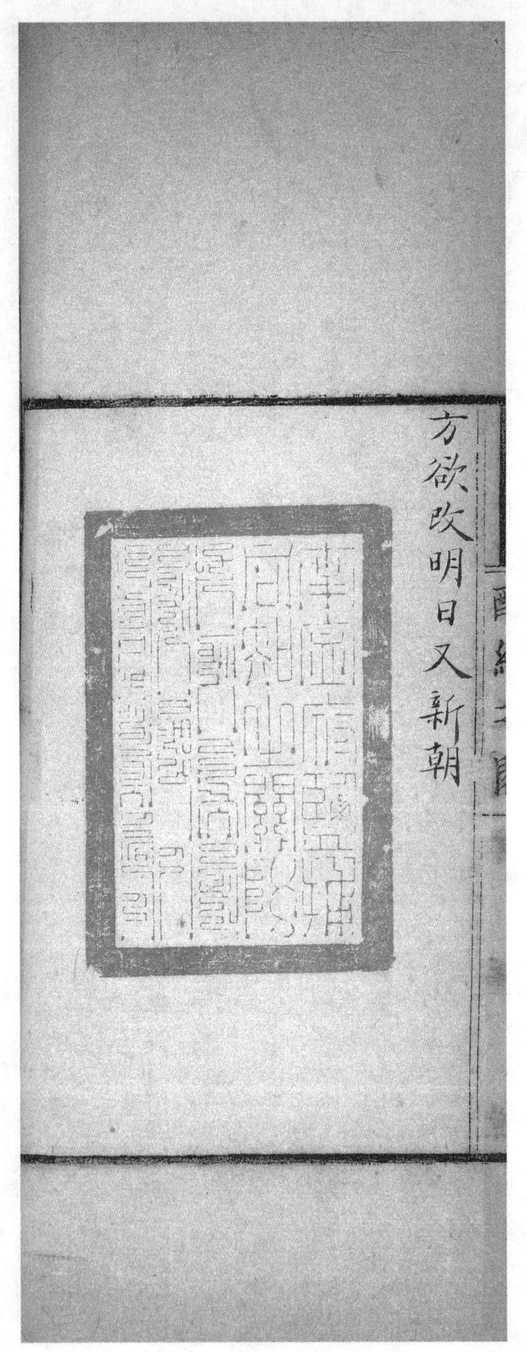
方欲改明日又新朝

辛酉詩草

仲春之月

月如槁

人日飲潘觀察帳中 時駐軍鎮帽嶺

戰士歡歌競采茶營勇為采茶歌以戲中營飲燕聽吹笳山喧礮火春雷動日映旌旂落照斜事類伏波同聚米才窮道濟共量沙自慚經世無奇術爭得京坻聚萬家時議籌捐米石以濟軍餉

春日即事

似恐韶光去重林靜閉關鳥鳴春澗寂草
綠訟庭閒養鶴分清俸開屏列遠山片帆
何渺渺猶帶夕陽還

山行遇雨

萬山行不盡驅馬意怱怱路繞層雲上春
歸細雨中野田喧水急村樹入煙籠蓑笠

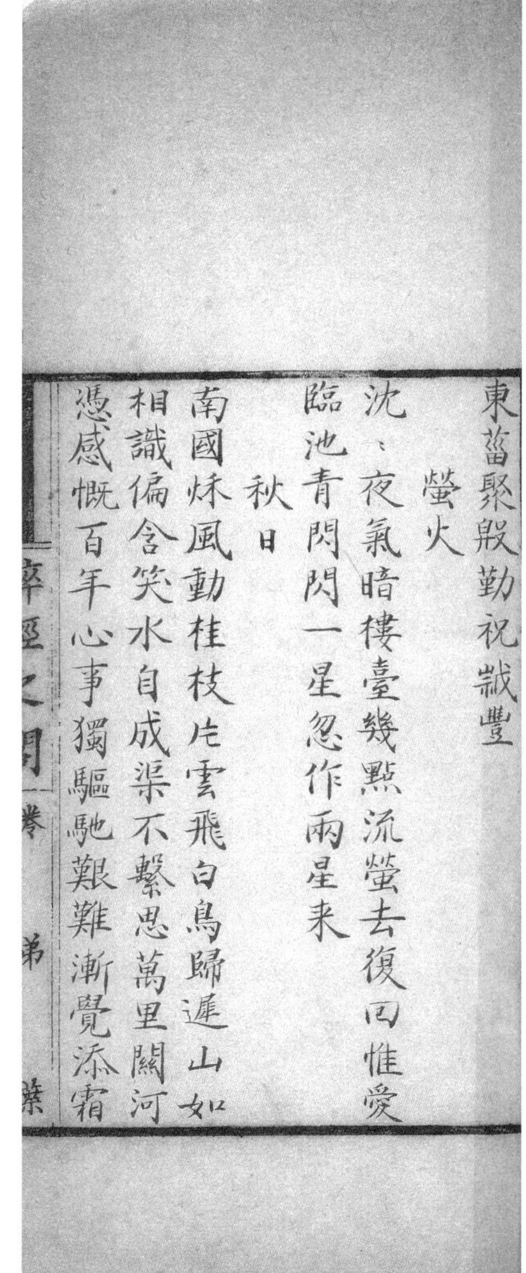

東菑聚殷勤祝歲豐

螢火

沉沉夜氣暗樓臺幾點流螢去復回惟愛
臨池青閃閃一星忽作兩星來

秋日

南國秌風動桂枝片雲飛白鳥歸遲山如
相識偏含笑水自成渠不繫思萬里關河
憑感慨百年心事獨驅馳艱難漸覺添霜

硯之閒 卷 第 葉

鬢搔首青天何所期

午睡

世事原如夢營營亦太勞移來東郭近聊
卧北窗高蝴蝶春撩亂梨花院寂寥池塘
清興好何處挂詩瓢

寂寞

寂寞無良伴長吟動客情秋蟲寒逾疾明
月夜偏清偶靜因成悟多勞任此生永懷

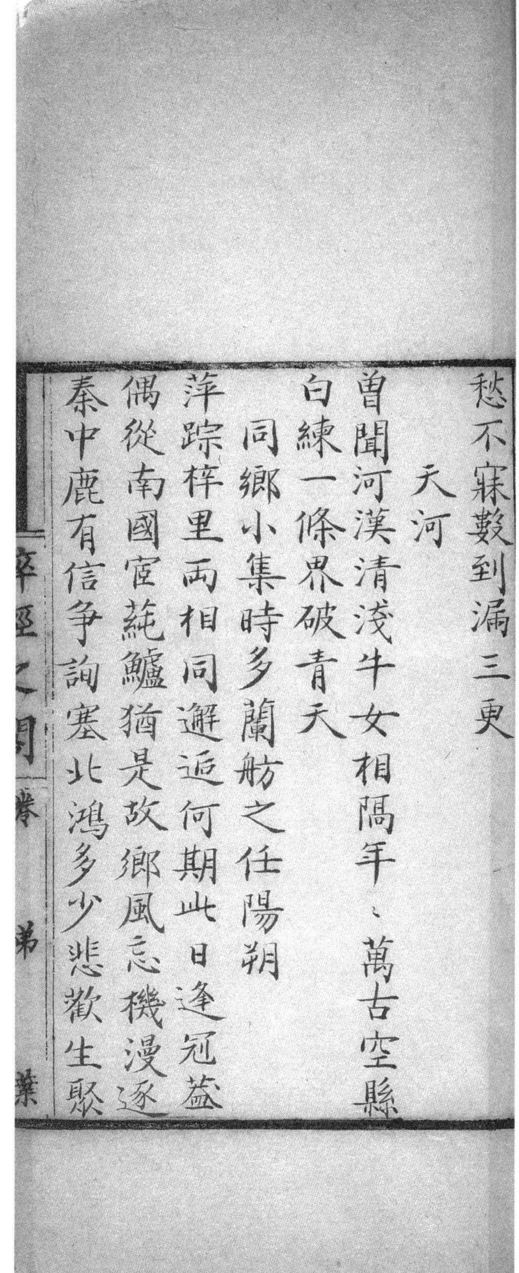

愁不寐數到漏三更

天河

曾聞河漢清淺牛女相隔年、萬古空懸
白練一條界破青天

同鄉小集時多蘭舫之任陽朔

萍踪梓里兩相同邂逅何期此日逢冠蓋
偶從南國宦蓴鱸猶是故鄉風忘機漫逐
秦中鹿有信爭詢塞北鴻多少悲歡生聚

散明朝帆影又東西

七夕詞

銀漢西流夜欲分中庭瓜果漫紛紜吾生
已自甘藏拙何事重看乞巧文
世間何處學長生海誓山盟空復情鈿合
金釵人已杳空餘牛女月三更
富貴天生信有由漫勞仙馭駐銀州英雄
往事空惆悵玉露金風又一秋

我亦辤家積幾年每逢佳節倍淒然神仙自是忘情久更有今宵離恨牽

遊朝陽洞和壁間韻　一名老君洞

王殿成墟寶樹荒閒尋古洞步層岡函關紫氣空千古桂嶺青嵐更四傍已猒簪纓多拘束偶逢山水且徜徉西風鎮日炑無極獨對長天思渺茫

月牙巖

誰把青天月一牙携來人世漫相誇敢將
今古論圓朗何事盈虛計歲華地市山林
情自適蓬萊仙境巖額路非賖劇憐闤闠
蕭條甚附郭烟村更幾家

秌蟲

匝地蟲聲劇可憐中庭露白夜團圞那堪
風雨秌將老似訴炎涼境屢遷多少覊愁
堪共語幾番寒信任君傳多情我亦偏惆

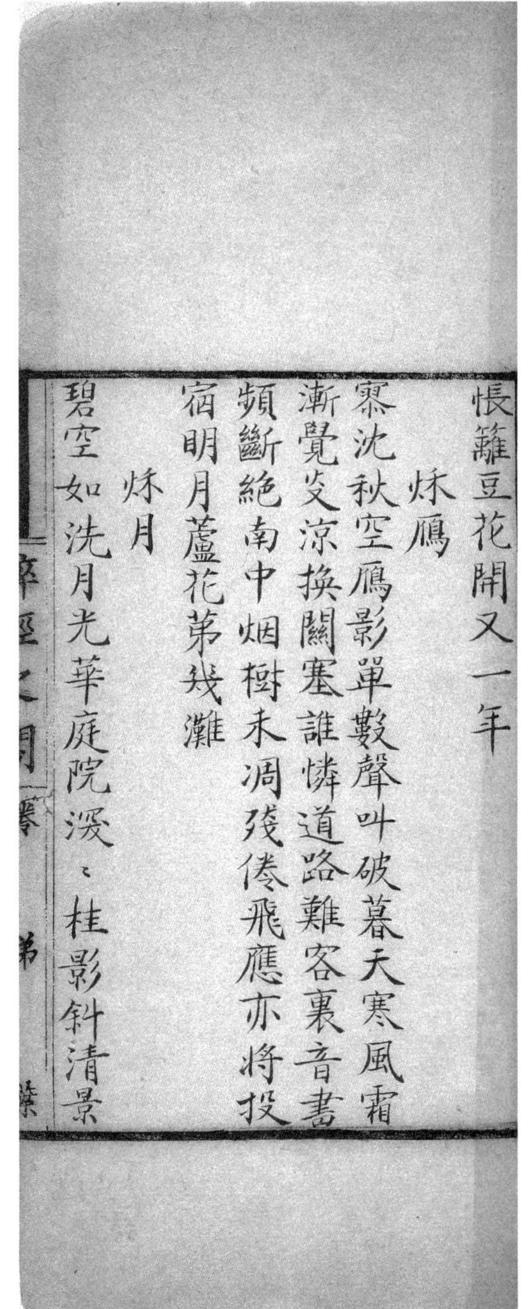
悵籬豆花開又一年

咏鴈

寥沈秋空鴈影單數聲叫破暮天寒風霜漸覺交涼換關塞誰憐道路難客裏音書頻斷絶南中烟樹未凋殘倦飛應亦將投宿明月蘆花第幾灘

咏月

碧空如洗月光華庭院溪溪桂影斜清景

寒碩兔秌光幾樹噪棲鴉關山
斷長途客碪杵声喧少婦
砧波寒蟲　關河回歸
誰把春天月一牙攜來人
自滿香途有以緣仙
秌江荻花瑟瑟水風涼乘興還
宜駕小舫秌水一方人脈脈丹楓
兩岸路茫茫

半天寒碩兔秌光幾樹噪棲鴉關山望斷長途客碪杵敲喧少婦家料得鄉愁無近遠一般歸思兩無涯

秌江

荻花瑟瑟水晚風涼乘興還宜駕小航秌水一方人脈脈丹楓兩岸路茫茫陣涵雁影波添折寒到鷗居夢亦長迴首江天渺無極此身應在白雲鄉

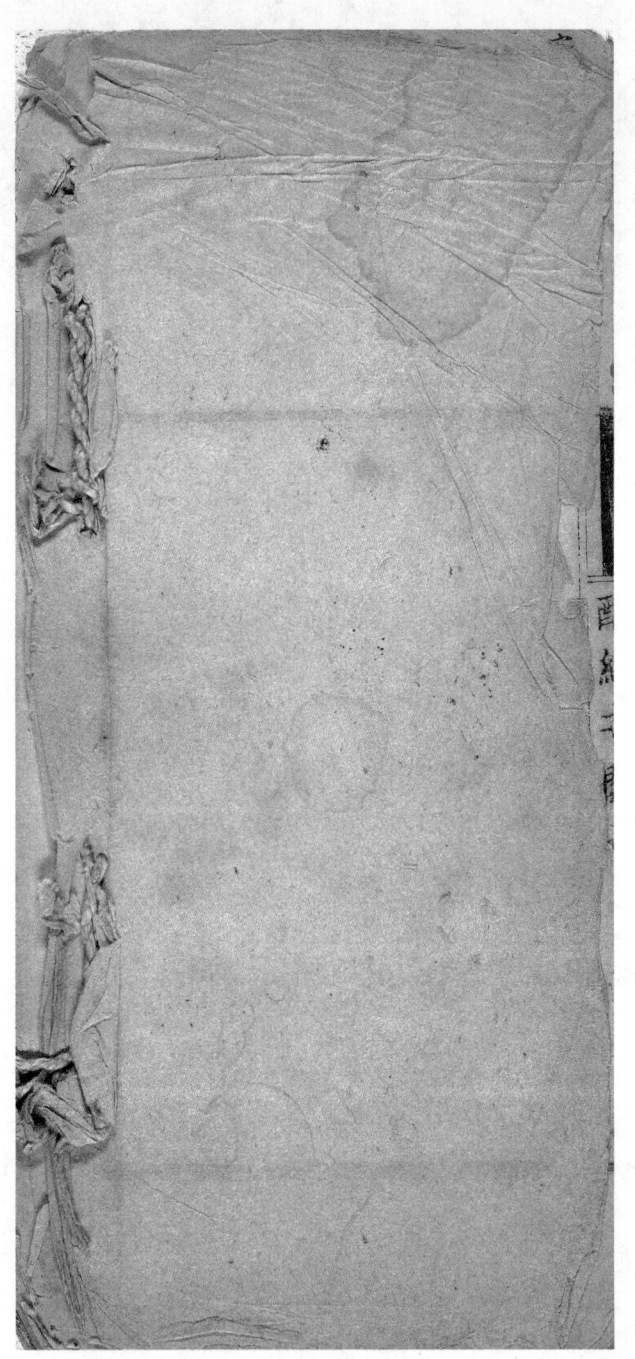

醉經閣詩稿

恒麟撰，四册，清光緒五年（一八七九）稿本。

詩稿八卷，全爲試帖詩，每卷前有目録，清光緒五年（一八七九）訂正。四册書衣、每卷目録均題「醉經閣詩稿」，前兩册内封題「願學齋牕課」，第一册内封鈐陽文方印兩枚：「酒龍詩虎」「醉經閣章」。前四卷卷端題「醉經閣牕課詩抄」「月如氏恒麟稿」，鈐陽文方印「如月之恒」，第三册内封題「且高唫試帖詩艸」，第四册内封題「漁古唫試帖詩艸」。後四卷卷端題「醉經閣試帖詩草」，署名「月如恒麟」。每册目録首頁右均有墨筆題寫時間：「光緒五年（一八七九）春正月重訂於粤東佛圖官舍」「己卯（一八七九）春正重訂」「己卯（一八七九）春正訂」「光緒己卯（一八七九）春正重訂」，均於此後鈐陽文方印「長白月如」。第三册目録末題「甲寅（咸豐一八五四）仲夏月重訂」，第四册目録末題「咸豐癸丑（一八五三）孟冬重校」。可見，此稿於咸豐和光緒年間至少校訂兩次。卷一、三、五、七目録依次鈐陽文方印「梅華乍伴」、陰文方印「半潭秋水一房山」、陽文方印「澹中有味」、陰文方印「筆硯精良」。卷四末鈐朱文方印「月如」。每卷正文前鈐陽文長印「無案牘之勞形」。卷二末有朱筆題「癸酉三月十九日男豫敬讀」「甲申二月初三日男豐敬讀」。

内封題名、目録有朱墨筆圈點、校改，如第四册内封題「漁古唫試帖詩艸」，「唫」字經墨筆圈改爲「集」字。又卷一目録「夢筆生花」「陶院烹茶」「謝庭咏絮」，紅筆改爲「風簾入雙燕」「滿城風雨進重陽」「明月逐人來」。正文有朱墨筆點校、眉批，如首篇《心醉六經》有墨筆圈點，首聯下句「爲何醉不經」的「爲何」二字墨筆改爲「陶然」，次聯下句「三味漸薰心」的「薰」紅筆改爲「熏」。正文詩題下均注明某某詩或詩題出處，文中有多處墨筆眉批，如「筆意清雅」「詩意清雅」「押韻穩愜」「五字妙切」等。《清人别集總目》著録：「《醉經閣詩稿》八卷，稿本，皆試帖詩，清華大學圖書館藏。《八旗藝文編目》載，所著又有《滌硯集詩草》，鈔本，今未見傳。」此所著録的清華大學圖書館藏《醉經閣詩稿》疑爲該詩稿抄本。

（徐慧）

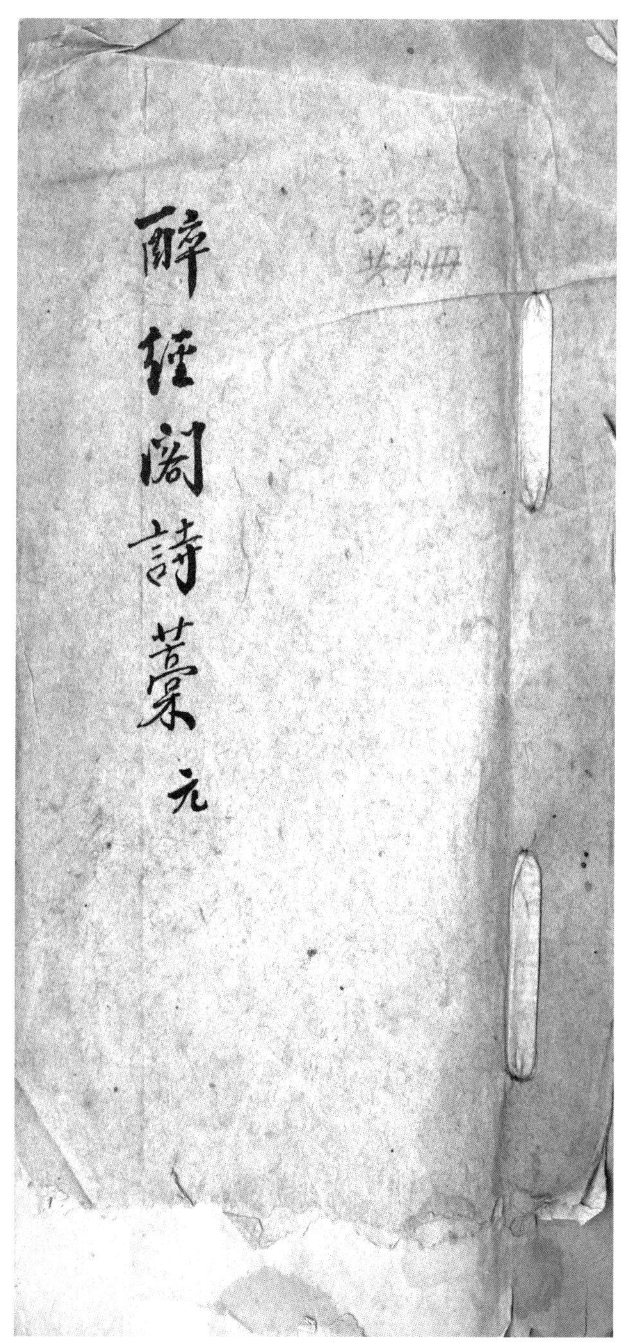
醉經閣詩藁
元

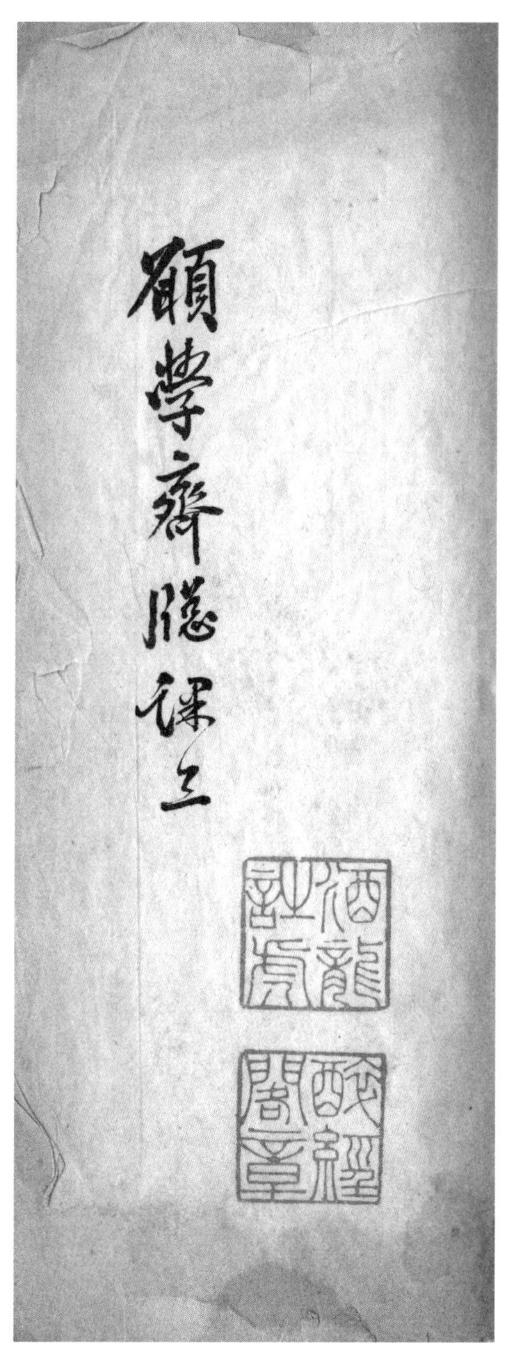
頤學齋隱課
酒龍詩虎
醉經閣章

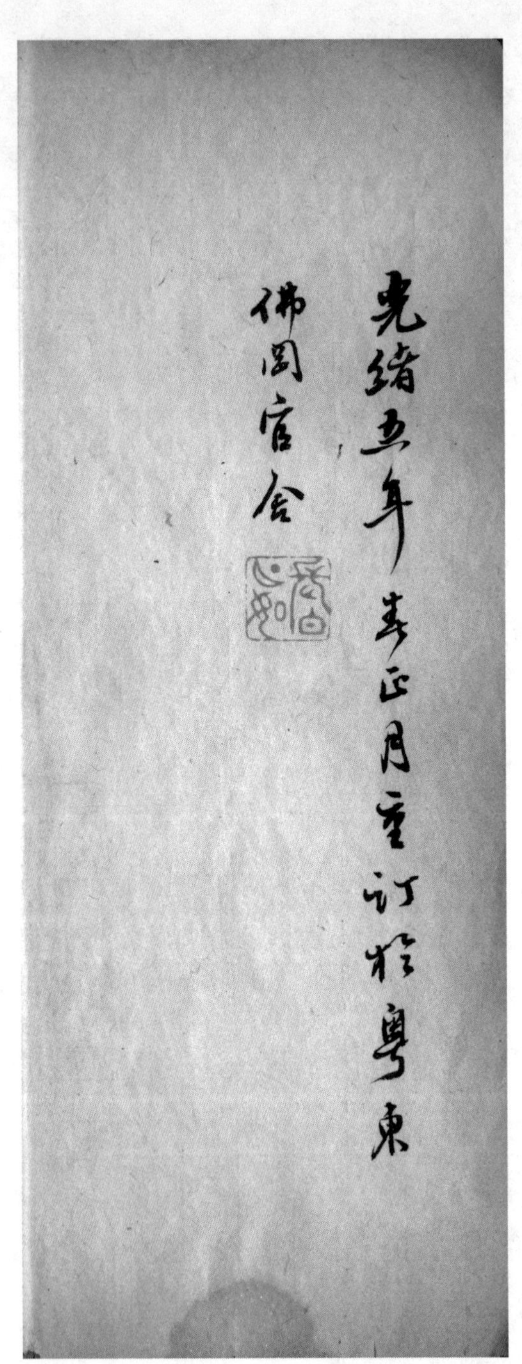

光緒五年春正月重訂於粵東

佛岡官舍

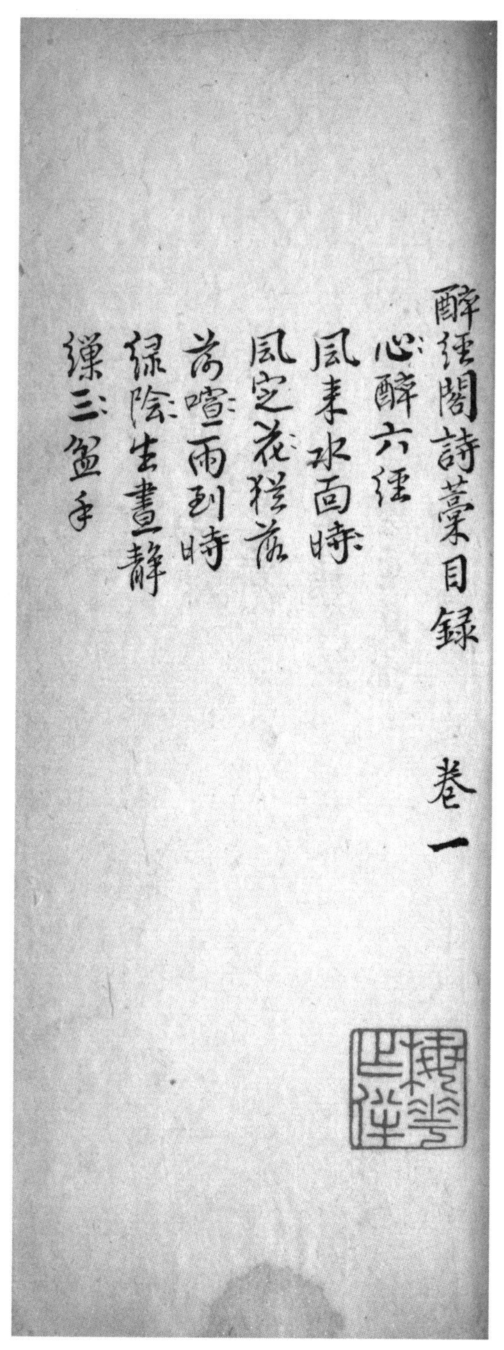

醉經閣詩藁目録　卷一

多士舒翹

餐風飲露 庆

蟬以翼鳴

清泉石上流

千章夜本清

斷霞半空魚尾赤

一葉亞螢度 尤

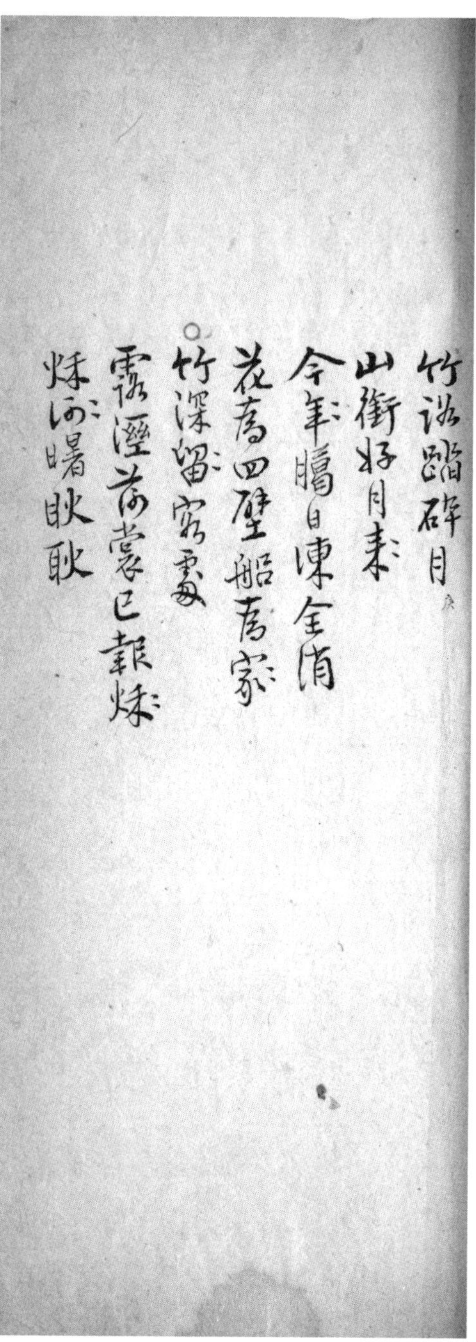

竹徑踏碎月

山銜好月來

今年臘日凍全消

花為四壁船為家

○竹深留客處

露溼荷裳已報秋

秋河曙耿耿

○清風〻來故人

露落天〻酒

滿山黃〻葉雨飄〻來

葉廣惟勤〻

東風〻鮮凍

春風扇微和〻

春水綠波〻

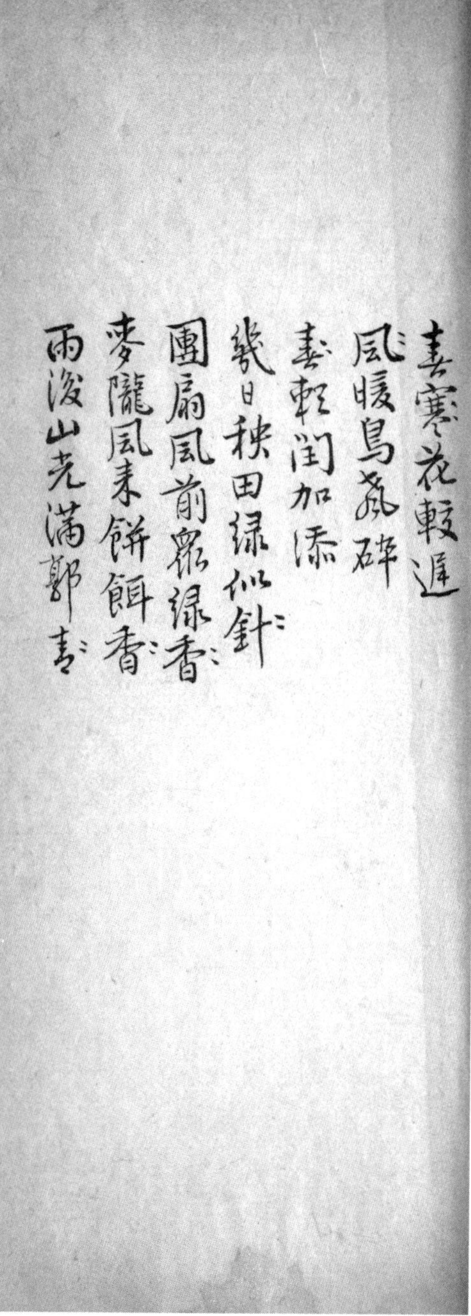

春寒花較遲
風〻暖鳥聲碎
春〻輕閏加添
幾日秧田綠似針〻
團扇風前露綠香〻
麥隴風來餅餌香〻
雨後山光滿郭春〻

梅〻子黃時雨

衆綠結夜帷〻

野花含〻笑竹籬短

二〻分春色到花朝

新〻種竹獨活

綠瘦似詩人〻

春〻山如笑

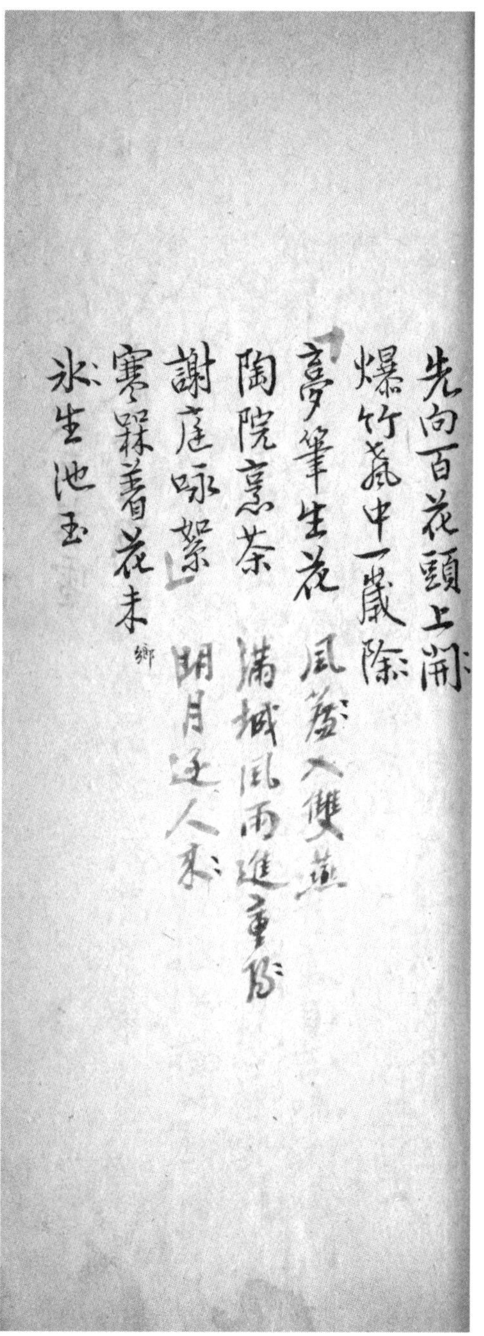

先向百花頭上開
爆竹聲中一歲除
夢筆生花　風簾入雙燕
陶院烹茶　滿城風雨近重陽
謝庭詠絮　明月送人來
寒槑着花未 鄉
冰生池玉

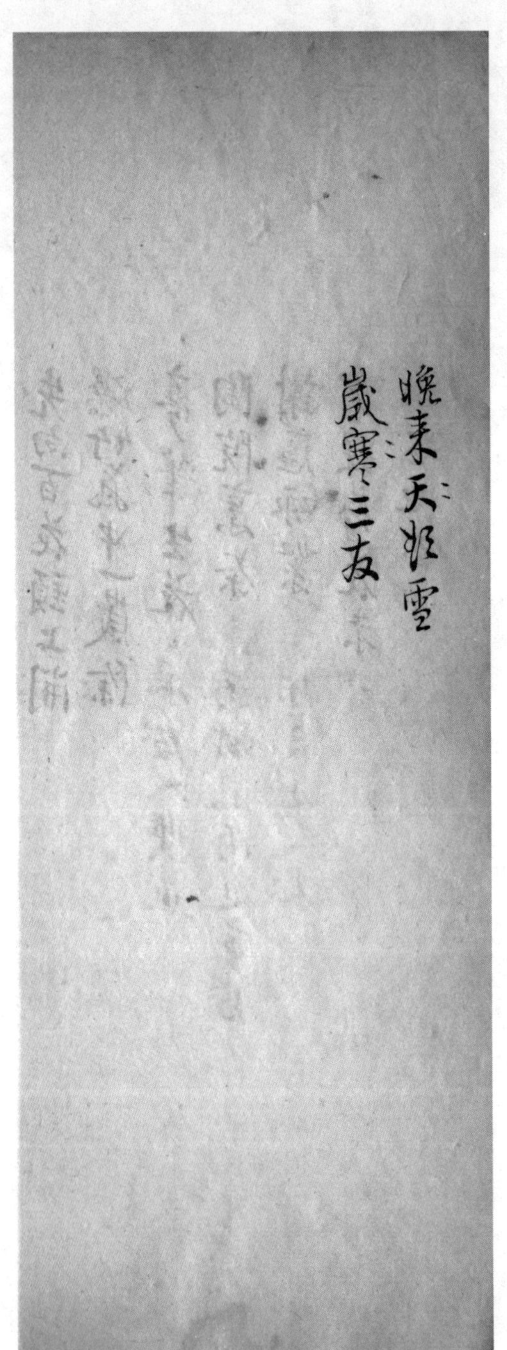

晚來天欲雪

歲寒三友

醉經閣窓課詩抄

月如氏恒麟稾

心醉六經 文中子心若醉六經

卓犖群書覽，如何（陶然）醉不禁。六經真宗取，三昧漸

薰（熏）心。泊、涵濡久，便、醞釀深。酣時杯刻玉，渴想蘸垂

金。作枕何（堪）須借，擒瓢任自斟。晨澆牲摇酒，夜卧知甚。

浸淫糟粕（須）毒，鼓化咀含音。覺況儒宗崇

聖代。

士鍊

均酥字附

會無疵尤

徵大雅

秘閣待漏錄

風來水面時　邵康節詩

水定因風定，澄觀靜對時。偶來風送爽，撲去水生漪。斜蹙羅紋動，圓開鏡影移。文章花錯錦，態度柳搖姿。不競心心即，惟清面面吹。御仍神獨契，旋想意俱遙。相得天然妙，無言入悟奇。兩當吟將句（堯夫誰……在），此境少人知。

遲靜由從

新來字方活

相

風定花猶落　謝貞詩

題四句一氣圓轉

最是風無奈。罷的艷艷花。林滿院 如何吹已定。猶自落交加。

習習迎初至。堂堂去漸賒。塵清簷一角。香淡路三叉。

細得於字神理

數徑尋常入。緩度紛紅雨。輕飛逗紫霞。依還紫迎草節。打不到

窗紗。臺芸游絲轉。衣隨舞袖斜。莫嫌春信杳。

上苑燦奇仙葩。南史謝貞幼聰敏，八歲嘗爲春日閑居詩，有「風定花猶落」之句，從舅王筠奇之，曰：「追步惠連矣。」

花喧雨到時　溫庭筠詩

怪得芳塘裡，新荷萬柄喧。吹來風勢急，送到雨氣[星]

繫艇沿堤翹鷺眠沙正浴鴛白飛盤芭深青颸

蓋同番風響葉纔戲枯聲蕉窗添庭珠隨竹噴珠跳千點細

去香撲一池渾蘇浦細歸漾羨舟拉繫樹清光盈

太液

聖賞更無場　癸丑秋季廿四日

綠陰生晝靜　韋應物詩

省識蕭齋靜依牀書景況生、因、從、衆、綿鋪、乃、見、

重、陰。村擁禪房古苔粘席凿深幽羨謀自耳家

云曲入細得生趣印於心。槐國清於詠。蓮天暑不侵。幾囿慈而陰。

字長忘

押韻稿帳

萬籟杳無聲。繞做書分襟。無絃碧薦琴。鬧元

精舍在長桶滌塵衿　詩有靜能雅無題称

傑三盞手　禮記

東鄰躬桑後盞中手可謂良辰剛擇一傑蘭竹

雅切 惟三皇止君推來重君后洛畫如眠如起栽既沐

細按三字工 既董參令布善光季上抽水郡渝元黄河毒

穩 實君擇此時塏軌纝車鑾團館筵舍宮人同

受種衣被萬方覃

多士舒翹 宋史學志 昭與太學多士舒翹

考多善 求太學 第四 十絳

本學稱多士旁敷雅化昭時方欣拔萃象匹驂鍔

翹同語鴻毛順呈手驥足驕哉州重羽翰此日際雲

謨序〻〻同列峯月莫漫鳴琴撫懷和薰
霄橋秉鷟羣京翩翩鳳侶治極閣聯翩蓬島
紫禁慶雲瞻駕喬霄漢回翔便雲衢欲宮闕
抑覽〻諸肯此從伏休嗟尾自備為儀從此〻藹
方註

吉慶藹頌

熙朝　癸丑孟季廿四日

餐風飲露　温嶠賦飢吸晨風渴飲朝露

豈有蟬飢渴，猶餐共飲并。吉資風味淡，還挹露華清。鼓腹涼如洗，垂緌細欲縈。素心安一枝，濡首

咽三更。好潔應難飽。居高自〔固〕有氣。興、酣真自足
居厭共誰爭槐國洵堪註銅盤莫漫傾詰朝
流韻好
上苑雜蒲葦　詩云清雅
蟬以翼鳴　周密齊東野語
翼止飛堪借蟬偏鼓以鳴幾番音欲叶〔叶〕一晌斷孤
橫嘈、翻橫口扁〔的〕、豈有情化來初、夜聽響勤早

筆意清
雅

棲鳥唱背斜陽曬吟撩落葉隱院涼倚錯落林
繞送幽情漫說風光好茲從羽化更簪遷逢
聖世
上苑奏簫笙

清泉石上流 王維詩
湧出泉如許苔敷石上行流來真不竟到處共揚
漾澈底青光印迴波綠意平一灣通曲百道迴響

霽淨

碧水點澄山影烘氣淨夜氣淺深渾欲忘奇
澈自相鳴瀑濺危岩迴池開皎鏡圓月冷弦幽賞
愜遙韻難蕭瑟
千章夏木清杜甫
詩筆清雅
快意消炎夏風潭古木平千章深幕壓一帶
蔭幽濃葉展潑陰護枝交翠靄生不散紅日
筆意清穩
遠惟見碧雲橫黛遍漫山色烘光繞屋情浪

浮翻梛影濤暗蒼松鬣樹迷南北森忘雨晴

宸懷勤茂對仙境接

蓬瀛

斷霞半空魚尾赤 蘇軾詩

忽訝空空裡如魚尾分又交看飛斷赤猶是落殘

霞水影畫雲影炫華混物華淺深輝雲霞後總

曳入天涯兩彼層霄燦寅約十丈忝化龍燒汐發

四詠得字

自合

乘鯉桿非耶漫〻千紅散悠〻一碧瞻安瀾吾埜頌
景色慶
皇家

一葉曲縈度　錢起詩

直宵亟雅趣縈遠又數點煙流渡自千層葉催成一
片烟和發生種宿草孤影傍高樓燈火分青小
池塘寫綠條常將星顆細飛到雲華欄漢氣

靜細佳

粒芸沉淡欲浮寒心閒處遇涼意在未適許 集雲陰

待閒

閶闔高梧翻鳳凰

竹語踏碎月 李群玉詩

踏遍亭月香從竹裡生語涼迷去住影碎不分明

斜遠流冰韻喧分戛玉聲照從千个疊劃破

一輪濤松際微同露梅梢細共攙更轆雲斑

後句

松際之語甚工緻

春分日甚雅散隨外雲逾輕暑拂寒猶未畫分登不盈陵

霄始得志聯步到　詩有佳句湖能新書

蓬瀛

山銜好月來　太白詩　雁引愁心去　一作鴈別秋江去

月影畫山影清宵（山遙）湖（月映）來山銜輪正滿月好裡中開

華吐雲千疊峰（山嵌）玉一堆磨成金鏡開閃出架

屏隱雪白叢中（前）認昏黃影上梅尾扃含隱瑕

雅句

衡字細貼

石菌映緋細照蠹蟾圓月桂邀時展印苔吟成詩句滿紙

高步上瑤台 間詠

今年臘日凍全消 杜甫詩 臘日常年暖尚遙

憶自堅冰凍消難刻日全無曾思去臘未有似今年

春意鳴來也池先釋渙時幾回融雪節一樣解寒

冰北陸藏珍窖東風散漪漣孤棲聽夜雁陣

偏南傳不假圍爐座誰吟炙硯篇快游寒有詩緩

步艷陽天

花為四壁船為家　陸游詩

花影西船影在從夜景誇花圍地作四壁船小可為家搖曳淥紅楓周遭護碧紗衆香環膝地一葉泛生涯蝶夢尋猶遠鷗隣靜不譁寒時孤棹行繫雲峰前遮水國書餘簾蓮房炫晚霞舊游今何在彌望鏡湖加嘉

竹深留客處　杜甫詩

誰種琳琅竹，於今鳳尾修。幾竿深翠幕，麗有客此留。可許銷三伏，渾牲入九秋。書難分袂別，緑正蔭琹幽。小驛傳雲思，連於舊雨愁。此君何可去，之子自相投。陣風鳴徑森，月影棲七賢。吾豈愧把臂，聆未游。　吾嬉　念農師

露溼苔裳已報秋　韓雄詩　風吹山帶遠知雨多

幾日銷炎夏忽又報秋前送侵曉涇雲已滿裳流

玉液三霄降紅妝

宜惜紅襟漬帷添白點稠宣氣侵水國涼信及蓮

舟翠蓋珠拦綴銀店襟親投浸未衣瑟涼到暮

飄此地隆顏花座擭濃冷淩晨氣未收瑞應占豐年高揭

聖鳳池頌雅筆五色

太液奉

宸游

五字初切

謝玄暉詩

B 秌河曙耿耿 無邊澄玉宇以上隔銀河

未曙渾物曙中天耿〃摩秌心河靄兩照影此澗河

湛遍遍青昊宵白波微雲如許流匹練半空

撫月色今朝感風光飄夜多葉落桐舊落幔卷鏡

新磨霜冷逢青女雲寒濯素羅乘槎如可到天

空星過 流利 含裊帅

清風來故人 見前

酷暑何時去，清來兩風乍。欣，令又至。如此，共故人同別昔
飄然去，行當御以通交。方君子談快快憶大王雄報
到千竿竹，音傳一葉梧。開衿猶識我，掃徑不須童
華岳談容約定，攜琴俟招詣入室中。新詩推小杜，高步廣寒宮

露為天酒　實華酒譜

一陶莫咲醴然醉收，於中別有天。露華涵沆瀣，滋味釀淪漣
冷已銷青女，酣應讓謫仙。高承金掌摇，小滴碧筒傳

明月邀同酌春風醉好眠既濃還既淡希聖更希賢

噓杯難罄醇味獨鮮

澤隆諸瑞應五色

滙池邊

滿山黃葉雨氣來　劉滄詩

飛來秋聲聲送到聲

落黃葉蕭蕭黃益除空山聽獨鶯叢林風送鄉音滿徑雨東

萬本濃青感層雲樹畢生繼音敲松子落

氣漾挾兼濤瀉狂添澗溜鳴喧傳峯遠近亂排

韻挾磵泉鳴徑欲埋行跡寒先動客情蕭騷

樹縱橫木落羣崖青畫幽翻萬壑盈濛雲壓古亭

峯青一擬攬樹奴橫不斷齋音讀數承驛路

濕雨腸擁荒城匝地煙寒老催寒急陣行待逢春

傾日顧

皇恩高澤沛霖宇慶

上苑豆瑞麥

昇平

業廣惟勤　書經　癸丑孟季廿五日

功崇言崇易克資學業廣固知求以廣惟是在

於勤志勵居無逸工精意不紛功期于共瓦陰惜寸

黄卷陋室窮山海，高懷被典墳。有基期無棄，無倦坐彌殷。運甓今誰亟，燃薪古亦聞。聖朝文教著，徵鼓日初昕。

東風解凍 禮記

解識春消息，端由面面風。凍應開徑北，氣已送墻東。塗憶泥痕洒，河看鏡影空。幾時春浩蕩，無處不沖融。雪釋冰消處，花吹柳擘坳。波紋硯躍鰑，暖信問

柾
東。鳴。花算番。報。渠穿脈。通。

九重申

甚命律來惠存臺

春風扇微和　陶潛詩

誰具回春手扇來萬家多祇緣風在葉微覺日添

和送暖樓如此消寒信若何揚同仁者惠。清比故人過。

飄。景。開。花。柳。香。思拂。搖。羅。延涼殊箑蔭鮮慍攖

又切

薰歌仙籟調刁協韶光浩蕩罩摩

帝城生意滿游賞試新哦

春水綠波　江淹別賦春草碧色春水綠波送君南浦傷

起筆得神

極目春樹遠闊心情寂思多。碧曾君嫩草。綠叔泛層

九之四

張波隄畔寨楊柳汀邊映薜蘿同心憐鳳泊。陽解

唱驪歌軟程浮青雀棹輕是黛螺東風千里送

南浦半篙控拖潭水深如此離人恨莫御江淹賦

李白詩桃花潭水深千尺不及汪倫送

詩題出别裁作者起聯即有題情而韻聯
亦此題脫而渾水句最勝真神物之筆
賦筆暖漲滿闌河
春寒花較遲 杜甫句詩 此乃當年本色 沈念曾師
風信番番動如何尚峭寒妻來常早起花落較遲看
羯鼓催深苑金鈴護畫欄疎芳欣駐遍幽艷覓應
難韶景天如惜芳悰蝶未攜漫猜香國謝猶怯寄
衣單醞釀時原久繁華與畫闌會逢開爛漫毋暖
樂輕輪

亦情如此運用熟
西題神都到真絕
世然明

點題生動早
起句尤見運
用之妙
收束得法

詩有佳句 沈念曾師

風暖鳥聲碎 杜荀鶴詩

何處啼聲碎，當春暖氣通。聽來林際遠，送到檻[illegible]。

邊風搜拂疎簾底，[illegible]深小院中。語應穿字下，暖自[illegible]。

囊達似更鶯，黃脆如分燕。剪工珠喉調宛，轉玉[illegible]。

管應中融馥，柳誰藏綠，吹花空蹴紅，飛[illegible]。

上苑瑞靄正蘢蔥。

妻輕閨加添

四語題題穩，恆[illegible]

三四二聯亦細切

詩律清穩頗有進境

念岩[illegible]

屈指韶光屆迎春，候逢春加添，應有輕置閏豈容

因旭景重，驕三和風，百五物沖融，仍得地醞釀，更

宜人美茂，當階疊檀桐葩，益葉新鶯，飛增情，賞息

藻洽芳辰，待閱從新重瀾流觴話舊且巡

皇恩同浩蕩，和令布陽晨

幾日秧田綠似針

花城太守一然之述五詩令朝考栏黃堪題

幾日中田裡叢，遍插針，青秧實似此綠穎茁，從今巧

自淩波度穿從繡陌尋行磨映水短利如金淺

陌藏糕細游延引入深指來難覓孔簇毒本無心

軟襯烟消薄柔連柳綠陰叢去防力檣

恩渥仰成霖

團扇風前衆綠香 范成大詩

扇、動、重、風、動、團、柳、溲、揚、風、前、團、衆、綠、扇、底、送、

幽、香、尚借圓通力困穀馥郁償篆迴紅袖底裏紅籠

評碧沙傍宛轉總苔砌依稀註野堂盈懷熏
戴霞揮手龍羣芳蕉比青羅擁紈輕皓月光
石湖詩句好夜日樂結伴
麥隴風來餅餌香　蘇軾詩
芳餌何從覓風來隴畝傍麥從翻秀手餅已想
新香浪漾千畦碧始成萬穗黃未曾加飯渾似
薦而嘗味想歡初食烘先送晚涼麩輕飛霰氣

自混茫、拂去紛紜丸軒收馥郁臨岩友所有待

聖世策倉箱

雨後山光滿郭青　張籍詩

底事江郭居能滿目青只因新雨後青自遠山巒

雉堞連齊魯蛾眉畫尹邢數峯描歷千峰寫

亭。隱約窺螺髻迴環印翠屏蒼蒼延一帶村

碧擁重扃與影清如洗秋來跡未停可借詩

料好准境繪
天厄
梅子黄時雨　賀方回詩
梅子名傳賀方回善詠梅、黄、迎節至雨碧窗時催
着霧潮侵礎寒時屐印苔興情耗白蟻丸想墮
紅墻殘滴簷前繞餘酸水外和依稀剛返照靉
靆又聞雷沒、陰雲匝團、茂樹鬧披蓑親野老

耕綠前軒回
叢綠結夏帷
千章森森木遠屋疑參差叢綠濃于條繁陰
結似帷幾重深幕麗一色映罘罳試剪斜穿燕
藏身暗囀鸝不數紅白遠惟是翠雲垂地儀行
籠護人如頭闌窺薰風來似捲夜月到應遲
上苑多佳植欣遊

帝澤溪　詩細切　俞男師

野花含咲竹籬短　蘇詩云云溪柳自搖沙水清

四面籬環靄花從野外探竹枝徧自經花蕚笑艷

溦含恨已全言釋滿應帶碎百泌綠園扁雨紅指徑

三台色饒村北（添）橫枝倚舍南護持君子意儀睇美（麗）

人諳素懷山橫戴雲情留水滿潭仙源水可訪溪

畔客停篙

二分春色到花朝　佩文韻府摘句

不道花生日韶華祗二分好將春醞釀未到色繽紛

試剪裁春雨燈鈴護杏雲梆隄塵拂韆鏡月

含苞長晝倚欄干題粉鳳錦襉紋半開準北院初度

祝東君鸞篙玄奩盈箔樂未蝶繞裙玉壺折子買

歡賞酒微醺

新種竹獨活　次右　舊栽花更拚了

妙對　項梅侶師

獨愛窗前竹叢生不負人根荄連宿活種尚隔朝
新和雨輕培土驚雷嫩撲籬生枯從易斡刪從
未經句个年安字々年々洒落神真解我意合讓此
君身繞屋閑心閒沿階着手麦此中宜款客況有
好花鄰
梅瘦似詩人　黃虞詩　菊殘如倦客
非問梅何似時詩證靜淨因本來清不濁竟爾瘦于人

句冷香俱冷。花新思亦新。古和林下寂，同歷歲寒身。洒落窮偏古，蕭疏態倍真。烟霞標骨格，冰雪鍊精神。癯有仙爲伴，孤惟鶴作鄰。休嫌吟太苦，占得玉堂春。

春山如笑　郭熙山水訓

熨帖冬山睡，暄妍一咲春。烟鬟垂簇簇，石齒粲磷磷。畧帶湘君醉，微含玉女嚬。顴堆黃。畫眉展綠

妄宿別有顏妝態能傳莞爾神隱宜風竹動索
共有雪梅裁色靈壽融和地顏開窈窕人鄭匽書妙
境指点艷陽君

先向百花頭上開　王曾詩

譜遍花凡百從頭咏到梅爭先迎歲出冠上滿林
開地脈誰同占春風独早裁真香和雪釀淨色
破寒來本是瑶台種何煩羯鼓催風霜曾歷鍊

喜李漫退陪白玉峯雙栝紅羅第一才調美方有待

以正衆芳辭

爆竹聲中一歲除　王安石詩

歲序簡伊始

不道迎周歲此夕除梅夜逢敘舊爆竹石喧相碎

玉瑠高下○殊聯響疾徐○震閑新氣象○催送舊居諸○一

道春雷化○三通騰鼓餘○半華添文彩○燈火閙闌闌○短

夢驚聽枕輕寒散綫疏餘歲回鐘漏續微曉程霞

餘

風簾入雙燕　謝玄暉詩

怪底風光許御燕伴雙飛來曲巷一抹人蹤簾紫

語商庭久湘紋皺處添對拋金翦斜盤玉鉤纖

陣陣雕梁拂翻翻比翼尖戲嘴重押拍泥深爲衿黏

寵嬌仍懶尾呢喃故繞簷梁閒樓好共伴我宜春檐

滿城風雨近重陽　溪堂集潘大臨詩

為底風雨滿城中陣陣忙是真好九日特地作重陽壓

雜雲排墨圍籬菊趁黃人間催冷節天意抑群

芳薇茱萸帽後來薜荔墻頭樓妹信繫猿皺

察思源屋指登高許鷙之得句高淋漓題壁處後

曉發林霜

明月逐人來　又題味道詩

踏遍元宵月行行淺來回有情偏我逐到處逼人來

萬炬銀燈亦三更玉鏡臺當頭盈碧落底影印
紅燦照去玉孫綠邀從太白盃寰中同步觀天上
知退陪輪正長安滿城燈不夜鬧康衢彩
歷代五邊
瑞夜裁
寒梅着花未　王維詩
因與庭梅別追〻隔故鄉事難歸去問花可着未

芳紙帳熒魂夢，珠簾憶額粧。探夜穿雪冷，索空
壓簷香。幾處眠瑤鶴，何人佇玉堂。忌開雲淡白，鋤
到月昏黃。夜靜休吹笛，天寒合舉觴。策驢何日返
羅浮自徜徉

冰生池玉　韓鄂歲時紀麗，菊謝籬金

冰飄搖冬景，池中物色堪作鑑。寒澈玉壺是凍
生冰碌珠，懷寶沖待納，凌投坊泥澤，染鑒評

夜光瀲淨色壺同澈圓輝鏡比澄縣花香片楮

葉薄層缺霰圭分角磨來石露稜頭衡清蔚

此珍向席間稱

晚來天欲雪　白居易詩

一霎軒窗晚來看欲雪天釀寒添瑟縮作勢故

迴旋樹絮吟程待歸花信阜傳陰斜日漠淦

風窗緊想鵝盤陣覓期蝶舞筵絃絃催木外

昏黑暗樓邊壓到頑雲重吹將落靄先須臾霏
玉屑呵凍詠新篇

歲寒三友　羣芳譜

松竹梅三品超群氣獨完是真賢者友同占歲之
寒鬣發森千尺箭卿濯幾竿更邀香雪侶来結
水雲歡古貌霜心共冰肌玉骨攢絕塵交莫逆閒
徑益非難雅潔添馨弟芬芳隨橘官將好着老

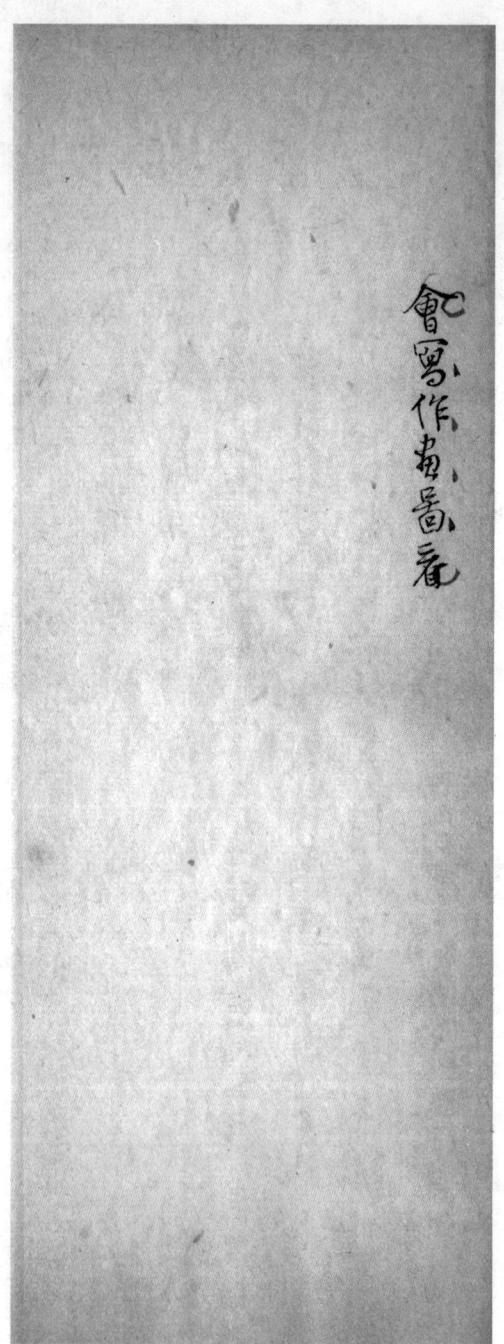
會、寫、作、書、圖卷

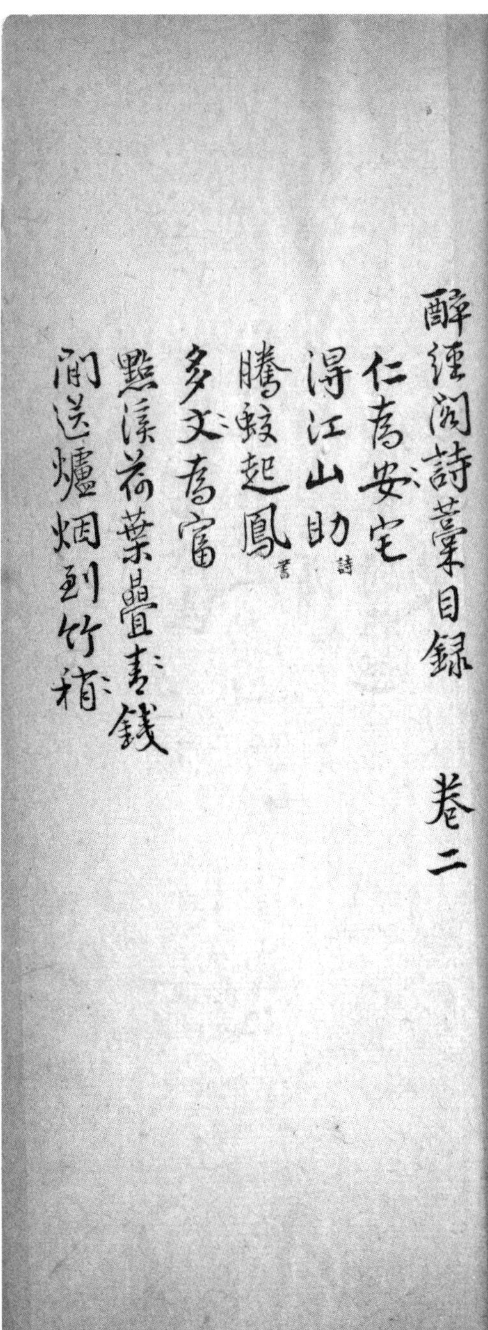

醉經閣詩藁目録　卷二

仁壽安宅

潯江山助詩

騰蛟起鳳書

多文為富

點溪荷葉疊青錢

閒送爐烟到竹稍

香盤火度螢々
言物行々恒々
雲在意俱々遲
○清風來々故人
高々村早涼歸
雲作玉峯々時特起
雨過一蟬嘶 晴

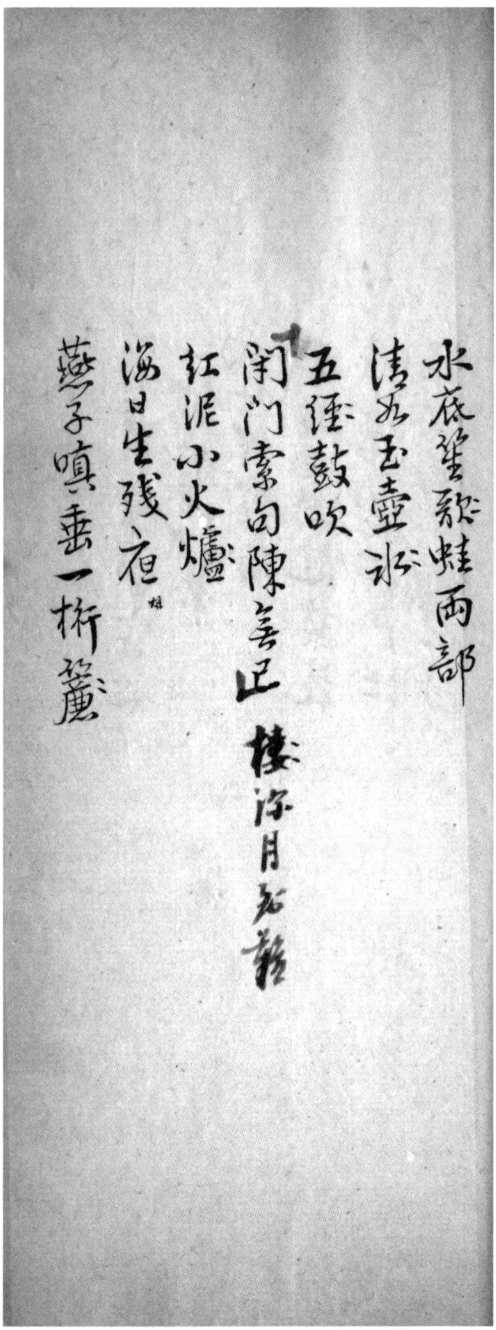

水底笙歌蛙兩部
清如玉壺冰
五經鼓吹
閉門索句陳無己 上 樓涼月如[illegible]
紅泥小火爐
海日生殘夜
燕子嗔垂一桁簾

良苗亦懷新

夜半鐘聲到客船 蘇

一觴一詠 次

用汝作霖雨

青旗沽酒趁梨花

燕得新泥拂戶忙

綠陰滿地勝花時

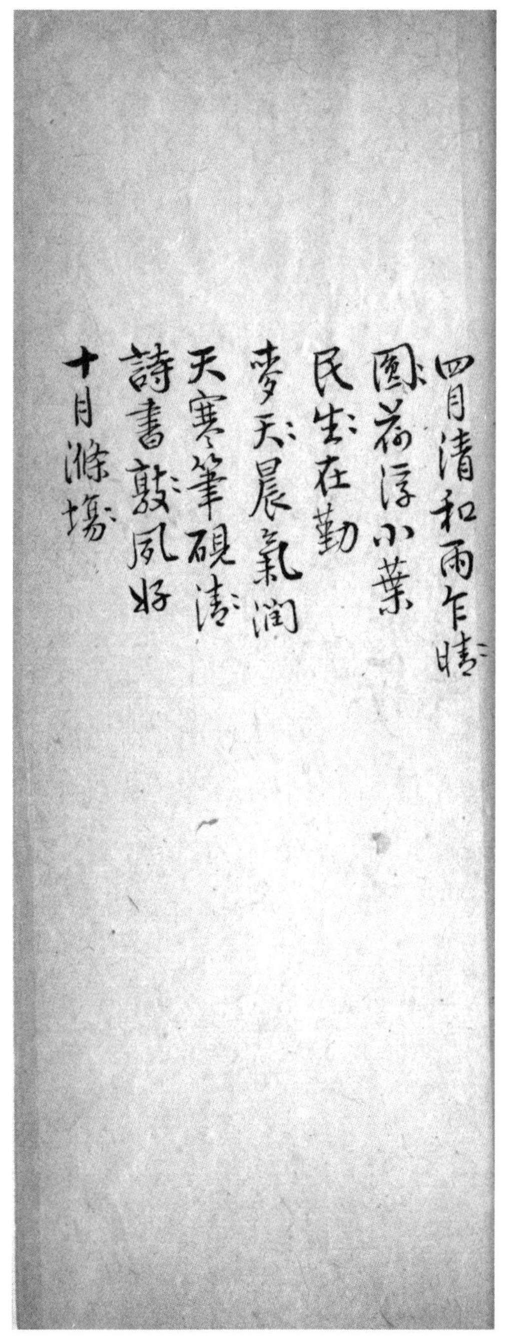

四月清和雨乍晴
園荷浮小葉
民生在勤
麥天晨氣潤
天寒筆硯凍
詩書敦夙好
十月滌場

所寶惟賢〻
山高〻月小
雪晴〻山脊見
槐夏午陰〻清
庭以善自名真
芭蕉分綠上窗紗〻
新詩〻改罷自長吟

來雁一飛先〻

烁燕已如客 姓

一月三捷 过

人跡板橋霜

恭儉惟德

溫其如玉

初日芙蓉 先

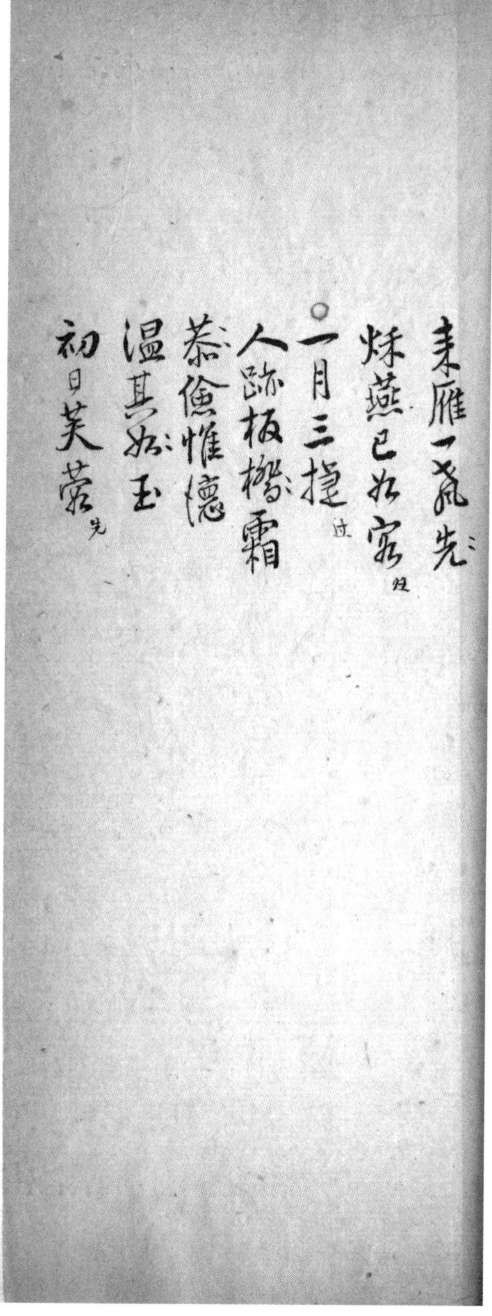

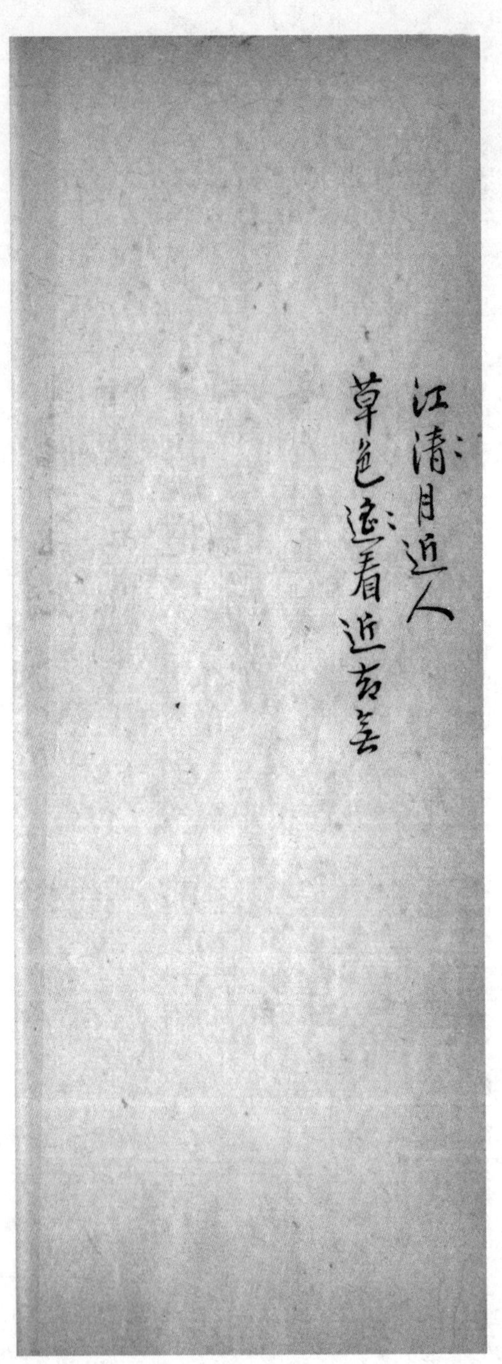

江清清月近人

草色遙遙看近古[illegible]

醉經閣窓課詩抄　博爾氏恒麟稾

仁爲安宅　孟子仁人之安宅也

樂有平康怡然樂自

檮杌困乎堪薰蕕祇所安仁真堪作所宅置下云難能

共胸懷擇涵容宇宙寬居遊欽厯止物我慶交歡

廈撥千間廣心留一片丹當門除惡莠入室佩馥蕙

蘭屹屹基誰肇平平路可觀

皇恩同覆載

江山分貽

濃澤沛春官

得江山助　唐書張說事謫岳州後詩愈悽惋人謂之

挹得江山勝，表歸筆一枝，有神偕助我，無處不吟詩。點綴應資爾，登臨莫負伊。波瀾增濤疏，邱壑競幽奇。倒峽源紆拔，摩雲勢崛嶠。翻來層浪急，突起姿峯特。鉅手千煉擅，游蹤萬里期。至今懷相國，文陣仰雄師。

語意雙關　詩注

騰蛟起鳳　翰墨志艸書則騰蛟起鳳

翰墨身閒寄精研說草書騰未蛟鬚奮起想

鳳苞舒宛轉形著定婆娑態有餘臨池欣躍若蹤

戶沉翩如蟠結神物助翺翔遊自虛波看三折後雲

湧五丈初戲海休隨雁傳音漫寄思伯英遺法在聖

品久垂譽

多文爲富　書經多文以爲富

起潯集句

映紅士階

蜚聲鼎積爾安省富于文撐腹饒封貯盡心腸典墳

曹倉徵蘊蓄淞紙重裁閱萬選錢曾中千純錦

自知玉杯貿摇琨金蓮倒瓊絲

天府登應易名山護許勤三株穿寶樹四庫蒸

香芸

秘閣全窺處彬彬共樂群

點溪荷葉疊青錢　杜甫詩

用典雅切

我點新荷葉溪邊一樣青疊來錢箇箇浮向浪星星
鑄借文魚火投教飲馬泓藕心看蕩漾鷺眼認瓏玲
補雲苔衣客穿條柳線停跳珠初到雨散穀作揚
舲采仍高賢愛宜留學士型何當陳
太液更帶十分馨

間送爐煙到竹梢
一縷爐烟起閒情竹外交出来深院際送到弱枝

稍火活茶廳沸香薰（熏）笋脫篋滚迷粉籀裊上衡茅

自然名貴

眼底青雲繞屈節碧玉高龍大脫作結鳳尾飲筝枷

波寫千層湧鍾龍第个稍花公詩句祇准趣步堂坛

香盤出度螢　陸游詩

怪底重簷禪盤旋忽度藏玄看香綫祇是火熒心

佳句

若雲形轉定流來意頭停烟含三縷碧光閃一簾青

刻畫清新

莫漫同弦雨無端評種星水沉烟熘濃近篆痕光寫

糊縈文案輝〻洽畫屏盛囊如有啟更燈十分藝〻

言物行恒　易君子以言有物而行有恒

載演家人義端由利女貞一言明物格百行以恒行口豈三

緘〻身無六順名玷磨蓋不起〻疑設化方成祗此幾綸

意〻兩殊帶礙闊〻先學緣慈志率履勿移情階層七

宜緒閑邪細莫鑾〻樞機有明日在君子鑑之明四

雲在意俱遲　杜甫詩

題畫題舊

不盡遲遲意江亭景足娛閒雲偏自在靜寄与之偶

倚石言忘歸臨風態忽殊天光同蕩漾嵐氣作縈紆

岫本無心出節因瀨自抱沖情應共領片影鎮相拘挂

笏聊延佇依山任卷舒悠悠心不競流水更同符

清風來故人　杜牧詩

不爽烘期約清風撲面來渾同君子至直以故人回

幾度攜琴琹蕉館番入室情湘簾劉作捲蓬逕徑已

集句

先聞贈扇揚仁者披襟愜快哉搴帷明月共陽牖好山
隱正愁停雲望澄髮舊雨推最宜詩興追小杜具仙才
高樹早涼歸　沈佺期詩

暑殘幾日涼意恰相遭樹外重陰早天邊一色高
枝柯添瑟縮風雨送蕭騷漫將三秋景催將草木凋
秋先翻樹浪氣欲捲衆濤倚處人逾健迎來容更
高臨池蟬噪晚落露鶴唳皋涼信今初至陶然醉濁醪

雲作玉峯時特起

忽訝青冥上，參差起玉峯。只因雲匿匝，特作岫巃嵸。觸石劉千縷，排空空之錦。重疊未明時，白鶴剗出艷。炑熒照處人無跡，准時月共窺。伊誰緣壁上，此境绕塵封蔽潔輝。遍微容羲秀，獨鍾爲霖原有殊岩。爲莫樓蹤，雨過一螺嵸。杜牧題禪智寺詩 △△ 羅蒿 松村批

課日題

典雅

正值疎雨孤蟬寂不鳴乍聽來晚噪幾處報新晴嘶破
濃陰積催將暮靄開明珠跳千點靜琴奏一番清簷滴
勞伊續禪心契我情何當銅寡和所喜得先飛響共
斜陽激音泛古樹生
上林枝可借應許　伴簫笙
水底笙歌蛙兩部　藉東坡詩
怪得鼓聲音奏蛙鳴水底咏兩邊各部曲一樣雜笙歌

鼓吹清風起客私野興多蘇偎時拍岸萍碎作跳
波恰攪驚鷗沸客催暮雨過蝦番避拒鷺戲
闌客便鼉晚逕迷烟椰前汀暗綠蘿莫羽蟬噪並
鐵板唱东坡

清如玉壺冰　　鮑照詩

一片清操在裡明而喻冰德真如玉潔心乃比壺澂客
陋三凌納休滂十日潑梅花高格識楮葉證修飾寶鏡

窺同澂瑶池履共簇條御寒似此雪点閒時聞卯宴
圭璧瑲擊木鑑有稜參軍惟向在吟弄月華升
五經鼓吹 晉書：孫綽每云三都二京五經之鼓吹也
閉户耽吟久陳編護五經京都緘錦襲鼓吹著芳型
宮羽心司契笙簧筆有靈金石同錯落玉振更瓏玲
商擅鏗鏗節圓成箇箇鈴元音追舜陛雅奏協周庭
為鄭徒喧耳千秋莫仰廷

奎章宏著作
鈞天殿同聽
樓深月點輕　吳融詩
祇夜中五宵月來登百尺樓奈何隔絕此不見照當頭續
檻斷橋步傳琴韻注畔簷櫳軒牖迴隔古鏡輪秋
曲穿徑當光飛蓋臨方池定寫鈎窗邊遮掩映簾於漫向
留影漸橋松竹光疏淡斗牛須臾升素魄清座碧悠悠

江淹詩兼月
照万池

二句工

紅泥小火爐　白居易詩

頓覺寒威逼，紅擕小火爐。薰來斟醆起，摶處想泥
塗。寶鴨衣餘馥，香猊袖口拋。獸形猥窕鴨外印，
糢糊入塵帷。深白當筵熾，點朱。芋從灰裡攪，墨向案
頭濡。溫且新醅泛，充炙舊日廚。晚來花玉屑，覓句擁
伊吾。

海日生殘夜　王灣詩一作海月生殘夜

鉅筆書燕國，詩名振古傳。一丸騰海日，萬里破宵煙。
影動沉波夜，光生未曉前。無雷同處地，不在此間天。若
未分殘耀，拔朵認倒懸。半竿浮頂洞，五色漾淪漣。霧
氣排初斂，雲容洗更鮮。雅音隆
聖代，楷式重唐賢。

認倒懸三字擬合

燕子嗔垂一桁簾　杜牧詩

惹得梁間燕，中庭去復瞻。數飛嗔繡戶，一桁隔湘
滾簾

穆物

簾語呢喃巧情偏睚眦嬌故拋金剪疾斜掠玉鈎
纖纖度迎飛絮輕畫認舊簷紅襟微雨潤翠簾
嫩寒添遮斷銜泥路難忘大幕潛捲時歸趁晚息
羽對明蟾

良苗亦懷新　陶靖節詩句　癸卯穀雨後五日於吉田舍　日時適良占

嘗眼平疇闊芳新積稚懷千畦苗正長一樣雨餘佳
澤生機足厭倦氣皆消援吉野蘿風細綠如旋當

暑蟬鳴早迎涼蛤吠催潤合烟縷添清韻詠珠撇南

陌耘耔徧東臯笑語諧豐盈欣

聖世好句入詩牌

夜半鐘聲到客船　張繼詩

楓字從拾遺增入

小泊楓橋晚霜鐘獨聽撇殘聲山寺響半夜客

點次清穩

船孤香燼煙消篆波澄月點珠驚回鄉夢破送

語意貼切

到旅愁偏近水聲逾疎急遠林闊漸許羈魂如

典雅清新

鸑鷟鳳皇野鵾鳥。清韵悲千里深音瘖五湖寒山

蘭若古佳境擅杜蘅

一觴一詠　王右軍蘭亭敘

廿四吟朋集風流擅永和拍浮觴曲水連座詠迴波

咲向杯中影。酣聽酥汝醉。正綠修禊至。兩曾溯沂過。

舉酒心神契。揮毫感慨多。三三芳亭暢。一一雅懷哦。

筆陣豪如此能船棹若何瓊林

姜炤

恩宴起霓羽衆仙羅

用汝作霖雨　書經若大旱用汝作霖雨

一代經綸知登翊大用任皇情期作雨汝責在爲霖

此際風雲會當年艸澤吟九圍霓望切三日澍膏

深仗汝宜捴酬民望涵濡沃朕心傅巖遺友滴草野潤

春陰係乃商英賜欽哉帝賚諶

恩綸隆倚畀涓報勵華簪

句法擺脫

士秀評

青旗沽酒趁梨花 白樂天詩

莫空樽中酒須教趁集沽梨花飛白徧旌影颺青

紆香共新醪度堤轉艷雪鋪旆拂楊柳岸春賽

洞庭湖野店依山郭槃枝傍市壚洗粧隨處是

招客錢家偈價好金陵問芳宜玉雨候快春遊吟白少

傳擬懷舊庭喜汗

燕得新泥拂戶忙 元稹詩

款筆超脱

工穩流轉

雅而

脈而不苟

底事連翩燕，令偏尔許忙。仍泥新〔重〕結構，拂户正翩

翔。語祝新巢穩，情難旧主忘。論抄芳徑外，剪掠

繡簾傍。罘箔歸曾繞，金〔高〕衣濕不妨。繞簷凖翅

穩，沾絮一襟香。啄想芹芽嫩，捎君蒜〔押〕颺。晚來欣

疊合，樓到鬱金堂。且羽語雕梁

綠陰滿地勝花時

已攬名花勝，誰知勝到今。紅蕉鋪滿地，綠乃布

四語穩貼

成陰雨洗鉛華淨風篩步徑涼楮種纔刻動柳
嫩忘垂金影被芳菲誤芳從羃歷臥那須文錦
簇渾似碧紗沉有客來觀笑閒情獨擅禁高齋
清景那
恩膏時雨化美蔭徧園林

四月清和雨乍晴 司馬光居洛初夏作：南山當户轉分明

乍晴還乍雨過又新晴沖淋餘春在清和首夏迎
風微三徑扇日洩一輪明節誤寒暄度簷聽斷續

寫景特工

爲踏青無客至。沖綠有人耕。恰趁槐陰合。從覆麥
浪轉。年華依舊跡。蓑笠訂新盟。消暑今何處

恩膏滿

帝城

園荷浮小葉　杜甫詩

閒步橫塘路、新荷葉、鮮展、未攏、正、小。浮、處、暈、同、
園。淺露綫波裏。零星縠浪前。萍間拋細點。絮外

疊輕烟未卜高賢愛爭隨學士蓮憐一奩方拭鏡方
送已成錢曉認珠承露宵宜月印川何當超

太液

恩寵徹青蓮 金

民生在勤 不傳

不匱啚民務千秋鑒史評保之勤爾業是乃厚生基
劝逸常居暇忘勞覺有情剪刀寒夜燭耒耜夜

雖題清〻穆

賓勤字上秀　畦畤只澤殷懃出分陰郭重更你宵蟲但識達旦

當催耕兀窮年士蚩蚩比戶娘

聖朝敦勸課，率土樂豐盈

麥天晨氣潤　趙師民詩

妙絕師民句，描成四月天，晨光侵井里，麥氣潤園

賓居氣潤注

塵濕被稠雲，漉輝迎曉日，鮮金鋪子畝，膩翠抹一

附七姑

畦嬌酣甚恰，秌雨濡仍帶，宿爈霜蒸華野味嵐

積浪荟邊倘仍繽紛後吉緣醞釀先兩歧彰扇

積瑞獻

帝廷前

天寒筆硯清　拈合詩

筆硯耽應久令偏尔許清寒光添楚縮天氣更

晶瑩陣掃子人偏池涵一鏡明揮將煙篆細點到

雪花爐籠袖毫牲凍闌窗暈野生龍鬚凝五色

稿帳

鷗眠春渚雙晴浴艷葩裎爍良田石不耕擬聲吟
句好姚合正詩成
詩書敦風好　陶渊明詩
風好誰堪與詩書味最惇深觀時不倦領要興彌
敦妙理隨心悟長吟信手翻此中真意足相對古風
存故我靡仍在今吾辯（憑）共論久耽時藝業欲辨或
忘言解句無弦琴淺對濁酒溫陶公幽趣在胸次

萬義軒

十月滌場 詩經

十月叢功畢相從慶滌場我人歌大寶一樣咏求倉滿穗留斜徑餘蔬第夕陽翻來匙疊雲掃處碓聲霜漠空千畝遍保萬箱豐年今日談妻孥笑時嘗聚樂茅簷程迎暄艸笠傍邀嘗 呈

乙覽雅鑑

萬年觴壽萬年彊

所寶惟賢 書經所寶惟賢則邇人安

美物何容保勤求只在賢所陳元老訓惟德慈人虔

臺是黃金築書曾紫誥寵拜登典以漸納錫貢

善前義價連城璽于華萬選錢鍾靈分岳（嶽）鎮坐

氣應星躔於珍難秘于炼鑑司傳瑾瑜咸欲獻

多士樂

雅近自然

堯天

山高月小　蘇東坡赤壁賦

赤壁重游憶坡仙興特豪峰頭明月小蹁然暮
山高孤影獨標表重巒矗漢鼻波滴珠顆細雲
擁翠屏窄魄冷子潭印岩深草木歸霜落崖
樹禿風緊暈華撓橫槊人何在登舟首重攜酒
當攜酒二客共嬉遨

雪晴山脊見　陶翰詩

幾日同雲密欣看雪後晴渾迷山午旋見脊庚
此際青嵐現前宵白練橫凝來千壑素湧出一峯
清翠髻妝猶淺蛾眉畫始成苔衣融剝薜荔石骨
透嶙嶸澹冶烟痕合玲瓏旭彩瑩雨暘時若
應樂歲慶
昇平

槐夏午陰清　趙師民詩

点題清穩　鬱鬱庭槐茂，渾忘夏日臨。景移卓午知，清已入重陰。

蔭分中央客，涼生四面森。炎威銷赫赫，幽籟響沉沉。

午陰刻畫二字　火繖光難過，冰廳暑不侵。偏能迎柳面，正眼映葵心。

窗牖交疏靜，欄杆亞蔭深。何如依

上苑，涌洒契

宸襟。

庶以善自名

豈以名爲貴良由善積仲自今非可假吾有庶所

真栗里幽居處泉源太古人衡茅躬不屈完璞

品常超珍義美詩中趣超然物外承采曾常得知

如乃賓之寳耕種程前夕羲皇在此居

聖明崇文樸率土樂陶甄

芭蕉分綠上窗紗

楊萬里詩

蕉影當窗影半分綠意賒蕉邊翻窗葉窗於

隔煙紗鹿夢呂姜跡鷄談靜不譁羅青子扇

擁庵碧一天遮紗有凌雲想奇從聽雨誇湘

簾波掩映苔砌繡文加蕩漾浮煙霧輕篩動白

華露甘如可挹金掌艷仙家

新詩改罷自長吟　杜甫詩

底事長吟久而難明罷舊已成仍、舊、改、未、穩、是、

野頭稿

新詩語好音同調氣遲思深遠句剛裁意喜莖殺
撫殘箋手息推敲勢神餘唱嘆姿幾番勞點竄
一字費吾伊祇此幽髭韻應成妙絕聲至今稱寡
清〻雅流觀
和靜對已移時
來雁一氣先
對語尤甜
脫
背是行雁初從塞上旋一氣遺響淪幾霄河
烁知相漢長征地南衡遠到天日高鳴寡和風

一行先刻

緊陣雞豎孤影橫霄外餘音破碧煙韻流傳廣

劃工

野字印歷長川世外炎涼感寰中信息傳

潛有志作新

聖姻方獻瑞赤色賦新篇

杜甫詩元稹李白傳誦多

煉燕巳如家

莫道曾相識昕宵久共依從煉信遞箏擲家言

歸語雙聲含如樓宿落翠幃續朵雅盼心入幕

如家富得有

故飛蓊琵悲凄却殷勤話歲遠紅愁霜染嶺

情絲

趙何超

鳥惜霜沾衣跡其未賓矣。情憐舊主心。休的縈

別緒轉眼度芳菲

一月三捷　詩經

唱罷采薇歌。軍中意氣多。目送纏一匝。捷已報

三過。轍出重圍急功、分、六合。和呼嵩師飲燕遍

含鼓鳴鼉。度兩兵犄蕩。番風劍戟（幾）磨山倚擁旗

前。城戰受降戈。壯志思投筆威名繼伏波

清時隆
盛德方貢
帝廷羅
人跡板橋霜　温庭筠詩
譙樓晨霜起行人路正遥幾椽茅蓋屋數片板
横欄氣肅輕苔滑痕輕宛筆描馬蹄曾昨的鴻
爪又今朝白柳堤前樹丹楓葉後雕共仍留故轍

工穩

情韻獨留

吾志捲征鑣，逸夢思千里。平景以一條，衝寒徑

此去何處問雲軺

恭儉惟德 書經

德量體言懋 周書戒 示

自重保之涵，乃便惟在斯立

恭若節猶甘節，心從勿面從。辛勤家國訴寅

畏帝王知不易，思絲粟而僂。念懸鑣鞠躬忠

愧自謁華之孝，餘供辛履期。無越鳴謝翰自莫不窮

工愁

未暫補四義詩

四義文之在卿之曲

交修千載意
聖世樂追蹤
溫其如玉 詩經
念惟君子長言撫爾如溫然儀而像信美玉堪
譽為價千金值千華一裼藏神出嶽降器不
廟堂虛有美含章成善瑕潤色初誰家生寶
柚之子是瓊琚比德心常在觀型式自居鳴珂
披一品衣抱
九仙骨詩品
三清高令
人景仰矣

阮

成五叁評

存故里板屋思縈紆

初日芙蓉 世説（顏延之問鮑照己與靈運詩優劣，答云謝五言如初日芙蓉，天然可愛）

詩品猶花品，芙蓉映日前。詩才曾似此，花意得天然。質以朝陽耀，光含曉露鮮。更無清韻匹，惟見色香全。雕飾何為者，丰姿獨擅焉。凌波方嫣嫣，披藻亦翩翩。碧玉侵三面，紅衣碎一川。公評千載定，謝家富貴篇。

江清月近人　孟浩然詩

月色連江色江清月亦清大江翻浪闊皓月近人

疊閃敖珠輝耀縈看練影橫長流澄萬里

倒映認重明掬水撈應得乘槎覓獨行丸拋寒

氣逼魄濯素華迎舉手何須捉當頭漫欲擎

霄煙迷建德一棹泛滄瀛

草色遙看近古無　韓愈詩

錄帖

綠到

瀛洲艸霏微人望遥看未方有色君去去莫聊

生意蓬、藹。燒痕暗、鋪半堤餘殷處。一道迤撲裙腰。

舊夢遲遲三月新痕誤六幺翠迷人處。碧認詠遥、

指點青堤踏。模糊白待描。春暉方蕩、試咏寸心謹

癸酉三月十九日男豫敬讀
甲申二月初三日男豐敬讀

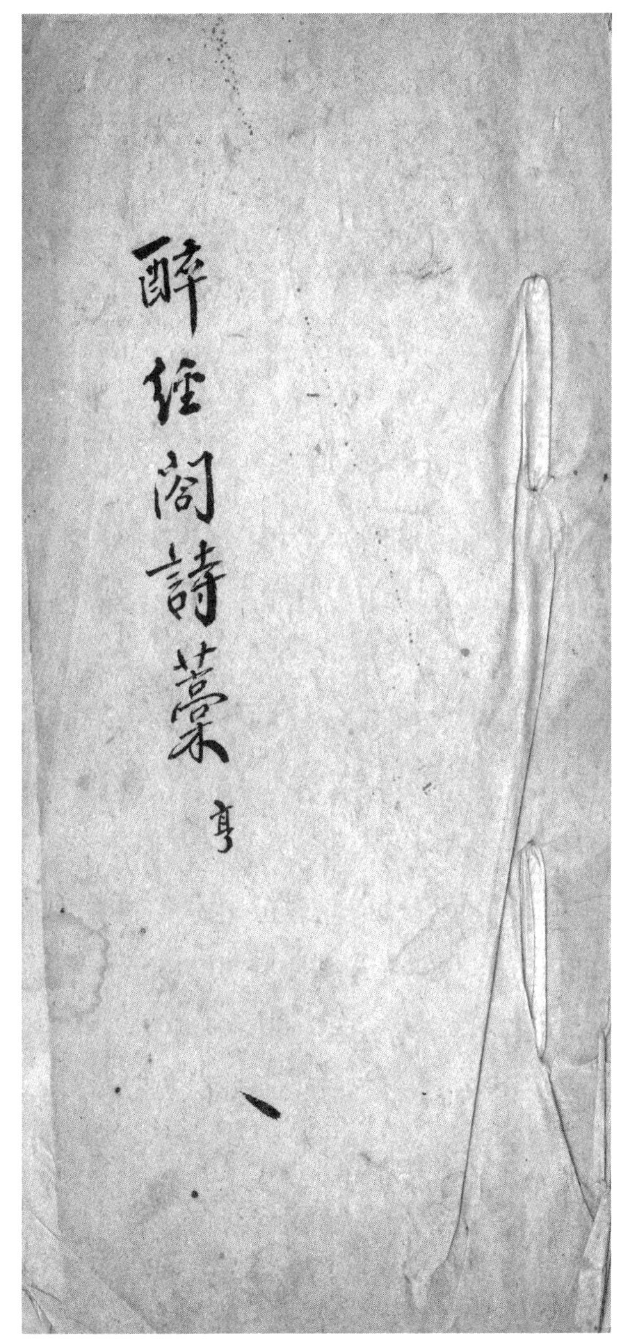
醉經閣詩藁
亨

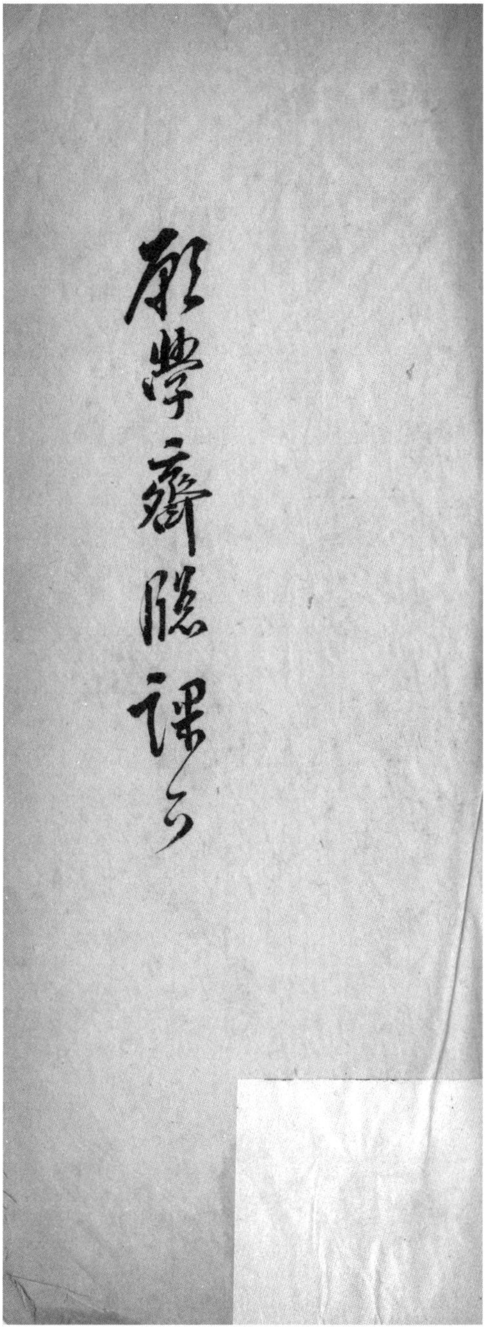
願學齋賸課

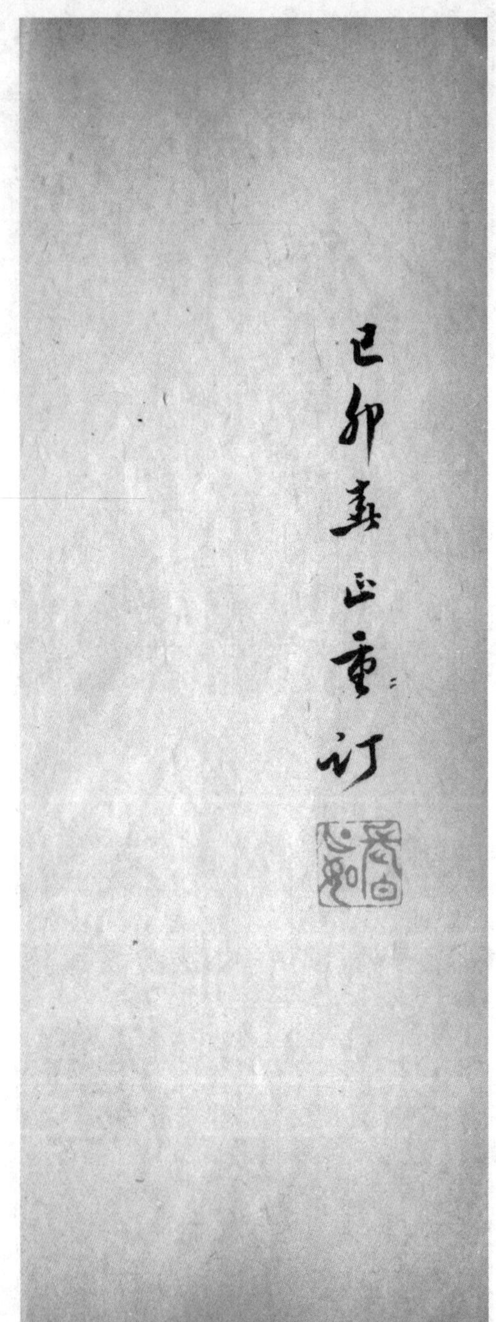

己卯春正重訂

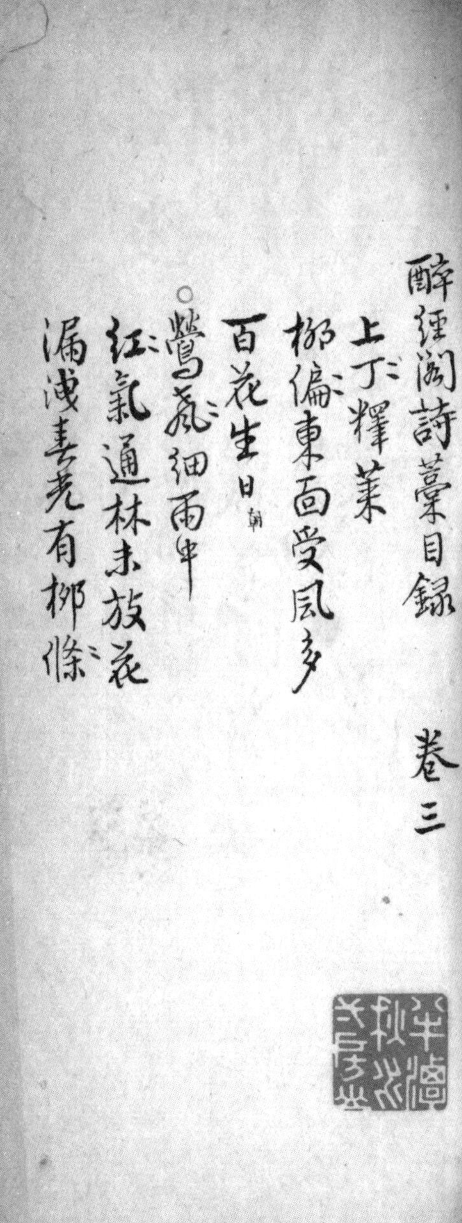

醉經閣詩藁目錄　卷三

上丁〻釋菜

柳徧〻東面受風多

百花生日 朝

○鶯〻亂細雨中

紅〻氣通林未放花

漏洩春光有柳條〻

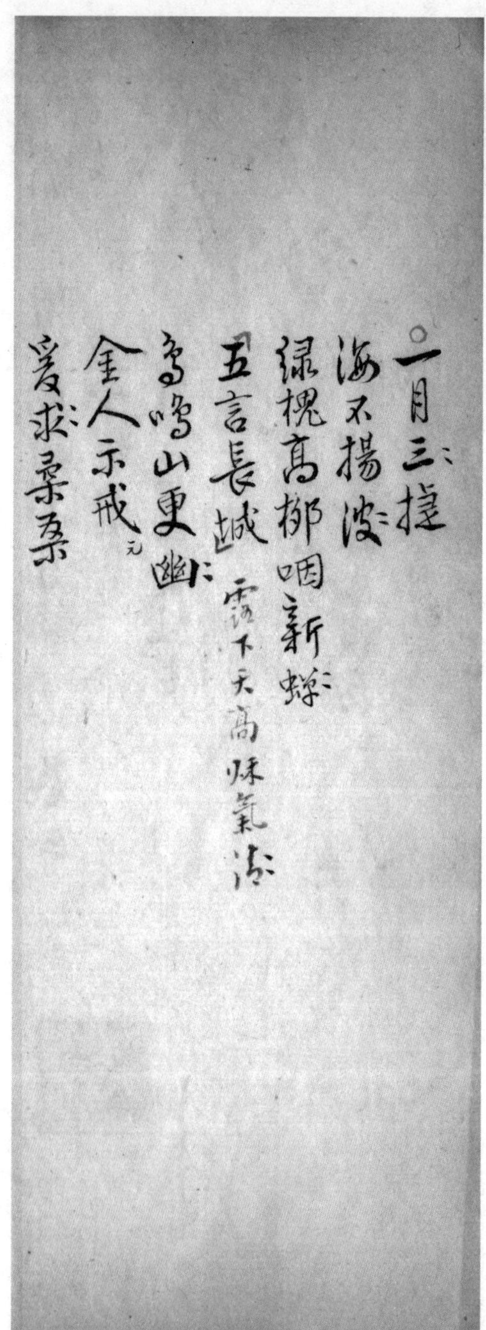

○一月三〻捷

海不揚波〻

綠槐高柳咽新蟬〻

五言長城 露下天高秋氣清

鳥鳴山更幽〻

金人示戒 元

爰求〻柔桑

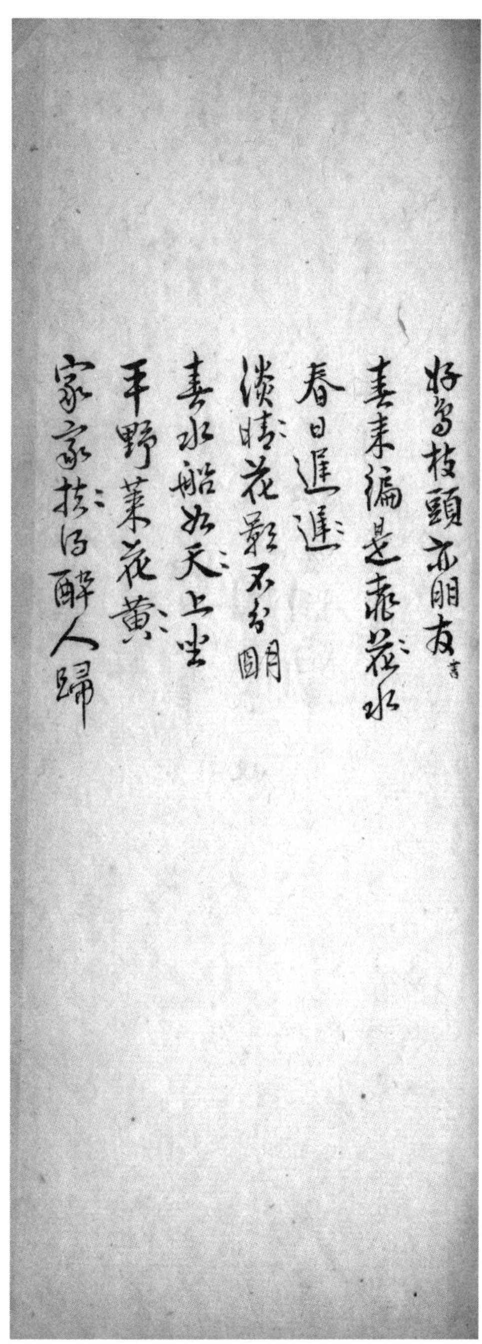

好寫枝頭示朋友
春來遍是桃花水
春日遲遲
淡晴花影不分明
春水船如天上坐
平野菜花黃
家家扶得醉人歸

蕉葉〻初長小兒拳
紅〻綠拔春上遠林
落花水面皆文章 書
野樹望多圓〻
多少樓臺烟雨中〻
秌〻菊有佳色
九日登高〻

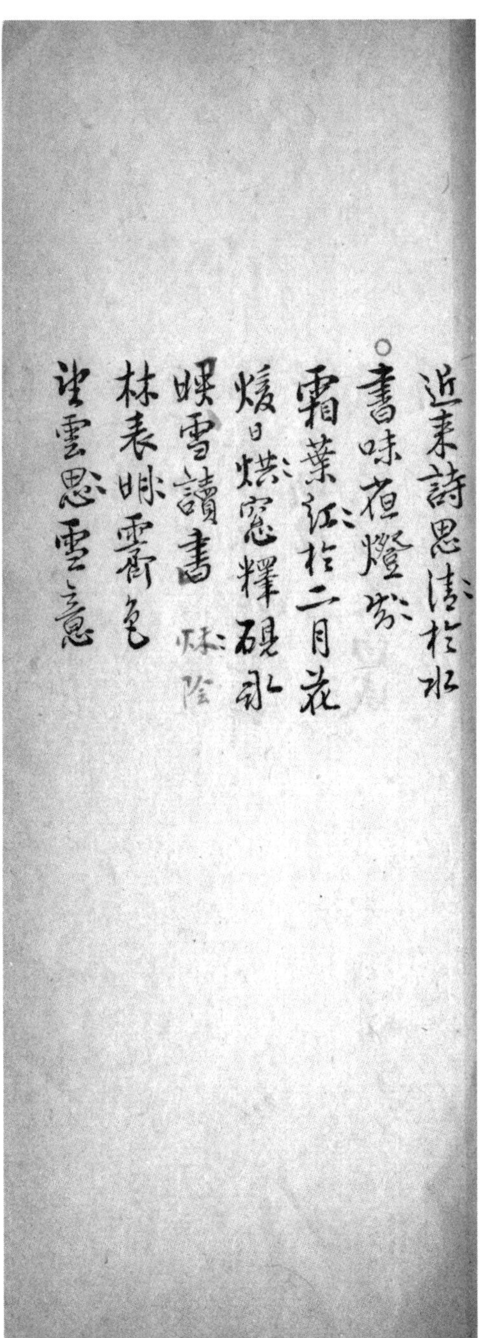

近来詩思清〻於水
○書味濃燈熒〻
霜葉紅〻於二月花
煖日烘〻窗釋硯冰
暖雪讀書　林〻陰
林表明霽色
望雲思雲〻意

說詩〻曾記宿聯床
援十得五 才
詩雜仙〻心
種參〻皆作老龍鱗
行〻不由徑
頭上銀旛笑阿咸〻
圃有見逃 真

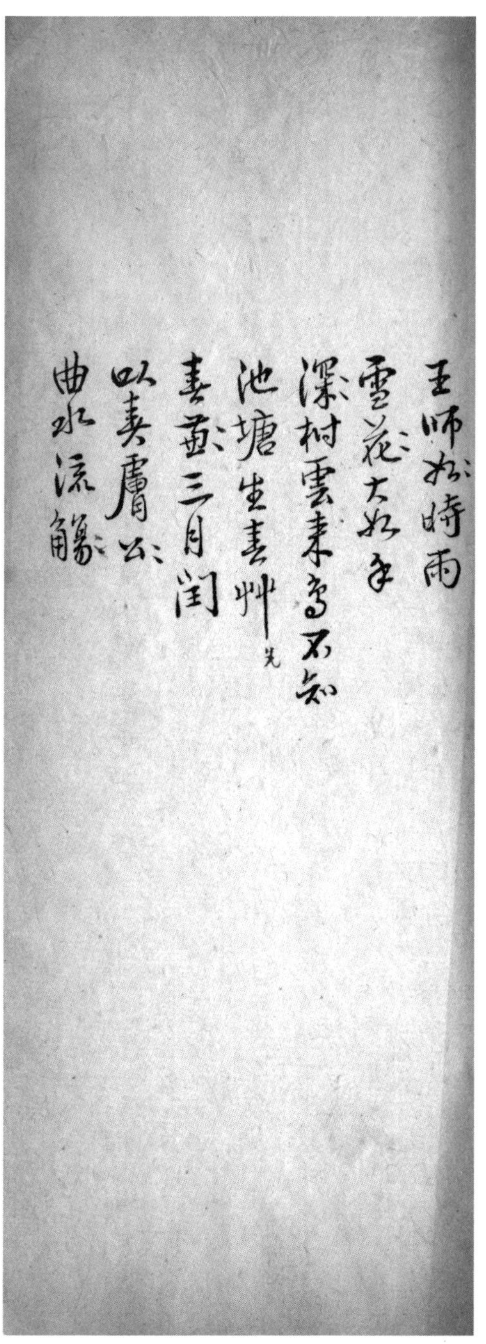

王師如〻時雨
雪花〻大如手
深〻村雲來鳥不知
池塘生春艸先
春盡〻三月閏
以春膚公〻
曲水流觴〻

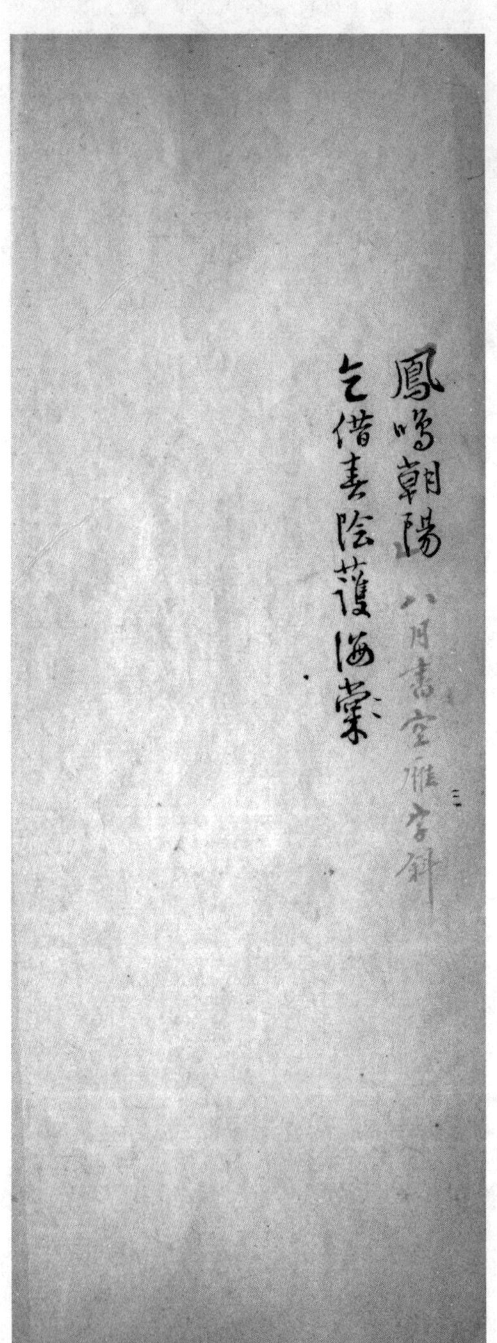
鳳鳴朝陽 八月書室雁字斜
乞借春陰護海棠

醉經閣窓課詩抄　月如氏恒麟稾

上丁釋菜　禮記

小戴陳時祭，成均重上丁。特牲崇鉅典，釋菜薦芳蘋。備巳先庚告，恭從後甲銘。濟蹌環璧水，美富闕欞星。禮豆辛祈穀，儀殊子祭獨。潔應華比白，新共悲多畫。牖啓明逾藝，艾薪傳繼莫停。師資欽

二語點丁字恰合

聖代儒術煥
彤庭
柳偏東面受風多 元稹詩
風信頻番玉泠絃柳際穿東來當面受西向折
腰偏濯枝低亞依勢左旋傾隨物日上背吉夕
陽懸宛轉鶯鶯啼巧款斜燕掠便纖回微雨裡一
帶畫樓邊萬戶輕陰合千條曉色連

宸游觀省重
華蓋翼飛烟
百花生日 韓偓詩每逢百花生日未曾捷錢仙乃於樓 提要錄廣州二月十五為花朝
廿四花風信生辰記此朝降庚初宿節圻甲共迎
韶緐爲晴光汎灩奇暖氣撩十千酬令序三五
競良宵修定前身到家宜將月邀爲爇蘭臭
合長命縷絲亂雲雨多培養鈴幡幾度捻

一枝榮

御苑春色二分饒　劉長卿詩

（一群）鶯飛細雨中

不料溟濛（景）地中含百鳥飛吹來春是雨聽去始知鶯

春字起得

起

二語不切

霡霂春陰重閒閣曉夢驚珠喉調宛轉綫脚

散蹤攪暗點金衣濕潛飛玉管清風前流語滑

波際織紋輕正慰喬遷願還施閱物情

醒膏敷

聖世歌咏繼韶韺

紅氣通林未放花

省識手林際層照眼紅作猩花爛漫到是氣交通

尋去香徑閒浮來色即空未曾開咲渾非殊春

風日暈重欄外霞蒸萬木中探將棠舍北指向杏

園東熖熖燒如燭霏霏淡若籠一氣催羯鼓

紅氣亂手指

寫將之

上苑獻龍葱

漏洩春光有柳條　杜甫詩

逗出春消息明舒有柳條暄妍猶隔歲漏洩已今朝遠韻來橫管芳情到畫欄腰姿馴野綠眉意更輕撩色自湖隄動魂從灞岸消曉風添淡冶晴旭倍披拂濯、相思久逢、大堤遙送待當榮

剩有絲絲細

太液煙葱

御爐燒　詩意清雅

一月三捷　見前

唱罷刀環曲軍（師行）中勝氣含月邊纏迤一捷已告繼更

三檄出重圍急功埀六合覃循軍人戴德遍（遊）今詠

懷慚甲想山圍繞兵殺雨洗酬齊（壯獻）功旬日計神算

幄帷參綱本開時廣苞仍孳如之甚

九重方

錫命海外載應譜

海不揚波 孫氏瑞應圖

薄海

皇威振嘉祥啓太昧動方成破浪風已息揚波此處

晴天闊兩時巨浸摩瀲平鋪似鏡晶瑩照如螺汎斂

浪花漲枝停蒼木柯疊帆空曳練鮫室靜投梭

舉目淨煙釋乘槎貫月過安瀾徵

帝德萬有富色羅

綠槐高柳咽新蟬　蘇軾詞

柳影亞槐影扶疏繞屋邊綠中藏美蔭高處咽新
蟬抱葉棲和穩悲亂嘒猶先更吾遺響續直遠年
陰圓韻歌淸高露音流入碧煙南柯新夢沒西岸
曉風前笛味雅悲曲琴兮解慍絃華籍應經集全於
詒收宣

露下天高秋氣清　杜甫詩

暑氣何嘗高原大理清露涎涼徑淺秋共遠天横

爽逼銀河迴寒侵翠、袖生烟開雲萬里華冷月

三更桐銀殘星滴曉池碎點擊空中涼韻目著

露濕無聲耿、渾穆幾溥、分外明

蓬瀛從此到　五言

瑤池傾

得幽字意
十

鳥鳴山更幽 顏氏家訓

莫道閑鳥山中噪不休只緣鳴斷續更覺寫清幽

靜裡閒聆悟天機暢好流芩三徑斜烟雨一亂啼語

本移神聽先偏與目謀澗邊青靄含嵐上碧雲稠

嘹嚦歌芳院溟濛噪畫樓何如林壑畔惟愜淡夷猶

金人示戒 家語

孰使緘其口金人訓獨存再三勤示戒珍重易由言

百鍊身常在，千煉石自捫，爲模工寫狀，躍冶鑒傷
煩捧劍臨淵惕，承盤墜露驚，臣心毋尔閔，王度式
於當利，想迎鋒斷，藏先鑄錯，論陶鈞逢
聖世淳樸古風敦　句〻典切，妙能渾閑
爰求〻桑柔　詩經
繪出豳風景，桑從陌上求，恰當蠶尚幼，正值葉方柔
細雨剛飛遍，新晴乍喚鳩，波拈紅袖卷，輕拂翠眉

儵未合攜金剪，何須試玉鉤。低簷寒紡掩冊，小摘詩

勾留。采青難滿袖，露漸稠。畫當借

乙覽

聖治臻咸周　細賦風光雅興題韻

好鳥枝頭亦朋友　朱子詩

妙絕書窗伴　可愛嬌條

春意枝頭鬧，當窗正讀書。良朋欣作色，好鳥家相樣

喚侶音常切，呼名意自舒。曉明惟汝共，風雨識予

渾宮炫切　初自有芳心契，而愁見面疏。天機方鼓後，耳借之
餘。娓娓揮同麈，綿綿賦比興。陶然真趣得，樂事離書。
春來遍是桃花水　王維詩
認得超脫　不辨桃源路，蒼茫遍是花。四圍春復舊，一色水無
涯。暖映隄邊柳，晴迷口霞。碧天涵蕩漾，紅雨總
描　交加。打槳飛度，揚帆曲斜。前從歸棹覓，終覺溯程
清風　差。濯錦空千疊，埋雲定幾家。仙源如可訪

韻甚清穩

六句多挺健日

閱甚工穩

穩穩諧甚是

時甚甚甚

蓬島真游賦

春日遲遲 詩經

憶自添宮線、詢光漸永時、恰當春靄、弥覺日遲遲。

彩煥凌晨旭、暄傳卓午曦、輝翻葯砌、暖逐蘭墀。

花李斜暉、繫桑榆晚景、垂頭番攜蠟屐、幾度

撫吟髭、漫借和風扇、欣逢湛露滋、莫將分晷愛

義正題正

前一層點題、後一層原筆挺峻、拔三額、豈五韻

從早說到晚、極有層次、沈念農師

淡晴花影不分明
花影留雲影未陰始放晴雲過餘滌蕩花下不
分明匝地如簽跡籠階倍有情渾擬施錦帳奚止
隔簾旗風亦迷離倩烟霏漂渺輕芳魂遮來留韶
景畫難成醉眼輕番認吟懷一晌傾晚來天氣润
閒弄月三更
春水船如天上座　杜甫詩

野頭靜細
是香如人
意之

新日題

字汁硯録

忽訝塵中家高居物外天祇緣春漲水初放渡頭船
境撥雲裡身應近日邊花為墻壁繞檀想斗牛懸
帆影隨風轉蓬了向月穿三篙凌碧落欲準[illegible]劃
蒼烟漫失芳辰景牲乘太乙蓮
瀛洲應有路貼步大羅仙

平野菜花黄（温庭筠有澧曲陳會詩沃田桑景晚[illegible]春）
不道芊綿野平鋪四面黄别無花競艷惟有菜

齋芳匝地如雲密控迎風滿院香參差茅屋外爛漫

點黃昏〻鬯艸冠儕似菊偏承露如葵總向陽金鶯晴共嚼粉

性靦之

蝶暖初狂掀岸垂添嫩槐街踏更忙喜逢

天擇滙雖詠秦裳工

家家扶得醉人歸　王駕詩　一作張蠙詩

衣事衣冠賓言陶滿泛趋祇緣春社散同把醉人

瑞花新流利扶酩酊酣新酒迷離認旧途伊誰迎自爲曾照坐

又稿

于陬隱隱桑畦不遲遲柘種行前村徑指杳晚景總收

榆鄰舍同爲接兒童拍手呼家家歌

帝德擊壤編

堯衢

蘆芽初長小兒拳　黃廷堅詩

最愛春心蘆織織黃嫩芽小兒拳酷似初長樣堪

雙闕行映共嘉地地熅葱生易風颼颼惠養加保從烟樓罨時愛

雅清新

雨珠箋茗茁攜槍，梧桐垂索乳郎孳，來如揠黍
閒處空枯花秀，挺芝蘭族芳敷畔株范
皇仁周庶類，怙冒本無涯
紅綠枝春上苑林

超清好
紅綠字佳
二首

誰具枝春私，遥林四望通，意態千樹綠，送上萬株
紅，宿雨匀胭脂，新烟點翠工，二分流水外，十里艷陽
中，灼灼天葩鳩依，細綴叢啼來欣有迹，春露本非空

拔兵丫字意乙　釀得繁華節呈示化育功何當榮

上苑湛露荷

恩隆

落花水面皆文章　朱子詩

妙絶文章品皆從景物舒落花方散彩流水自

成渠善事闌珊舊韶光繞飄餘天然看點綴

漸〻追自然　波陵謳舒徐氣盛濤頭壯才高錦樣織真機

興高采烈　誰似此大塊合加余飄颻心花燦圓通智府虛陶陶
多樂意咲讀古人書
野樹望多圓
嶺見團巒新看啟遠接天邊春在野堂樹多
圓拔地形俱疎迎風勢不偏張來高似蓋擎處小
閬宇細炫　拄拳腰合皮應饒輪拔月共綠周遭三面映重
疊四圍連目極長空外畔瀰古道邊平原游覽勝

穩安

霧晚色更含煙
多少楼台煙雨中　杜甫詩
多少南朝寺崔巍氣象雄樓臺千仞合烟雨半
家同到雲深院紅看遠叢不見香霧散渾似碧
紗籠寶塔迷離畫鐘峙珠林點染工更番楊柳繞幾度
杏花紅漫道今非古經煙色是空江山悲覽者
識畫圖中

秋菊有佳色 陶潛詩

誰法淵明隱東籬菊已秋晚香英獨領佳色更無
儔露重容顔老霜清品格遒餘英三徑燦寫影
一鐙幽不奪群芳艷偏宜雅韻流澹懷為許共凡
卉自難侔採露應迷即簪來宜滿頭兒能殷祝
嘏
萬壽慶

恩周

九日登高　按九月九日相傳登高宴賞

風擅遊山癖重陽興倍豪兩人同載酒有客快登
高足向層巒躡頭因落帽搔身將凌碧漢地羨
踏金鼇酌我杯浮菊憑誰字寫糕寒心隨栗至
快意動松濤嘉惠如堪展良辰肯惜勞請君解賦
否

語近自然

蓬島和仙曹

近來詩思清于水　陳閬苓姑詩云老大心情淡似雲

久矣耽詩癖于今年來思益精要當心有會渾似水之江

瀟灑吟懷適和應回嶰波瀾千疊富宗派幾番

更鏗鏘傳幽韻悠揚寫遠情此中真澹泊何處不

晶瑩識和遙源合前身證月圓時空勞凡骨攙珥

筆到

蓬瀛

書味夜燈知　林景熙詩

欲覓書窓伴青燈五夜隨此中真有味此外更誰知細

讀挑紅豆清暉閃翠帷十年心獨印萬卷照靡遺

晝短宵涼日風明雨晦時墝隆聚合籠心乃比傾葵

漸老回惺醰、鉛黑為何當閣喜報

蔡閣許逶遲

霜葉紅於二月花　杜牧詩

坐看江楓晚。經霜夾岸紅。似開花爛漫。誰信葉
蘢蔥披拂霞千片周圍樹幾叢者番濕曉露。
一樣醉春風。懷詩袁源程居物杏院東韶光寒
欲換夕照艷于烘掩映平林分蒲疎野徑中莫
描烘意波點綴十分工
暖日烘窗釋硯冰　陸游詩

最愛南窗好曈曨曉日烘硯容磨霎暖冰自此來
融寒逼堅凝碧暄依淺退淡紅一輪暉補綻行歸
漁洲帆吹起毫濡兔書好信寄鴻淋漓灑墨池
呼與淡烟籠盡三更火春回一夜風何當籍筆上
丹陛步趨同

四五耿樹隹
竹巖師

烌陰 新近之閑淑士詠春照社陰
發雾催寒信蕭齋陣陣遒陰靈三面墨氣遍中天
惠 徑

烁落木蕭蕭下，鐘仍淡淡浮。凄涼生遠浦，皆呈暗層樓。

撲水明翻鷺，衝波冷夢鷗。疎喧桐鈸[illegible]，承之千点雨，時響万瀟過。

抹影偎叢笠，濃煙遠漸幽。雨意絲宣待雲密，暗決收。落霖应有待，願

雪澤兼牙閏

林表明霽色　祖詠詩

督餘雪豁有霽，宇霽四表晴。戟林遮隱約，一色浮聰明。映空

極目迷銀海，寒心逗暮城。添光融玉屑，艸落照掛銅鉦。

銅鉦椰紫鳳前起松釵與霞櫳蒲陳紅樹老爽朗
碧烟清背冷鶩飛後歸留馬跡輕
聖節時茲茲賜雨慶

昇平

望雲思雪意

欲雲搖紙雲陰雲四塗乘遲工作勢脈貴濯思
注目縈紆絕闊心遙足頓模糊迷遠樹蒲髮鬖

重帷陣想鴉盤絮飛將蝶翦靡圍爐應准待
策蹇独追隨柳絮吟猶未梅花信漫遺須臾覔
玉扆辛土
聖恩滋
說詩曾記夜聯床　陸游詩句
曾共良朋集閒情共說詩至今分袂此猶記對床
時高枕挑銀燭陈編下翠帷事留珠的礫言燦玉

卷舒一氣清

隱芊眠

参差簾櫺依然在，蘭衿兩共歎江雲迷舊夢，巴雨續新詞。縮此吟中趣，彌添别後思。他年蓮炬徹，同步鳳凰池。

清切新俊，逸情殷纏綿，深人之意也。清

吴竹巖師

拔十得五 宋史

拔士原期得，門看四闢開。采餘徵十五，已見賢才

芊野匿心京瀛洲士氣陪培登龍聲倍價造鳳

切合十五仍
能流水作对
澹拔寫得字
神理俱到极佳
竹巖師

擅奇林地數非妄位天生秪此格畢、榮、臣、節、重、臧盛 智能錄
仲友名擁嶽降森、立星躔歷、抓
聖將多崇儀文葉藹、慶偕來
詩雅仙心 劉勰文心雕龍
一曲霓裳奏羣歌望若仙詩懷真潏落心緒獨
鬲丙驪莫境開三島長歌入九天清風生腕底將々
憶身前賦就雕龍成吟成化蝶來奇情未福地

幽意淡塵緣太乙藜燃影長庚筆運研大羅如
下到鶴亭慶班聯
種菜皆作老龍鱗　王維詩
繞屋扶疏映宜人獨有菜種時、至伴、鶴老、玄墨、成、
龍岩壑由來伏雲霄此日衝蒼髯垂貌古綠幹
藏陰濃皮自霜前發根從雪後出虬枝蟠屈曲馬
鬣翁橫縱更、尚、茅、衣、待窺犢、畫、壁、邃是田占有

非

禁苑植蘢葱

行不由徑　論語

捷徑蹊是伊人重景行凜雖同於竇光美樂由庚

陬遊君人遂周行示我穆居恒規矩中寧履步趨

貞忍以褒邪蹤稍惡正大情懷達昭軼蕩螺磴任

縱橫品誼徵文苑端方著武城差偏

王道頌率土仰
神京
頭上銀旛咲阿咸 蘇軾詩
軼事傳新歲坡公與子由載未春日勝咲殺阮家
咸將共插鬢譏嘻將椒眼織青絲千縷籠銀絲髮
屠蘇指点烏巾畔氣藹鶴髮攙童心歡易老態
話喃總角粧依舊題箋帖欣劉

天香盈兩袖爭競挽歸衫

圃有見韭　夏小正正月

圃裡今何見蓬已入春佐餐應可借早些野嘗新
菜壟初開甲椒盤擬薦辛玉簪抽隱現金剪試逡
巡細雨炊粱夜微烟冪內晨地宜色衆有味獨品芳
醇種豈千畦廣香宜一束陳
清時行夜令場圃正宜民

王師如時雨　黄石公

久哉雲霓望甘雨已來初王者欲時若師行撥沛如風

馳爭颯爽電掣奮驅除猛勢龍蛇陣威氣霹

靂車其穡符草木无殖慝芸鋤洗甲從天河徵了

應日舒危曾白穴蟻兆已見舟里順應乾

神武豐年太史書

雲花大如手　李白詩

古詩地中鳴鼓

角天上下將星

忽訝乾坤大空空妙手又覆來方滾雪英雲柔飛花

凍雨指初合迴風舞欲斜有時搴戶幕隨意打窗

紗眉玉天公戲裁雲織女譏酒帘如競梅藥奴

爭姿搖曳姿多勝縱橫真未睽屢豐占

聖世瑞色燦奇葩

深樹雲來鳥不知 錢起詩

獨有閒閒時時樹杪吟 自初青靄合 碧雲深

宿是漁樵家忘機到處宜來雲渾不覺入樹無雨聲

讀定見書樓仍快讀森巢枝欣有托出
軸樓初定閣轉未移身藏千葉穩最度半山垂
境在無心密愛千章護精辭一片尋忘機真
川在穿晴窗從照曙義校撐中有玄佳雨氣相
十任窗晴沼偏校
趣得山林但覺堪辭幾何樓沈晚矣
綠共朝煙化青蓮暮靄披拂詩禮為靜樓
歡春彌甚
意偶遲綠陰陰　癸丑季秋廿八日

池塘生春草　謝靈運詩

起得題晚

一覺西堂夢惺惺是惠連詩懷真灑落池草正
新鮮生意蓬外消魂灑邊申抽清泪拍庚憶田

鄭僑澤共心苗漸芳爭筆蘂（慈）娥畫雲去冪羅
夜雨聽連（聯）綿屐齒留香久裙腰貼岸編采應神
助語花萼富名篇
春蚕三月閏　俞坦之送友人湖南詩之人換生年湖
百五春餘話重三月已過不發芳序改惟有閏餘
添上巳極流觴雙辰斗指俺桐圭抽小葉桂魄又團
蠶馬戟（又）華林試蚕糕柘館抽更番榆雨為初度

貽也寓具
又工穩

棟風恬再叙蘭亭会仍從美砌占　妙切工整

聖明時若茲花韻護重簷

以奏膚公　詩經

豈以勤王畏兩難六月戎噬膚殲小醜運掌奏元功

擢髮伸天討披肝報國忠神機深意外勝算握胸

中爪士同心腹手軍壯虎熊凱旋欣飲燕綏定集飛

鴻績記龍旂貴名垂畫閣崇

皇威並讋慄淪洟而

恩隆

曲水流觴　王羲之蘭亭敘引以為流觴曲水

千古蘭亭敘風流獨數王一灣春在水三日座傳觴

隔溆呼童碇浣波喚客歡漲痕分鴨綠醲味潑

鵝黃暖釀春夜釅輕浮竹葉涼盃擡桑荇繞遙

第茂花香識悅真懷遠清和引趣長右軍修

暢保鸞第八

原付二卷

禊沒妙筆尚留芳　工穩　念慈師
八月書空雁字斜　程史劉蔚岳陽樓詩
獨擅款斜勢空中雁影涵鴛寒末八月排字渡重
嵐絕塞書飛白遠天紙蔚藍試纔妹早晚一畫陣
西南風雨揮衣急送涼信已諳衡將蘆管細垂定露
珠湘逸韻催重九新行稱雨三岳陽樓埋罷幽澗茅庵
乞借春佳護海棠　陸游詩

秀句

昨夜通宵殷。殷勤奏綠章。祈求春色護。乞借薄陰
涼。一樹穠如粧千金刻敢償遮回陽碧落喚醒睡紅粧。
莫令高燒燭。能教晚暖蘸香。人心同惜玉。天意或憐芳。雨
後沾枝潤風休逞紫狂
恩膏欲霞湛何用息憐颸

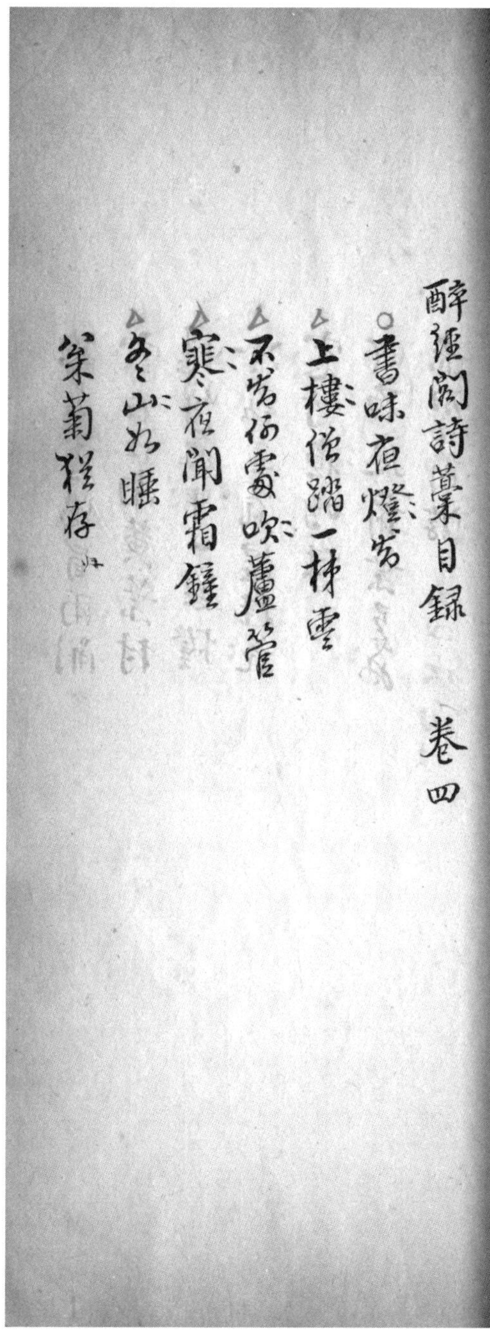

醉經閣詩藁目録　卷四

○書味夜燈〻青

△上樓〻從踏一林雲

△不知何處吹〻蘆管

△寒〻夜聞霜鍾

△冬〻山如睡

采菊猶存 如

菊為重陽冒雨開

家在江南黃葉村

憔悴風中一點燈

冷露無聲濕桂花

窗竹夜鳴秋

昨夜庭前葉有聲

赤壁前游　天心水東

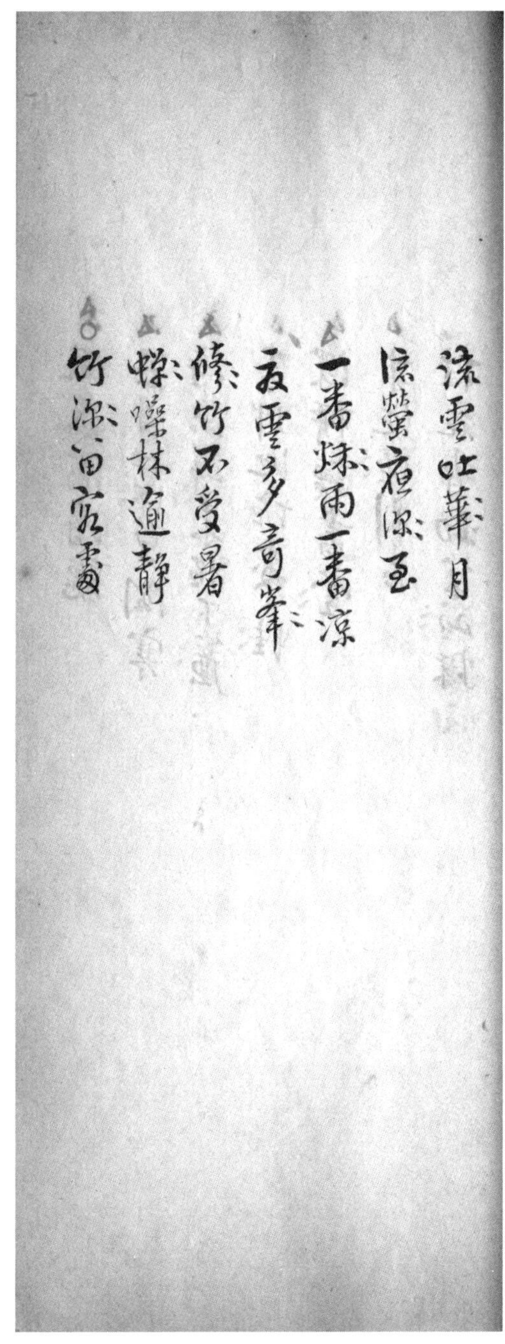

流雲吐華〻月

流螢度深〻至

一番疎〻雨一番涼

夏雲多奇峯〻

修〻竹不受暑

蟬〻噪林逾靜

竹深〻留客處

風泉〻滿清聽

五月江深〻草閣寒

待燕歸來始下簾、

青草池塘處、蛙〻

深耕讀書堂〻

木從繩〻則正

桂花香動萬山〻秋

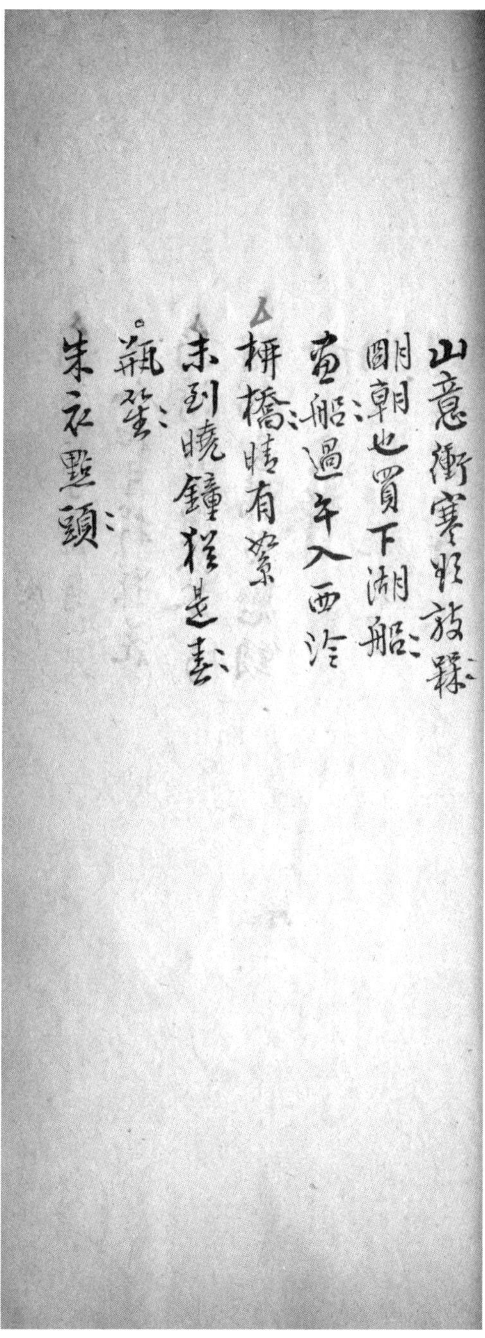

山意衝寒欲放槑々
朙朝也買下湖船々
畫船々過午入西泠
△拼橋々晴有綮
△未到曉鐘猶是春々
°瓶笙々
朱衣點頭々

雖爲莘莘店月
主人人和月折梅花花
詩清清者壽飲茶多
破帽多情去戀頭
雪月交輝輝
洞庭秋秋水晚來波
煙凝秋江奇 春
生君子風風

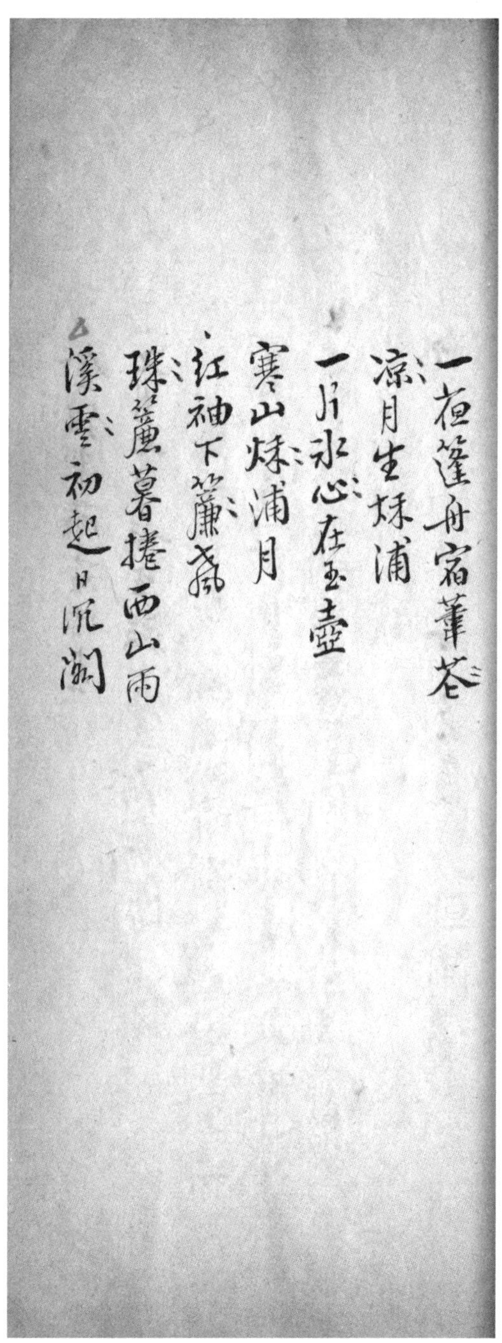

一夜篷舟宿葦蒼々
涼々月生烁浦
一片冰心々在玉壺
寒山烁々浦月
紅袖下簾々櫳
珠々簾暮捲西山雨
△溪雲々初起日沉閣

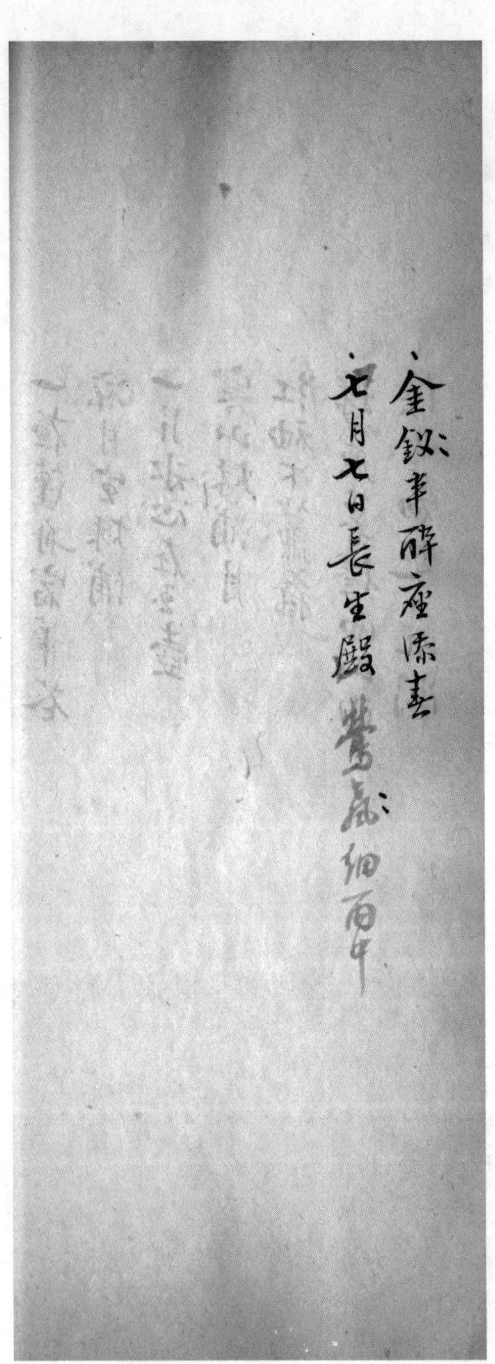

金釵〻半醉座添春
七月七日長生殿萬歲〻細雨中

醉經閣窗課詩抄　月如氏恒麟稾

○書味夜燈知　見前

譜是書窗伴熒然五夜燈同將真味挹直以故常
稱細談挑紅豆新菌拓紫稜苦甘嘗（常）世共風雨記吾
曾漸光明悟醰餘畏餘雋如嚼如食蔗佳不畫橫藤
案有雲千疊帷餘月半稜何當聞喜報
藜閣許軒騰

報有筆云云
寫函顏注

上樓僧踏一梯雲　郝谷詩　以下附五言六韻

誰踏層雲起梯高倚奇樓上方無窮到絕頂有僧遊氣逼芒鞋冷痕拖綠棟幽石林千級晚鐘梵半天殊萬三千幻烟霞百尺謀攤襟青霄倚廻首碧雲僻徑禪行脑長空許出頭俯卻看塵界遶滿大地浮鷗漚

不知何處吹蘆管　李益詩

筆較頻作

沙濶黃蘆老無端擫管吹調從何處起蘇到此間終

題神心得　贈僧師

竟夜情幽韻　誰人唱別聲　落梅聽片片　折柳定枝頭

開眼關山隔　羽刀環夢寬　寒笳悲響音沉　細白暮聽徹西雲飛

想羌人散　留翻月夜　凱還曹是五胡笳　猿依稀夜半悲

陣散羌人淚　笳添塞草時

上賞合詠來薇詩

寒夜聞霜鐘

不覺輕霜後　頻催草閣寒　一聲鐘寂寂　幾處夜還還

細切由西砧練

聽許燈重別　和將漏未殘　響敲僧寺遠　夢覺客衣單

東澗繞風三面鳴隔峰千疊聲來清月一丸露華侵曉重烁信到更

闌蕭瑟鎗潤添院凄涼拂畫欄簪毫

長樂近

楓陛日華丹

冬山如睡　郭熙山水訓

卸去妖妝姿沉見遠山似和冬氣肅徧帶睡容間酥

甚湘君添垂來玉女鬟無心雲亦擁不語石真頑有儀

峯峯三面眉灣月一彎枕憶寒凋枕幔擁凍雲環霧
重幃圍幔林深經閣闌待逢春信到十嘆破微顏

采菊猶存 陶潛歸去來詞

誰伴淵明隱爲能鮮組歸結廬松尚在開徑菊
猶肥古幹堆蒼蘚寒香送白衣爲芳勞竹杖著
色到紫扉翠霜森千尺奎英遶四園籬疏防曉
露蒼蹇忘斜暉自有貞心共應數晚節依相君

渾無厭未許寸心違

菊爲重陽冒雨開　皇甫冉九日東郊作

夜事籬邊菊叢冒雨開再三招客重九爲

陽催豈慮傷金質唯愁誤玉杯遲和烏帽插寒

點白衣來賀佐尊中徑登臨霜露濕數峯陰翠

滴叢葉簇紅欄七茲菊糕兮稟及芳履印苔雲封

陶令宅醉裡共徘徊

故筆好
第四韻亦佳

家在江南黃葉村　蘇軾詩

唱到江南曲，追憶故家白雲村。一角黃葉徑，三叉裊娜當門。認疎楓夾岸斜。何時歸宿棹，幾處噪棲鴉。秋水蘆葭遶茅簷，橘柚遮扁舟。他日便旅夢幾時賒。烟水生涯淡，風起夜星落。坡仙句在，休更滯天涯。

蟋蟀叢中一點燈　李昌符詩

誰伴書燈坐吟，秋蟋蟀工，幾叢深院外，一點小窗中。

檢岳

唱徹苔痕緑，挑殘穗影紅。夢驚敲枕寂，光閃
入簾風。通耳涼聲(換)閑情，日(唱嘆)夜通同寒(芳)心雜豆
訴(紫濤)砧聲，燭花(籠)通玉笛腔。堪和金釭臘正融。靈陵令
夜悅賦羅漫呼童

冷露無聲濕桂花　王建詩

最愛中秋桂濃，冷露加慈藝添院夜涵濕小庭
花錯落珠胎碎玲瓏粟影遮昨宵黄鼓警鶴棲地

有樓鶴瀾豈盤中攬香從容兮奢輕沾曾入軒細
潤徹耕筆勞想和雲泛飛當傍月斜沾衣看五色
攀取廣寒花

窗竹夜鳴蛛　孟浩然詩

誰拂琳琅快鳴飄滿碧窗與蛛同淅瀝入夜放琤
瑽極小蟀兮百節清風引濮幾回喧玉砌妄語
對銀缸靜寫闌干影淒黃蟋蟀腔相誰橫笛弄

有補韻

渾似曉鐘撞照月竿，冷聽風々縱尚留斑點在瑤

瑟憶湘江

昨夜庭前葉有聲　朱子詩

憶昨蕭條坐庭前聽有聲，祇緣燥落葉弦動夜

未情可向闌干拂，苔黃蟋蟀喚，響催傳漏箭寒

攪讀書藥（逗）藝（苦）我，惟（宣教）瑤枕憶誰弄玉簧寒（榮枯）心添（曾）

幾樹烟（風雨）韻撒三更，斷續淮鶴唱，膏騰伴蝶驚階

前間掃霧侵曉步苔行

天心水面邵康節詩

別有清幽概伊誰共我知面將風月近心與水天期物

外高明濬空中色相排鏡雖纖翳滌將墜落苔遲

霄漢澄襟府芙蓉蘸遠池岫雲青托意岸柳黛

添眉落、無私地盈、不競時

御園清景好摛筆賦新詞

流雲吐華月　朱彥物詩

夜色流如說晴人望素流來雲蕩漾吐出月光華

玻瀲奩開鏡影瀲慢攖鉤　不教纖有翳只覺色空

蝦朵際同瀲雲說屏間莫漫遮羅分千片落璧爍一輪

舒卷　斜舉首山巒清照心水面輝煌遍

瀛廣有路礙遮廣寒遊詩

流螢夜作之　范梓蒼山武堂賦

種竹美人玉憩於望遠林流未螢簡靜對夜深
簷際味星亂雜邊迸伴月陰三生種宿拂一點逗烽
心細逾夜間秋寒移竹外陰燈引清火細點驚寫琅石螢榭爐
碧波池畔撲螢搖羅扇飛來傍流襟盛囊間照處
藕開許進香茗高吟
一番炎雨一番涼
不料新涼早番氣漸遒吹來青藕雨灑處又

添烁寒苇微雲過氣和蘇木稠溟濛迷遠樹蕭瑟望層樓暝色層層暮斜陽淡淡浮陰添三徑墨響送一池遞泉聲流方咽風淒韻獨幽高霖滴垂澤稻隴暑全收

夏雲多奇峯 砥愷之詩

不料晴雲合君來看是峯自成奇境好多在夏時逢觸石三生幻和烟九點濃削開紅瑪瑙飛到

碧芙蓉排闥神仙出張屏錦繡畫臥游還倚枕
面對群峯節祇覺當頭矗殊雖躡足從高霖
原有酩巖壑莫樓躋
修竹不受暑　杜甫詩〇〇交流空湯波
誰種琳瑯竹蕭蕭映水修凌霄翠自碧遊異窮
常留但覺煩衿滌者客從處樓闥添三徑雨寒
逗一簾烟蟬噪含煙醉鸞棲帶月幽閒敲紅

日邊遠僊見碧雲浮赫赫炎蒸避退鏗鏗逸韻遒此君宜何
下去酬醉吏還相投杜陵作句在　果將醉吏去合與此君謀
靜對高吟詠登樓

蟬噪林逾靜　顏氏家訓

一抹幽林杪何來噪噪蟬形皆塵外響逾愜靜中緣
境借重陰護氣清似慮蠲古槐涼咽露高柳
淡浮煙污質輕脫蛻閒根寂到禪朝藏深樹杪
唱徹暮雲邊入耳煉心早無言雅韻傳支節聽

次韻句法生動

不厭佇向夕陽天

竹深留客處 見前

一半句留處半竹影深深人登閣賞有客攜雲尋

拂暑清分襟眠陰綠滿葉也君子好態之子莫邀

心時新涼入倚檻夕照沉按襟消晚趣把詩重構

但有凌雲志難忘舊雨似渭川千畝在且無托胸襟

風氣滿清聽 孟浩然詩

披得清風好幽情正渺然坐來蒼蘚石聽纖白
雲泉瀉萍間落深樹秋懸千山流曲折百道
走回旋爽氣轉紅雨紛飛瀉碧漣浪從深柳疊
濤想古琴穿逕淺筝琶韻解琴水月禪味甘欣
至瑞傾耳似塵指
五月江深艸閣寒 杜甫詩
艸詩人家寒搖五月禁長江流漫小閣灑深萍

檻忘紅日茅簷寫綠陰自安蓬蓽飢飽滌水雲心鷗
夢連烟冷漁歌向暮吟數椽書舍浸碧帆但覺
烽光旱渾忘暑氣侵叩門誰見訪平浦望疏林

待燕歸來柳下簾　陸游詩

爲爾多情詩依佇碧簷幾歸試金谷燕檐下水晶簾
梁際曾相識花中莫久淹紅襟微雨濕翠箔撒寒
添蕩漾鉤仍掛呢喃舌更尖輕撩金剪滑斜拂

玉鉤纖幅箒飛落重香留蕊紫糝巢深宵夢
穩窗外浸明蟾
青草池塘處處蛙 司馬光詩
幾處池塘暮春鼃聲通鋪來煙際草聽到水
中韆秀色迷深淺繁音激迢遞芊綿新雨過斷
續夕陽鉦鼓吹喧槐岸官私辯樹衙儇未重蘇
歡跳破半萍珠鬧潮氣沸般梵語譁不需催

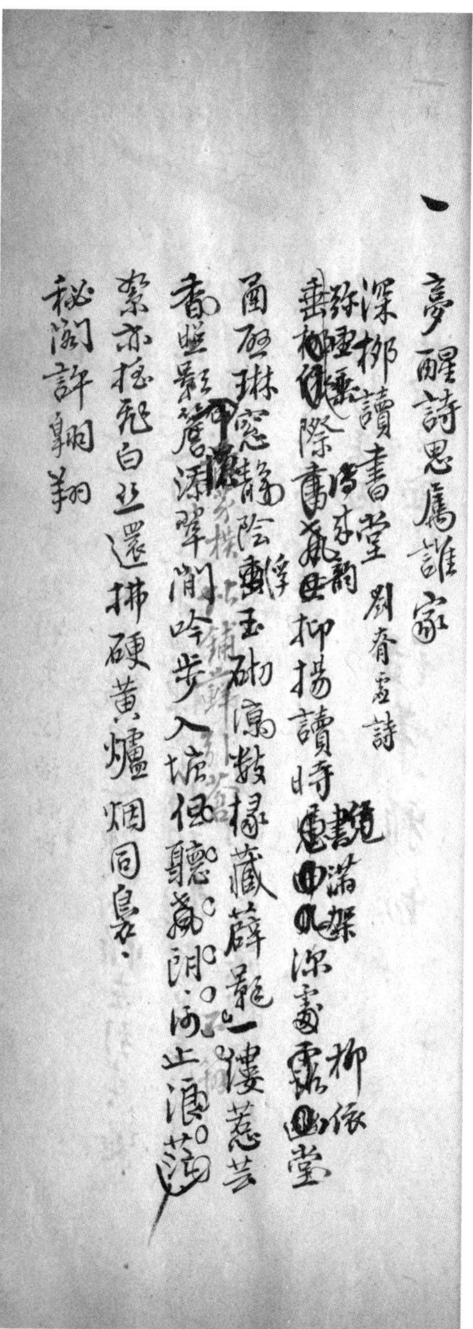

夢醒詩思屬誰家

深柳讀書堂 劉脊霞詩

垂柳依依際書齋 柳揚讀時書滿架 深處書堂

面壓琳窗靜陰玉砌濃敷綠藏薛蘿一縷蕊芸

香盤影簷深翠閒吟步入塘低聽鳥鳴河止浪涵

紫泥搖兔白丝還拂硬黃爐烟同裊

秘閣許翺翔

起法超脫

雅切

對法工

木從繩則正　書經惟木從繩則正

莫謂何從也臣因木是徵得之歸以正惟在引其繩

跡定三分入功由一線興棟梁材獨擅曲直表堪懸

柯覽論居高方蓄非特負時原為蹈睨處皆

摸稜墨染庚庚至巧抽乙乙壞

溫編勤採納

聖世諫垣登

詩筆雅切

桂花香動萬山秋

秋意憑誰報清風動萬山花方開桂嶺香已過人
寰百道泉聲冷千株粟影斑寒將煙縷護濕與
露珠環木脫霜三徑天高月一彎光分蟾窟裏
子拾鷲峰間梢杪棲鶯囀庭中警鶴還天台如
可詣聯步幾枝攀

山意衝寒欲放梅　杜甫詩

省識衝寒意山礬放蕊連番凍雪釀幾度信風
催夢記前宵慶香輕暗地墻吹來仍料峭索
費徘徊舊陳和雲伍纖吟陽竹積安排深雅久根
道早春來此際巡簷待他時寄隴回和羹應
聖知先占百花洲
明朝也買下湖船　明論右著西湖曲
豫訂明朝約西湖翠浪鮮試同妹花下宿也買渡頭

船中月應如鑑活春別有錢招來渡艾棹水劃破
六橋烟漲影三篙曉波痕一鏡圍烟花悉目窮十
萬定腰纏畫舫描臺樹誑還難管弦曉鶯氣
嚥根道艷陽天

畫船過午入西泠 按馬臻書進此事詩畫船過午入西泠人擁孤山陌上塵曾被弁陽摹寫成晚來閒卻半湖春接此則西泠當作西邨書自紀其別至此本姑錄緣起如左
狂攬全湖勝西泠別有天分丁湖曲巷過午入游船 咸淳臨安志西林橋在延祥觀西 西湖游覽志西林橋一名西泠橋又名西陵橋
式柳岸空三面花溪占一邊塔輪斜映日篷逆指淨撓

弁陽老人詞云：畫船盡入西泠，閒卻半湖春色。

煙晝色，開闢半縷，陽春歸，徧六橋柳左溪，一棹經中幽，清梵南屏，度香塵北郭，連天牡曲西好雀向

武林舊事：西泠橋又名西陵，在孤山寺水西。畫檝如鱗，次第名南渡北。五年則盡入西泠橋。

賦新篇

柳楊晴有絮　白居易詩

柳色依依，綠含烟，傍小樓，暖添一片，鶯啼有絮枝拂。捲蝶飛飛子，點垂虹，小一葉，淺籠波影，碎香飄雪痕。飄萍認浮同溫，蓬轉鶯未減，半吹紅板渡，十色白門

鐃着水涯末曦隨風任去遙樂天詩句好幽賞景

堪描

未到曉鐘猶是春 賈島寄劉評事詩共君今夜不須寐

忽共東君別緒亂解聽蛩未催三催曉猶是一

年春綠蟻休停盞金烏莫送辰[illegible][illegible][illegible]唱九

十[illegible]蒼底隱況夜鶯花戀人風輕催碧徑白

恐湧紅輪刻許同金使光難留逖論豔陽詞後約

重排玉蝶新

瓶笙　按蘇東坡有瓶笙詩

蝦郎蕭齋裡何人漫奏笙古東君若葉乃覺

識自瓶生洄、泚濤玉鏗、響碎瓊有香侵晴睛此韻

益神以幾度勤焙更畜靜插簞聲曾環作

眼風引同蘇玩味還惟我當音莫讓卿坡仙思

入勝

上苑味

韶護

朱衣點頭

歐陽修詩惟有朱衣暗点頭

豈有文差擾朱衣暗地䢜數番來五夜一點著千重

煉領意燈前館神功筆下謀采真憑譯讀批

春睥默心傾仰依首肯偉雄心世濯鬚此間

篝幻就雕龍著名成造鳳樓會當酬宿抱高步

鳳池頭

雞聲茅店月　溫庭筠詩

喚醒長途夢雞聲客心隨夜月旅店認衡

茅唱許三更徹荒依一角坎鄉情催撲六塵鞍逐鞭

惜對我將真舞憑誰漫打色數椽偏乙幾處聽

嘐嘐簷淺留蟾魄林疎靜鵲巢征軺從此去霜跡

板橋消

玉人和月折踈苍

梅影和人影平分月色奢看来同似玉折去漫寧

花妍恐红雅户奇争素質誇招来香有伴写出

色喜瑕繞步敲瑶鹤微吟拂鬓鹤前身襪緑萼

夜戀肯壽雪白姿堪與昏黄景对斜一枝如可

贈調鼎重

天家

詩清常爲飲茶多　蘇軾詩　又見徐璣詩
詩真因茶與多時無自傾采施思入腸常爲飲來
清味詩津道東坡泊鳴香茗笛歸時品自記聽瞷
銀罌岩於水咀含别有情致菊茶玉扃謾想和餅
筆逸陵林中寄幽音髻外雲坡仙隹句在瑱筆到箋
火候泰庭列風神羅自
嘔
蓬瀛
破帽多情古戀頭

蘇軾江酒小湘雨風乃歌曰

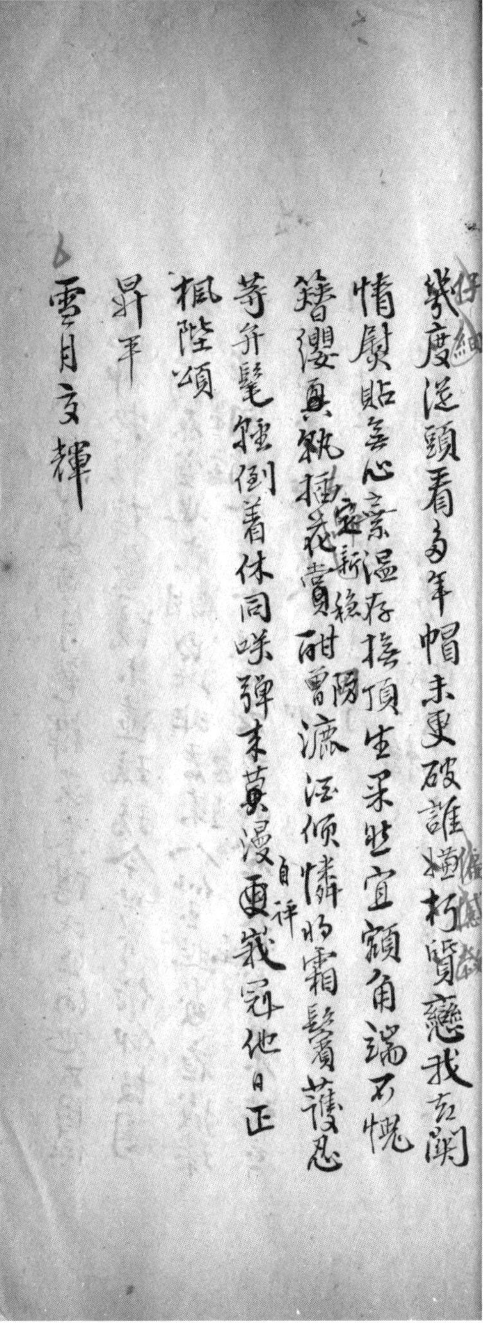

雲色原無限更兼月色輝采光堪比照河地不同依
銀海神輝映瑤臺境未遙琉璃今世界俯仰故園
扉色相原空也光朙即此非春來人似玉蜓霞痕成珠
露白輝（瑩）澗牖（室）昏黃冷龍鬟衣垂淑應天然開者本瑞應
聖世萬年識。京畿
洞庭秋水晚來波　賈玉詩
遊攬平湖勝登臨快晚遊波來（搖）千頃水涼浸半天秋霞

鄂渚城誇風氣暗拍舟餘青拖荻雁一碧蕩輕
鷗震盪乾坤靜（蒼茫）淒涼日夜流瀲連雲夢澤寒
襲岳陽樓遠大涯漣唱擎（盃）淺窮愁少當觀勝蹟
壯志此間酬
春生君子風　恩居　秀出五印草〇〇
陳祐風老林際詩
誰報春消息頻生習習風聖人情茲在君子謂之風
到處芳氣播搜當洋氣沖幸揚仁者德舒暢

映然上

大王雄有臨末林以開襟快苑東芝田照乃搖蘭室

袁亥酃醽蕃糟符堯蓮味平比舜桐治為乃語三月

坐於中

8 一艘篷舟宿葦花　温庭筠詩

一葉扁舟（寄）宿蒼苔，艘未除艘篷橫楚（舊）渡（岫），叢葦暗飛

花，欺乃風（閒逸甫）橫檣蕩龍，影（映）畫（戕）少江湖（月）曾舊夢鷗鷺（猥）

此生渡白蘋，荻淞雪紅椿，蓼激霞蘆應圍休埋船

直信高家水國煙波遠雲鄉月色奢飛卿詩思妙吟

罷手重叉

日涼月生秋浦　李賀蜀國絃曲句

特眼秋窗淡粧生陣涼浦(浮)兜連夜白月色(傍闌)正昏黃蹴

浪花金鏡騰輝淨練塘波末子頤(疊遠)闌華(侵)吐一輪趁蕭

瑟通瓊宇雲開(月)曉(到)水鄉菱荇清澈底露色冷橫蒼

鼓棹遊離倦停琹佇未央廣寒宮有誰能趣詠滄浪

一片冰心在玉壺　王昌齡詩

一語傳親友迢迢共論心冰花方片片壺玉比況雅潔胸懷久清涼意態深肺肝真堪見塵垢莫相侵洵許同明鏡寒宜謫鑄金持身君子概似冰老臣襟淡望甘如醴珍須屢盍簪龍標佳句在千古和高音

寒山秋浦月　李白詩

月色連山色看從遠浦浮寒生千嶺峭波浸半天

未定草

烋微露穿窠蒼空明照萩湫數峯青若了一鏡印
悠悠倒影雙螺黛騰輝海鷺鷗沙凉豁目睨冷
照當頭露氣橫疏葉風氣入古楸詢仙何在沽
酒賣高樓

8 紅袖下簾氣　白居易詩

省識氣河雲紅粧意斂自恬漫翻東掩擥將新翠袖輕下簾晶重閨垂向畫
簾珠箔風微拂緗裙細添雙眉嬌撥斂十指

館未識響謀和瓊佩翩粹篆煙青蝌重析　從　搖　陰宜懸鏡匣碧波

聯皓腕一鈎指依愁蟬妨鬢顛防燕度簷香女

目雁向在吟蘚復樹髮曉來誰取揭新月未圓鏡

8 珠簾暮捲西山雨　王勃滕王閣序

快覽滕王閣西風暮雨俱山橫添晚翠黛簾捲燦

晒珠爽氣佔來閒斜陽照狂客碧連巫峽夢紅濕

美人襦與纖押翠錦銀星檻繡點朱綺霞子樹晚綵

水片帆孤載悦名手筆蒼涼帝子樓白雲依舊在雁
句賦鳴者

溪雲初起日沉閣　許渾詩

忽訝高閣裏陰晴竟不分吉看沉夕日初度起溪
雲入檻斜陽沒侵簷壓霧薰碧能波三折掩子頃墨染似影一
輪曈曈未許添金質牲番掐練使三竿忘煥赫如
蕭瑟波聲起濱濛雨意紛
面面一一亂亂水氣連天氣風薰無霧薰

未定草

御園清景好

宸賞正含欣

金釵半醉座添春　韓愈詩

一醉眼從頭認春風簾座酒再添玉巵三八對

纖指停箏久甜情擎席說般勤情汝共誇嗅

吾儕碧倚鬢嘆角紅潮頰一暈微醺掩翠袖緩步

踏歌難真狂浮杯泛盟翻舊曲牌遲之詩句好未許

賀鈺娃仙

七月七日長生殿　白居易詩

歡久長誓言若此恨生难期連後約劉阮已前經

地角天涯恨何在此夜情今宵空約誓何處覓長生

銀燭挑殘冷煤向淡照巧似衣果乞心向女牛樓抛

雲漢乘初渡漁陽鼙鼓已驚忘約石盡樓情

子宗當陛君王咲倚檻事難鈿合擕倚玉環私語

記深宮訪香焚別院七夕他年尋經蜀道龍惆悵雨淋鈴

鶯聲細雨中　吳前

鈿字平仄互收

聽雨漸聽鶯〻氣雜雨氣容絲添細〻巧語對盈〻

軟雨沾初濕詩腸滴更清閒聞楊柳陌忽滌杏花

桐未許攜柑去渾宜諸屐行紅樓春夢曉窗酒楚

陰橫三徑黃〻初叶千條綠〻齊經

曾仁勤茂育萬化樂生成

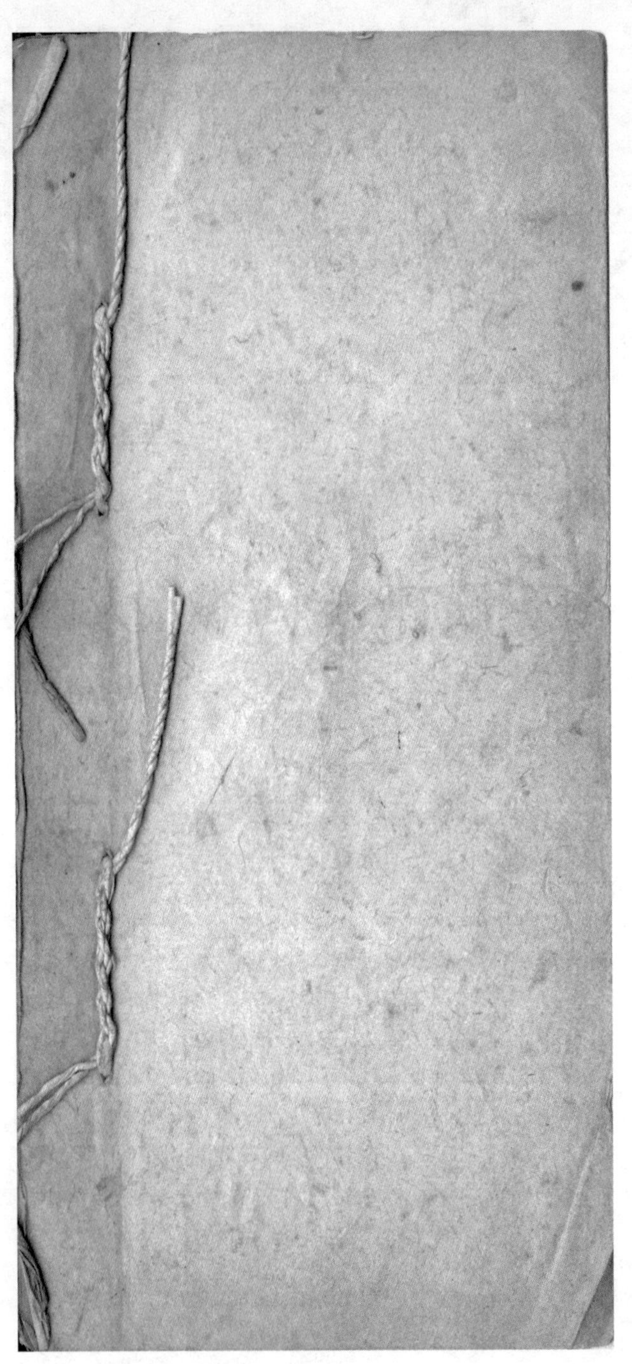

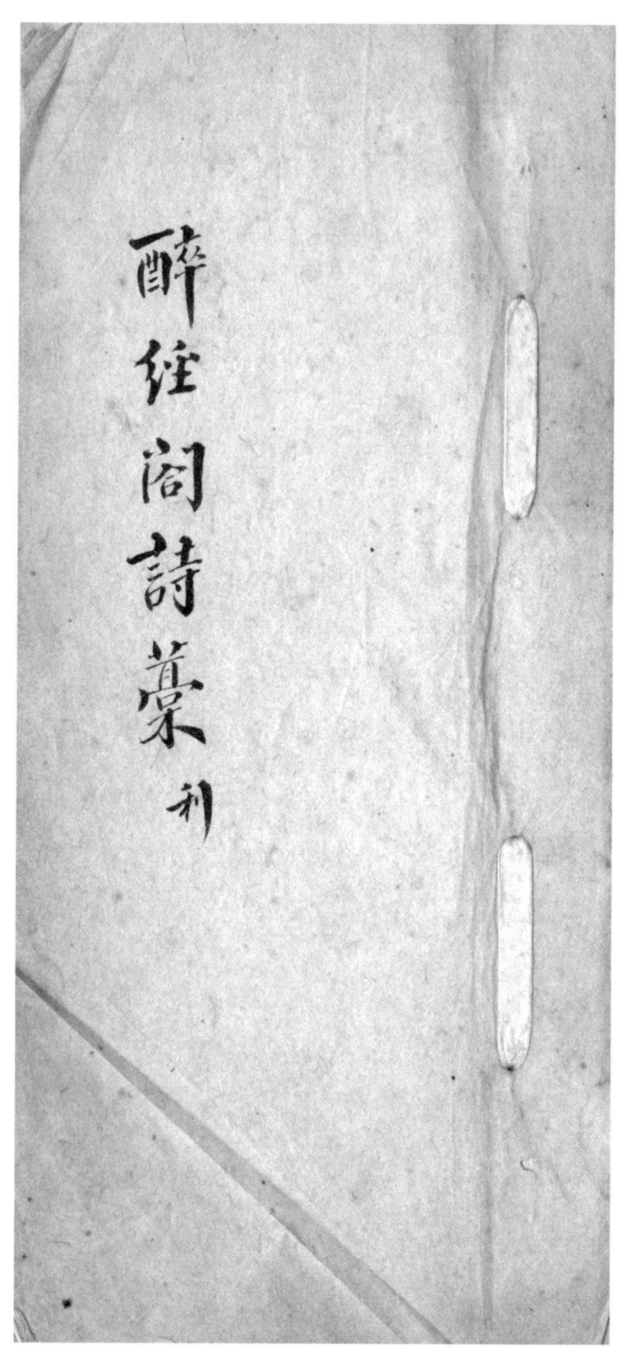
醉经阁詩藁
利

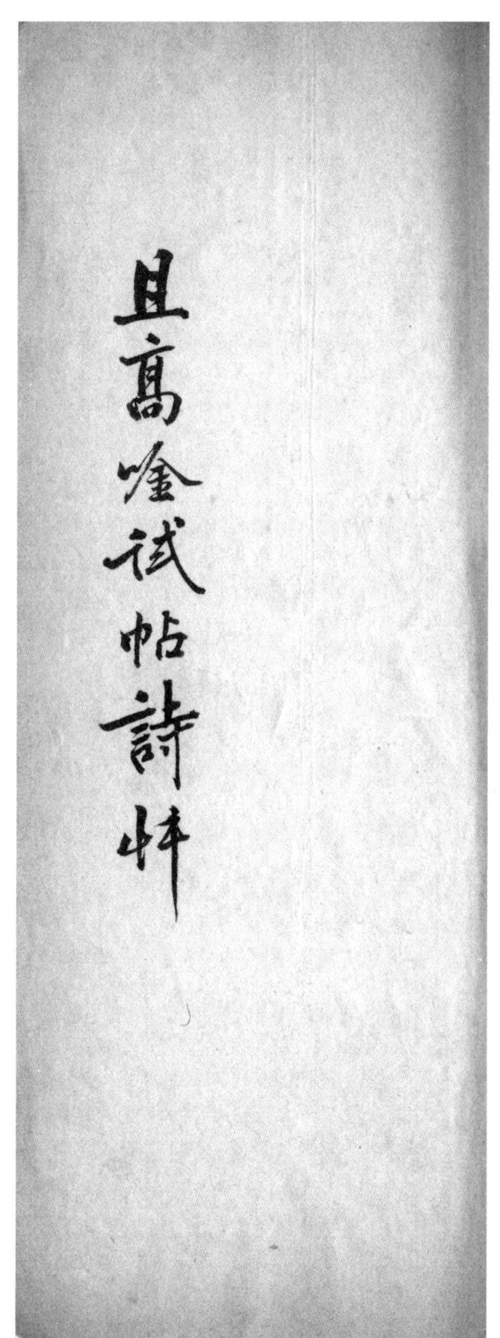
且高唫試帖詩草

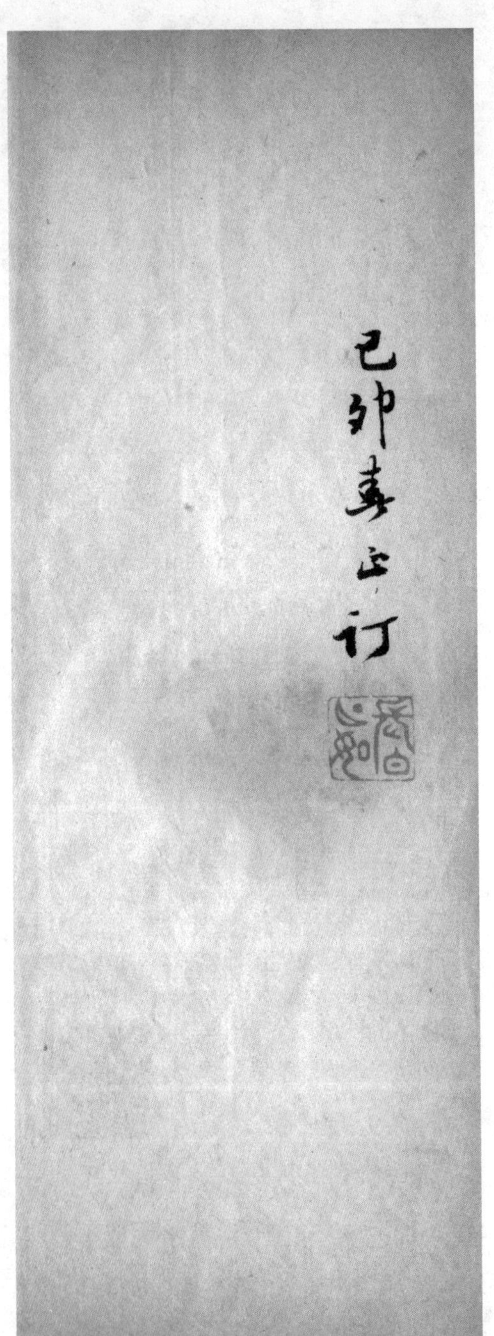
已卯春正订

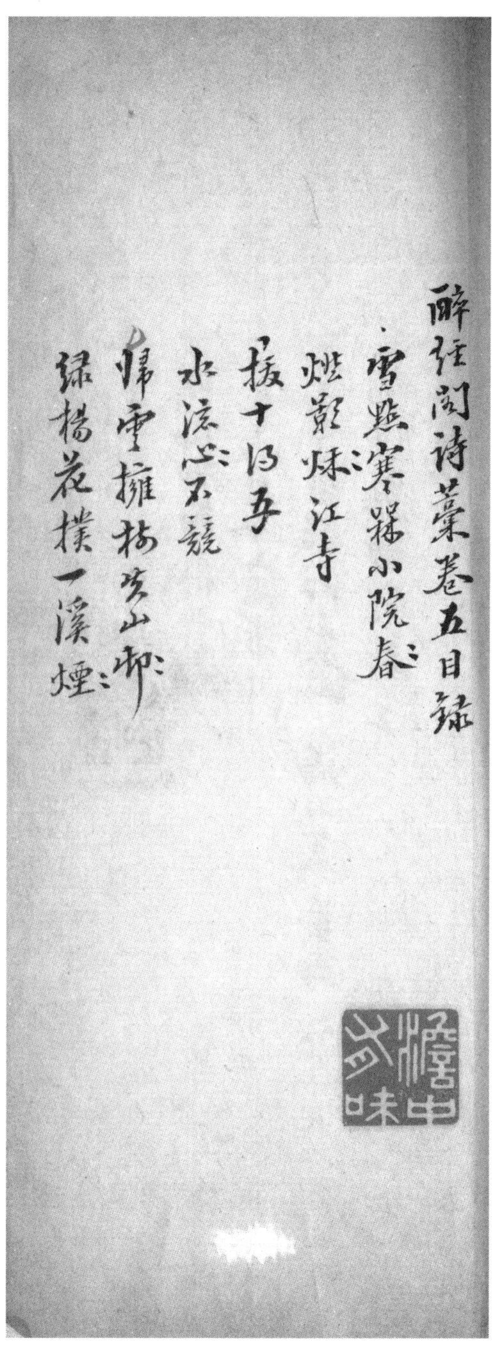

醉經閣詩藁卷五目録

雪點〻寒羅小院春〻

燈影燒江寺

援十以存

水流心〻不競

歸雲擁樹失山邨〻

綠楊花撲一溪煙〻

竹裏泉聲〻百道飛
草色青〻送馬蹄〻
春帆細雨來〻
一年明月今宵多〻
雲擁藍關馬不前　滿山寒葉雨聲來秋
鶯啼燕語報新〻年
以風〻鳴冬〻

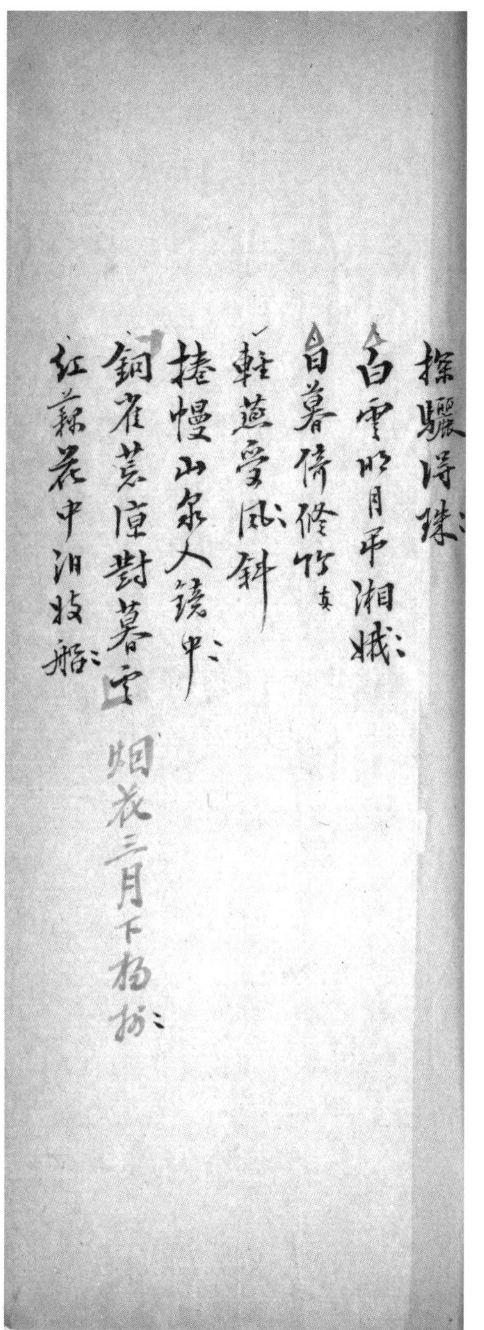

九月寒砧〻催木葉
長留一聲人倚樓〻
樓觀〻滄海月
捲幔五湖烟〻
漁歌〻月裏聞
石上泉〻聲帶雨秋〻
其二

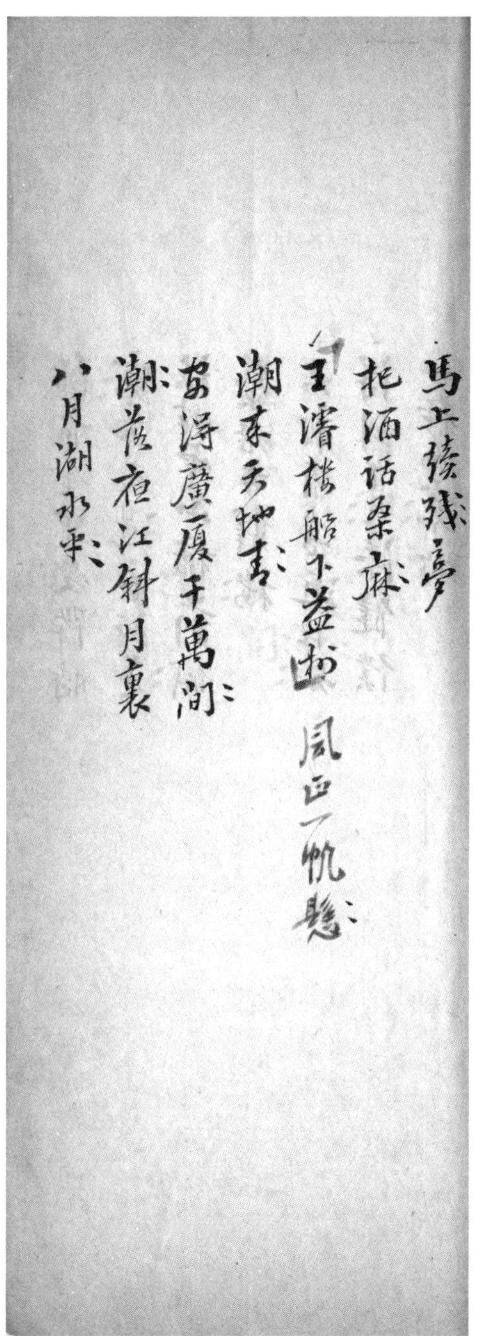

馬上續殘夢
把酒話桑麻々
王濬樓船下益州 風正一帆懸々
潮來天地青々
安得廣廈千萬間々
潮々落夜江斜月裏
八月湖水平々

陣前金甲受降時々
寒々砧杵邊衣錦全
海畔雲山擁薊城々
螢飛古驛樓々
天顏有喜近臣知々
得劍作如々添健僕
一種人寒々竹

寒〻留對客白
黃葉前朝〻寺
清月出巖光大庥〻
蓬門今始爲君開〻
慈〻母手中線
紅樹美人攀〻
隔水問樵〻夫

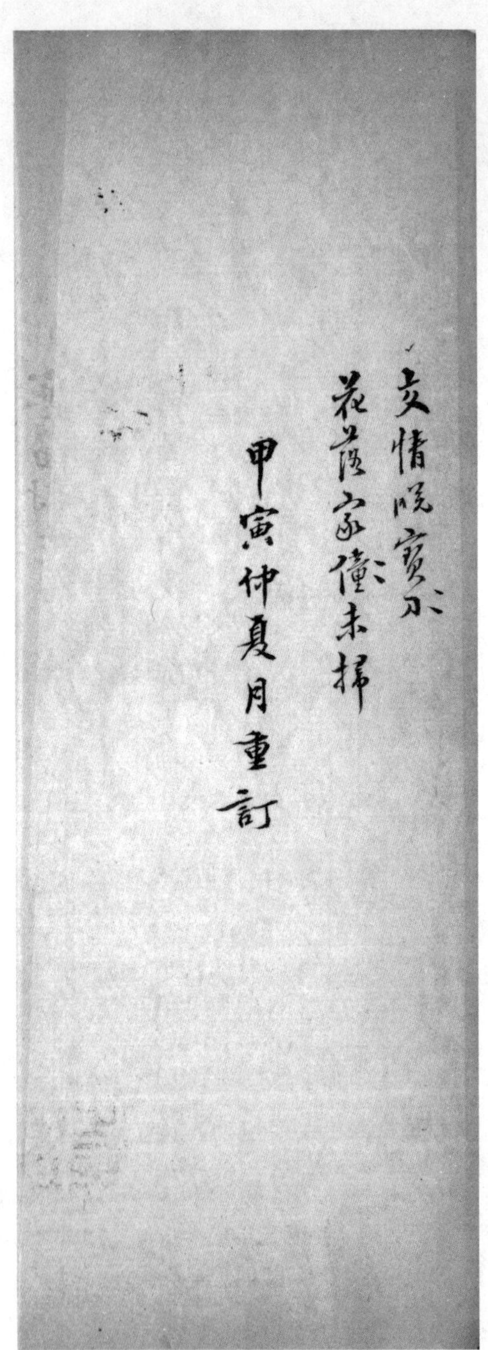

交情既寶尔
花落家僮未掃
甲寅仲夏月重訂

醉經閣試帖詩草　月如恒麟

賦得寒緑小院春　溫庭筠詩

正值迎寒際，翻添小院春。妝成緑淺淺，點得雪粧勻。落濺珠塵細，疏橫玉蕊新。一園香有韻，一色艷無垠。碧樹猶如綴，凌空冷欲皴。染雲迷曉夢，柳絮占芳晨。品彙潛開甲，雕盤喜薦辛。官齋吟興劇，相對詠花頻。

燈影妹江寺　温庭筠詩

嵤目長江闊浅夹指渡江影来山寺遠寒近半天

妹碧寶些塔随涵明識沙石嵩宮暉隱帶動月浮浴琉石璃林森翠島橋嶼

漾漁舟潮信激灔喧的鈴臺鐸宇寒莊芒嚴閃一樓鐘聲清似和徑

夢冷于鷗楓蓋迳蘋湊殘潮夜夜遁八叉詩句

在吟詠犧私舟　甲寅五月朔日

刪扳十得之　宋史　太宗謂侍臣曰朕於詩求後彥于科場中非敢望之止得一二名可爲致治之具矣

删

諸士無求循名科拔萃闈十年同村朱五字擢英才
門重紫龍環樓欽造鳳村閣臣方擇議舜佐
喜追陪玉笋符盈鼓珠聯列上台麻徵風雨協文
象地天談瀛洲宜送蓬山桂合栽闈門達
雲無奔走荒伏來
水流心不競　杜甫詩
底事誰爲競棲棲鶴爲禁何當流水意杜啓緩塵心

智人情生逸
靜者趣彌深

汩汩思俱泳澗 [illegible] 不盪欣自得 [illegible]

大覺天機清時 [illegible] 一鏡瑕垢滌 [illegible]

[illegible]

歸雲擁樹失山郭　杜甫詩

村影 [illegible] 雲 [illegible] 歸 [illegible] 雲橫 [illegible] 樹擁 [illegible] 山郭

[illegible]

出門過西園荒圃依稀辨移植料晶甲首
昏黃緩步門墻里日昂頭來故園牧童遥指接遥惆悵
須臾涼月上

認茅軒 初二日

綠楊花撲一溪烟 張泌詩

一曲溪流轉花飛撲面旋垂楊去入霜高柳綠浮破
烟暖漾波波賊軒檬紫影穿盈青草語澹碧
雲天緩渡半橋晚灈黏翠棹迴沿堤遠近夾岸
舞回旋閃爍花樹外拍拍荻港邊

滄洲遊

上黨珥筆賦新篇

竹裏泉聲百道飛　沈佺期詩

忽聽蕭齋裡飛來百道鳴泉遙隔宣沸沸竹外溪聲唾㶁㶁林壑

鐵檻行字級行此音七玉凌霄郎音碎響復渠連垂垂江雨濕山山濺瑟雲雲

橫裡瀑布林聯潮湯湘渡汯越籬石樹村隔斷行鴛行竿添淅瀝葉斜走

縱錚聽韻撥笙簧萬壑篛素濤遠淙添吹篁突節覷廠寧來澗淆清韻回聽雨疊催吟

然雲卿　初三日

草青青送馬歸　劉長卿詩

走馬平郊的青青淺齋邑蹊鋪嫩草蹴好送征蹄

綠野驕宜趁紅塵壺不嘶

塵踏紅毯芳局綠襯踐春隨笙絡遠地喚遂薦翠

裏紙驕霧雲路兩畦

茵堂蹀躞嘶雨中嘶芊芊蹊旁好低鞭芳村的人影畫

橋西叢穿花徑行行認柳莢濃淵風正暖轉移

更萋萋

春帆細雨來　杜甫詩

一雨[illegible]帆[illegible]帆來一雨又來陰雨細漢漢帆開　遠

出溪濛帶繫[illegible]欹[illegible]濛于幅暗影乃一飛

小氣連天墨波痕柏岸[illegible]

幅羽聲張[illegible]

隨峯背拋烟濕蕭痕蹴浪堆風拖三面霧雲送

半天雷挂席滄波泛鷁船數棹回瀛洲欲有語[illegible]

渺且性頌標

一年明月今宵多　韓愈詩

獨有今宵月照梳清夜多滿輝千里共誰萬年還是序今如此難

斗躍右坌閑山照麗從真城澄玉宇歸迢遞韶何夜信中

悵信非情此花預葉天心到雲霞何處廣當頭輪正清對面鏡新磨團景前

身懷萃氣兩鬢踏昌黎詩無好舉語且長吟 初四日

滿山寒葉雨飛來 刻滄詩

隋目商容淡聲來陣陣適寒生千樹葉雨滴萬山烽四

壁喧幽澗層崖載古楸模糊雲外寺蕭瑟竹間樓

芳林未黄苔際迷天晷未收還陰遮紫翠陰意遍颸颸
石礎初乾滑茱濤捲不休廿霖應有待攜屐快登游
鶯啼燕語報新年 皇甫冉詩
底事鶯和燕枝頭百囀聲年年勞宛報處處已更新
只轉啼相滑呢喃語最親戰華今日改風調舊春
泳柳初如呼侶簷前恰喚人催那千樹曉送到一簾鶯
鼓青方試錯蕭韻又陳何當攜斗酒將肯趁芳辰

四語怒貽穩妥

吟有別致

以風鳴冬　昌黎送孟東野序

日色淒淒，淡風颯颯，颯颯聲逵，吹成天地嘶鳴，秋歲空冬冷云

聽哉送寒威急（疾）行衝，葬迴野徑，雲響入萬株松柏氣

催五九成冰，征兒重鴉，軍盤露散，雁陣迴橫，縱和不隨

時氣悲還，時集蛩，昌黎文興，將吟起凍雲濃

探驪得珠　詩話之四人　元稹、劉禹錫、韋名物在白傅第賦金陵懷古詩，劉先成，白覽　四人探驪龍，子先得珠，所餘鱗爪何用耶——子夜霜唱

豈知驪龍頷，詩家自有珠，探時人共集，得寶家否

輪扁穴思深入，鮫宮力競超身，涎明月，謁手，撥曉星孤
搖定家細審成一，無胸中過智慧腕底擅豪咏詩
席賓朋分韻金陵唱和偶談共拈摘藥鱗爪更少頃
賈玉詩無邊國　多情悲賦宋玉
白雲明月弔湘娥，恨若何，白蘋空長，幾處湘神[illegible]
獨有月影雲霎月湘瀟弔素娥
陰天山憑張憐芳魂于縷，香夢一輪遙隱
仙社今明舞素，有霧
歸環佩依稀，指薜蘿果誰聞鼓瑟，邊山識杏蛾

斑竹攢餘淚蒼梧漫作龍黃陵猶可問悽斷洞庭波　午日

日暮倚脩竹　杜甫佳人詩

惟愛窗間竹清脩自有真亭亭斜暮日點點倚佳人碧浬

澄千頃江煙及一輪此君銘勁節對我笑靈筠翠色寒

修袖光青青淨到身風霜標骨格冰雪練精神自有[雅擅][陽相]

凌雲操何愁晚歲巡竿綠欲冬共凡卉更誰倫

軒蕉受風斜　杜甫詩

衣事翩翩燕輕斜逗半空未須尋舊壘渾疑碎春風
款側飛還滯縱橫語未工翻來雙翦碧拂起襟紅
漫蹴花鬚度輕撩絮景沖依依飄上下飛勢向東約
訂重簾欲噴收小苑中歸來添巷古烟雨正朦朧
捲幔山泉入鏡中　王維詩
忽訝高齋裏山泉入座中鏡開三面闊幔捲盡天空石
信輕紗啟渾將瀑布通數峯描畫九百道寫玲瓏

好色華僊鶴寒光影射虹橋進冠白逸儒士請清風世
矗矗那來迷泠泠宮照同一奩閉滿月百道
寶色撇碧鉤來翻經紅輛門在前在英殿畫圖工　桂月初六日
練影光浮白縧紋色燦
烟夜三月下楊柳　李白詩

鬖鬖雖楊柳烟夜第一橋十年劉夢覺三月快春遊來
柳吳山踏望新越女舟沖融新綠水澹蕩小紅樓攬轡人
徐鶴驚帆浪逐鷗畫圖雙將槳去金粉六朝何嘗苑
沈沈夜棹江湖湖茲腰纏棄興一好詩還謫仙傳

紅蘋夜中泊牧船　白居易詩

恩与西湖別逸〻指牧船於東楊柳細泊向〻蘋夜鮮水淨明荷芰聲清從簧絃聲共憐之舊題、衹三三年報蘇作人倩風流太守賢中流舟寫鸝郊緒髻低鬟洗盡重將酒倍堤傍着鞭香山饒睛概聊章、健新篇

鮮瀼章墨行如曲度紅蓮

九月寒砧催木葉　沈佺期詩

塞上三秋戍閨中九月砧寒風催陣〻木葉下沉沉樹主

遣懷構

清響家家搗，都樹吟

霜渚孤來露滿柳妝征衣鍾蔡貼高館聽蕭

據觀歸重陽逐浪落收疏寒聲禪緒繁

森構遍千崖秀敲殘凡樹陰聲家家隔壁萬里信

登予心向北期凡代城南間雁音刀環影

聖世方貢納琛琳 前有初六日

趙振詩

長留一聲人倚樓

收訊人何在，倚重樓，橫（漫）將三弄留吹動一奏

調從江郎譜秘音與耳謀朱欄憑點碧玉引悠悠唱徹

千尋表嶂崢嶸百尺頭寒疑京口劇韻想柴陽留蝶夢
曾歸未能吟入柏不会當逢月夜攜朱放輕舟
樓觀滄海月 登樓題宿詩
收攬於桑縢此壯觀樓滄海碧日出半山丹氣
動朝陽東昕出夜備殘身飛雲千同迴百破浪賦扶丸彈瀫
就羲輪近光攔佛髻空雲霞飛騰綺綵宇宙煥銀瀾
眼界多邊闊胸懷得此寬

蓬瀛咫尺到五茸陸雅繙映羽翮　初六日

捲幔五湖秋　孫逖詩

快覽東南勝清光與目謀五湖尋舊夢一幔卷新秋

山鬟浮螺髻波紋蕩玉鈎鶩寒彭蠡雁載月洞庭舟

瀲灩涵窗幌空明浸畫樓雲光橫藻澈霞氣冷

蘆渊丹鏡滴天地[illegible]横指鷺鷗[illegible]撲水進帆去

霄漢近孫岱碧悠悠　初十日

漁歌月裏聞　李白詩

月冷常如許，伊誰漫作歌。扁舟方款乃，漁父正吟哦。按韻船粗扣

節鳴宜[illegible]槳，揚舲之聲，一葉中流逢[illegible]

味蘭橈，空明動練波。忘機曲，得句問漁樵[illegible]唱

道寄表餘音，斂澗隈。會當携斗酒，天外任昂城

石上泉聲帶雨寒　宋之問詩

聒耳聲如許，清泉泛石上流。飛泉千壑底，雨滴一天秋。來仍帶濃霧又添

蒼瀰響潺湲泝急寒添驟點遍下東鳴雨聲蕭瑟跳珠稠

瀰〻源宜活瀟〻勢漸遙數曲通渠瀆

噴沫噴碧石淺灘數曲通曲折時晌聽飈飈樓

夢瀰山風層

枕溪院凄涼人畫樓園林境在繞枕夢難十一日

其二

雨勢兩泉勢若從石上鳴寒泉流瀰〻綠雨滴聲〇

何人驚午夢有客賦

瀑布喧音時急高低響石碧潺光龍萬斛涼信過三

蕭瀟瀰〻渠添溜盤〻水滴泓潛

更陣緊重陰合珠噴驟點聲歇番添沫滙一樣

鴻

驄蹤陪憩渼雲起涼從，夜登生何當校

上苑雜韻奏

詔謨　十二日

馬上續殘夢　　劉駕詩　又蘇軾詩

州，鋒芽店曹騰馬上夜夢魂依旧續月光出來殘

曙眼宿斗夜枕纔往蹤寒喚醒鷄栖曉攙覺寒衣

草悅惚夢屆枕塞鄉倦接鞍鄉心千里昨塵劇一鞭

彈怨怨慵飛蝶翩翩冷蝶驚霜橋人跡去舉首日華丹　甲寅初夏廿日

把酒話桑麻　孟浩然詩

打叙田中話開軒與來賒來曾擊菊酒祇山間桑麻場

圃叢五詩盃盤楚趣著醇酬簷一角植蔵徑三叉軼碧蔭

環楊柳郵紅楮杏花蚕耕間土品鷄黍故人家曾面新

寄悲迎煉曉剃瓜豐盈台

垂代擊壤慶慶天涯

風正一帆懸　王灣詩

趁得長風好揚帆北固前晉程侵曉去一片正中懸陽

幅浦初飽四灣波碎山圓檣起巒巖嶼水送翠連天直

下三江路平吹萬里船凌虛何渺蕩天意不蹁躚逢郵

斜陽穩萬疊暖漲鮮　蓬瀛欲郵催向賦新篇

渺茫天地青　王維詩

匝地無天邊渺茫一樣青山翻濤勢壯承勝浪花腥滿

滿眼雄螺髻當頭瀑峯是岱嶽吞越嶠那灘送

芙艘雁影橫彭蠡舟乃泊洞庭寒更遠碧落路接

蒼冥氣撼乾坤動詩古今千靈輞川作向在野共畫

圖經　句句不脫青字與之賦詠者有別

安得廣厦千萬間　杜甫詩

廣厦從之願少如杜老艱安穀頭上莊千萬揖人間燕

賀同懷素鴻模磨咲莊但明三界夜敢計一身閒結

楯心花巧經營意匠搆棟樑材本擅廊廟志攸閑丟
地培雖丘山時尚培環儒林宗
垂代化
化宇奠長寧
潮落夜江斜月裏　張祜題金陵渡詩
夜色碧迢迢長江半寂寥一輪斜滿月萬丈落鸞鄉
勢斷半沙潤夜光照涵古岸消烟灘孤步水人泊棹手撓

蟹火吹漁島，鼉鼍更渡驛橋。魚龍噴玉浪，烟霧捲殘宵。樹听鳥啼遠，波涵兔魄遥。安瀾歌盛代，壯志投東軺。

八月湖水平　孟浩然詩

極目晴湖闊，蒼茫大半水天涵。朦景窈窕話前程序遥

遠三秋漢波澄萬頃，煉光澄月，水氣靜三更蓬歸

數千尋茸螺紋，一鏡清雁過彭蠡，暮舟泛洞庭輕雨

霽霞飛霧鷺，風恬浪息蘇，餘青極遠島，一抹碧浸寒

鷺

城玉霞饒今朝爽銀濤竟夜明塵衿欣少滌睠步登

蓬瀛

陣前全甲受降時　李鄴詩

一陣軍呼凱功成（傳來）雪夜時元戎全甲貴降以（撤）蔡相初勝

算捺帷幄勸（戳）震鼓旌旄七鶴鸛列列旌壘

（獻）捷（功稱）黄仍桜（俘陳馘）首延（擒）書旛眉雄心横（看）寶鐸歸設（騁）珠

騏地想譜圖仮又拱識古碑目環今日唱

恩詒棨

卅埤

寒到君邊衣到否　陳玉蘭

水歸閨中怨征人　塞上寒閨共妻夢衣第病君完

刀剪宵燈候屋栗　衣鬢衣封

風措秋霜雲滿地試裌襌抹高書帶雁月渡鏡台

警歷貽我刀剪溝滄寒琉純砧聲風葉瑞紛然

題夜漫汗幽此月環沙鮫年劍錢彈凱還肩

上雲歸驛鐙鉛鞍　甲寅初夏廿八日

海畔雲山擁薊城　祖詠詩

海畔蓬萊勝蒼茫擁出薊城雲光橫逼山勢擁峰

嶸岩吐現蜃樓壯螺環古堞清四圍連渤碣一帶控幽

并相鎮亂盈合榆關雲崎逐陰晴嵐疊雉皐

洪浪奔鯨峯湧胡天月煙開漢將營迢遞閶闔

近啟北向拱

深渡驛

張說詩　闌干隱隱

神京

螢飛古驛樓

古驛　經此　深渡　蕭條

種色深於此遥望一樓驛亭千里碧螢火一天秋闌之

環危閣葉葉傍遥郵書樓岳往夕碧照成瓶愁月

光　仍　渡　初夜

落絕還深星殘影漸稠孤燈寒雨阻寒柳枝園

慈腐草三生幻池塘九回浮遊瓜作向在煙水望悠悠

仲夏十二日

天顔有喜近臣知　杜甫詩

涵宇
帝德光臨日地
天顏怡豫時群陪多來詣近侍世恩諮
降葉近列8皇度喜
恩沛然論詔仙班聯鵷鷺儀陞
舜風薰欣藹解愠
堯日戴識慰慰喜起歌
丹陛歡呼侍拜
碧墀萬壽三祝頌嵩嶽

萬年危際（遇）會（合）風雲盛起承時雍

雨露滋

九重春色問儀鳳度

軒羲　十三日

得劍飛來添健僕　司空圖詩

僕從今朝在，寧餘一劍儲。楷（鋒）探（鍔）被下的劉（劈）健有誰多

林承同心（結）寒鑑鐃鈸鋳精神饒百鍊肝膽引輕

咕奮將彈長鋏鳴，歸來喚橫腰佩莫錢鍉，者佩至於藏翦首磨試利用寵
相於未登許度龍泉躍，其堪飛穴，翻恐長三尺，償指華
舊田廬　十四日
一徑入寒竹　儆先義詩
最愛琳琅竹，村從徑裏來，翠顛千畝閑，綠步一天空
曲折通幽處，蕭森襲座端，但看中影碧洋無日
昔丹翠隔院侵袖書，鋪暈入欄，夜氣穿刹啄妹

信報中多踏月三叉詠凌風万尺竿　此當移

上苑仙棠引鳴鸞

寒笛對京口　劉脊盧詩

迢遞行京口淒然對暮寒舟移楊子附笛驚夜八歡

淼邈江流急高吹雁影字譜翻霜白又林愛荻蘆

灘碧玉誰橫管紅樓客倚闌曲終添瑟瑞別泫

聽幸後苦調南征寄鄉心夜氣闌集伯此日到折

柳夢中府

黄葉前朝寺　司空曙詩

世界黄粱幻影存落葉孤燈風吹古寺明月弔前朝

徑辟荒庭殘碑宿石壁銷當年金粉地此日碧燐宵

半壁江山改斜陽橋柚殘蟬斷秦漢樹鹿夢晉朱蓮

寰料理幽砌清溪渡楚橋疎鐘林際動惆悵蒼茵飈

請月出嶺光人非　韓愈詩

出岫騰寒

古寺清幽蒼茫月色輝光夜生萬巖扇未掩遲扉

翠黛橫紫樹皆黃映窗知雀窗描數格蘿壁遠重

虛白銜山帶

圍條往者分靄芳蒼碧浸暉崖嶺千丈削流非

千輪飛蓬華飛泉濕巖苔夜霧來朝辛雜說

殘影傍征驂　詠月

蓬門今始為君開　杜甫詩

冷落扃門久與蓬任轎回思君乃旧約勞我為今開

佐茗三徑棠誰倚半扉偶然聞剝啄時復
掃徑花深當窗柳合栽節按三益時索傳中
書卷陪歎步
麻排影瘦蘚編竹聲邊履印苔痕：分白板西扉：踏
蒼苔拂起風侵袂邀來月入杯鄰茅欣惠顧滿架
歷遍陪共徘徊

慈母手中線　孟郊詩

寸艸情何極行行織織慈母慈庭闈身遠別針線手輕持
縷縷添心緒千條攬鬢絲征衣縫密密歸寄程語遲遲

刀剪紅燈夜闌山白髮思親曾裁意体晌獨支頤目

斷盡鴻便騰迴夢寐時待逢還遠命珠重縈晨炊

紅梅美人攀　　邢臣詩

樹影斜人影扶起一抹攀手林光漫漫被美意澗梳

雨沾衣潤卷風舞袖闌鈿名拳腕橋羽拓朱穠葉

繞雲裙暈枝梢月額舞倚連雲霞絳背動夕陽

殷未許羅圍折休詩舞雲環髻偏幽意牀澌定

傾鬟

隔水問樵夫　王維詩　終南山

何處投宿蒼茫一水邊依稀疎隔仔細問歸

樵答口通氣訊溪邊崖手指津迷林渡晚登背久

倘渚煩語勞樵杖攜引緩度橋教溪流曲折一程

款步前郵近行

影追逐枝續佳偏急欲翻落葉霧天壯圖畫將

凋纔南留勝覽

摩詰掛詩囊

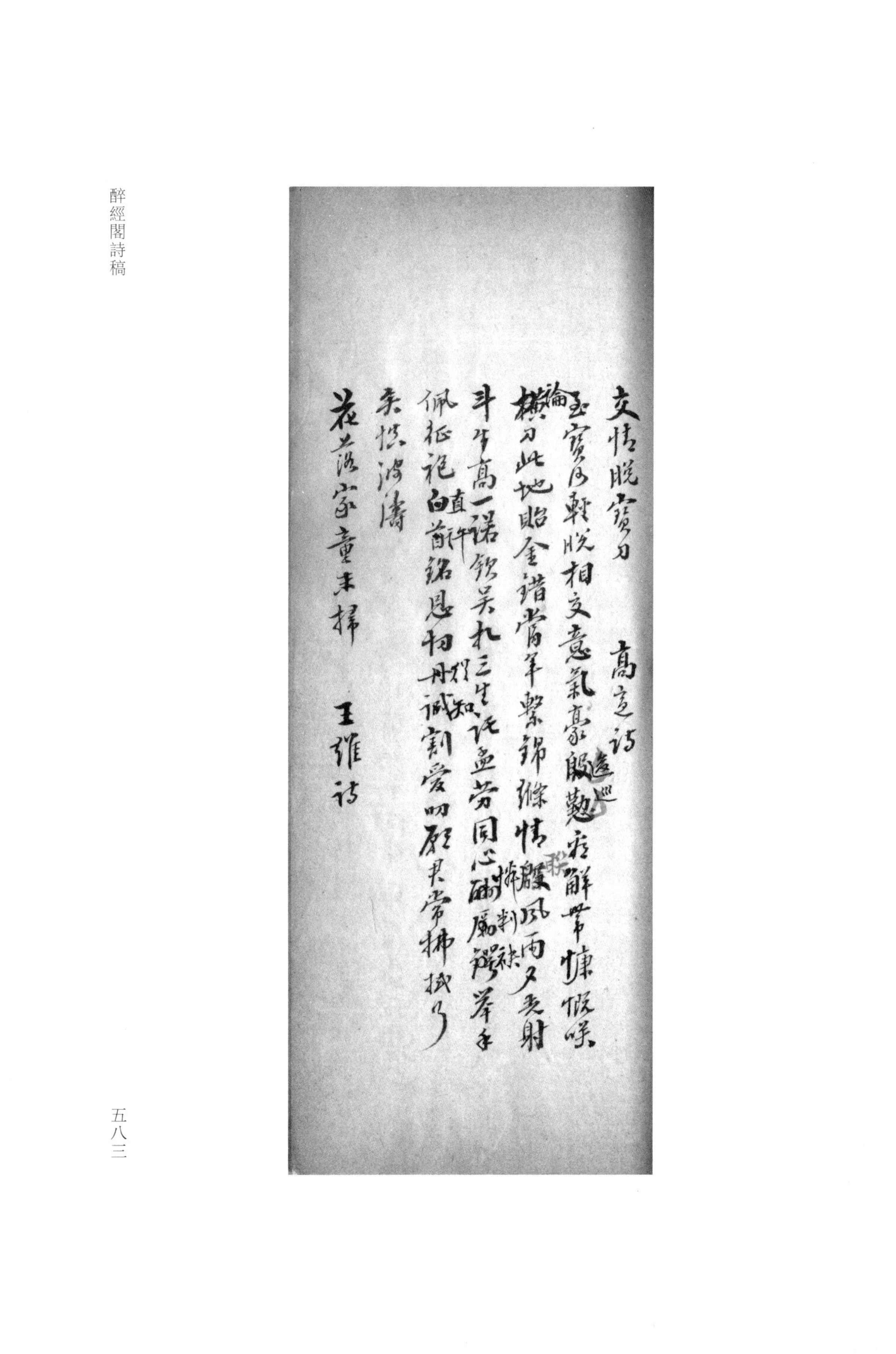

交情贶寶刀　高適詩

寶刀及輕贶相交意氣豪殷懃循解帶慷慨傑

横刀此地贻金错當年繫錦縧情殷風雨夕義射

斗牛高一諾欽吴札三生託孟勞同心砥礪猶芊手

佩柢袍白簡銘恩刻丹誠割愛叨殷果常拂拭了

未慚鸿濤

花落家童未掃　王維詩

次第春花底事開并後半空不堪勤掃徑未忍遽呼
童蓬鬆鋤月苔粘漫葬風竹間雲濕碧春如雨
飛紅塵且鋪茵借游離擁帚直饒緒亂上下點染
院西東鶴夢醒來僕鶯新碎踐聊山居首勝概去
袁正龍草

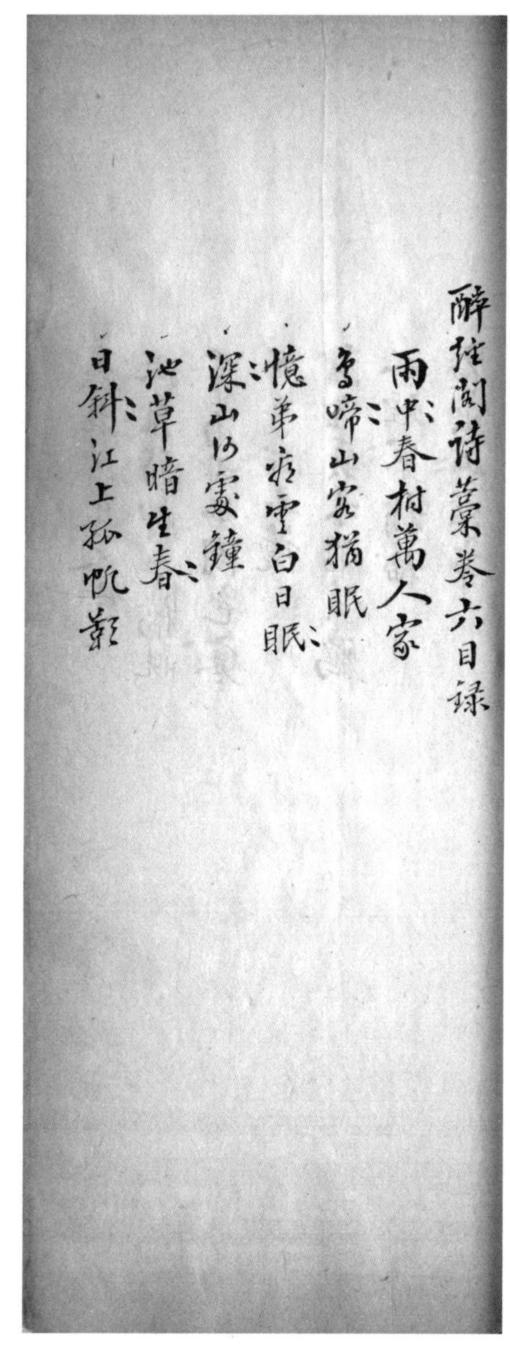

醉經閣詩藁卷六目録

雨中〻春樹萬人家

鳥〻啼山客猶眠

憶弟看雲白日眠〻

深〻山何處鐘

池草暗生春〻

日斜〻江上孤帆影

桃花源裏人家〻
風〻飄〻弱柳平橋晚
帶雨方知國色寒〻
月下飛〻天鏡
陰陰〻夏木囀黃鸝
人煙寒〻橘柚
夜火山〻頭市

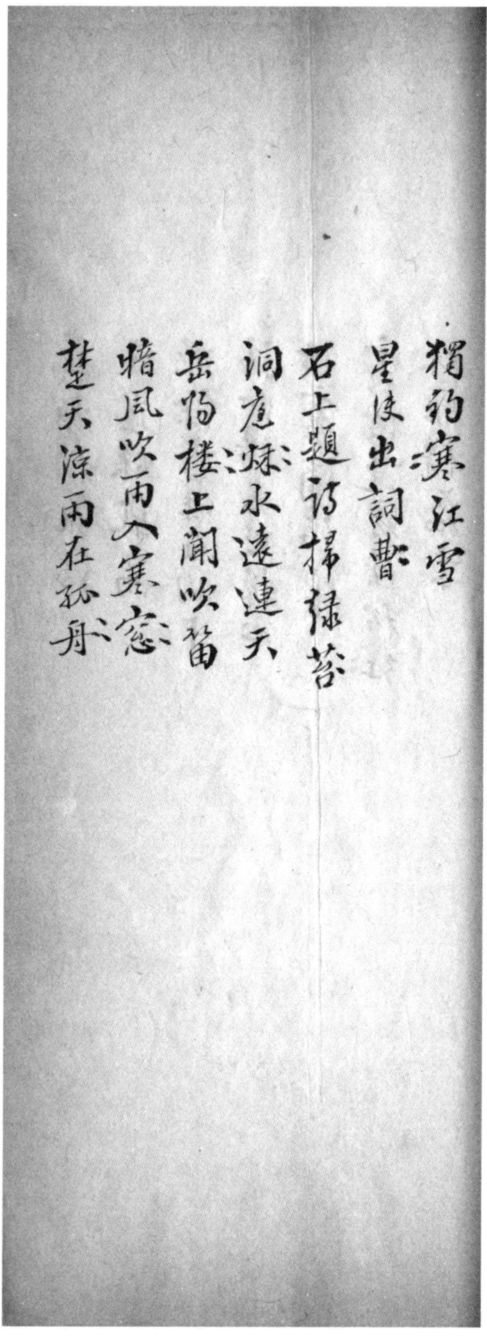

獨釣寒江雪
星使出詞曹
石上題詩掃綠苔
洞庭秋水遠連天
岳陽樓上聞吹笛
暗風吹雨入寒窗
楚天涼雨在孤舟

萬壑樹蕭〻清
千崖秋氣高〻
曬餘書味在胸中〻
清池皓月照禪心〻
竹露滴清〻響
露冷蓮房墜粉紅〻
秋〻雁櫓蕭〻来

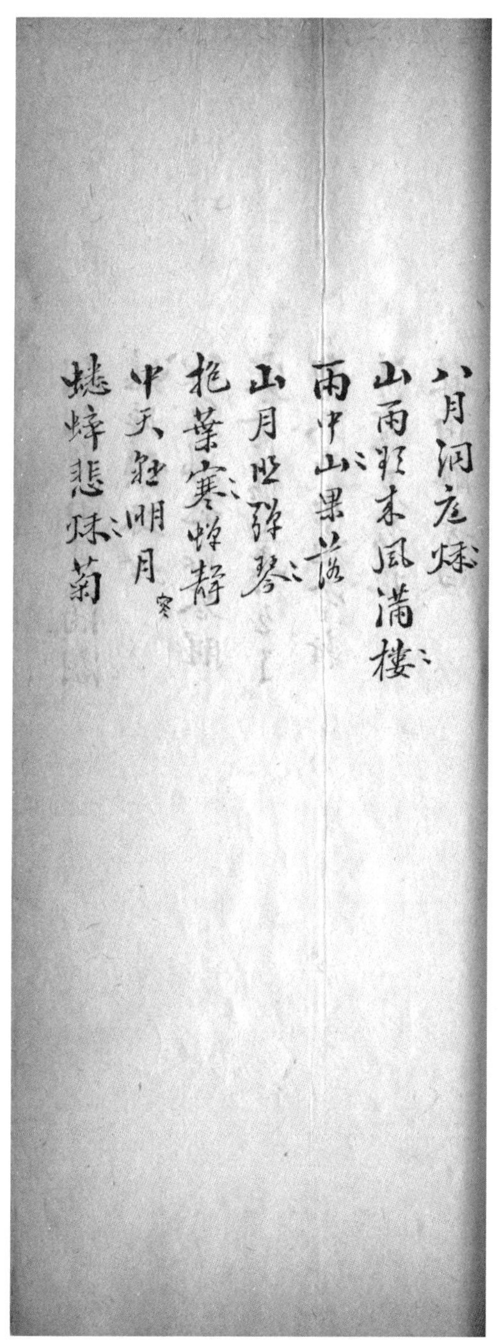

八月洞庭秋々
山雨打木風滿樓々
雨中山々果落
山月照彈琴々
抱葉寒々蟬靜
中天獨明月 突
蟋蟀悲秋々菊

閑門〻於雨月滿湖
蟋蟀條婦〻吟
鯉魚〻風起浪蒼腥
寒食清明春已了思
碧天〻如水夜雲輕
清露點荷珠〻
霖雨灑芳田〻

暮天新雁起汀洲々
華々月照方池
淮南烁々雨夜
窓々中列遠岫
以禮弟々
政成在民一咏々
政在養民

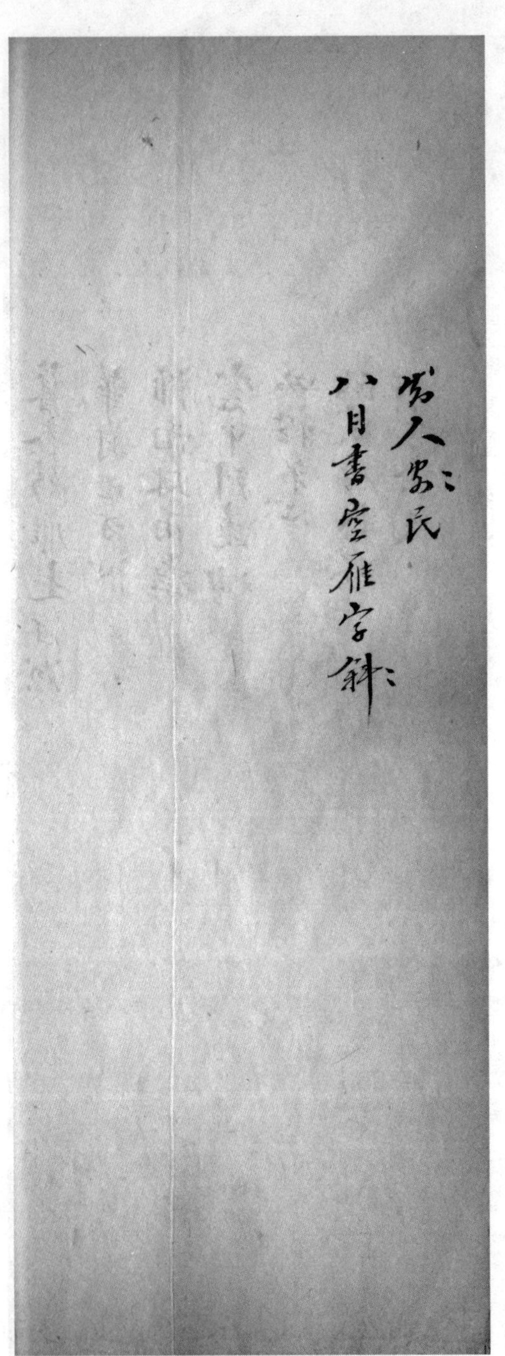

嵩人崇〻氏

八月書空雁字錄〻

醉經閣試帖詩草　月山恒麟

雨中春樹萬人家　王維詩

春色來何處，細雨中。萬家人雜遝，十里樹蘢葱。

漠漠炊痕濕，陰陰霧靄籠。瀰漫芳陌外，聽到小樓東。

舊綠寒如水，斜吹陣攪風。柳陰千井碧，杏影一郊紅。

賞定延芳座，酣應慶社翁。

帝城欣輻輳

賡濟隂侯隆

鳥啼山客猶眠　王維詩

兪是山居睡渾第作客禧候眠猶未醒鳥已相啼

戀戀倦尚情餘蝶嚶嚶詩嘲鵲饒人面林聲趣喚我友同綈

曾君嬰晨犬依綿卓午雞夢醒去早晚唱徹岩東

西樹幾疑馬聲影移朱幡合翁移時氣轉眼度步踊瀉翱川出與好趣在聽到

暮蟬嘶　十七日

憶弟看雲白日眠　杜甫詩

[illegible]

寒夜　巾駐高僧月下

但覺霜天迥難從梵寺居螺環青嶂削鏡吼碧雲

沉淨域歸人跡聞根悟佛心三千塵界湧百八梵唇林

韻偈清灑

經步鐘鳴迴寒敲萬壑陰拈提從此證摩詰悠然隱

聲似

池草暗生春　李白詩

不覺池塘裡蓬蓬遠色新生機蘇宿草淑氣暗初

春殘日融冰蘚當前漾碎蘋芳晨潛坼甲物候

東報

尚含辛消息尋華治芳菲冪翠塵詩情齊度夢

花信才番迴柳眼初舒僅菲家未咲憐何當添畫本点綴

到

楓宸

日斜江上孤帆影　劉長卿詩

日影連江影孤帆數氣斜潑波千里闊無涯一輪睇閃餘

花席盈觴暮氣多陪搖晚棹縱飛盪浮槎碧劃三

篙漲紅幢中幡進舊花横匹練掩映錦花霞能臨

長風際揮同去浪奢隨拾作句在游興到天涯

桃花源裏人家　主雖詩

訪到仙源在塵寰別有家屬舟移柳岸勝境問桃

花徵灑波涵鏡蹟紛樹綴霞丟靄門一曲江南語

三叉犬吠環籬角雞棲傍水涯胸中忘魏晉無外語

桑麻潭襖修仍未見風酥對著輞川圖畫好休更

武陵詩

三

和友溪居别業 溫庭筠詩

風飄弱柳平橋晚

柳影垂橋影再臨暗碧宮飄斜橫晚渡弱其疎春

清溪一曲通 架雲平壓峙獨傍晚

因風落霜書還暮湫烟翠籠依、流水、分冉、夕陽中

界展蛾眉黛墨輕描雁齒紅陰環堤上下紫英漲西東

披拂垂金線亂亂鎖玉虹

爐熏夜繚渺眠起

滬泖工

常兩方嶌國色寒　羅隱詩　牡丹

譜遍花凡百從頭數牡丹天香方常兩國色正豔寒

品價重金非要譴名尊第一殊蠶織綾海玉價直許綽約璨瓊

欄邊惜滌紅妝濕偏嵜禁點碧蕊攢群芳淹粉黛此品淨

根拆富貴生原占清平調合利殊姿誰得似

御苑篆幰

宸哭歎昔

月下飛天鏡　李白詩渡荆門送别詩

不信團圓月渾如一鏡飛人間猶未得天上講求稀但

覺河映倒作云眩魄數開

影瀲山瀲灧光瑩宇鑑室碌水湛區樓在雲霏閣

吴質梯乘白足羨賢人豈非别來遣群

燦金流瓊圓似碧浸輝洗淫銀漢過也倚玉樓依家白

清景羨桑暉嚴悔

浮寒魄昏黄映繡衣誰知離别恨隨月最縈閑閑王孫衣

到處山河映更

當眩魄依

陰陰夏木囀黄鸝　王維詩

萬木濃森處中來百囀睍睆音黄鸝穿簡簡隸樹布陰陰葉

寒煙含翠衣藏羽從金歎忘紅白波聽徹碧雲沉萬壑

淒柑酒佩篩百香心此間無異到明外隔林深調已當去

叶涼宜傍曉後何當飛

上苑鸞鳳共清吟

烽登宣城謝朓北樓

人烟寒橘柚

李白詩

寒極目蒼遠人居易碧煙林橘柚攢玲瓏千樹葉蕭瑟古天空

顯秀

盆望雨陰凝重面金衣綴翡丸曉添霜氣白圓映日一痕丹

斡捉烁空吞林緲夕照乾遠炊海漠漠容霧花園 痕 無意緒

秦樹諸訂報撐落江城郭色寬棋局問長官江城留得堞望仍周府景方

本將稱便應對笑譚

貢維瓊瑤廿首

夜火山頭市

張喬讀峯頭喧競躡足之梯登 過友人海棠

萬點中宵火家家未還夜光千里市煙影六朝山燈

微寒星斗聲宵風稀燈動析闌峰迴人影影鵲轉月鸞鸞燭

分植初散爐邊酒未闌佳來穿雪道闌爍照螺鬟歇

音眇

擁轟樓畔掛帘暗樹間更有魚篇過岸獨步蒼苔隱

獨釣寒江雪　柳宗元詩

雲色連江色江寒雪蓋寒是誰偏把釣勞我獨憑

觀釋畫橋千疊冰封一竿水光青淼淼背白漫漫柳

絲橫彩笛蘇茶片暗遠無語回蓑笠夢不辨荻蘆

灘漿影浮時自風回萍殘獨林霜葉滿林

母　廿四日

星使出詞曹　高宣詩

詞垣雅聲價詞章貴

天降星辰萬里勞謙程詔使節啣

翁出仙曹翰墨西園重

然論北斗高鴻遠駢將翼鳳尾滌捧

丹毫甲觀摛文二添庚郵擁策

九重甲蒲敵の壯以翔翺帶月催征馭凌霜拂錦

范煇潞濼書和帝

分遣使者二人告至

州郡觀采風謠二人
當到益部投郃候吏
李郃舍郃曰二君發
京師時知朝遣二
使〻問何以知之郃云前
有二星向益州分野

贈鰲
雅得遜

溫語契以新國頌英髦　白居易詩
石上題詩掃綠苔
題處東山石而今已滿苔階新詩斯得𧃓掃缺重來家
歎拈髭須品價宜擁帚陪聲揚黃精寫書定綠天
推花煙擬敲入池塘夢寐幾空心翻處故枝白嶽雲英
直許蕉窗留休同貝葉閑仙游參古寺迴首夕陽催
六月初二日

洞庭秋水遠連天　刘長卿詩

水影連天影長空一色浮生吳楚客萬里洞庭秋

樹影青山湖瀲侵越峡收青翠欲鄰碧波入瀛洲

田中秋帆遠雲邊疊浪蒼茫通漢瀚空闊樓空

流衡影滴星斗影波柳鷺鷥岳陽煙雲笛韻悠

和玉甫

岳陽樓上聞吹笛　賈至詩　西亭春望

陣陣西風緊吹來滿岳陽閣樓上下誰弄笛悠揚譜

删

拍按

許魚龍聽聲氣留島跡長湖光滿棟宇好信譜宮商

背引雲橫槊笛垂月弄黄鸝回彭蠡雁擻到楚天

霜漁父吟殘待湘靈瑟罷張帆唯鴻有尺難奏叶鳴鳳

暗風吹雨入寒窗　元稹詩

驚底風吹雨寒來生添氣未降暗氣吹曲院驟成大隷

窗擁溫蜂蝶翻齊百花觸嬰酒來烘潮漲聽到夜停

誰陳冷遍紫鶯談穿涼添甘客夢懶鶯弦斜竹徑菊瑟擾

蘭紅未謝（陳之）侵書幌，收（遠之）香味石淙天然幽韵將合共曉陰

擬縱 幾度

楚天涼雨在孤舟　李瑞詩　宿淮浦憶司空文明　卯懷

吳楚悠悠年客蒼涼悵壯游天邊起暮雨身如繫孤舟

雲水荊門迴風帆越岸道江鳴千頃夜櫓送一聲悽驟（陳）

點禁蓬背餘寒（喧些波）棹頭倚然搖款乃半晌聽綢繆萬（漢）

漢邊鷺（冷）渚亭

寒鬢侵蒼笠溪濛認鷺鷗烟波盡日夢魂如悠悠

萬壑樹聲滿　杜甫詩

萬木深如此者逕幾壑生寒心催樹樹燒信根聲聲柳
浪峰頭瀉萬濤澗夜鳴攪開泉百尺吹送月三更直拔
潛蛟舞狂飆老鶴聲危巖喧颯沓落葉遍縱橫
匝地陰雲合塞邊邊夜幹撑千崖從此生滿眼森崢嶸

千崖秋氣高　杜甫詩

豁眼驚烯早詩家真倍豪絕崖千丈削峯首一天高

氣逼銀河迥嵐封翠岫牢碧空峰突兀黃葉樹蕭
騷木落螺鬟淨寒催雁陣橈烟消雲萬里來冷月
重遭弓斷丹楓徑人歸白石皋
逢瀛登望好睽步正翱翔
睡餘書味在胸中　陸游詩
別有書聞味春從睡裏融倦餘拋腰底以久當胸中礧醉
藉巴苗游泳食腹前蓋竟言何時夢自舟家覺想黑甜適愉
酣想誇擊霞醇宜飲古風經橫支枕借甘苦夜燈同

樂恕淩君九日宜餞他丹我
堂忘卻日醇醲飲古風自勝千卷白紛許一燈紅盞神俱通
輿穴醰醰句咀嚼無窮滴滴騰更香待啜茗漫呼壺　初四日
清池皓月照禪心　李頎詩
頓覺開禪境當前會悟佛心清池深不竭皓月照未來
妙諦豈明詮元機天淵隔泛觀色相居離空千頃澗顆[illegible]
撥雲開鏡圓光照靈臺全了照盈不澗逝古今洗
眼忘纖翳視身證素衿修形聲禪理可曾參妙諦東向[illegible]剎照臨

竹露滴清響　孟浩然詩

叢愛琳琅竹當空露氣清深宵聽滴滴餘響動氛聲徑穿寒敲玉林疏點碎韻瀟四壁蕭落月三更斷續味殘漏淒涼攪短夢驚回舊鶴警中向叫露滴桂子香同落荷珠柄共擎南亭幽興在作句賦

初成　初晉

露冷蓮房墜粉紅　杜甫詩

櫓从艣

悵唐
搨識蓮房往更番〻冷氣通霜霏今夜白粉墜明時紅
泥水沿溯霞平片寒漾月冷寫品才是子概韻惜美人工風蹤
瑟上隋鄰頗璘珠蓋尊薄〻隊寶是混碧筒珠承着花蓆玉潤蘇
玲瓏未許近初日渾將蔭晚虹何當花炬徹深被

皇恩隆
恭雁櫓叢來　常非月詩
來櫓無來雁叢〻可謀湖相將千里家舜首一送恭冀　故道
煙波新結伴風雨協　試陣　添

打槳寒煙訪鷺帆伴侶求頡頏渡廣穗欸乃一支柔
纜擗蓬背餘音入棹頭鄂山寒嘯鐵陣排空北吹鉤
暮宿君征舟南來北鄉棋夢回鄉窮
且下聽初叶交涼換東道是湖邊浦雨響逐洞庭舟
隱隱漁歌叶依依水调沍隨陽陽夜宿
傍晚雁蘆行畫堂荻浦晨征還暮宿同此渡康郵　初六日

八月洞庭秋　張謂詩

背眼征濤闊鷺心玉露桐霧程驛人月湖水漲三秋楚　羈懷增悵在鄉思動
夜氣侵蘆荻光　扇影中分爽波遥不盡流
浸眼鷗鷺溼翼織斗牛　棲天遠澈底湘月白當頭露
捲徹陷迴雲帰漢口適奔彭蠡雁蕭瑟岳陽樓星

大進漁唱潮風動客愁壯懷濤喚蕭遠一覽聊復繫扁舟

山雨欲來風滿樓　許渾詩

欲雨仍非雨風來陣陣緊道山中雲觸石水面日沉樓入檻松

濤瀉當窗柳浪浮先氣森萬木作勢逼颯颯秋落葉搖習習宣幽澗

空際驚寒到上頭峰邊夜漠漠簷鈴引颭颭陣陣緊催簷溜

郊構我古陰滾起洞楸倚欄杆縱目甘霖欣有待

膏澤萬方周

雨中山果落　王維詩

簷底風飄雨氣聽未聞傳聞林間果落夜中山陣陣
敲窗子聲寒點點斑斕青留鳥窠積空濕螺鬟響共斷續
梧桐滴寒宵猶抽剝墮環千峰洗紅墜一九溪灣凡夜
粹樸滿更香詩叩閣支更漏聽不厭徹夜試攀

山月照彈琴　王維詩

月色連山色相宜此夜琴聲香彈了又彈一胸照深深爽朗來

删

幽谷淋漓聽古音蘚苔移石盡韻不到天心滿指聲詰

玉當頭暖隨金曲陰揮寶柱叢深澈隱岑巖宴雲歸

壑穩時霞混於須臾出四壁彷彿答響陰

抱葉寒蟬靜　杜甫詩

却覺鳴蟬欺高店一葉驚秋風搖盡日抱葉不勝寒霜咽

錢三妹雪 重軍林白霜想兩翅殘樹丹霜情殊树老不禁夕陽殘梶柳風

猶昨宮商調已闌微音聞只猝仙賢悅深藏露蔭蕊似

送程驅旌惜草弭貂肩
承世常驟侍臣冠

中天雅明月 杜甫詩

塞上家軍戍沙偽比在橋守沙光照瀾皓月一輪遥映
旄騰色横素具寒光满碧霄璃樓人旡寞氷鏡在森蕭
野潤寒服幕沙明静息條
華首宗雲漢譬心听昕亦鄉思曾昨夜閨楼空今宵甲
劍戟
萬籟收滅控建動搖漢瀾何日近惆悵雀標抵 初七日

蟋蟀悲秋菊　蘇軾詩

蘇集八月十一夜夢與子由遊南山出詩數十篇夜覺惟記起一句云……

喚醒坡仙夢氣（時聞）蟋蟀愁鬧心還就菊振羽若悲秋舊

洞翻籬𤓰（角）新居寄壁頭似插涼節至惟殘晚香留嘆

息甚三徑凄涼話一樓墻根出聲叫唧，夜漫悲，陣覺

金風緊唱（注）玉砌流歐陽今復慨陳李賦重游

鬧門前兩月滿湖　蘇軾詩

不為湖中兩誰鬧月下門前春活（澄綠）碧漪依樣照黄昏

藥詞處處蕭疏漢鬢杳波心珠顆是水面鏡奩掀 猜是
陣許收緊迷克影帶漲痕
嘈嘈風颭拂瑩瑩浪回渾浦氣喧竟夕蓑敲似前邨
有響聞天籟無言對漲痕坡僊詩思好惟與匹吟性羅溪坐軒

蟋蟀候秋吟　　王褒望得賢臣頌

不信時堪候微從蟋蟀求曆原生自夏吟乃到於秋
砌調環堦寒情依畫樓閣心鳴斷續振羽鼓蕭颼唱
嘆三更徹炎涼一夢收氣聲斜月照遶遶曉風遒未許

牙籠鶴寧還依玉砌出

皇仁延庥類蠕動海

恩周

鯉魚風起浪花醒腥

風噴味腥於此池中定、躍魚鯉游鱗、、花起躍浪紓、細沫

騰珠蓋寒星濺玉蕖餌香綠水畔遺青牧人書蓮底

田戲荇間習、嘘氣曾同蜃現價重化龍初掇串青

曉落漣漪碧到渠，閒地寓目一鈎晨巢居。

寒食清明春又了，東坡志林 [illegible]

未了坡仙夢。堪誰共說詩。清明春已又，寒食尚堪思。[illegible]

雀兩庭程嚴新煙篆，渡雜韶光曾屈指，幻相几拈鬚。

鑽火更槐植，活駐杏擡梨花前度釀柳絮直當。

吹刻惜千金值，[illegible]寸晷移，泄塘[illegible]。

碧天如水夜雲輕　温庭筠詩

東坡題跋：僕在黃州，參寥自湖中來訪，館之東坡。一日夢參寥所作詩，覺而記其兩句云：寒食清明都過了，石泉槐火一時新。後七年，僕出守錢塘，而參寥始卜居西湖智果院，院有泉出石縫間，甘冷宜茶。寒食之明日，僕與客泛湖自孤山來謁參寥，汲泉鑽火烹黃蘗茶，忽

快以多詩凡千首之
前都留以驚眾為化
應夢化爲傳記所載亦
或語也

一碧真如水，娟光淨遠天。輕浮雲疊疊，靜對夜綿綿。玉

宇澄如洗，銀河波影邊。躍來羅袖薄，吐出月華纔。躍不溢

露陰輕浴烟，風樓渡旌羊，心存環鄉，舉首評陸漣（兩）（論）

玳瑁席初起，琉璃鏡是圓。璧

瀛壺有路，高步廣寒邊。

清露疑是荷珠　按唐無名氏有清露點荷珠賦

一夜荷風靜，清晨露點濡。田田擎翠蓋，點點是瓊珠。蕩

起四句起

題得清妙言叟 澗

漾圓輝碎玲瓏淨色映窗紋曾綴和柳綠試穿金
價擬溪錢值簪當水鏡摹寒潑丸纍纍妹報信錄
拂清衣堪繫淺波栖作枝味甘欣
至此君子品堪方模
綠雨潤芽田　唐太宗詩
四郊芽意遠已到熟綠天灑雲霧霖雨吹來遍楚田
芽籬方清潤杏攏紅潑烟茅蓑霽雨埋墨辭痕水漾
籃筐東菑積桑麻北郭連

漣綠雲沿千頃之紅蓮一丸鮮 柳靄御三面炊麻屋數椽

餘破添水初返照夕陽邊

歷代崇農務滋甘慶有年

暮天新雁起汀洲 杜荀鶴題新雁詩

遙望長天潤蒼茫暮色浮新歸傳旅雁小趁出汀洲彭

雲斜陽沒瀟湘影留落霞千里路樸水一行陣

衡陽返路遲來賓早書先結陣遙維將叫訊

曉橫逢背書空雲渡頭節蚊鉢稱饑寒第白蘋穗

彩字刻劃

大細

句句不脫六字，非泛泛水月比比。

乙乙唧唧蛩聲聲，儂艣衝暗荻蘆蕭瑟夜，數聲呼渡舟。初昏
排窗南北岸，誤驚鷗鷺
斗斗杈杈，漫漫渡頭
羨月照方池　江漁詩

靜夜時方午，江樹妙嶙峋，添來池曲折，賸有月光羨。
金波瀉瑩瑩，爛碧龍沙，如輪正滿，心鏡無瑕。
移雖青瞳，石隔翠，當頭金波，水照向玉碑，水皎斜方初。
宜盈掬，當頭莫漫遮，天然無在，潤步徑三叉。

淮南秋雨夜　韋應物詩聞雁

一覺江南夢滿滿動客愁孤鐙千里夜疎雨幾家秋
瀲定添吳岸寒夜打驛樓風高催白點陣聚過黃流
衰柳垂堤畔孤篷繫渡頭衾單驚旅鍍蓑冷泊漁舟
響共殘更清音隨落木稠吟成詩句句腸斷東蘇州
客中列遠岫　謝個展詩
寄夜蕭齋裏薦孝畫耶勢麗遠分青嶂岫迥寫刻碧苔窗
行髻纍纍翁堆螺兀兀降飛來衆瀑布印出行湘江賦

須習你纖箬雅玉聲引撞嵐迴峰箇箇點畫樓樓妹景牆
蜂巢細補疊螺眉墨隔雙隔牆妹隱見當广拔撐撥
頭點山光鏡內旋雲輝吟興劇檣石足音登崢
臥看情偏意繚舉夢未憬
以從手心商書
何事括垂裕貽謀古商書訓克諶你稚稚宣執瓞誥揉持時以禮節未自維心謹因
步嚴從繩墨冰淵淳枕衾廿載九思防以漸闌爾雖四勿戒身賜如陪儀遺
範翁三千執繼新衍危十六箴居恒視銘中辛履步趨君智
府修應塞靈臺垢亦僂廣歌欣

舜陛

聖治萬方欽　初十日

政成在民味　潘岳詩　循良吏治敦洽

敷政端必在觀成自獨靡佗果駐播讀氣惟是審民味

一隰藉仁風播扇舒長化日舒多醉踏青夜春橫牧社笛散犁饁想綠荷見叢裏時

擊壤歲功已鳴琴佳本詩治已高咸與三載考疊樂萬年一歌附進甲

甲令雅曾未由庚暢茂以昇雨欣

壬申年土頌應吟哦　十日

政在養民　雲書

政以民為本謨陳九敘郡縣生端在養民三事尚惟味（萬方資引）

冬日蒼前愛春風扇外為辛勤拜首毋子忠一心要保

赤誠如此恃黨信若何昔賽當仙共山河慶不予河楚

自由康詠頌方令甲羅瀏並欣

壬年賡排雕頌嘉慶賞何　十八日

知人安民　寔書

人望言爲易民思効治難痒未發灼見萬壯慶恒要

鏡啓露堂徹畫開廣廈寬風雲當際會日月盡忻

歡聲已磬如石磴宿燭肺肝照此三載白接字一心

丹玉尺操原久薰琴解報諜

雪郭高士福辛土仰

金鑒

八月書空雁字斜　程丈劉傑岳陽樓詩

咄咄書成有長空一字斜古來沉雁影合定寄天涯

波移瀟湘水又章落彩霞鷲寒題絕漠繫信奏

誰家鳳泪鸞飄共鳴飛舞鶴賺碧鋪雲箋豐西　詩摘雲霄漢遠謀定

寫月輪迎出影傍西辭傳神寫照何溪山曾讀款　縮果差印證爲煙雲記

珍重莫塗鴉

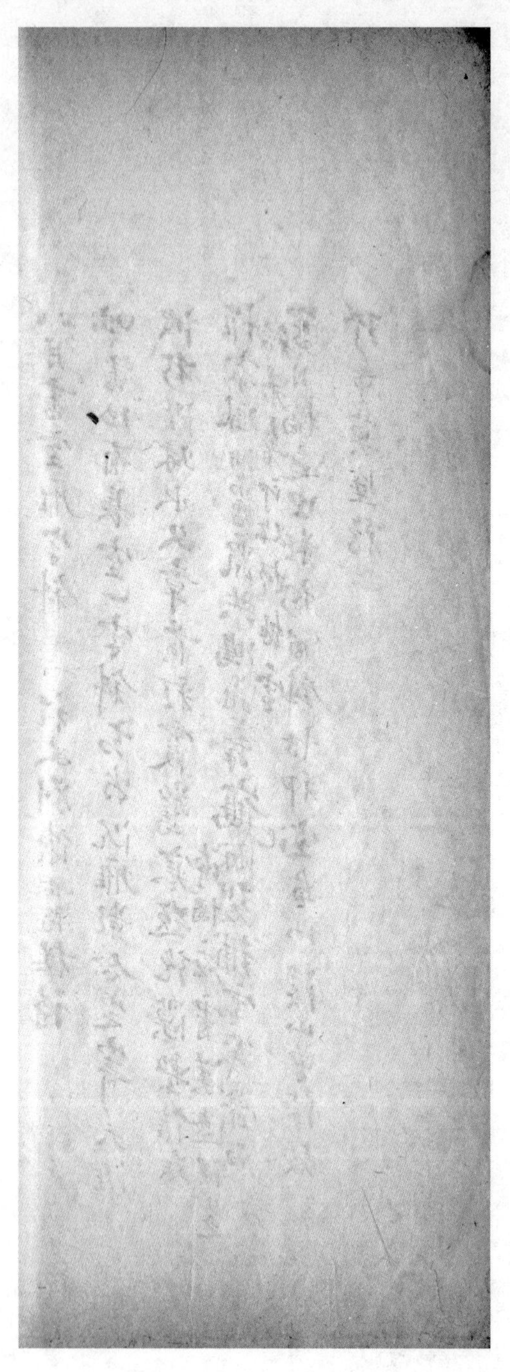

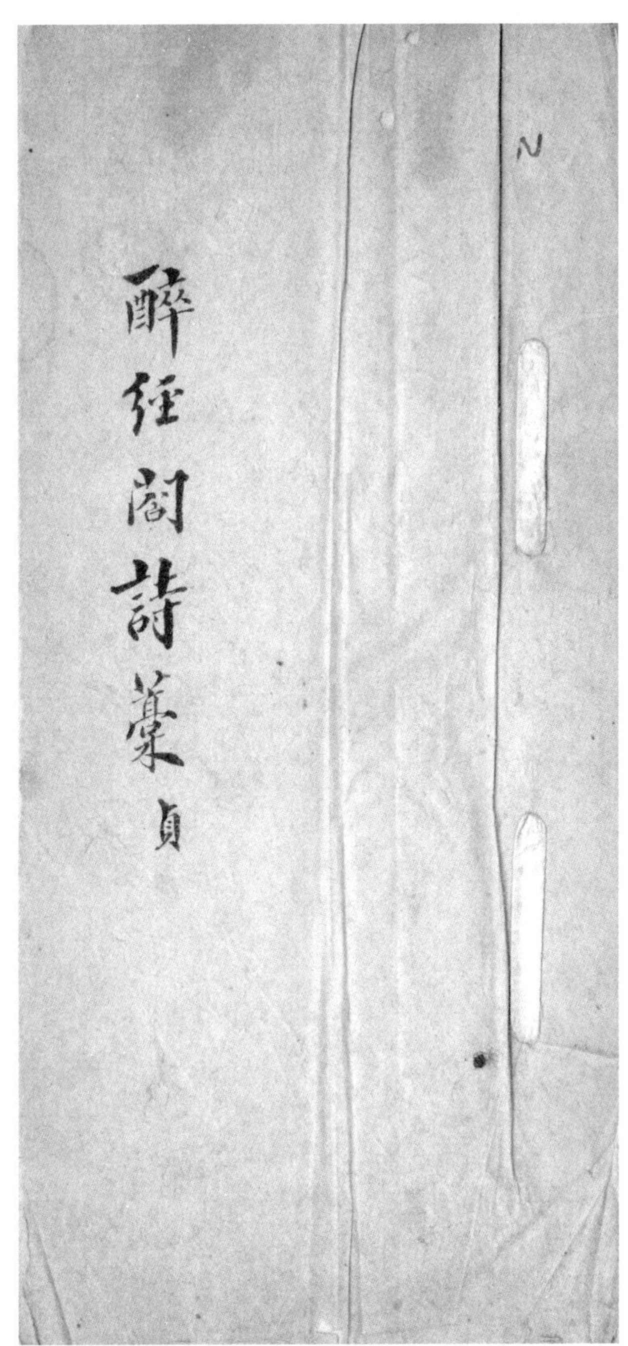
醉経閣詩藁 貞

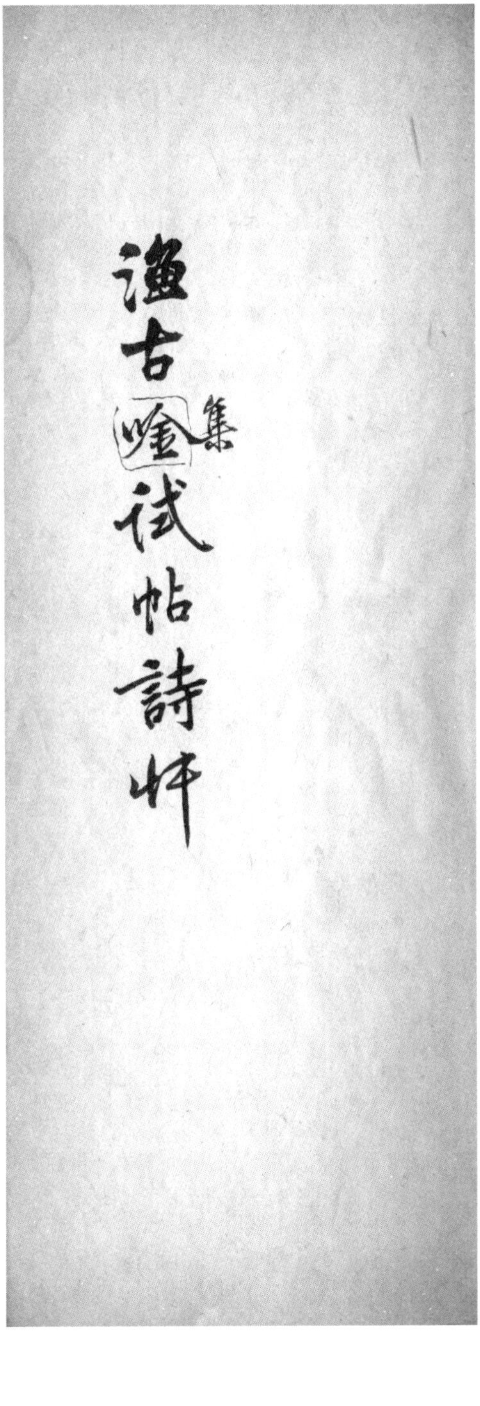
遙古唫試帖詩艸

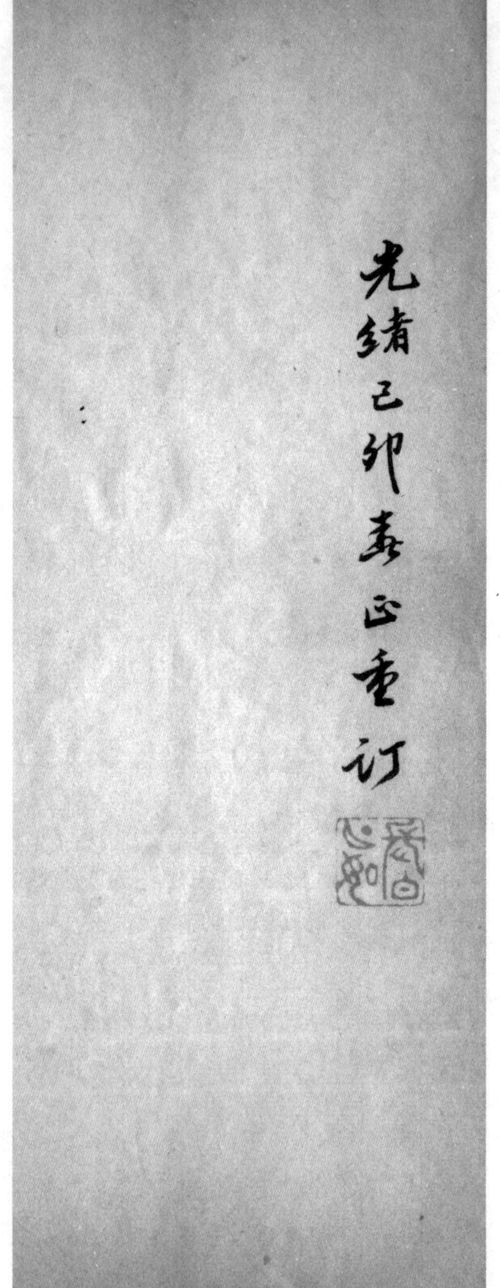

光緒己卯春正重訂

醉經閣詩稾卷七目録

道濟量沙

吴市吹簫

武侯八陣

海上羝羊十九年

晉陽吹笳

明妃出塞缺

昭君琵琶破

荆卿易水寒

買臣采樵々

范少伯載西施湖

馬遷史記才

項王垓下歌々

綠珠墮樓々

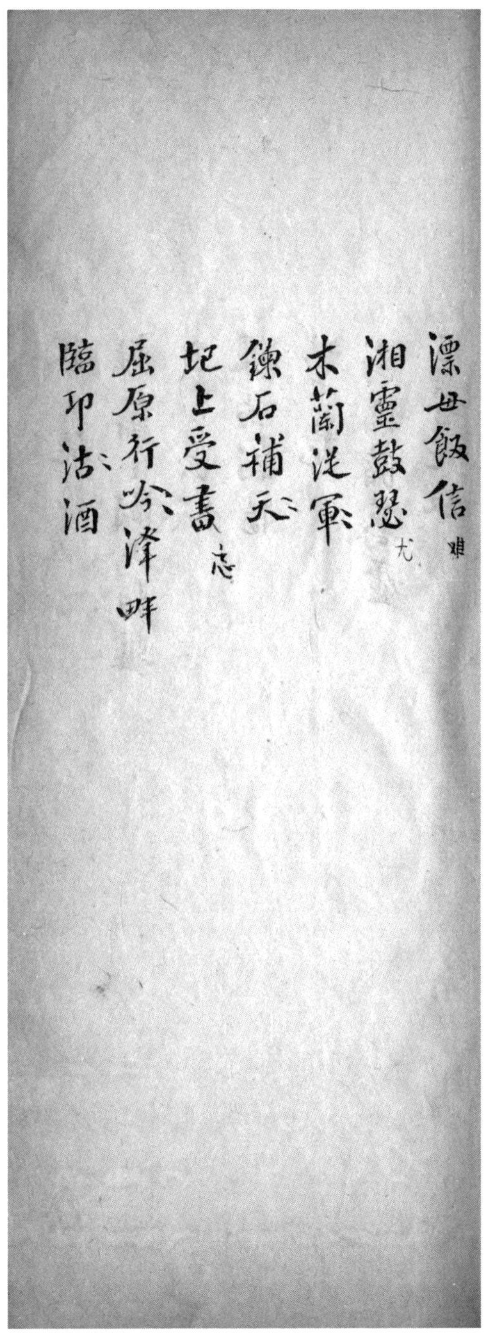

漂母飯信 难

湘靈鼓瑟 尤

木蘭從軍

鍊石補天

圯上受書 忘

屈原行吟澤畔

臨邛沽酒

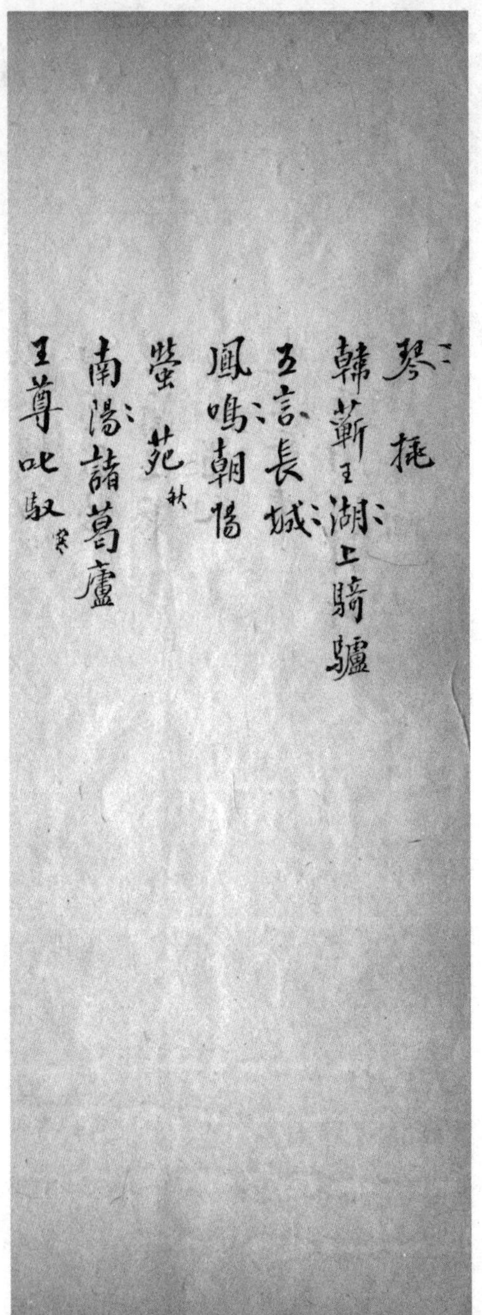

琴〻捷
韓蘄王湖〻上騎驢
五言〻長城〻
鳳鳴〻朝陽
螢苑秋
南陽〻諸葛廬
王尊叱馭寒

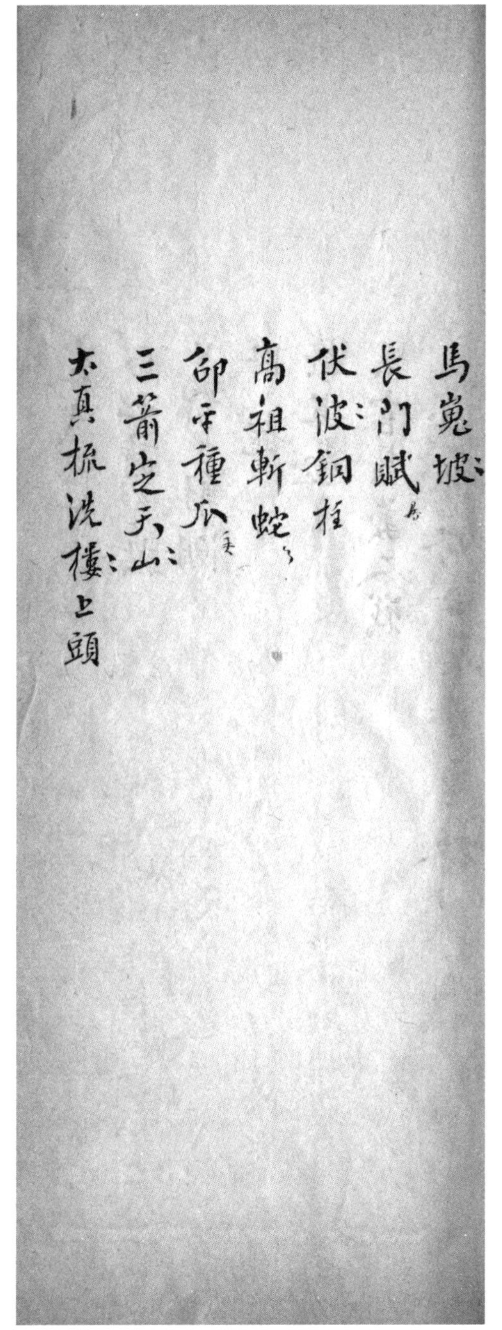
馬嵬坡
長門賦
伏波銅柱
高祖斬蛇
邵平種瓜
三箭定天山
太真梳洗樓上頭

甯戚飯牛々

白也詩臺々散

吳越王射潮々

卧龍々

歌風臺々

吳宮々教美人戰

咸豐癸丑孟冬重校

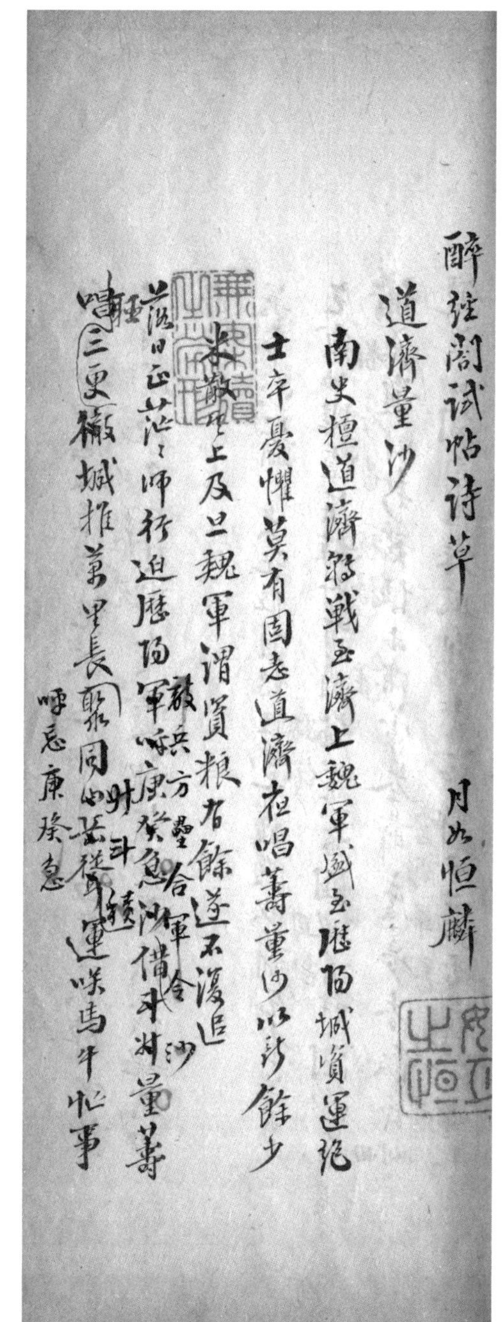

醉經閣試帖詩草

月如恒麟

道濟量沙

南史檀道濟轉戰至濟上魏軍盛至歷城資運絕士卒憂懼莫有固志道濟夜唱籌量沙以所餘少米覆其上及旦魏軍謂資糧有餘遂不復追

落日正茫茫師行迫歷城軍呼庚癸急沙借米斗量籌唱三更徹城推萬里長聚同山岳積運咲馬牛忙事

呼忘庚癸急

参差

更奇增竈人誰信絕糧延翻營月白箕斂陣雲黃

不許虞炊纔淅難完夕落共倒橐囊神樹檀道濟代魏武功

拗

吳市吹簫　史記伍員傳伍子胥鼓腹吹簫乞食吳市

乞食何堪道英雄亦弄簫僥跡依心吳市闉迴目斷首楚關遙舊調

譜翻易新聲歌按未諧蘆笙前度夢參飯裂田地相

饒落日閶門認烘風郢客話鄉心宮商渾已杳著廣陵桑矛重

壯志心常失悲聲腹任楊最憐　好恕奮
重拾拈蹤空闌闌知音哉暮郊西覇圖劍就後惆悵流

靈潮

武侯八陣　蜀志諸葛亮傳武侯推衍兵法作八陣圖

荆州圖記永安宮南一里渚下平磧上有孔明八陣圖又

杜甫八陣詩注陣勢八天地風雲龍虎鳥蛇

八陣今猶在神奇出武侯周迴連百里功業也千秋龍虎

騰拏便風雲慘淡浮象參天地括蹤共馬蛇收伐魏

常失
心猶在吞吳志未酬射曾爭之時石不轉江流局定呼
才拉新府協封籌雄畫餘魚腹浦遺蹟問夔州
海上牧羊十九年　（漢書蘇武傳匈奴徙武北海上無人處使牧羝武仗節
牧起凡十九年而歸）
十九年華逝者從海上牧羊悲相漢持節涯胸觀佳憐持節續盡鬢牧
羊斷毳看漢月胡天界冰氈雲窖寒一鞭袞拂路幾隊夕
場灘冰共駝羣爭遍驚雁陣盤折羽退髮白

片心丹日落輪臺遠烽先絶塞殘陽未斷寸衷如含酸

越石吹笳　晉書劉琨在晉陽爲胡騎所圍城乃乘

月登樓奏胡笳賊流涕歔欷有懷土之感遂解圍

萬馬排雲羌城迫晉陽陣前三弄笳奏一氣長盡

管征人動樹榆關滿戍客鄉音橫雲淡白響落月昏黃

此地峰迴雁當年燧息狼更無喧鼓角祇見樸槍

古鄉夢戍刀環注危樓劍架藏披風仙日詠越石榮非常

白

李益詩不知何處吹蘆管一夜征人盡望鄉

明妃出塞　琴操曰王昭君者齊國王襄女也年十七獻
元帝會單于遣使請女子帝謂後宮欲至單于者起
昭君喟然而歎越席而起乃賜單于石崇曰王明君本
名王昭君以觸文帝諱改之

鐵騎共明駝北以遠設味不憐胡塞去來復漢家道恨
無情悲畫手
傷心驅瀚海回首別宮娥
未聽琵琶撥琵琶添塞幕為
畫圖空識面鞍馬鬢蛾
風緊鳴環珮雲寒擁綺羅黃沙偏翠鬢青塚泣
瓊樓

嬋娟妾命終如此，未見競若何石爲中幗花如必畫圖也 宜 惆悵試長吟

昭君琵琶

當年誤琵琶，滿指揮味親，辭漢帝別怨動明

肥香濺個殘桓鴛少上繡衣塞雲碎數邊月拍沉

遂濃度廿絃並怯裂帛稀宮商渾不似冰雲亮

輝恨哀 驚初散

全非雁陣愁同猿，貂裘冷更依千憐，青塚在寂寞

菲菲 按席上腐談 王昭君琵琶壞法入重造而形小，號曰渾不似，今訛爲渾撥也

恨

荆卿易水　史記刺客傳燕太子丹送荆軻至易水上既

祖取道高漸離擊筑荆軻和而歌曰風蕭蕭兮易水

寒壯士一去兮不復還

祖道筑聲潮蕭蕭易水寒事將顧酬償太子志本難遂陝長安虜白

馳驅易重瀨眾雄心一片丹報稱難登車身仗劍離席髮衝冠猶有

殺簡周從容暉槐君將軍甘獻首烈士失握肝慘淡

愁雲遶悽涼落日殘精光圖畫裏千載為君歎

買臣採樵　後漢書朱買臣傳：買臣字翁子，家貧，好讀書，不置治產業，常刈薪樵賣以自給，擔束薪行且讀書。其妻羞之，求去。買臣笑曰：我年五十當富貴，今已四十餘，汝苦日久，待我富貴報汝功。妻恚怒曰：如公等終餓死溝中耳，何能富貴。買臣不能留，即聽去。

誰識朱翁子，經年困採樵。經綸空（間）自負，擔荷苦無聊。白髮有難息，書燈志未銷。荷薪歸日暮，歷戴婦同譏。

手挽書聲出谷闊，笠影夕陽描

兒待　阿

今日覩　　異時驕

屋邊男子萬頃薄歸橋斧從秋夜衣中錦襤腰跨

浙吟無倦家貧纍待燒会稽章有待王馬耀金鑣（歸與好）

丹鉛錄世傳西施從范蠡泛湖不見所出只因杜牧西子下姑蘇一舸逐鴟夷之句附會也越絕書曰西施亡吳國後復歸范蠡同

泛少伯載西施　吳越春秋越王以吳王好色乃使相於國中得苧蘿山鬻薪女（四）西施進之吳王吳為築姑蘇臺城吳亡後归范蠡泛五湖而去

不載西施去從嘗鑿沿吳霸當経就越老志竟將湖

雲水浮家遠祇叙曠代無但寂寞欽羅何所促撫朱

（論）烏呼陰蹬際蛾眉此邁祖行藏名士品倩將誰人模（鼓棹伴生寄）（庄語紀姑蘇）

比玉宗祇以箴金懷寫殊煙波棲隱處風範凡人傑

泛五湖而生

馬遷史記　按漢太史司馬遷著史記

牘代左盲左伊誰擅史才能文司馬氏握管漢家承
上下千秋鑑縱橫隻眼開扶奇探禹穴索隱出秦灰
蠶室悲終遭際龍門著剪裁志存宣聖業書欵李陵
臺草閣敘炎劉紀英雄項籍哀素燃怨一覽撫卷獨徘徊

項王垓下歌　史記項羽本紀項王軍壁垓下兵少食盡
漢軍及諸侯兵圍之數重王夜起飲帳中有美人名

虞常幸從駿馬名騅常騎之于是項王悲歌慷慨

自爲詩曰力拔山兮氣蓋世时不利兮騅不逝騅不逝兮

可奈何虞兮虞兮奈若何歌數闋美人和之項王泣數行下

慘淡陣雲靡羽軍起夜歌烏江悲子弟垓下哭關河扛

怖懷餅生悵短劍長恨

鼎雄依在擎杯嘆奈何騅逝嘆東跳逐姬決修悚事業

當劉項推枰混鵝鶩心偏雖不逝角逐廉爭仍心百戰

感慨賈千烽憤未磨轂城遺蹟在照巾淚濤淺

南史蕭琛傳秀矣

興太守郡有坊祠
廟古人名為憤至
進有霧鈕

綠珠墜樓　晉書石崇有妾曰綠珠美而豔善吹笛孫秀使人求之崇勃然曰綠珠吾所愛不可得也秀怒矯詔收崇綠珠聞之自投樓下而死

擬把天恩重拆將妾命酬名園空有地誰邑果誰傳十斛明珠買三更破鏡愁香銷亮百尺芳蓉塚千秋白壁黃金重夢斷燕語休綺羅真夢幻花月此風流比翼情猶在分飛恨永留淒涼遙望處斜日掛空樓

喬知之綠珠篇
石家金谷重新
聲明珠十斛買娉
婷

漂母飯信　史記淮陰侯列傳信嘗從人寄食至城下

釣有一漂母哀之飯信竟漂數十日

世不識淮陰將識途窮白一飯難英雄方落酒魄漂母豈竟加餐

壯志憑誰訴隱憂心哉尔母横簫非吳市擔古友饒襟任人疑者

眼敘祇隊紅旗大將壇布衣甘棄屈國士待龍蟠烼水

寒浮紫雲臺釣把竿未失餘恨在惆悵荻蘆灘

湘靈鼓瑟　楚詞使湘靈鼓瑟兮令海若舞馮夷

注湘靈湘水神也山海經帝之二女處宅洞庭
謂曰夫人是爲湘靈水經注大舜之陟方也二妃從
征溺于湘江神遊洞庭之淵出入瀟湘之浦

一碧夢悠悠瀟湘水自流有靈神眠天漫鼓瑟哀於
別恨蛾眉鎖哀音雁柱遒曲從三歎譜亂遊九嶷珠環
珮魂烟來宮商調入不白雲明月夜啼多巖猿悲斑竹來
餘淚蒼梧怨大(作)謳黃陵祠下拜遺韵和漁舟

木蘭從軍　列女傳木蘭代父征戍十二年而歸

遺事傳巾幗花家女不辭其心惟愛父之子為從軍殺氣

娥眉黛鬭征烟翠袖鬟熏鼓鼙鳴紫塞驚馬出紅裙纖指

弓彎月香塵陣過雲旌旆輝隨飄脂粉雜囂氛中

椿曾相送雄雌竟莫分凱還廟

上賞薄浴若而尚書勳

鍊石補天　列子湯問篇天地亦物也物有不足故昔者

女媧氏鍊五色石以補天闕

不信蒼穹闕，翻資鍊補全。人傳盤古世，石鍊大羅天。化宇憐懵地，神工鼓鑄年。九重圜未就，五色質從鎔。柱定鼇山戴，祈知蟻磨旋。芙蓉雲煥采，火齊日燔鮮。風雨時慚助，星辰象合填。雲心同不息，至道序純乾。

圯上受書　史記留侯世家良嘗于下邳圯上遇老父

出一編書曰讀是則爲王者師後十三年孺子見我濟

北穀城山下黃石即我已旦日視其書乃太公兵法也良

誦習之

博浪鐵椎爲英雄圯上藏書從黃石受志未嘗忘人

影斜陽去矛羽早夜忙一編師尚父百戰佐真主[illegible][illegible]

欃槍雁功成遂息粮秦灰燒未得孔壁[illegible]同芳隨葬

神帷幄奇才秘林棕紫祠留濟北[illegible][illegible]語張良

屈原行吟澤畔　楚詞屈原既放游于江潭，行吟澤畔

無聊屈子惱，甘放澤畔吟。獨（多情）對漁父問，長夢汨羅府。

就日龍門遠，悲秋木葉沉。吊餘遷客淚，響咽女嬃砧。

去去長江水，悠悠故國心。美人香草句，小雅古風音。憤懣

與誰語，寧寧淦不自禁。他年悲賈傅，明月共楓林。

臨邛沽酒　史記司馬相如傳：相如罷歸，而家人以書

臨邛令王吉善，乃往就吉，吉尊禮之。臨邛富人卓王孫聞

今有貴家富與台之王孫有女文君新寡好音相如以琴
心挑之文君夜奔相如乃與馳歸成都家居徒四壁立文
君久之不悅相如與俱之臨邛盡賣其車騎買一酒舍酤
酒而令文君當壚自著犢鼻褌與傭保雜作滌器市中
卓王孫聞而恥之分與文君僮百人錢百萬及其嫁時衣被
財物文君乃與相如歸成都買田宅爲富人矣
計不臨邛去發棲四壁至琴心前度臨酒舍此間酤雜坐

櫳脩條指米漲市鬻如其真蒼洧覗被羨不當壚犢鼻

蹴新戲試舞蛾眉遠邑鳳折袖裙裁染翠帘影字研朱妙日

王孫而仙時貴客驅并仙橋過處王馬躍感者

琴挑　見上注

未料白頭吟綢綠七夕琴文君方難賣司馬不能音目送

飛鴻慨情移鼓雜心數弦直過了了一意印深深雁柱斜

揮疾度蛾眉豗睞蹁宮商各在叶鸞鳳歸人同綠綺彈

朱箬隔來深
去久非難聽到今茂陵仕者沒悲笳合歡宮
韓蘄王湖上騎驢　西湖遊覽志餘韓世忠解樞柄
逍遙家居常頂一字巾跨驢周遊湖上從以童史四五人
自隨混跡漁樵稱清涼居士將子哉題韓蘄王湖上騎驢圖
策騎驢生還赴倦宦途功名空北虜身世託西湖雲水
餘生寄江山半壁蝸技嘯吟英姿圖畫認從村遠風槃紐韻瀟灑樽觴
自有清涼秋收教書款段驢一鞭搖禿尾百戰賸殘軀託跡

茫茫漁樵混跡於日月遁酒次策馬上刀劍手廝磨（情性景物掀作身帶在筆月照模糊）

五言長城　詩話權德輿曰長卿自謂五言長城秦系以偏師攻之

獨擅中唐勝詩才重長卿五言工近體健筆亘長城壁壘持雄固江山助宣輕雄飛光耀照虹貫氣堞雜健旗壇護縱橫筆陣多親才勞意匠招勢振心兵鬧鍵詞垣壯池環硯水清偏師徒枉攄大敵竟誰勍

鳳鳴朝陽　唐書高宗時自韓瑗褚遂良之死内外以言為諱後造奉天宮李善感諫人謂之鳳鳴朝陽

自從岐山唱誰聞翥鳳鳴々朝翔古度長唳向陽歌響澈光初澈風清韻益瀏棲煙調玉律出海耀銅鉦叶起枝果飄嫩未若木吹紅霞錦散綠碧樹露凝聲五色隨華現重輪并廻盤

題之太泛繞題空心甚不燥以因諫官名

螢苑　南畿志螢苑在揚州府北隋書煬帝紀大業
末天下盜起上於景華宮徵求螢火得數斛夜出遊
山放之光徧巖谷

廢苑碧悠悠螢光幾度秋不憐歌舞地不復帝王州業
影照(紛)屏聲珠輝閃閃樓綺羅真(同)幻夢烟雨不勝愁翳
昔螢雕檻于今傍蓼洲六朝空擁卌十斛費徵求故
址堙(銷)金粉香(魂)瘞玉鉤雷塘衰草語熠燿望中流

南陽訪葛廬　　劉禹錫陋室銘　按蜀書諸葛亮家於南陽之鄧縣在襄陽城西廿里號隆中

蜀相訪諸葛銘從陋室藏志存扶漢代廬乃構南陽

追古尋魚水村荒祇棟棟綸巾還羽扇葭屋更龍驤此

地鍾三顧當年失一匡琴書餘舊侶蓑笠羨同才子業

爭看髯風徽演鈞璜回頭樓隱霎烟霧樹鬱蒼蒼

王尊叱馭　漢書王尊傳先是琅琊王益爲益州刺

史行部至邛郲九折坂嘆曰奉先人遺體奈何數乘此

險及尊遷益州至其坂曰此非王陽所畏道耶　叱其馭曰

驅之王陽為孝子王尊為忠臣

蜀道古云難王尊雖叱馭看觀驅之氣叱咤行來識漫汗蹤振策

路險情何壯登臨膽不寒羊腸盤曲折詰屈馬首逐巑岏出振策

挾長風走隨收落日殘幾回經揮鞭餘勇賈備嘗險阻艱須計身安振策並摘天

左傳險阻艱難備嘗之矣又懷柔安寔敢名

整轡回鑾轡窮途舊棧轔有臣忠若此端不愧心丹青史姓名刊

甲寅初夏

馬嵬坡

通志馬嵬坡在西安府興平縣西南二十五里

陳鴻長恨歌傳曰祿山引兵向闕以討楊氏爲辭潼關不守翠華南幸出咸陽道次馬嵬亭六軍徘徊持戟不進從官郎吏伏上馬前請誅錯以謝天下國忠奉氂纓盤水死於道周左右之意未決上問之當時敢言者請以貴妃塞天下怨上知不免而不忍見其死反袂掩面使牽之而去蒼黃展轉竟就絕於尺組之下

長生前度譜恨此間歡留

憤起六軍爲君王可奈何傷心揮豔賤別淚灑甚忘被恨

尋豈識牛女香魂瘞綺羅一抔寒瘞隕玉五夜月鳴孤擘錦繡襪

妃麝出霓裳劍素襪溫泉前度試芳塵此休更繞遍劍

閣登迴收漁陽鼙鼓罷霓裳出馬嵬賜歸去何處留此嫣然一笑莫波

太真外傳妃子死之日馬嵬媼得錦袎襪一隻每過客一玩百錢前後獲錢無數

長門賦　司馬相如長門賦序孝武皇帝陳皇后時得幸頗妒別在長門宮愁悶悲思聞蜀郡成都司馬相如天下工爲文章奉黃金百斤爲相如文君取酒因于解悲愁之詞而相如爲文以悟主上陳皇后復得親幸

漢武故事武帝爲膠東王年數歲長公主抱問曰兒欲得婦否曰欲得指其阿嬌好否笑曰善若得阿嬌當作金屋貯

之後立為皇后，因
[illegible]居長門宮，以
黃金百金奉司馬
相如作長門賦以悟
上，后復得幸。
長門賦：登蘭臺而
遙望兮，又下蘭臺
而周覽。

目送長門[illegible]北[illegible]，永巷居[illegible]，情懷漢后，買賦[illegible]相[illegible]（寵憐乃愛）
冰懸[illegible]圓清雲萃，獨[illegible]貯宜重屋再[illegible]合玉[illegible]
情黃金重從教寥寂，書[illegible]書後盼有寫入金字[illegible]
初翠輦尋，静遠蘭臺，款步徐徐[illegible]製[illegible]
[illegible]唾珠璣貴，息回枕席，[illegible]非[illegible][illegible]，香減瀟[illegible]
格字尚[illegible]檐[illegible]紀[illegible]手真[illegible]詠[illegible][illegible]，不曾思卓女還有茂陵
嗟

唐李白有玉階怨詩

癸丑季冬朔日

伏波銅柱　後漢書馬援傳：拜伏波將軍征廣[illegible]
援至交趾，立銅柱以為漢之極界

一戰請干戈將軍馬伏波柱石標絕域銅乃豎崇阿
陵矗矗巍巍遠高參島道旁華夷從界劃風雨不
消磨米聚形難似舊丟勢共摩論千嘆地昭日月拔地別
山河鼓鑄千尋起雄威百代道至今瞻望變猶似凱
旋歌

高祖斬蛇　史記高祖本紀高宗祖被酒夜乃澤中
前有大蛇當徑高祖乃前拔劍擊斬蛇後人來至

蛇所有一老嫗夜哭人問何哭曰吾子白帝子也化爲蛇當道今爲赤帝子斬之故哭

仗劍意縱橫高皇起夜乃真人才庫憂白帝乃蛇橫道未開昌祚鮮蛇試小草澤陰雲四面血濺月三更識懷氣徒衆帝修兆西楚星誰爭得鹿直弟戮斧鑕首東秦皇帝功先項籍沛公當日事遺史頌神治

邵平種瓜　史記邵平故秦東陵侯貧種瓜於長安城東瓜美世俗謂之東陵瓜

路滿青門外瓜田世執侔至今稱老圃在昔位通侯人事笑涼換天香攏陌浮縱繇貧士業蔓引坡園秋熟許當心鎮寒怯在葦月擾一聲環曾萬蒂五色種盈疇價值長安貴情伴聯勝國愁東陵附小隱沙羨采芝遊

三箭定天山　唐書薛仁貴破鐵勒之衆于天山時九姓衆十餘萬令驍騎挑戰仁貴發三矢輒殺三人虜氣懾皆降軍中歌曰將軍三箭定天山壯士長歌入漢關

壯氣奮刀環長歌入漢關三弦鳴箭羽一陣定天山勁弩風馳疾强弓月到雲撤飛青海豹鏃落碧峰間避合雄亡迎連珠響未聞鼓氣邊已捷凱飲燕初還

直可銅銘柱從教甲羅擐
屯歸張天利威遠鎮夷蠻

太真梳洗樓上頭　元稹連昌宮詞

梳洗何年罷重游登臨百尺到此樓試論天寶事如今珠櫳廿猶記太真無不
蝶夢牆何處蛾眉掃更鮮公廳閑金押角辟嵌玉搔
頭鏡冷霧分萍爐薰麝羅枝妝臺非昨日烟雨試
經燭思[illegible]夕心盟閒女牛馬嵬[illegible]雲花鈿不

賦社

甯戚飯牛　劉向新序甯戚欲干齊桓公賃車之齊暮宿郭門外桓公郊迎客爝火甚衆甯戚飯牛車下望桓公而悲擊牛角疾商歌桓公聞之曰非常人也命後車載之

車賃夜蕭颸英雄辱飯牛商聲彩和澗爝火照當頭身世知音哉功名扣角求生齋桐葉曲郭門

革老雄渾
耐人尋味的
是大家
蓮舫師評

蹉跎往君王詞窮途收覽愁人將持策進事不掛書傳
短褐草衣樵滄浪白石謳梁甫終爺鞠魚水落自傳
白也詩無敵　杜甫詩
試問詩中品爭如白也無一詩誰與敵千古自應輸
黃絹辭同蔡青蓮筆猶（惆悵）謝（誰詩）如邀落錯頓謝擅
驪珠入詔宮花賦成篇斗酒呼謫傳手執匹學士
品由殊名宿登壇護新（裁）詞（意匠）葉陣總知音欣有在子

姜比伊子

吳越王射潮　吳越備史梁開平四年錢武肅王始

築捍海塘在候潮通江門外江濤晝夜衝擊

沙岸版築不能就因命強弩數百以射濤頭既而

潮頭遂趨西

鐵弩（疊翠）三千動銀山十二（勢）迴雄蟠吳越地勢北落廣陵

瀲灩浪翻青冥連珠碧寥更龍乃退舍竄劍

氣沖霄壯鏑鳴（起）驚鶩濤（汧流）霧捲猶紅旗吹向白

馬去追追一陣張弓矢千騎定夕朝錢王神武著遺謨

海塘標

卧龍　蜀志諸葛亮傳徐庶謂先主曰諸葛孔明

者卧龍也將軍豈願見之乎由是先主遂詣亮凡三

往乃見

南陽高卧日諸葛果然龍隱現崗形伏神霧香

氣鍾作霖懷抱負破浪志縱橫嶻嶭棲遲久風雲際會從驪珠空自撼魚水待時逢雷雨經綸手乾坤偃仰胸窮居甘抱膝長嘯此傳誰何處祠重問蒼蒼翠柏森

歌風臺 玉海國史地理志徐州沛縣有漢歌風臺漢書高帝紀十二年冬十月上破布軍還過沛留置酒沛宮召故人父老子弟佐酒發沛中兒得百二十人教

之歌酒酣上擊筑自歌曰大風起兮雲飛揚威加海內
兮歸故鄉安得猛士兮守四方令兒皆和習之上乃泣
數行下謂沛父兄曰游子悲故鄉吾雖都關中萬歲
後魂魄猶樂思沛

薄海鯨鯢翦真人錦繡回皇風歌一曲大地躍層臺仗
劍英雄古稱觴父老陪枌榆曾作社桑梓此椒杯奕
籍天懷暢悲思故土哀關心誰猛士即席我詩手

鄉夢千秋武嵩呼萬歲閙至今煙塵要拾殘畫
蒼苔
吳宮教美人戰　史記孫武傳孫武以兵法見吳王曰可
試婦人王出宮中美女孫子分爲二隊以王寵姬爲隊長
約束而鼓之婦人笑復三令五申而鼓之又笑孫子乃斬
隊長以狥于是莫敢出聲吳王知孫子能用兵以爲將
軼事向吳紀殊妥出後宮論兵械孫子試精戰精閱美人工殺

氣蹙眉尉（鎖）烽煙峯髻籠旌旆雕欄外環珮馬蹄中
遂隊花分黛罥塵粉墜紅館娃權壁壘誠也不英雄
絶豔輝營日餘香寫陣風十三篇未（尚在）滅霸業枉江東

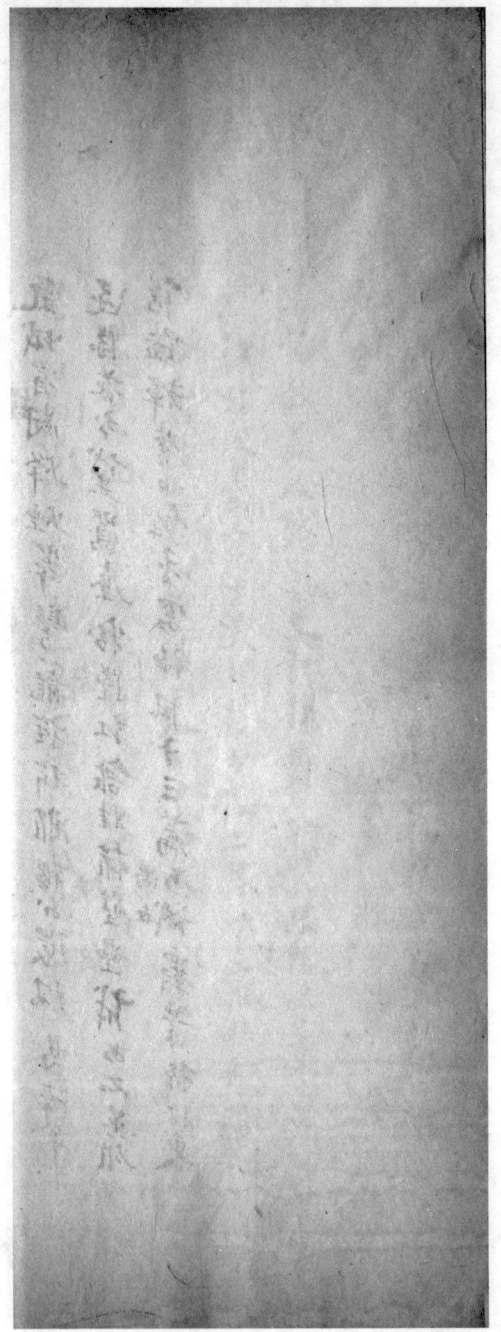

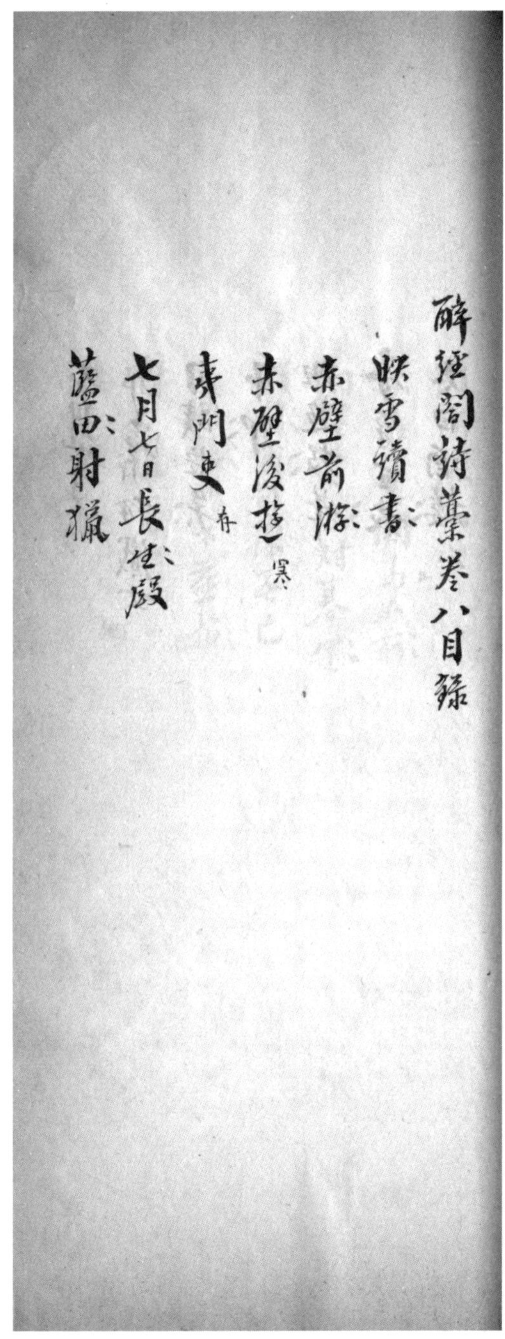

醉經閣詩藁卷八目錄

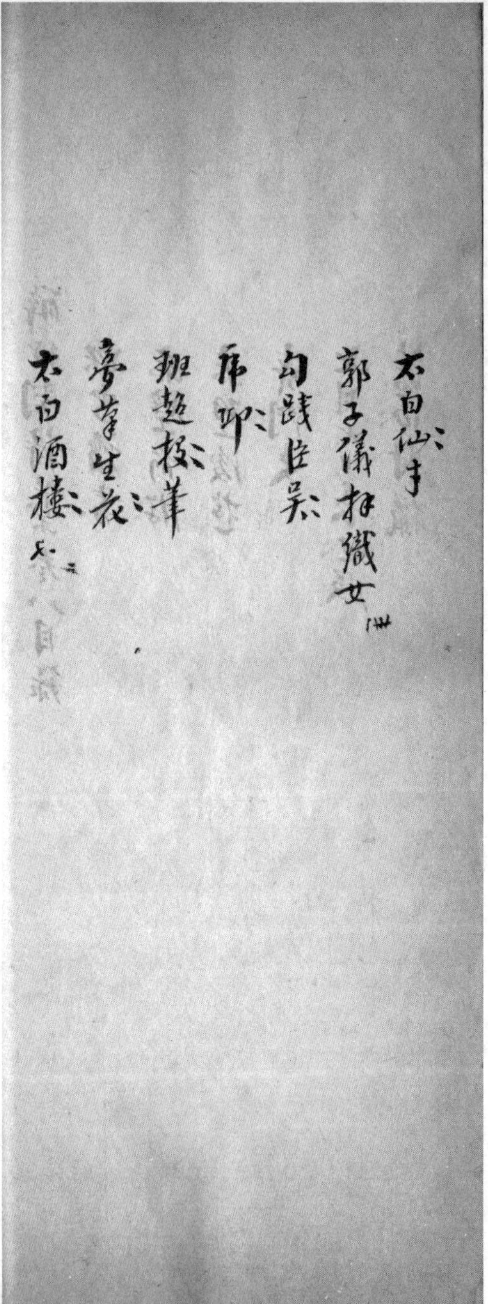

太白仙〻手

郭子儀拜織女　卅

勾踐臣吳〻

乖卯〻

班超投〻筆

夢草生花〻

太白酒樓〻

天〻　二

周瑜縱火攻

雪擁藍關馬不前

銅雀荒涼對暮雲

閉門索句陳無已

王濬樓船下益州

謝庭詠絮才

陶院烹茶 詩

緹縈上書、、

織女渡河 生

虛堂懸鏡、、

西施、、浣紗、、溪

瀨水投金、、

十字碑 訂

藺相如、、完璧歸趙

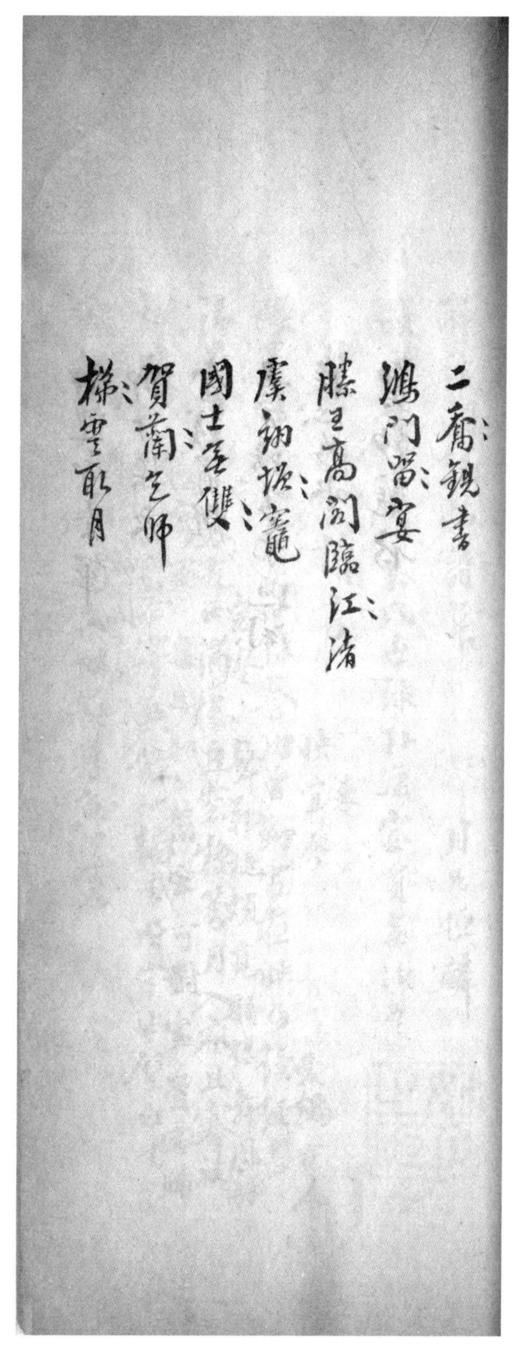

二喬ゝ觀書
鴻門留ゝ宴
滕王高閣臨江ゝ清
虞詡增ゝ竈
國士無雙ゝ
賀蘭ゝ乞師
梯ゝ雲取月

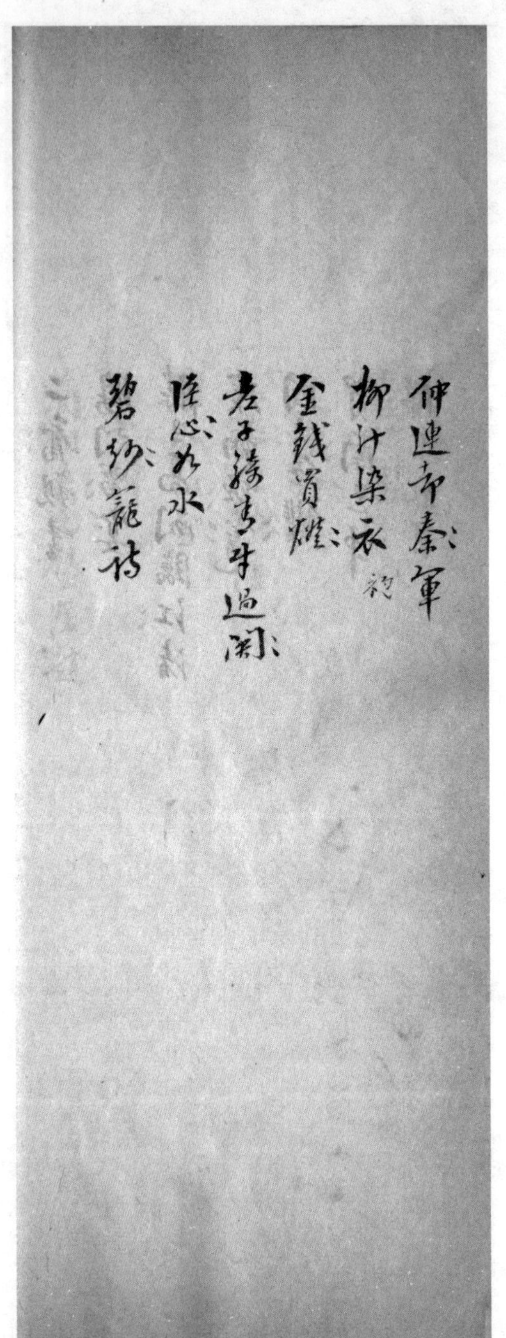

仲連帝秦〻軍
柳汁染衣
袍
金錢買燈〻
老子騎青牛過關〻
陸〻心如水
碧紗〻籠詩

醉經閣試帖詩草　月如恒麟

映雪讀書　孫氏世錄孫康家貧無油

月常映雪讀書　乘映宜今古人

軼事傳孫氏，名從世錄譽。瑚曾勤雪夜，映子讀愛攜延書

法景方盈几，寒光迫室。滿廬聲近窗，雖捲燭，月入座，且寒

詠絮嘆情懶寄飛，卷寄與餘一籥，可對窗

梢眉玉奏霏襟袖開，閣

靈剛睐窺瀟燭文燈，翻魯魚還思

蓬蔡閣老纂大雅庭除 以廿和五廿日

赤壁前游 蘇東坡前赤壁賦壬戌之秋七月既

望蘇子與客泛舟游於赤壁之下

縱覽前朝陳坡仙惟壯游賦成前赤壁人在古黄

州霞氣迷漣漪濤聲静拖舟影分三國勢簫引

一氣天烽烟壘停連雲慕幕長江萬月流英雄慶興禎空割據

詩酒絲勾留遂春行動家

太攸此悔往蹟黄粱夢長歎白髮愁曲終章流

益弥坐碧悠悠

赤壁後游　蘇東坡後赤壁賦是歲十月之望步自雪堂將歸于臨皋二客從予過黃泥之坂携酒與魚復游於赤壁之下

携手臨皋路重游與來闌黃泥人後步赤壁歲添寒斗酒藏應便扁舟放野殘江山曾此夢風月又今登極目霜宵白高咏木葉舟呼魚歸夜客攀岈

嘯鷺濤北去鼉更換東來鶴影單淋漓留贈筆
遙思潑毫端
夷門吏　史記信陵君傳魏有隱士曰侯嬴年七十家
貧為大梁夷門監者
氣誼高千古侯生殺跡存荒墟悲魏國落日上長門　照
抱材情甘老登軒禮遂尊鞭箠公子待屠市故人言
未到關中史誰開廣文樓三千輕食客七十壽王孫

烈志田光誼雄心晉鄙吞虎符他日合一劍答君恩

七月七日長生殿　白居易長恨歌陳鴻長恨歌傳

方士受詞與信將行色有不足之復前跪致詞請當

時一事不爲他人聞者驗於太上皇不然恐鈿合金釵

負新垣平之詐也玉妃茫然退立徐而言曰昔天寶

十載侍輦避暑驪山宮秋七月牽牛織女相見之

夕秦人風俗是夜張錦繡陳飲食樹瓜果焚香于

庭前夜色巧宮檐間尤尚尚在張半休侍兩於東西
廊獨侍上上皇並肩而立同仰天孫牛女事密和誓以願
世世夫婦言畢執手而嗚咽獨君王淚下
長生誓言此恨生離別後復別前
久矣天淵恨何如此情在今宵空約指何處覓長生
地繾
錦燭挽夜冷綠汝淡紅湘巧嬈人似果花心向女牛盟壯
雲漢霧初度漁陽鼙鼓尋常寵而今樓情懶語
玉雍當陸君王嘆倚樓難鈿合碎意玉鬟倚語
記深宮訂香焚別院成仙年往蜀道惆悵雨淋鈴

藍田射獵　史記李將軍傳廣家與故潁陰侯孫屏

野居藍田南山中射獵

諸將老侯白羽軍射獵年數氣鳴白羽一箭出藍田

臂引猿通健翎黏鷙鳥自墜鴻驚雲外落虎伏石

中穿抵掌齊年數捲頭怪問天下猜雲月小毛血

逐風狂豪氣悲笳動功名爵活憐霸陵歸去路

醉尉詰郵傳

太白仙才　詩話人言李太白仙才李長吉鬼才

那得才如此飄飄若仙來從蓬島謫向大羅天

宿象胸中列神功腕底傳更翻新爭吐鳳幻絕記生

青蓮未許重論斗酒斟萬選錢謝文真通造化空色相並

帝想雲蘿烟明月前身悟長庚應夢纏以當攜語

主一喚市中眠

郭子儀拜識女　戲且集郭子儀五錄初六月七夕

忽見空中鸞車隨幰自天而下予儀禁祝願賜
長壽富貴
寶帳乍揭壯香車隨幰留九霄來識廿八宿拜銀河當
漫游來許橋填鵲從容繡下虬珮環神隱天羅劍禮慈
頭
隨地詩鄉星河擴揚天衣富貴諸仙姑迎來塞巧乞
袂飄仍舉冰後引羅投雁期傳七夕
紅樓雲鬟霓裳舞香煙月帳漸遙遙銀漢欲回
首渡牽牛

勾踐臣吳　吳越春秋越王勾踐五年與大夫種范

蠡入臣於吳

於越不幸漢臣吳只竟治吳會稽孤去計勾踐竟何亦

闔閭葬樓而子難無辱文去一時樣護左截月抵

鴻模箕幕心壯燕趙班喙笑烏錯鋒闊樓李靡

庶恨壯心蘇隱忍策雄志報難社稷於窮情極亂

廿七棹去陶朱

虎邱　吴越春秋：闔閭死，葬以扁諸之劍，金精上揚，為白虎據其上，號曰虎邱。

寶劍藏何處，金精夜夜浮。雄圖餘踞虎，故址帝荒邱。勝蹟留吴楚，寒芒射斗牛。清開泉百尺，立峙石千秋。地想蟠龍壯，臺應嘆鹿游。宫梧歌舞罷，檇李鏑鋒愁。霸業餘衰向，悲風動古楸。淒涼迴首處，烟雨夢悠悠。

吴越春秋：秦始皇東巡至虎邱，求吴王寶劍，有虎當墳而踞，始皇以劍擊之，不及，悮中於石，虎西走二十五里，忽失，於今虎疁。唐諱虎，錢氏諱疁，改為虎許，劍無復獲，乃陷成池，古號劍池。傍有石可坐千人，號千人石。

班超投筆　後漢書班超傳超家貧爲人傭書云投筆嘆曰大丈夫當立功異域取萬户侯安能久事筆硯間乎

別有男兒事那從筆硯求一朝辭舊業萬里待封侯半世毛錐誤於今手奮投君徒慚良墨我乃志興發濡首終堪恥揮毫信之羞壯游葱嶺道去去築城樓勇不能揣籌鋒鼓佈僕收玉關聽奏凱之遠竟誰儔

夢筆生花　天寶遺事：李白少時夢筆頭生花，自是

才思贍逸

幼聰長慶夢，俄生筆底花。開來原頃刻，著處有光華。

慧羨黃梁飯，芬含碧鏤牙。卧摇香國艷，春占管城奢。

絹潑應垂露，箋雕擬煥霞。秋中書不秘，室裏逞搖譁。

斑竹衣（紙）三品，胡盧咲八叉。醒來揮灑處，蓮古燦奇葩。

太白酒樓　劉楚登太白酒樓記：太白酒樓在濟州城

南城上亭在沽河天津檣者甞為董漕郎所造

一笑長安市高風又濟於是真情晴語直以字名樓麴

部千尋起詩膾十年搜謫仙本上界謫地為漕郎

明擎近淩

國盈中朝曜餘杯秋才推今古敵經有廿賢傳儡

十堤野濤近淮巍但去何登臨興壯覽天於碧悠悠

周瑜縱火　通鑑漢獻帝十三年曹操東下孫權遣

周瑜魯肅等與劉備并力逆操遇於赤壁瑜部將

黄蓋北門艦數十艘載燥荻乾柴灌油其中裹以帷
幕上建旌旗豫備走舸繫於其尾先以書遺操詐云
欲降時東南風急諸船同時發延火烈風猛船往
如箭燒盡北船操乃引軍走

孰甚周郎便齊兵出火攻軍謀參罰相天意假東風
縛策艦降將衝波燃戰艟千秋獨霸赤一炬燭江紅
金鼓喧鋒未雅猛躍爐中神功收荻葦勁敵走遐

憩轄借豬明家手勾黔崎雄獨吳百勝界年少有作同

雪擁藍關馬不前　韓愈詩

昭某今朝馬踟躕竟不分藍關（出雪路當須推窮）（琰戾葉白舞迴旋）

遐（聲振驚）絕域忘三九征歸祖八千戍（鄉心）軀（秦嶺隔家路）癘瘴淹血淚淋（障）

冰天（江遊）萬里莽懾臣易情雖一騎憐陰雲寒雉堞積霰

返郵傳北闕忠餘表長（南荒）途倦著鞭淒瘴迴首處仙

祛正氣哉　甲寅四月七日

銅雀荒原對暮雲　温庵鈔詩

滿目荒涼景淒然對雲暮鄴弔尋古舊蹟銅雀斷

香氣散盡情何在英雄根石閣黄沙况劍戟青火泣

釵裙嚴鎖秋風去樓迎夕日睡鬢鬟環剩殘漳水照

漏泣翠竹消塵香押金爐麝羅薰西陵他日更懷古賦

鴻文

閉門索句陳無己　詩話陳無己出則蒐有詩思急

歸擁被服而思之呻吟為病者或累月而愈秦少游
詩鮮巧敏捷人謂閉門索句陳無己對客揮毫秦
少游

夜事陳無己居閒每閉門數聲吟未已起句索更當穿
寞偶入扉搔研求一字煩沉思刀攄禍濕意不窺園徑
靜夜初庭庭虛息目言散時欣懌生哉慶喜客喧嘩
奕入多景看
淡情愈鮮報雄性孤默但期工力敵何意八文溫
不粘不脫之妙

王濬樓船下益州　劉禹錫詩　按晉武帝咸寧五
年帝大舉伐吳遣龍驤將軍王濬等下巴蜀吳人
於江磧要害之處並以鐵鎖橫截之又作鐵錐長丈
餘暗置江中以逆拒舟艦濬作大筏數十方百餘丈縛
草為人被甲執杖令善水者以筏先行遇鐵錐錐着
筏而去又作大炬長十餘丈大數十圍灌以麻油在船前
遇鎖然炬燒之須臾融液斷絕船無所礙吳猜扣款

憶曰北來征軍乃飛渡江也

飛將從天下長驅入益和樓船連万里鐵鎖沉千尋金鼓喧波湧旌旗照水流碧空燃火炬白浪戢霜矛壯志輕天塹奇功定石頭金陵王氣黯玉壘陣雲浮此地三分夢當年一著籌降吳遺蹟在月底滿蘆洲

謝庭詠絮　世說謝太傅嘗宴坐問曰白雪紛紛何所似兄子朗曰撒鹽空中差可擬兄女道韞曰未若柳

絮因風起

妙詠庭前雪，謝女手撒鹽渾未似，飛絮每相猜。句自金閨得，表真玉樹開。二字吹水去，一樣捲風來。太傅擬題品諸兒，擊節推拈，活尋川印，點硯誤新裁。想橋邊柳，吟同絮裏梅，池平園解後，步障試追陪。

閑院烹茶　祝穆事文類聚：陶穀得黨太尉家姬，取雪水烹茶，曰：黨家有此否？曰：彼安識此，但能於銷

金帳下飲羊羔美酒了

陶家風趣在此似党家瀟雪目閒試茶泛小院烹

瀉瓶遞竹露須尋難梅英寒漬雲亭屋濁添水一瓶

掰膏名士品恐如糜美人情前度銷金帳今宵暖玉鐺

有香侵肺腑此味淨聰明好解嘲新詞翩翩賦芳成

緹縈上書　史記漢文帝紀太倉令淳于公有罪當刑

詔獄逮徙繫長安太倉公無男有女五人太倉公將

倉公逮繫其女曰生子不生男有緩急非有益也少女緹
縈自傷泣乃隨父至長安上書願沒入為官婢贖父
罪天子書上憐之乃下詔除肉刑
軼事傳西漢緹縈信是之奇無與匹憂心唯救父之子竟陳書乞
骸排閶闔潮心待檻車一章書擎袖攜渡遊珠裾獄退
甘身代贖真孰女如不慈肯捍沒直哉肉刑除輩拔首
人擅稱欽未了徵曠代蹤

九重恩詔下千載者欽歟

織女渡河　續齊諧記：桂陽成武丁有仙道，謂其弟曰：七月七日織女當渡河，諸仙悉還宮。弟問織女何事渡河，答曰：織女暫詣牽牛。世人至今云織女嫁牽牛也。

未必仙家術，而難一水盈。良宵佳期傳七夕，良會靈匹滿三更。霄莖

迢迢躡蓬萊，戢戢程人間。河漢盈盈爭乞巧，天上名多情。雲袂斜錦抛

迴錦轉津渡，比鵲暫停驂。橋引還借鵲，橋橫月影漫惜

經年別長尋山住暨

珮環飄風飆奏管笙齋社作話讀細語此易盟情意賦而成

甲寅

秦臺懸鏡　宋史陳良翰居瑞安知聽訟咸得情咸

問以術曰良翰曰無術第公吾心如虛堂懸鏡耳

聽訟求以術循聲著宋賢政堂三面廓心鏡一輪懸獨燭

照神妹水虛涵見遠天但教塵慮相不許逝搖纖翳

周圍窮真臺共同鑒全庭惟風入澹心擬月初圓高光

還明之鑑然更堪然

層
綺縠蛛波燒
羅鞋十指誇擎
含風手行薄漾漾水
五紋斜　甲寅

題朝宗吏治鵜鶘磨　班聯

西施浣紗圖　十道志曰句踐索美女以獻吳王得之諸
暨苧蘿山曰西施賣薪女也　寰宇記會稽東有西施山下有浣紗石

天意頹吳國西施豔質誇　侶因姑　一般歸浣女競度瀨溪紗
山遠凝像眉縈黛消波鬟髻綠燒萬鵝層波縈緒來遊淮入畫意十指擎勝兩吳
骨露香翻雪龍來扛恰宜分羅錦休更羨漚
瑕叫激人汝玉潔回歸藤衣粉潤裾屢皺香盤凝如
麻水淨眉黛蹙娥蓮披臉襯
青細葛烟含霧重羅軟殘鈿粧靚舞處迴首

苧蘿家　[illegible][illegible]初二

瀨水投金　吳越春秋子胥乃亡吳乞食溧陽會女
子擊綿于瀨水之上謂曰夫人可得一餐乎女子與之子
胥再餐而止既行反顧女子已自投于瀨水矣後子胥破
楚還過此曰吾嘗饑乞食于一女子女子飼我遂投水而亡
將欲報以百金而不知其家乃投金水中而去

漂泊蘆中客窮途竄瀨水濤多情曾見飯無地可酬金

巾幗輕些諾英雄悵湘尋烟波懷彼美餘雨矢金心

縱使蹉跎報答凡霞露除一餐謹落落首鍊征況況摩

絮人何在頭囊事屢屢句吳傳點點掛劍有遺音（話同）

十字碑　南徐志季札墓在申港孔子表其墓曰嗚呼

有吳延陵季子之墓謂之十字碑唐殷仲容摹本宋

郡守朱彥刻石

再滌磨強筆書白季子祠子秋榮古墓十字豐崇碑

句羨餘纂衮詞賦榜題延石難風雨剝數想地天該
孔氏梓同列周陸位許陪隨䒷卯鄰踞席台篆壯蟠
螭蜿慨揮毫處追邪掛劍時句吳與尋腥續拭目萬世仰
宗師

藺相如完璧歸趙　史記趙惠文王時得楚和氏璧
秦使人遺趙王書願以十五城易璧趙王召見相如曰
秦王以十五城易寡人之璧可與否相如曰秦强而趙弱

不可不與王曰誰可使者相如曰王必無人臣願奉璧往
使城入趙而璧留秦城不入臣請完璧歸趙乃
遣相如奉璧入秦秦舍相如廣成傳舍相如度秦王
決負約不償城乃使其從者衣褐懷璧從徑道亡歸
璧於趙秦王卒廷見相如畢禮而歸之
至寶以輕易相如計不講使奉城來以歸趙璧仍重完
韞櫝千金值圍閟一笑存按圖原畫餅擊柱竟虧

荊玉碎頭俱碎冰寒胆不寒盈庭傳牒藉披褐去琅

吁叱咤雄心競馳驅席日安涸池陰今日遺戀鎖眉端

二喬觀書 吳志周瑜傳從孫策攻皖得喬公兩女皆國色策自納大喬瑜納小喬楊維楨擬戶婦詞小婦似小喬中夜讀兵書

未若東風便孫吳并二喬兵書手卷興國色一時標雅

擅珠璣好手於鬥鸞嬌客筆耽(爭)持妹編簡富瓊瑤

剪燭闌檢情懷(連袂)聯移燈(麻)碧(話)重翻(背)芸(宵沏成)迴手面寫偕玉(愛)雙腰

曲(退周郎)房宮妝識家聲曉水迷亂憐催消庭銅雀夢魂銷

甲寅

鴻門留宴

史記項羽本紀沛公旦日從百餘騎來見項王至鴻門項王留沛公與飲范增數目項王舉所佩玉玦以示之者三項王默然不應范增出召項莊曰君王爲人不忍若入前爲壽壽畢請以劍舞因擊沛公於坐殺之莊入爲壽因拔劍起舞項伯亦拔劍起舞常以身翼蔽沛公莊不能擊出須臾沛公起入廁於是遂去令張良留謝以白璧一双獻項王玉斗一雙與亞父云云

受玉斗置之地拔劍撞而破之曰唉豎子不足与謀奪
項王天下者必此人也
雲氣屯龍浮鴻門[軍中]飲宴留席樽直罪卯刀俎瓷書
頭拔劍人儞壽當筵目送籌計必[終窮]諧珮玦事定息[勢乃劇]
鴻溝
成勇角逐亡弃虎心歸唉沐猴雖雄絕日使孟杓此間
砌徒使真人去難為豎子謀烏江憐結局覧而目千秋
滕王高閣臨江渚　王勃滕王閣序　按一統志滕王

閣在南昌唐高宗子元嬰封滕王建後都督閻伯嶼九月九日宴賓寮於此王勃作序

滕王建登臨氣勢龎半空開傑閣石屋瀉長江樓映青縈巘紆餘迴碧波窓萬屏環楚岫一棹繫吳艘徑影單飛百穗波鴈夜渡蘆開霞爛漫牖引水縈琮古壁斜陽映西風山暮雨降蒼涼悵帝子絶唱知閣音

虞詡增竈　後漢書虞詡爲武都守羌人寇詡令每士各作兩竈日增其竈羌必謂有兵來援昔孫子示弱今吾示強羌果畏強而不逼

倉卒諸羌遇神謀乃未曾軍行有竈益疑而詐兵增故壘餘糧糗宵籌唱斗升庫糧潛含飽鵝鸛盡新慕計不量沙借謀從縣末激邊風黃漢漢炊烟連釜氣薄薄燃檯壘層動敵瞻烏玄青兵隸馬眞示強原有在遺蹟武都稱

國士無雙　史記淮陰侯傳蕭何曰諸將易得耳至

如信者國士無雙

國士淮陰識神謀是空於雄奇兵掾築萬大將本無

雙噲等羞同伍蕭規氣已降四字赤帝使免空鳥

江南悵誰爭席雄壇獨建幢功誰堪附驥直忘旁

嘆鷙危片語淑徼鑾羅言息雜嚨未央遺恨在愁

聽曉鐘擬

賀蘭之師　昌黎張中丞傳後序：南霽雲之乞救于
賀蘭也，賀蘭嫉巡遠之聲威功績出己上，不肯出師
救。具食與樂，延霽雲坐。霽雲慷慨語曰：雲來時，睢
陽之人不月食餘日矣。雲雖欲獨食，義不忍。因拔所佩
刀斷一指，血淋漓，以示賀蘭。一坐大驚，皆感激為雲泣
下。雲知賀蘭終無為雲出師意，即馳去。將出城，抽矢射
佛寺浮屠，矢著其上磚半箭，曰：吾歸破賊，必滅賀蘭，此

夫詩以志之

慷慨睢陽將濟世，別賀蘭擁師求未得，危卯勢難完。

指血恚齒筵碧，（聲容）雄心滴腹丹，但期（深高傻時）登壇殺賊辛遠此瀝胸肝，且

多貌城危瀰瀟，一座寒塔輪劍霜削，家庵（恐）髮衛劍。

豎子終無意，將軍息獨饕，至今書史在，財與霄爭刊。

梯雲取月　宣室志周生有道術，中秋與客會，欲序一

室取而數百條繩而駕之，曰：吾將梯雲取月。俄與天地

睡梅閣室以手搴衣得月寸許一室盡明

别自神求耶難憑百尺梯平序分月魄誰信隔雲居拾級
淩霄漢探懷認璧圭虹橋牽斗北冰鏡掛窗西指點來
丹崖攀援下紫霓駕飄空玩索拂袖影瑤琚記取嵩
頭小從知背眼低天衢欣有路聯步廣寒攜

仲連爲秦軍　史記魯仲連者齊人也請孝成王時秦將
白起破趙長平軍圍邯鄲趙恐魏王使客將軍新垣衍

因平原君謂趙王曰趙誠發使尊秦昭王爲帝秦必喜
罷兵去平原君猶豫未決時仲連適遊趙乃見平原君
曰梁客新垣衍安在吾請爲君責而歸之秦聞爲去
軍五十里

目覩羞同富居然帝議陳若非國魯仲誰爲吾強秦氣
奪三千客功非回八方來作狼潛匿全韋布淨置囂塵趙壁
應重復數無一唳軍中聊借箸海留句無儗綸獻壽辭

公子高風著逸民殷勤全國慷慨憶斯人

柳汁染衣　按神記李固言未第時行古柳下聞彈指聲聞之曰吾九烈君也已用柳汁染子衣矣果得藍袍當以棗糕祀我未幾及第

九烈神仙名著千秋瑞事真奇爲紀來古彈指汁上衣袍色

果然巾幘悟神宜象如遭元黃深淺試聲價狂高

深青粉滴紫碧沼翻袖痕添翠黛人語踏金鑾道

唐書李固言遇一老姥言郎君明年

舉登俱矣爲高價益爲芙蓉兆協鏡酬先棗脯祀𢑥糕

芙蓉鏡亦及第時稱賀眉詩意從沾章施指係勞足几遊仙當稱燈燈添
年殿試有詩賦人太液聽步味仙曹
鏡芙蓉之語最快
元及第
金錢買燈　宮齋隨筆西京正月十五前後各一日放燈
錢忠懿王進錢買兩夜燈五十七十八
鹽說元宵陳爭知買得曹手金誰償值五夜此佳燈
彝陸乙婚納
龔鄰雨燭增

珠恩添火樹新樣此美陵刻燎宵重錢送

内府升局添三夕未重滿一輪冰世界

羲軒洽叔衡子母孫

帝京輕弛禁萬姓慶歡騰

老子騎青牛過關　高士傳李耳生於殷時爲周柱下史

後周德衰乃騎青牛去入大秦關令尹喜望氣先知焉

按太上老君姓李名耳字伯陽一名重耳楚國苦縣曲仁

里人也

紫氣迴環人來指顧間周湘衣曾傳接史老去閩關道德秦地師巧

心傳秘笈秋鬢鎖斑元機綾雙角椅梓即大地一鞭閒憶想標楚輕蒲

蒼策奇蹤翠衣劉文避跛梓樹班猶龍仙杖履遂麻古河山雄鎮高風待

鄰鳴落月響歸途逢還喜遺蹟譜追攀塵寰

臣心如水　世說漢哀帝問鄭尚書崇卿門何以如市對曰

臣門如市臣心如水

漫道門外古徑言懷，譬譬尋繁華爭逝水，澹舊寓同心寶鏡

静理囂塵滌，窗裏古井深淵淵，澄不競懍懍，惕如臨雪鏡持

登如此壺瞪自自，無瀟北冰情史式合德音懷朗潤道蘊味升況契我心

情操伊誰共素衿，以當勤輔弼

膏澤沛甘霖

碧紗籠詩　青箱記魏仲先寇萊公游陜郊僧寺留句

題後復同到見萊公詩已用碧紗籠而仲先詩獨塵

倚滿壁時有從行官枝頗慧以衣袖拂之仲先徐
曰時時若乃紅袖拂之應勝似碧紗籠萊公大笑
一樣留題古風流廿載還為以塵拂壁別有字籠紗大眼
青瑣撐從頭妙句誇是真珠在掩常侵壓了云瑕霧（好）
陽看生藤煙浮墨蘚衣數行書未了幾韻碧重遮
隱約去重冪依稀記八大美人遺蹟在争處
御屏家

余昔隨任　季父格之江州甫近錢塘　項君梅侶者夫子署中課讀功餘之暇輒勵以勤學立品及時藝試律諸要言己亥仲春予以秋闈北旋復約舉鄉會殿直捷之功夫列爲十條手書之以代古人贈言之意如拂塵帚爲破闇燃藥石針砭以可補忘今用鈔輯舊文附誌於左

長白月如誌

讀書先敦本，本者何？孝弟是也。此二字有虧，任他富貴功名、奇才博學，均不足道。須自審庭闈出入，何以盡禮，何以盡情，有不盡處，務期于曲盡。能否只在外面粧飾？當存一點親愛之實心，庶無入於虛僞。設有不相得處，只宜委曲求全，最要較是非，亦不必分彼此。家庭中本無彼此可分，是非可較，更不相問，其總是自家不是，當責己，不當責人。

讀書先籍志所以讀書無他但志科名如　國家設科
原欲振賢才以為世用謂之讀聖賢書必能學聖賢學
其志不在聖賢之學只圖僥倖科名豈不負設科之意
大相悖戾故讀書要將書中所言一一反照到自己身上
來深思而實踐之即此便是格物便是修身作為文字
自然光昌真切而科名亦在其中處為名儒出為名臣
方是真正讀書人而要必自立志始

學貴靜心不靜則不能生明詩文雖小道而名物繁賾義
理精微進一境更有一境全在一點靈明心竅推勘進去
體悟出來蓋不心靜常養息其心源則浮動昏氣亦能
涉躐隨而入精微源既不清流出來為氣惟霧故畢晚
課倦時勿營他事且靜坐片刻一切胡思亂想盡皆放下
雖以內收覺有雜念即攝之使還覺有昏倦即提之
使醒愈靜愈明以此靜明之心去用功理解自通文機自

諭庭勤甘兒等長

學貴專心總做此事又想彼事得此必兩無所咸於貴

按着課程行之不可參究西可來雜不可貪多務得不

可具異思遷讀書時專在書讀文時專在文此書解未

明他書且置此文解未得他文且置至課程所定他種之

學問種種技能均不可泛涉馳求分其心力

學貴實心不誠無物即事如做此了無此心與不做無異

故理書必實，實而心書上理亦則理程不理論書而實之
而心書上論亦則論程不論推之詩文亦然每見人家
年累月把卷濡毫而學不加長即稍長亦難日長此亦
實心故也若一實心則做一日功夫便實有一日效驗何
至中途躑躅浪費居諸
學貴虛心虛心能受書曰謙受益凡學皆然舉業亦
尤然作文字有長處人譽之宜勉不宜驕有短處人

毀之宜改不宜慍道理無窮知識有限專恃一己能有
幾何全在集衆人之心思耳目以爲資助方能捨短而
取長故雖有知能常若一無所能氣象闊大尤要謙抑
下人人將直言不諱至師長教訓更宜恪遵謹守不得
別持己見不可以親疏心意
放縱宜戒人之身心自收而放易自放而收難幼年有父
師管束不至放縱而至漸長父師亦難於督責一切漸

可自主此自收而放時也因而放之如水赴壑如火燎山百
虫齧生萬邪蝟集一放將不可復收矣故收而放者放時正
是要緊關頭此則不靠父師專靠自己守定向來本有
舊日矩規一毫不許改易勿曠職勿務外勿荒嬉以嬉勿
廓然無自失須知一放則趨于污下一收則進於高明而以
此身心屬之遠之身心非從來所有亦非自己從來所有
也

嗜好宜忘耳目口體之好不一其事人以為樂境其實乃是苦境何則受一樂必受一累其求之也必勞神其得之也必費財其愈入愈深而不能捨也必失業廢時隳名敗德初嘗似樂甚漸久而不覺其樂但少理不得偶少缺便苦難過此身已為其縛定豈不甚累豈不甚苦故有聰明有力量人貴一眼觀破一刀截斷不肯恣從好也至飲食衣服居處器具等日用所需但取適用而

已不待愛體面愛體面者乃人家畏貴我財力裝出體面
與人我要人道好人未必道好只道好暗中則識其淺薄
不要名何苦費財費力反討人識必非是而何
氣質宜變凡氣質不好此動輒發見一種粗暴情狀最
居静處讀書明理人豈宜有此且有責備我詆毁我凌
犯我者須反求諸己己果有不是處此責備毁犯正是我之
藥石何可動怒且己並不是亦當遣以理恕以情若怒而

争則是處反轉害不是矣忍字是治怨妙方雖難忍
當極力强忍忍過一番後便易忍揔之氣象貴溫和度
量貴宏遠立身處世粗暴氣質全用不着也
交游宜慎人不能無交交之損益人也最大故交必慎擇
擇必精度心術之邪正心術不易知然誠中必形於動作言
語間未嘗不流露出來久久留心察之亦自可見設有一
見便極親熱者或言動輕浮手筆故妙托大風雅

動人共戒物惡是非一一為之意合而各所掃去此等人皆不可交若我遠之彼攻逼之只須待之以敬敬則既不慢他亦寬其怨尔不抑他如寬宥諒大抵獲交之損比為得交之益此少為有心術端謹可交之人尔宜以淡而誠以漸而合

種樹必培其本掘井必濬其源切實功夫須從本源做起古文時文文章之本源四書五經本源之本源日肄四書大全將義理灌溉其心胸本漸深源漸遠矣日肄經書纂要擇其精蘊擷其英華本益深源益遠矣再肄四書以五經印證之肄五經以四書貫串之旁推交通本源之地無所間隔取之而逢用之不竭矣古文之益作議論足以煥發才華增長氣焰其神韻足以動盪血

脈絡通精神所文之益不思議之妙開拓心胸之骨幹
之技藝衷儒理精而遠法正而奇落筆而能馴雅
至時下文章之風會各有升降隨時所趨而抉擇之貴
精不貴多在熟讀深思得其閫奧不可徒襲其門面也
少年做本源功夫一生受用不盡當此細心研究擇其
善者而謹誌之晚後再熟擬一遍至十日將前所熟擬
想一遍至百日又將百日中擬想一遍日知所無月無忘能

此是若已真實功夫進之可博取功名曉達時務退之
可涵養心性聚順家庭無所往而不宜矣
右論文一則乃潭陽 楊卓齋夫子來札中
所述之款、深、究入學之扃鑰奧樓閣渴之筏
錄如左
道光丁未孟夏之望後三日書於醉經閣

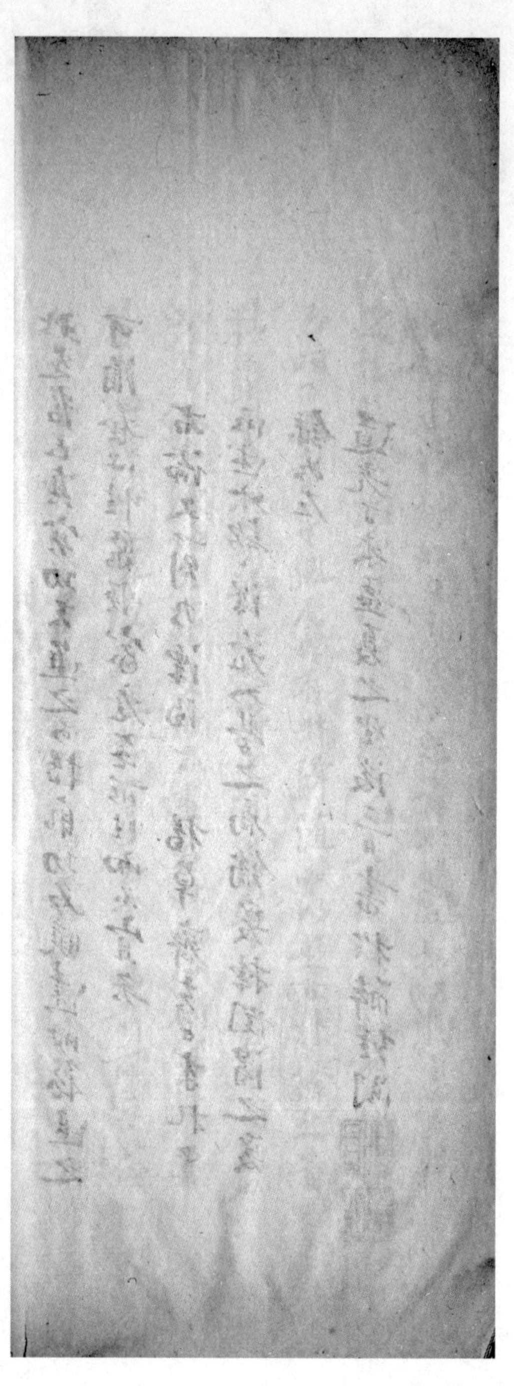

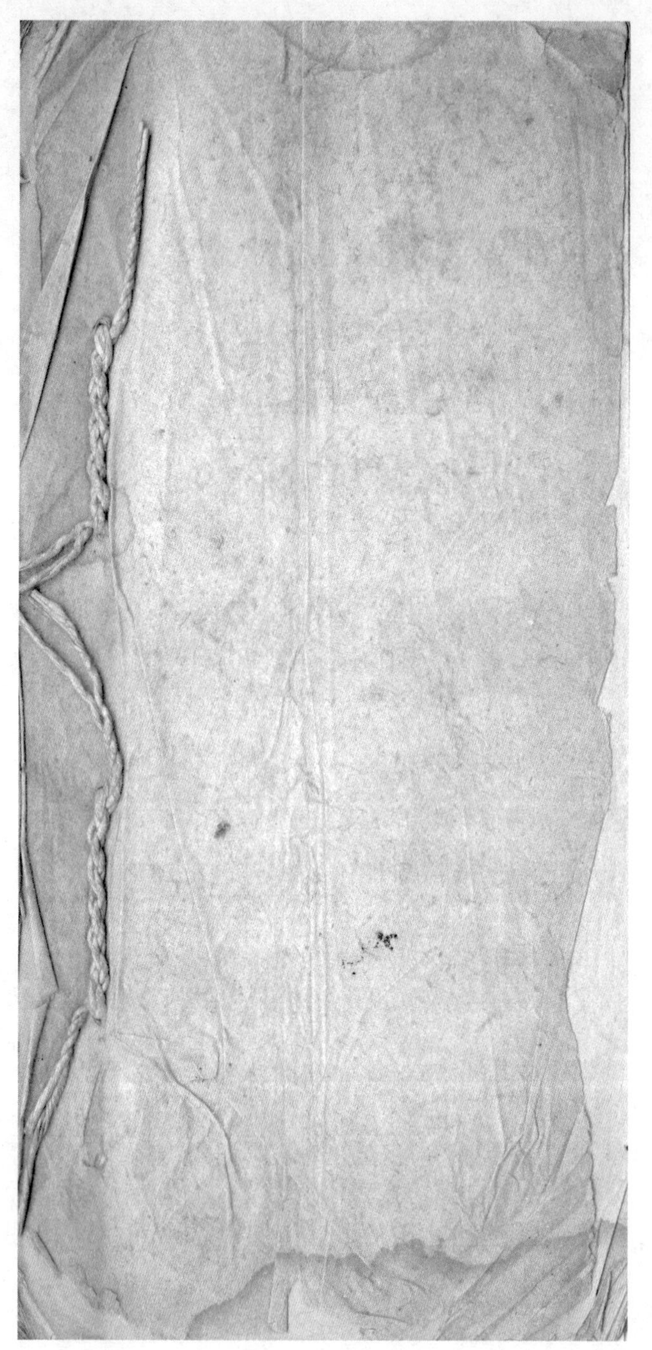